长天飞虎

谢伯恩 著

线装書局

图书在版编目（CIP）数据

长天飞虎 / 谢伯恩著 . -- 北京 : 线装书局，2016.11

ISBN 978-7-5120-2503-5

Ⅰ . ①长… Ⅱ . ①谢… Ⅲ . ①长篇小说－中国－当代 Ⅳ . ① I247.5

中国版本图书馆 CIP 数据核字（2016）第 278313 号

长天飞虎

作　　者：谢伯恩
责任编辑：曹胜利
装帧设计：美迪文化
出版发行：线装书局
　　　　　地　址：北京市西城区鼓楼西大街 41 号（100009）
　　　　　电　话：010-64045283（发行部）　64045583（总编室）
　　　　　网　址：www.zgxzsj.com
经　　销：新华书店
印　　制：北京市通州兴龙印刷厂
开　　本：889mm×1194mm　1/16
印　　张：22.5
字　　数：320 千字
版　　次：2016 年 11 月第 1 版第 1 次印刷
印　　数：0001-3000 册

更多资讯请访问官网

定　　价：58.00 元

前 言

永远的回音壁

——《长天飞虎》序

谢伯恩的长篇传记小说《长天飞虎》的清样，送给我有些时日，并嘱我为其作序。他在我们鹤城区担任过文联主席和政协副主席，长期研究湘西的历史，是一位有才华的作家，先后写了《护国边城》《土匪世家》《乱世雪峰山》《慈善老板》等长篇小说，都是以湘西发生的重大历史事件为背景。我是文学门外汉，为《长天飞虎》作序，勉为其难，但盛情难却，只好如婴儿咿呀学语写上几句。

《长天飞虎》巨著，洋洋洒洒20多万字，着重记述了1938年，中国空军在对日作战中损失殆尽，时任中国空军顾问的陈纳德上校受航空委员会秘书长宋美龄委托来湘西芷江机场办航校，诸多中国飞行员成长和战斗的传奇故事，再现了中美飞行员消灭日本空军的胜利历程和血肉铸成的生死友情，塑造了“华南虎”“东北虎”“美洲虎”及“老爷子”等不同角色的形象，在刺杀“飞将军”、解救弟媳妹、保卫常德城、轰炸东京都、冲击军统战、三虎闹东京和决战雪峰山等战斗中，表现出了机智勇敢和友谊。

飞虎队在陈纳德的领导下，运用灵活的战略战术，以少胜多，越战越强，同日军争夺制空权。钦雪峰、高东虎等中国飞行员在陈纳德的悉心教导和雷克托、“美洲虎”罗爱斯等美国战友的帮助下，成长了起来。高东虎为保卫中国大后门，英勇作战，击落多架日机，粉碎了敌人越过怒江天险的企图；钦雪峰为救援在驼峰航线失联的义兄罗爱斯，勇闯飞行禁区，探索出一条新的航路，帮助驼峰航线建立了新的导航台和救助点。鉴于抗战形势的发展，中国空军美国志愿队于1942年7月4日改编为美国空军第 10 航空队第 23 战斗机大队，又称中国战区特遣队。1943 年 3 月初，美空军扩编，第 23 战斗机航空大队改编为美国陆军航空兵第 14 航空队。这支英勇的部队虽然名称改变，但飞虎队的精神传承了下来，不但继承了飞虎队的名称和精神，也培养了大批中国飞行员。

1945 年，日军发动了夺取芷江机场的“湘西攻略战”，中日两军在雪峰山展开了大决战。由于中美空军掌握制空权，使日军的进攻陷于绝境，尤其“三虎”带领战友们扫荡了残存的日本空军，我军很快取得了这场战役的胜利。不到两个月后的 8 月 15 日，日军宣布无条件投降。

读完这部作品，我看到了作者的一种责任和渴望。他不仅是记当事人的出场，记当事人的勇敢与智慧，记当事人的友情与爱情。虽没有精心设置的结构，基本上是按时间发展顺序平铺直叙，也没有深刻而酣畅的议论，而是在历史的叙述中流露感叹，在战斗场景中做一番生动精彩的描绘，但使读者身临其境。整个作品既写了中国飞行员成长的过程，又展现出他们英勇战斗的精神，同时凸现出呼唤不要战争要和平的主题。在多次空战的情景中，让我产生出一种前所未有的沉重，又使我如释重负。在作品凝重、深沉诸多色彩的交替闪回中，显得多姿多彩。过去与现在、描叙与思考、精神与心理……构成这些文字的要素，使传记小说避免了枯燥乏味、面面俱到，读来或妙趣横生，或感慨系之。陈纳德将国际友情奉献给了中国，他所发出的声音是永远的声音，是和平的回音壁。

《长天飞虎》不仅记录了一段中国抗战的历史，更重要的是记下了一群人，乃至所有中国人民抗战的命运及精神。传记就是为了不要忘记。记忆这东西有普通，也有非凡。失去了记忆，是病人的痛苦；有了记忆，是健全人的痛苦。不管如何，记忆总是伴随着时代和人生，伴随着时间的流逝。记忆不灭，历史就不灭，而且更显得真切与珍贵。充分地了解过去，了解日寇侵略中国的野心，就能深刻认识抗战的意义，可以揭示未来的意义，向后看就是为了向前看。八年抗日战争的烽火连天，四万万同胞抗日救亡的怒火在中国大地上熊熊燃烧，飞虎队只是冰山一角，但折射出中国人抗战的决心和勇敢。它的真实记录，是作者树起的一块碑，一块记忆的碑林；它所折射的是抗日历史之光，让人们不要忘记这段历史，面临这段历史而凭吊，鄙视战争，呼唤和平，不要让悲剧重演。

人给历史造碑，历史给人造碑。参加抗战的老兵，不管是共产党还是国民党，都为中国抗日胜利造着历史之碑，碑上都刻上了他们的记忆，他们的灵魂，他们的精神。读谢伯恩的《长天飞虎》，我们仿佛走进了那段历史，我们不做旁观者，在今天中国精准扶贫的征战中，就是对历史的最好创造，过去是，现在是，将来也是。我积极推崇这部书之目的，就是发扬抗战精神，打好扶贫攻坚战，为建设美丽怀化做出新贡献！

向后看就是为了向前看，让抗日精神永远回响在历史的回音壁上，和平的回音壁上！

陈良鹏

2016 年 4 月 8 日

陈良鹏同志为怀化布鹤城区政协主席

目　录

第一章　拜师陈纳德

芷江，一座群山拱卫的美丽古城，清清的舞水穿城而过。傍河的南城有座砖墙环绕的大院，是湘西有名的学府——沅郡中学。太阳挂上西晃山顶，学校大门打开，穿着各种服装的学生涌了出来。一位身穿家织布白衬衣，下着黑色灯笼裤的高个男生提着书篮，穿过人流，往河边跑。后面一上穿蓝士林布满襟衣，下系黑短裙的清丽女生追到河边，喊道："雪峰！等等我，天快5黑了，我怕。"

钦雪峰停了下来，把鞋脱下，放进书篮："有什么怕的？现在芷江航校建立了起来，又有美国校长，警察局加强了治安巡逻，国府还派来了宪兵部队。"

清丽女生追到面前，低下头，轻声说："你以前都陪我一起走，自定、定亲以后就不肯了，是不是不喜、喜欢我？"

钦雪峰转过身，一边走一边说："湖秀，我们都还小，又在读书，怎么就能谈婚论嫁了呢！再说现在国难当头，我一个男子汉，又怎能只顾自己呢？"

王湖秀追上前："你别偷换概念，我是问你喜不喜欢我？"

钦雪峰摇摇头："我们是同学，又是邻居……这个问题我还真没想过。"

王湖秀脸色一变："这就是说你不喜欢我，那你为什么同意定亲？我可不愿意嫁给一个不喜欢我的人。好！既然你不喜欢我，那回去要爹解除婚约。”说罢一边哭一边跑。

钦雪峰一时不知所措，他挠了挠头皮，追上前：“湖秀！湖秀！有话好商量嘛。”

王湖秀回过头，恨声道：“有什么好商量的？我王湖秀绝不让人玷污我的感情。”她擦了一把泪又跑。

钦雪峰急了，他跑上前，一把拉住王湖秀：“我的姑奶奶，喜欢你，喜欢你！”

王湖秀把手一摔：“我不要人可怜，更不需要廉价的喜欢。”

钦雪峰叹了口气，一边走一边说：“你家从湖区一搬来，我们就成了朋友，又是同学，一起上学一起回家，形影不离，人家都说我们是天生的一对。”

王湖秀啐了一口：“呸！我才不跟一个不喜欢我的人成一对。”她指着钦雪峰的鼻子，“别啰唆，我只问你一句话，也是最后一句——你喜不喜欢我？”

钦雪峰点点头：“我喜欢。”

王湖秀指指自己的脸颊：“我要证明。你喜欢我，就亲亲这里。”

钦雪峰犹豫了一下，走上前，伸长脖子，翘起嘴巴，在她脸上轻轻碰了一下，谁知浑身一震，一股热流蹿了上来。他不由自主地手一松，书篮摔在地上，他双手搂起王湖秀，向她那像两瓣桃花般的嘴唇咬去——

谁知王湖秀把他一推：“别！我可不能让你占便宜太多，并且还要告诉你，只有将来进了洞房，才允许碰我的身体。”她俯身捡起书篮，“你已经证明了喜欢我，那在这个基础上，我们来商谈一些实际问题。”

钦雪峰长这么大，第一次接触异性的肌肤，立刻泛起了那种天性的冲动，他被王湖秀一推，惊觉过来，直到接过书篮，才收住心猿意马。他吞了口口水：“什、什么问题？”

王湖秀一声冷笑：“我还以为你是正人君子，其实是个小色鬼，得点小便宜，就想得寸进尺。”

钦雪峰又羞又急：“我的姑奶奶，算怕你了。我们的事你做主。”

王湖秀笑了：“这话我爱听，但我不是独裁者，有事就要商量商量，才没有别扭。”她顿了一下，问，“对于我们两家，你有什么看法？”

钦雪峰想了一下，说：“你家富，我家穷，门不当户不对。爹娘担心是我上次为保护你而被打得头破血流，你家因为感激心情而定了我们婚约，那就太委屈你了。”

王湖秀摇摇头：“我们一家三口因为躲避日本鬼子，逃难来到芷江，你爹娘把正屋让给我们住，自己一家三口住偏屋，这不是一般人能做到的。”

钦雪峰忙摇手：“你家东西多，装来整整一船，正屋宽，当然该住正屋啰。我家东西少，再说还有只小渔船可住人，偏屋够了。”

王湖秀点点头：“就是这种善良让我家感动。”她莞尔一笑，“促成我们定亲的，还是看中你小子人品，我爹说你有志气，我娘喜欢你读书用功。至于我嘛，还没有多少感觉，只是自那次你为我打架以后，觉得跟着你有安全感。”

钦雪峰听了，叹口气：“唉！我就只是个保镖角色。”

王湖秀笑道：“一个女人最重要的就是安全。好！以前的问题解决了，那我们就谈今后的问题。”

钦雪峰忙问：“今后有什么问题？”

王湖秀戳了他一指：“刚刚是谁讲，现在国难当头，我一个男子汉，又怎么只顾自己呢？好像就你是个热血青年。那我们商量一下，今后怎么办？”

钦雪峰经过推心置腹的交谈，对未来的妻子有了进一步认识，就说：“你说该怎么办就怎么办。”

王湖秀想了一下：“那我们把定亲的事暂时忘记，抗战胜利了再结婚。现在我们的主要任务是读书，在力所能及的情况下，做一些抗日工作。”

钦雪峰慢慢点了点头，他犹豫了一下：“要到抗战胜利才结婚，那要多久啊！我可是独子啊。”

王湖秀猛推一把，使钦雪峰摔了个屁股蹲：“国大还是家大？我还当你是个热血青年呢，呸，一个自私鬼！”说罢，她往前跑去。

钦雪峰一不留神，被推到地上，他爬起来就追。眼看追上，王湖秀却一下蹲在地上，便忙问：“怎么了？”

王湖秀嚷道：“就怪你追我，害得我把脚崴了。”

钦雪峰拉起她：“那我扶你吧。”

王湖秀把手一甩：“我可不让你再占便宜。”

钦雪峰急道：“那怎么办？”

王湖秀想了一下：“你背我吧。”

钦雪峰挠挠头发：“扶你说是占便宜，背就不算？何况别人看到也不好。”

王湖秀暗中好笑，说：“背在后面，你当然占不到便宜，现在天黑了，谁看得到？”

钦雪峰叹了口气，蹲下身：“反正你都有理，那背就背吧。”

王湖秀趴到他背上，满脸的得意。

木柚坡下的七里桥，倚山面河，坡下树木葱茏，山洼处还有一片楠竹林。前面是清澈的舞水河，岸边一排柳树，湘黔公路沿河而上。实际上，山坡顶上已经削平，同以前的教场坪连成一片，就是扩建后的芷江机场。钦雪峰的家掩映在桥头高大的柚树林里，果实已经缀满了枝头，不过要等打过霜以后才好吃。现在虽然立了秋，晚上要凉快一些，但秋老虎更厉害，热得人心躁火燎的。钦雪峰在屋后大柚树下看了一会儿书，又写了一篇日记，已是汗水长流，衣服也湿透了。以前可以打赤膊，湖秀一家来了，就该注意礼仪。现在正值暑假，钦雪峰只要不是帮家里做事，就每天上午坚持学习。

今天太热了，钦雪峰把书本收进屋里，背了个小鱼篓就往河边跑。他穿过沙石公路，跳下河岸，连衣服也不脱，就一头钻进舞水河。在这清凉的河水里洗澡，酷热一下消除了，那真是享受。钦雪峰从小跟随父亲下河打鱼，练就了一副好水性，他喜欢到急滩上洗澡，既能搏击激流，又可以抓鱼，那才是享受中的享受。钦雪峰仰躺在水面上，随着河水冲下滩，他游上岸，把鱼篓挂在柳杈上，又脱下衣服拧干，铺在石头上，赤裸着身子扎入激流中。没有衣服拖累，钦雪峰像一条水獭，在水中穿行，他看见石缝里一闪，就游了过去，伸手一摸，果然有条鱼。他学会了水中换气——肚皮一收，吐出一口水，气匀了，用手摸到了鱼鳃，食指和拇指一掐，抓着鱼跃上水面，哈，是一条鲇鱼，足有一斤多！钦雪峰游到岸边，取下鱼篓，把鲇鱼丢进去，盖上盖子，放进水里。现在有两家人，他要多抓条鱼，给湖秀送去。钦雪峰在水下搜索了一阵，又抓到了一只团鱼，他钻出水面，正要往岸上游，忽然看到波浪间有个人影，一眨眼沉了下去。钦雪峰把手里的团鱼一丢，游了过去，他蹬高身子没有发现什么，就一头潜入水下，果然看到不远处有个人影在挣扎，就急忙游了过去。他知道溺水者碰到什么都乱抓，千万不能从前面近身。钦雪峰潜到人影后面，抱住他，往上一蹬，冲出水面，然后托着他游到岸边。钦雪峰年纪虽小，却有救人的经验，把他的腹部头下脚上地顶在一块石头上。不一会儿，那人吐出肚子里的水，慢慢清醒过来。钦雪峰见那人比自己大不了多少，就把他扶在旁边的柳荫下靠着，又钻入水中。谁知抓了一条鱼上岸，却不见了那人影，嘀咕道："我还打算烧鱼给你吃，怎么就走了呢？真没劲。"钦雪峰正打算穿衣服回家，又看到一个人在波浪中时隐时现，他赶忙跳进水里，拉出水面一看，又是那个人，他不由得惊诧道："你、你原来是投河自尽啊！"

那人吐了一口水："你才投河自尽呢。"

钦雪峰挠挠头："那你为什么三番两次往河里跳？你又不会水，找死啊！"

那人拍拍他："我命大，死不了，因为有你在这里。"

钦雪峰笑道："如果我懒得救你呢？"

那人摇摇头："你是个不会见死不救的人，我就因为有你壮胆，才敢再次去试水。"

钦雪峰哭笑不得："欺山不欺水，要不是我碰巧在这里，你岂不死翘翘了！”

那人叹了口气：“我听人讲，要想学会游水，一定要先呛几回水，所以，我就一个人下水试了起来。唉！谁知呛得快见阎王，还是不行。”

钦雪峰见他有这股蛮劲，很对自己的心思，就说：“学任何一样技能，都有一个过程，绝不会一蹴而就，何况是游泳这有碍生死的事，岂可冒失？”

那人想了想：“你小小年纪，游水的本事这么高，能不能给我当师傅？”

钦雪峰点点头：“师傅不敢当，教你游泳可以，但我想知道，你这么急于要学会游水，是什么原因？”

那人拉他坐在树荫下：“我叫高东虎，是芷江航校的学员。一个飞行员不仅要学会各种驾驶技术，还要学会各种生存本能。比如说驾机同敌人作战，万一受伤跳伞，降落水面，如果不会游水，那就只有死路一条。”

钦雪峰一听他是航校的飞行学员，更有了好感，忙站了起来：“我叫钦雪峰，就住在机场旁边的柚子林里。走！教你游泳去。”他见高东虎和衣下水，摇摇头，“穿衣服不好学，尤其在这滩上，连站也站不稳。”

高东虎看看他，笑道：“你那老二还没长毛，当然可以放出来……”

钦雪峰一把把他推到水里，两人就在水里打闹起来。高东虎一不小心，就被急流卷入深水。钦雪峰扑上去，一把将他拉出水面：“口吸气，鼻出气，才不会呛水。”高东虎爬上岸，把衣裤脱了，跳进水里：“哈！果然轻松多了。”钦雪峰笑道：“这只是一个方面。游泳是课堂里教不会的，只有像这样身体与水直接接触，感受它，了解它，熟悉它，才能驾驭它。”

两人在水里游累了，就上岸烧起火，把捉到的鱼和螃蟹用火烤，他们一边烤，一边聊。两个同龄人，个性相近，话语投机，越聊心越近。

原来，高东虎是中国空军英雄高志航的侄子，得知叔父在兰州血洒长空，他就毅然走出校门，投报航校，继承叔父的遗志，打击日本空中强盗。

高志航，吉林通化人，1921年考入东北陆军军官教育班，后到法国学习两年飞机驾驶，回国后在空军任职。1934年晋升为空军第4大队大队长，第二年又到意大利考查空军建设。1937年8月13日，日军进攻上海，高志航于第二天从南京飞到杭州笕桥机场，见日机来袭，他立即带队驾机起飞，首先击落一架敌机，这是中国空军第一次击落日军飞机。而且这场空战，第4大队共击落3架日机，击伤1架，自己仅有1架飞机受轻伤，首创中国空军在抗战空战中三比零的战绩。于是国民政府下令8月14日为空军节。8月15日，日海军航空队第2空战队从"加贺"号航母起飞30多架飞机袭击杭州，高志航率队迎击，他击落了日军带队长机，还击伤两架日机。他受到军事委员会蒋委员长的褒奖，并升任空军驱逐机总队上校司令，兼第4大队大队长。1937年11月21日，高志航受命到兰州接受苏联援华战机，飞至周家口，突遇日机来袭而牺牲。

高东虎经过短促的培训，分在空军第16中队，有幸首批来到芷江航校，接受空军顾问陈纳德上校的系统训练。高东虎能驾机上天，但是个旱鸭子，不会水，所以决心学会游泳。今天，高东虎趁星期天休息，决定到河边试试水，他开始挺小心的，在浅水边学狗刨，但天气热，越洗越舒服，忘记了危险，卷于急流中，幸喜被钦雪峰发现，救上了岸。高东虎醒过来，见是被一个光屁股男孩所救，虎劲上来了，决心再试一下。他以为是自己不小心溺的水，这次很是谨慎，一步步探索。不料一脚踩到深水区，那点狗刨起不了作用，又被急流冲了下来，再次让一个没毛的"小屁股"救上岸。高东虎现在真服气这个光屁股男孩，就说："喂！我们这么投缘，何不结为异姓兄弟呢？"

钦雪峰一听，跳了起来："好！我们撮土为香，结为异姓兄弟。"

两人煞有介事地把烤熟的鱼和螃蟹当祭品，然后插了三根芦苇棍，光屁股跪在"香案"前盟誓："皇天在上，后土在下，我们互相帮衬，结为异姓兄弟，情同骨肉，不能同月同日生，但愿同日同时死。小兄高东虎，小弟钦雪峰。”

第二天一早，钦雪峰在柚林里练完拳，高东虎就带着一高个美国军人来了。其父钦万松刚从河里收钓回来，一见“洋粮子”来了，还以为是儿子惹了什么祸，来找麻烦，吓坏了。高东虎走上前：“雪峰，这是我们校长陈纳德上校。”

陈纳德头上戴着一顶破旧的空军帽，身着标有中国徽章的军官衬衣，下穿短裤，皮肤赤褐，皱褶密布，嘴里叼着一支“骆驼牌”香烟。他看了看钦雪峰，点点头：“小伙子！你昨天救了他，还教他游泳，我老头子谢谢你。”

钦雪峰向陈纳德鞠了一躬，指着高东虎用英语回答：“他是我的义兄，应该的，不用老爷子谢。”

陈纳德听了，好是高兴：“你叫我老爷子？哈！那我有孙子了。”

钦雪峰翻译给父亲听，钦万松还只四十几岁，看陈纳德皱褶密布，当是老人，又见他和蔼可亲，便说：“老叔，那我们是亲戚了，今天就到我家吃早饭吧。”

陈纳德听了高东虎的翻译，忙点头：“对，我们是亲戚，今天就是走亲戚，吃早饭。”

钦万松把刚抓到的一条肥头鱼清炖，又弄了几样时令小菜，喊来王湖秀的父亲王之良前来相陪，吃得陈纳德连伸拇指：“OK！ OK！”

1938年8月，抗日战争已经进行了一年零一个月，日本侵略军的铁蹄踏破了中国半壁河山，中华民族处于危急之中。担任中国空军顾问的陈纳德来到芷江，在飞机场旁边的木柚坡，征地三十亩，盖简易木板房，建起了芷江航校，为中国空军培养御敌人才。当地老百姓见的粮子（当兵吃粮的人）多，但头戴船形帽的外国粮子还是第一次见到。老百姓怕粮子，但那个高大为头的老粮子却和蔼可亲，见到人总是笑着打招呼：“OK！”乡亲们慢慢知道了，芷江来了个姓陈的美国人，帮助中国打日本鬼子，都亲切地叫他“老陈”。

克莱尔·李·陈纳德，1893年9月6日出生于美国得克萨斯州考麦斯城一个小农场主家庭。他善问好学，身体健壮，并跟父亲学会了几招防身技法，具备极快的智力反应能力和社会适应能力。陈纳德读书成绩好，高跳一级，15 岁中学毕业，虚报年龄才被路易斯安那州州立大学农业专业录取，后转该校师范学院，毕业后当了教师。1917 年底，他以陆军中尉身份报考飞行学校，第二年被任命为米切尔机场第 46 战斗机中队副官，被派往法国参加欧战，停战后回国继续学习，1919 年春以优异成绩毕业并被评为战斗机驾驶员。陈纳德掌握了当时流行世界的各种飞行技术，还潜心研究、探索新的空战理论，不断总结驾驶战斗机的经验，力图创立在作战中战斗机与轰炸机并重的新理论。1935 年出版了战斗机教材《防御性追击的作用》，在国际上引起轰动，但未引起上级重视。第二年调任巴克斯代尔机场第 20 飞行中队上尉队长，并在多个机场担任战术教官。1937 年 3 月 20 日，陈纳德以空军上尉身份退役，于同年 4 月 1 日受邀来中国考察。他秘密来到芷江，对芷江印象十分深刻，在向蒋介石汇报时，力陈了芷江战略地位的重要性。1937 年 9 月，芷江机场第三次扩修，即由原来的 800 米见方扩建成南北东西各长 1200 米的大型机场。1938 年 8 月，已担任中国航空委员会顾问和空军顾问并被中国政府授予上校军衔的陈纳德，按照航委会秘书长宋美龄的命令飞赴芷江。他在机场边征用了三十亩土地筹建航空学校，很快盖起了几栋鱼鳞式双层黑色木板房作为芷江航校的教室和宿舍。航空委员会随即调来三架苏式霍克 75 作为教练机。中国空军第 16 和第 25 中队为芷江航校的首批学员，陈纳德担任校长兼总教官。

战前，中国空军主要由意大利人训练，但无论是训练技术上还是装备上都不正规，从训练方法上来说，意大利人对基础飞行训练不重视，只是教中国飞行员一些初级飞行课程，结果所有毕业的驾驶员除了起飞和降落，几乎再也干不了什么。由于当时的飞行学员多是选自上层社会，因而要顾及他们的面子，所以洛阳航空学校由意大利教官所教出的学员都能毕业，但不能驾驶战斗机，也不能驾驶轰炸机。陈纳德就根据中国飞行员的实际，亲自备课、上课和训练。当时开设的课程有模拟飞行技巧、空战任务、实战动作、各类飞机的性能和作用、空中战术六大类。训练科目有地面滑行、起飞降落、平行飞行、空中转弯、搜寻目标、飞机死角、倒飞技术、战斗要领、攻击与保护、轰炸与撤退、警报与警戒、单机飞行与作战、夜间飞行术、侦察飞行的操作与应用、高速直下轰炸新战术、防地炮击、地形与飞行、空中自救、塞柯斯基大型水陆两用飞机概况等。陈纳德很注重理论和实际的结合，每上完一个阶段的课，就根据授课内容进行飞行训练。

这天讲实战动作中的倒飞技术，但天气太热，木板房里像蒸笼，陈纳德就把教室搬到旁边的树林里。黑板挂在一棵树上，学员们围坐在前面的树荫里。陈纳德是老师出身，板书很规范，他又当过多年的飞行教练，教学经验丰富。他一边讲一边写一边画，图文并茂。只是全是英文，有学员跟不上。高东虎把木椅斜靠在树上，坐在上面一边听一边记。旁边一个叫刘之湘的学员英语水平有限，就问他。高东虎欠身翻译了一遍，谁知椅子一滑，摔了个屁股蹲，引起一阵大笑。陈纳德看了他一眼，把黑板上所画的图示擦掉："我刚才讲授了倒飞技术的动作要点，并作了图示。现在请高学员上来，把图重新标示出来。"

高东虎大大咧咧走到黑板前，拿起粉笔就画起来，然后鞠一躬，回到座位上。

陈纳德看了看："图画对了，是摔一跤的灵感吗？"

学员们一阵大笑。

刘之湘站了起来："报告教官，高东虎刚才是给我翻译，才摔的。"

陈纳德摇摇手："NO！ NO！他是屁股坐歪了。"

又是一阵大笑。

这时，钦雪峰挑着一担西瓜，王湖秀提着一篮香瓜走到教室边，看到学员们在树下上课，两人就把东西放了下来。钦雪峰抹了一把汗，说："我毕业了也考空军，同东虎哥一起上天打鬼子飞机。"

王湖秀点点头："那我也考空军，来个长天比翼。"

钦雪峰笑道："浪是浪漫，就是不现实，哪有女人开飞机的？"

王湖秀瞪了他一眼："你瞧不起女人是不是？"

钦雪峰忙摇手："我哪敢瞧不起你啊！比如这次你把压岁钱拿出来劳军，唉，我就没这个能耐。"

王湖秀指指西瓜担子："你不也出了力吗？"

钦雪峰又叹口气："这算什么！苦力。"

王湖秀踢他一脚："我们还分彼此！你知不知道，抗战就是有力出力，有钱出钱。"

钦雪峰笑道："别生气，别生气！我们去把陈大爷钓出来。"

王湖秀忙问："怎么钓？"

钦雪峰拿了两个香瓜闻了闻："你看着吧。"他借着树身，弓身潜了过去，然后把瓜打破，香气立刻飘了出去。

高东虎坐在后面，一边听一边做笔记一边给刘之湘翻译，他忽然耸了耸鼻子，问："这是什么香味？"

刘之湘闻了闻："香瓜！这地方怎么有香瓜？"

陈纳德笑道："当然是香瓜。啊！多香，我的馋虫快爬出来了。好！课上完了，大家去吃香瓜吧。"

刘之湘忙问："校长，哪里有香瓜吃？"

陈纳德指指对面那棵大树："我的亲戚在那里，去找他吧。"

学员们"呼"地往那边跑去，高东虎蹿在前面，一把揪出钦雪峰："你拿着两个破香瓜，这么多人，打汤喝？"

钦雪峰把一个香瓜塞到他嘴里，另一个递给刘之湘，喊道："各位大哥，教室那边有香瓜，也有西瓜，是我们同学慰劳的，尽管吃！"

陈纳德笑道："吃了别人的口短，拿了别人的手软，吃了可要好好训练。"

学员们一边哈哈大笑，一边跑去吃瓜。

王湖秀切了一大块红通通的西瓜双手递给陈纳德，用英语说："陈大爷，您讲课累了，解解渴吧。"

陈纳德接过，咬了一口，点头："OK！西瓜真甜，但你们的心更甜。"

学员们哄笑道："是甜心！是我们大家的甜心贝贝。"

芷江机场粗具规模，修建了跑道、停机坪、排水系统、隐蔽工程（如弹药库、油库、汽车库等）、风向风力标示塔、导航通信系统、防空指挥系统，以及空勤、警卫人员食宿、娱乐、医疗卫生设施等。这天下午，课堂在机场，陈纳德指着前面一架飞机："这是目前较先进的北美单翼N.A-41驱逐机，结构、性能同我们以前训练的双翼霍克75不同，我把飞行的动作、数据和要点都讲了，现在进行实际操作训练。照老规矩，谁第一个把飞行着装穿戴好，谁就第一个上机操作。"他见有人拿起飞行服，忙摇手，"NO！ NO！这不公平，我要喊了才算。大家注意，NOe、Two、Three！"

高东虎手脚灵活，第一个把飞行头盔、飞行夹克和伞包穿戴好："报告教官！高东虎完成着装。"

陈纳德走上前，检查了一遍，点点头："孩子，记住操作要领，在30分钟内完成所有飞行动作，并注意我的指挥。"

高东虎应了句"是"，敬了个礼，返身跑去。他爬上飞机，挥了挥手，拉上窗盖，然后把操作杆一推，发动起来，驰上跑道，随之加速。高东虎看了看仪表数据，把操作杆一拉，机头仰起，离开地面，掠上蓝空。

陈纳德的眼球追随着飞机，他一手拿着无线通话器，一手举着望远镜，不时指导："起飞动作准确，注意转弯角度，好！侧飞转平飞，动作平稳。"他看了看手表，"现在准备倒飞，对！拉起飞行高度。"他扫了一眼面前的学员，"请大家注意观摩，作为自己操作的借鉴，以取长补短。"他又举起望远镜，"注意！倒飞前速度放慢，你目前的技术状况还不宜高速转换，对！俯角，好！转换成功。拉平，拉平！改为前飞，行，加速，转换成功，但动作稍慢，多下降一百米，这在实战中很危险。"

高东虎把飞机平稳降落在备用跑道上，他打开窗盖，爬出机舱，踏着翅膀，然后跳下飞机，跑了过来。他向陈纳德敬了个礼："高东虎飞行完毕，请教官讲评。"

陈纳德看了看他："飞行要求基本达到。你前飞转倒飞动作准确，但为什么倒飞转前飞会多降那么远，是不是犹豫了一下？我的孩子，你要知道，那段距离在空战中足以致命。"

高东虎把腰一挺："报告教练，我当时看了一下手表。"

陈纳德点点头："看了一下手表的时间就多降了一百米，所以说空中不能旁骛，思想要高度集中……"

突然，塔台传来了空袭警报声，随即，驻在机场的苏联志愿航空队的飞行员跑了出来，冲向南边跑道的值班飞机。

抗战之初，美、英等国存有幻想，对日妥协，危难之中，苏联首先向中国伸出了援助之手。1937 年 8 月 21 日，中苏两国签订了《互不侵犯条约》，开始向中国提供经济贷款和军事援助。是年 10 月，从苏联的阿拉木图经中国的兰州到武汉的航线开通，第一批苏联志愿航空队先后到华，共 254 名空、地勤人员，是年底，在南京上空秘密参战。1938 年 2 月，中国得到苏联援助的飞机 390 架，其中驱逐机 230 架，轰炸机 160 架。10 月，芷江机场验收合格后，苏联志愿空军大队第一中队长伊凡诺夫斯基率领代号"正义之剑"的 20 架伊 –152 战机进驻机场。

陈纳德看到防空指挥塔旗杆上挂上了两个红灯笼，知道敌机快到芷江上空，就把手一挥："进树林掩蔽，观看苏联飞行员同日军飞行员的战斗。"他一边走一边说，"请大家注意，发现情况不妙，就进旁边的防空掩体。"

高东虎返身向那架北美 N.A–41 跑去，他跳上飞机，发动起来，开进旁边的树林。他刚跳下地，看到钦雪峰跑了过来，忙拉着他跑到一棵大树下："你怎么来了？"

钦雪峰擦了把汗："今天星期天，爹要我来叫你去吃晚饭，见你驾飞机上天，看呆了。"他指指那架飞机，"东虎哥，我还从来没有坐过飞机，带我上去坐坐吧。"

高东虎指指天空："鬼子的轰炸机凌空了，不安全。"

钦雪峰望了望天空："苏联红军的飞机不是迎上去了吗？怎么不见

动静？”

高东虎一边看一边说：“红军的飞机只有6架，鬼子的飞机有10……16、17、18架，当然要讲究战术啦。你看！背着太阳迎上去了。好！利用阳光对鬼子飞行员眼睛的刺激，抢先开火，先发制人，打！”

空中不时泛起一团团火光，6架战斗机同18架轰炸机在交锋，只见一架伊-152翅膀一歪，画了个圈，绕到一架轰炸机的侧后，喷出一串火舌。那架轰炸机立刻冒出浓烟，随即像断了线的风筝，掉了下来。

高东虎情不自禁跳起来：“哈，打中了！”

苏联红军的6架战斗机越战越勇，又先后打下两架日军轰炸机。其他的日机抵挡不住，只好把炸弹乱丢，大多在舞水河里爆炸。大大小小的鱼遭了殃，河面浮起了一片。

这天，日本海军第12航空队18架93式轰炸机首次袭击芷江机场。苏联志愿航空队6架飞机迎战，击落日军轰炸机3架，机上9人全部毙命，自己无一伤亡。老百姓好是高兴，一边在河里捡鱼，一边笑谈鬼子飞机不中用。晚上，钦万松弄了只大甲鱼炖母鸡，请老叔陈纳德和义侄高东虎来家里吃喜宴，庆贺打下了日本鬼子3只铁公鸡。

第二天，空气清新，昨日弥漫在上空的硝烟飘走了，人们似乎像看了一场戏一样，留在记忆里的是回味。太阳爬上远处的雪峰山顶，钦雪峰和王湖秀就走在了上学路上，这里到县城足足有七里路，所以叫七里桥。他们沿着河边的公路往上走，王湖秀不时回头看看掩映在柚林里的家，钦雪峰问道：“是不是有什么东西忘记带了？”

王湖秀摇摇头：“没有，但今天我心里怯怯的，有种恋恋不舍的感觉。”

钦雪峰看了看她：“你是不是昨天看到鬼子飞机丢下那么多炸弹，还心有余悸，生怕把我们家炸了？”

王湖秀啐了一口：“呸！一大早讲这么不吉利的话。”

忽然，传来一阵沉重的“轰隆”声，越来越大越来越沉，随即响起了惊天动地的爆炸声。这是敌机昨天吃了亏，今天又来轰炸！两人听老师讲过防空知识，就赶紧跳到路边的溪坑里。他们开始伏在地上，感到地皮在一阵阵颤抖，慢慢侧过头看了看天空，见几架飞机在云端里格斗。钦雪峰眼尖，跳了起来：“是苏联红军的飞机在打鬼子的飞机。”

王湖秀也站了起来，她突然一声尖叫：“啊！家里起火了！”她爬上路一边跑一边喊：“爹！娘！大伯！大妈！”

钦雪峰跟了上去，两人穿过田地，爬上沟坎，钻进柚林，傻眼了：只见门前一个大坑，房子掀掉了顶，屋柱和板壁在燃烧，四个大人血肉模糊躺在歪倒一边的大柚树下，显然是一起躲在这里。王湖秀扑上前，“哇”的一声，晕倒地上。钦雪峰返身一把抱起她，大哭：“湖秀！现在爹妈死了，叔和婶也死了，你千万不要死啊！那我一个亲人也没有了！”

这时，陈纳德带着人赶了来，他看了看现场，对学员们吩咐了几句，转过身，走到钦雪峰和王湖秀身边：“孩子啊！别哭，陈大爷一定会为你们报仇。”

王湖秀醒了过来，她把眼泪一擦，对钦雪峰吼道：“哭什么！哭能把鬼子哭死？”

钦雪峰咬了咬牙站起来，他向燃烧的家园看了看，返身走到陈纳德面前，双腿一曲，跪在地上：“大爷，请您收我为徒，教我开飞机的本领，我要日本鬼子血债血偿！”

陈纳德不知他说什么，摊了摊手。

高东虎上前翻译了一遍，并解释道：“校长，这是我们中国很重要的仪式，一日为师，终身为父。”

陈纳德听了，点了点头：“好孩子，有志气！我收你当学生，教你开飞机，要把你培养成一个让日本鬼子闻风丧胆的长空飞虎！”

钦雪峰听了，磕了三个响头：“谢师傅。”

陈纳德含着热泪，紧紧搂着钦雪峰：“我的孩子，你就是我的中国儿子。”

在大家的帮助下，钦雪峰的父母和王湖秀的父母就安葬在柚园旁边的小山坡上，高东虎带着刘之湘几个朋友利用星期天，修了个小陵园。

陈纳德是个热心的人，他见王湖秀孤苦伶仃，就在航校拨了间房子给她住，并允许她在食堂搭餐。王湖秀虽是个女孩子，但很坚强，她在废墟里翻到一些日常用品，就过起了日子。她每天早早起来做饭，吃了就去上学，钦雪峰要送她，却挨了顿教训："你现在是学员，而不是学生，你是从了军的人，就要严格要求自己，千万不要给师傅陈大爷丢脸。"

这天晚上，天黑了，钦雪峰在三里桥才接到王湖秀，原来是学校组织上街宣传抗日，才放学晚了。两人走了一段，钦雪峰拿出几块钱："这是东虎哥的津贴，你先拿着用，我有了钱再还他。"

王湖秀摇摇头："家里放钱的地方没有炸掉，所以我生活没有问题。"她从身上摸出几块银圆，"你现在还没有津贴，拿去用吧。"

钦雪峰忙说："我现在吃的、穿的都不用花钱。你的日子还长，要省着花。"

王湖秀看看他："那你不管我了？"

钦雪峰叹了口气："我怎么会不管你呢？问题是我现在没有经济能力管你的生活，这是我目前最大的心病。"

王湖秀笑了，从家里出事以后，她还没有开过笑脸，但听到这句话笑了，她说："雪峰，给你交个底，我爹是华容的粮商，虽不算富有，但我的生活没有问题，所以不用担心。再告诉你件事，我家逃难来芷江，不仅是为了躲避日本鬼子，还有另外原因，只是目前还不确定，不敢乱说。"她顿了一下，"本来我也想投军，但父母生前希望我考上大学，做一个知识女性，我不能让他们失望。"

钦雪峰点点头："这就好，我尽忠，你尽孝。"

王湖秀摇摇头："尽忠和尽孝并不矛盾，知识照样可以为国尽忠。我们现在说好，你要跟陈师傅学好驾驶飞机的本领，保家卫国。我用功考上大学，有所专长，建设祖国。"

陈纳德当时答应收钦雪峰为徒，心里还没有底，通过体检，钦雪峰的身体完全合乎飞行员的条件，只是年龄还不到入伍的规定。陈纳德决定暂时将他作为候补学员带在身边，先从飞行理论入手，打好基础，等年龄到了，再办理相关手续。

钦雪峰没有了亲人，把航校当成了家，除了星期天陪王湖秀进城买些生活用品，就在航校学习。陈纳德编写的有关飞行的资料都是英文的，钦雪峰虽然在学校上过两年英语课，但看懂专业性很强的飞行理论，还远远不够。好在他记忆力好，学习欲强，他根据师傅的讲解，借助词典，大多能弄懂。钦雪峰以前早起练一炷香的拳术，再学习，现在练了拳，就学英语。

这个星期天的早上，大雾弥漫，钦雪峰来到营房旁边的树林里，练了半个小时拳，就读起了英语。深秋风凉，他感到有点冷，就放下书，打起了拳。随着一阵脚步声，高东虎走了过来："据说你小子学拳，是为了护花？"钦雪峰摇摇头："乱讲！那次一个土霸的儿子要欺负湖秀，我是个男子汉，当然要保护女孩子。可那家伙高我一个头，三次交手，我都被打趴在地。我悍不畏死，又扑了上去。那家伙怕了，就说等你有了本事再打。我吐了口血水，说三个月以后一定打赢你。"他收了拳，"我舅舅是个拳师，就教了我几套拳脚功夫。三个月后，果然打败了他。以后我就喜欢上了，不练就感到欠了点什么。"

高东虎笑了起来："所以，你岳父看中了你这小子，把他的宝贝女儿许配给你，这还不是练拳护花？"

钦雪峰拿起书本："你这懒虫都起床了，不会是来扯闲篇，一定有什么事吧？"

高东虎点点头："不是有事，而是大事。"

钦雪峰忙问："什么大事？"

"老爷子从重庆打电报过来，我们芷江航校规模小，条件也有限，航委会决定同云南昆明航校合并。老爷子过去谈这事，要我们准备搬迁。"他叹口气，"当兵吃粮，四海为家。可你小小年纪，拖家带口，湖秀妹妹怎么办？"

柚林里，钦家屋场清理了出来，弹坑填平，烧焦的屋柱房板堆在一起。王湖秀把旁边炸死的几棵柚树挖掉，开成了一块菜地，准备利用这个星期天把葱、蒜种下去。她见钦雪峰走了过来，说：“雪峰，你去航校挑担粪来吧，把底肥施足，蔬菜才长得好。”

钦雪峰摇摇头：“菜不要种了，因为我们要离开这里。”

王湖秀一听，嚷道：“家不要了？我不离开，我还准备把房子建起来。”

钦雪峰心里一阵阵难受，他从来没有离开过这片柚林，虽然父母亲不在了，但这里是他的家，是他的根本之地。钦雪峰走上前：“我也不想离开，但我们航校要合并到昆明航校去，我是一个军人，身不由己啊。”

王湖秀见他难过的样子，忙安慰：“男子汉志在四方，你去昆明跟师傅好好学飞行本领，我不会拖后腿。”

钦雪峰叹了口气：“你一个人在这里怎么行呢？我同东虎哥商量了，把你也弄到昆明去读书。”

王湖秀想了想：“这恐怕不行，一是我们年纪小不能结婚，没有随军的条件。二是在期中，不能转学。更重要的一点是，爹娘死了还不到一个月，我不愿离开。”

“你一个人在这里，我怎么放心呢？”

“有什么不放心的，这是我的家。”

“我将来一定会重建这个家。”

“我不走，我现在就想重建。”

这时，高东虎走了过来，暗自叹道还是我一个人自由。他摆摆手：“喂！两位不要争了，听愚兄一个折中方案。”

王湖秀忙问：“大哥，有什么折中方案？”

高东虎想了想：“湖秀妹妹，航校搬走以后，这房子都空了，你一个人住这里，别说雪峰担心，就是我也不放心。所以啊，我认为去学校住校，既可以让大家放心，你又可以利用星期天邀同学过来看看。怎么样？”

钦雪峰忙点头：“还是东虎哥有办法。”

高东虎看看王湖秀："妹妹，我办法是想出来了，可花了不少心思，把肚子想饿了，怎么办？"

钦雪峰擂了他一拳："你就会敲诈勒索！湖秀，你回去做饭，我同这馋鬼到河边去买鱼。"

王湖秀把锄头一丢："买什么鱼，干脆进城去下馆子，顺便到学校看看有没有床位。你们命令一到，马上就走。我可要拉你们的夫，省得我一个人挨累。"

三个人说走就走，谁知没走多远，刘之湘追了过来："喂！你们去哪里？"

高东虎笑骂道："你小子是狗鼻子吧，这么灵！甜心妹妹请我们去城里下馆子，你都闻出来了？"

第二章　招兵买飞机

巫家坝机场继北京南苑机场后的中国历史上第二座机场，在昆明城南，原是巫家村的牧场，当地人把平地称为“坝子”，所以叫巫家坝机场。清光绪年间，这里建兵营，辟为教场。辛亥革命时期，蔡锷率清新军第十九镇七十四标在巫家坝兵营发动“重九起义”，推翻了云南清政权。1922年，护国起家的唐继尧从法国驻越南空军那里买了几十架旧飞机，于是就在巫家坝修了飞机场。1928年，云南省主席龙云从美国买了两架客机，开始在这里开办民用航空。现在因抗战需要，转为军用机场。由于十多年的经营，这里的条件比芷江强多了，建筑多是几层楼的砖石结构，昆明航校就在巫家坝机场旁边的三层楼大院里。芷江航校的学员分两路走，陆路沿湘黔路到贵阳，再经安顺、曲靖达昆明。空路是一架苏联运输机，主要是搭载教官、贵重设备和一部分学员。钦雪峰年纪最小，又是陈纳德的徒弟，校方关照，走空路。他第一次坐飞机，特别兴奋，一路趴在窗子边看外面。这种老式飞机性能差，遇上气流上下左右摇摆不定，有时猛然下坠，像要掉下去。一位叫钟向阳的教官在一阵剧烈颠簸后问：“小钦，你怕不怕？”

钦雪峰摇摇头：“这有什么怕的？打起仗来还要上下翻滚，教科书上讲，这就要克服失重的不适。刚才我感觉了一下，没有什么不适。”

钟向阳笑道：“你小子是天生的飞行员，怪不得陈纳德上校收你为徒。”

飞机降落在巫家坝机场，钦雪峰钻出机舱，看到跑道上停着不少飞机，可高兴了。谁知报到的时候，遇到了麻烦，花名册上没有钦雪峰的名字。钟向阳上前说明："他是陈纳德校长在芷江亲自收的徒弟。"

负责签到的是一位叫曲宏光的上尉，他摇摇头："这又不是民间的拜师学艺，我们是空军，收什么徒弟？真是开玩笑。"

主持接待的是昆明航校的教育长肖克邪中校，他想了想，说："汉语中的'徒弟'，翻译成英语是学生、学员。陈纳德上校是芷江航校的校长兼总教官，收个学员未尝不可，何况他又是我们空军的顾问。"

曲宏光站了起来："可他没有军籍啊！我们是军队，也不能私自招收。"

肖克邪皱皱眉："什么叫私自招收！他是在为我们中国培养飞行员。陈纳德上校是一位很有造诣的飞行员，又是一位很有经验的飞行教练，他看中的人，绝不会有错。至于军籍，很快就要招收新学员，补办一下手续就可以了。"

曲宏光还是想不通："这不合规矩嘛。"

肖克邪斥道："什么规矩？如果讲规矩，我们是空军，岂能容日本鬼子的飞机在中国的天空横行霸道？如果讲规矩，你我都是飞行员，有什么脸面苟活在世上？如果讲规……咳……"也许太激动，他咳了起来。

曲宏光忙走了过来："大队长，我不该惹你生气。"

肖克邪叹了口气："不是你惹我生气，而是我生自己的气。我们中国空军第 4 大队从高志航大队长血洒长空后，先后又有三位大队长为国捐躯。就是我这第五任大队长苟活了下来，有愧啊！如果不是为了培养飞行员，壮大我们的空军，我早驾飞机拼命去了。"他顿了一下，"所以，我们现在最大的规矩就是培养高素质的飞行员，打败日本空中强盗！"

芷江航校来的教官和学员听了，热烈鼓掌。钟向阳走上前，敬了个礼："肖教育长，你给我们做了空军历史上最鼓舞人心的训话。"

肖克邪同大家一一握手："欢迎芷江航校来的各位教官和学员，今后我们就在一起训练和战斗了。团结起来，为建设我们中国的空军努力吧！”

钦雪峰第一次离开家，来到这么远的地方，但他没有陌生感，尤其肖教育长的话久久回响在耳边，使他不能平静。他以前只想报仇，但怎么才算报仇，没有想过。钦雪峰现在有点明白了，就是建设强大的中国空军，打败日本侵略者，才算是真正报了仇。建设强大空军，首先需要高素质的飞行员，那自己就要努力学习，刻苦训练。钦雪峰每天提前一个小时起床，半个小时习拳，半个小时学英语。起床号响了，就参加例行训练。

坐车的学员可辛苦了，除了路况差，弯道多，沿途也不清净，几次遇到土匪，加上汽车时常抛锚，边修边行，颠簸了半个月才来到昆明。大家休息了一天，整理内务，就投入了训练。钦雪峰年纪小，喜欢热闹，现在高东虎、刘之湘几个朋友来了，好是高兴，还找了个馆子撮了一顿，但心里总是缺了什么似的。晚上，钦雪峰回到房里，现在条件好多了，学员一人一间房，一床一桌一椅，还有一盏台灯。他是第一次使用电灯，从抽屉里拿出一份材料，捧出师傅送的英汉词典，边看边翻译起来。这是陈纳德所写的有关提高驾驶员素质的讲稿，要他翻译出来。钦雪峰明白，师傅是想让他通过翻译，一是对内容加深理解，二是提高英语水平，是个一举两得的办法。现在快翻译完了，不知对不对，他老人家为什么还没有来呢？突然，响起了敲门声，钦雪峰放下笔，走过去打开门，见是陈纳德和肖克邪站在外面，忙立正敬礼：“教育长好！校长好！”

肖克邪看了看他们：“怎么不叫师傅？”

陈纳德耸耸肩：“这是我们私人关系，私下里叫。”

肖克邪笑道：“上校先生，我们是个尊师的国度，一日为师，终身为父。”

陈纳德点点头：“我知道，我也会尽一个做师傅的责任。”

肖克邪看了看桌上的讲稿：“上校，是您写的？”

陈纳德又点点头：“是的。”

肖克邪又问：“能不能让我看一看？”

陈纳德拿起讲稿看了看，递给他："这是我在美国当战术教官时的一篇讲稿，我的徒弟译完了，如果有不准确的地方，还请你帮他改一改。"

肖克邪点点头："行。那我走了，给你们师徒留个空间。"

钦雪峰送走肖克邪，走回房间："师傅，我好想你啊！"

陈纳德拉他坐在床上，笑道："我知道，刚才还打了个喷嚏呢。"他看了看钦雪峰，问，"我那徒弟媳妇呢？"

钦雪峰一听，立刻红了脸，低着头说："她讲还要给父母守孝。"他见师傅听不懂，就解释了一番。

陈纳德伸出拇指："她是个好姑娘，你不要辜负她。"

钦雪峰点了点头，问："师傅，你离开我们这么久，去了哪里？"

陈纳德拍拍他："空战的胜利有两个基本条件，一是高素质的飞行员和先进的飞机，二是有效的空袭警报系统，缺一不可。比如说，当敌机离开基地时，当地的情报人员就用收音机、电话或电报把情况传过来，我们就以逸待劳，并根据敌机的种类和数量，采取应对之策。"他顿了一下，"我奉蒋委员长命令，到各地考察、指导建立警报网的有关工作，今天才回来，把航校的工作安排一下，还要走。我原先担心你的军籍问题，肖教育长已经解决了，你要安心学习，用心训练。"

钦雪峰经过一段时间的带飞，明天就要放单飞了，他不由得又高兴又紧张。他平时喜欢到模拟飞行室，今天走进去又出来了：无非就是一场考试嘛，从小学考到高中，还少啊！只要学到位了，考不好大多数原因是紧张。钦雪峰找到高东虎和刘之湘，到外面吃了顿饭，玩到熄灯才回宿室。

肖克邪为人谦和，但对训练十分严格，他作为教育长，对一些关键科目亲自示范，亲自担任考核。他见钦雪峰全身披挂走了过来，问："今天单飞，有把握吗？"

钦雪峰把腰一挺："报告教育长，有把握。"

曲宏光皱了皱眉："昨天想找你交代一下放单飞的注意事项，可我到处找不到你。晚上看到你熄灯才回宿舍，有精神吗？"

钦雪峰把腰又一挺：“报告教官，有精神。”

肖克邪把手一挥：“上机吧，服从带飞员指挥。”

钦雪峰敬了个礼：“是！”转身向飞机跑去，他爬上一架标有“教02”苏式伊－152战斗机，跨进驾驶舱，向高东虎、刘之湘等人挥挥手，拉上舱盖。

肖克邪一把拉住曲宏光：“他今天放单飞，你昨天去补课，这不是三十夜催年猪吗？你小子读书可能就是这样，平时不努力，考试加班加点，现在把这毛病带到训练场上来了。”

曲宏光急道：“我的老长官，他还只是个毛都没长全的孩子，催催也许有作用，我怕他怯场忘了。”

肖克邪笑道：“你这个担心也有道理，但我们要因材施教，有时讲多了，反而会造成紧张心理。”他抓起旁边的飞行帽，“你在地面指挥，我去带飞。”说罢，爬上“教01”伊－152战斗机。肖克邪打开话筒，“02！你先飞。按照平时的操作，看着仪表，达到飞行速度，拉起机头。开始——”

钦雪峰做好了起飞前的一切准备，他听到是肖教育长的声音，不由得一震，又听到要自己先飞，知道是带飞员的信任，更是精神抖擞。钦雪峰应了句“是”，按照练过千百遍的动作，一气呵成，他见飞机滑行达到飞行迅速，把操纵杆一拉，机头上仰，离开地面，掠上天空。随即听到：“好！动作准确。现在注意！达到飞行高度，拉平机头，水平飞行。”钦雪峰又应了句“是”，把操纵杆一推，保持水平飞行。他这个时候才有时间往外看了一眼，见肖克邪的飞机就在自己的侧后。这时又响起：“准备左转弯，注意动作和速度。”钦雪峰转过弯，感到有点纳闷，按照规定应该是右转弯。他看了看地面参照物，明白过来，原来是自己偏离了航向，只有左转弯才能回到原来的航路，唉！这就是差距。经过几个来回的飞行，感到有把握了，他就想来个侧飞。他刚拉操纵杆，就听到：“你今天单飞科目是滑行、起飞、平飞、转弯、降落，至于侧飞、倒飞属于格斗科目，要循序渐进。”钦雪峰不由得心中一凛，这就是经验丰富的飞行员，能从细微的动作判断出你下一步的行动，打起仗来，就能制敌于先，这就是自己要达到的境界。飞机降落也很平稳。钦雪峰跳下飞机，想对鼓励和指导自己的教育长表示感谢，但一看，肖克邪坐车走了。

按说航校的学制是三年，但现在是战争时期，急需飞行员，把规定科目学完，通过考核，就算毕业。考核分理论笔试和飞行操作，这是大事，陈纳德要赶回来亲自主持，但他一时抽不开身，就电告学校先进行飞行理论考试。学员们的学历参差不齐，有大学有中学，甚至还有初中生；有的学过英语，有的没学过，试卷有几个题用英语。考试成绩公布出来，用教育长肖克邪的话讲，下面小，中间大，上头尖：及格的少，良好的多，优秀的只有三个，让大家想不到的是年纪最小的钦雪峰是其中一个。

飞行科目的考试重点是战术动作和实弹射击，理论考试及格的学员都打起精神，生怕再考不好脸上无光。陈纳德在战术动作考核结束时，才赶回昆明，他一下飞机，就赶到实弹射击靶场。每个战斗机飞行员五发子弹，全中靶子为优秀，击中三发以上为良好，打中一发和两发是及格。考核成绩公布出来，同理论考试一样，还是下面小，中间大，上头尖，钦雪峰又成了众人注意的对象，他只有一发子弹打中了靶子。更让学员们想不到的是，在毕业典礼上，陈纳德亲自宣布，鉴于钦雪峰实弹射击差点脱靶，给予他留级处分。

这个决定让学员们议论纷纷，有的认为钦雪峰是三国马谡式的人物，只会空谈理论。有的认为太过分，按规定及格可以毕业，何况钦雪峰理论考试还是优秀，有发展后劲。最急的是高东虎，他找到陈纳德的办公室说情："老爷子，别留雪峰的级了，他实弹射击只练了几次，不脱靶就不错了。你是个老军人，当然知道射击要多练才行。我帮他赶上来，下次打个优秀。"

陈纳德正在看文件："那你呢？也想留级？"他见肖克邪走了进来，把手一挥，"你走吧，我同教育长有事商量。"

肖克邪见高东虎气冲冲走了出去，笑道："这小子不理解你的良苦用心。"

陈纳德取下嘴上叼的"骆驼牌"香烟，指着旁边的沙发："请坐。我找你来就是商量办高级飞行员培训班的事，把优秀的毕业生留下来深造，积蓄力量。"

肖克邪一听，忙点头："这个办法好，我们的毕业生有些好苗子。现在空军的飞机快打光了，据最新统计，只剩下 37 架战斗机和 31 架轰炸机，又是些老机型。我生怕把这些好苗子分下去，浪费掉了。"

陈纳德站了起来："我们要有长远的眼光，有再好的飞机，没有高素质的飞行员也不行，何况飞行员不是一朝一夕能培养出来的。"他拿过桌上的文件，"这是我给航委会起草办高级飞行员培训班的报告，你没有意见，我就交上去。"

肖克邪接过报告看了一遍，跳了起来："上校，还是您有远见，我完全同意。"他叹了口气，"可我们现在急需飞机啊。"

陈纳德吸了口烟："我们把这个高级班的培训大纲商定以后，本人就要离开学校一段时间回美国去，与飞机有关。唉，蒋委员长的重托，我心里还没有一点数。"

肖克邪看着他："上校，我们对您有信心，相信有奇迹发生。"

陈纳德笑了，点点头："谢谢你们的鼓励和信任，我一定努力。那以后培养飞行员的重担就落在你肩上了，我去找飞机。"

这天，高东虎来到钦雪峰的宿舍，两人正在聊天，陈纳德走了进来，他看了看，把手一挥："跟我走。"两人跟着他上了汽车，驶出学校大门，上了进城的公路，来到滇池边一家三层楼的酒店。高东虎下了车，对钦雪峰挤挤眼，就跟在陈纳德身后进了一间豪华包厢。高东虎也不客气，就拿起菜单，他不看菜名，只看价钱，专选贵的点。钦雪峰提醒他："我们只有三个人，点这么多菜干什么？"

高东虎把手一挥："老弟，多吃点，当是老爷子赔礼道歉。"

陈纳德敲了他一记"棱角糖"："什么赔礼道歉！我当师傅的有什

么错？”

高东虎忙吐舌头：“老爷子，你能听懂了？”

陈纳德孩子般地笑了：“我不学习汉语，你们这些小鬼讲我的坏话，我怎么知道？”他揪住不放，“东虎小子，我当师傅的有什么错，要赔礼道歉？”

高东虎将他一军：“你是师傅，徒弟留级，你脸上有光吗？”

陈纳德反问道：“是我当师傅的名声重要，还是我徒弟的生命重要？你们要知道，两军对垒，先下手为强，可你打不中敌人，就会被敌人打中。”

钦雪峰一听，站了起来：“师傅，我明白你的良苦用心，徒弟绝不会给您丢脸。”

陈纳德点点头：“这才是我的好徒弟。”他帮两人夹了菜，“我今天把你们两兄弟找来，一是告别，二是有事交代。”

两个孩子一听，忙问：“师傅，你要去哪里？”

原来，当前抗战形势十分严峻，日军占领了华北、华东大片领土，又在蚕食华南。由于中国陆军装备本来就差，加上没有空军的支持，节节败退，华南眼看不保。蒋介石急了，派陈纳德回美国寻求援助，很快就要动身。陈纳德对自己这批徒弟寄予厚望，他安排了航校有关工作后，特地找来这两个最小的徒弟交代：“我的孩子，空军是高技术兵种，你们一定要扎实学习，掌握飞行理论和作战技巧，才能为自己安上翅膀，打击日本空中强盗。”

钦雪峰最关心的是：“师傅，你什么时候回来？”

陈纳德摇摇头：“我也不知道。不过老爷子可以告诉你们，只要你们好好学习，我一定会给你们带来意想不到的礼物。”

高东虎一听：“老爷子，你可不许耍赖。”

陈纳德伸出手：“我们可以拉钩，不过你们的飞行技术达不到要求，我回来可要打屁股。”

老少三人拉起了钩。

肖克邪是个爱才的人，他见钦雪峰留级在新招收的飞行员班上，对学过的课程还是认真听讲，知道这个小伙子是个踏实、有潜质的飞行员。他亲自带着钦雪峰打了几次靶，发现他进步很快，就决定把他调入高级班深造。

曲宏光知道了，特地找到肖克邪："老长官，陈纳德上校可是个受蒋委员长信任的人，他当众宣布钦雪峰留级，你现在推翻他的决定，让他知道了，该怎么想？"

肖克邪摇摇头："我处理工作上的事不考虑别人的面子和里子，只考虑对和不对。"

曲宏光叹了口气："老长官，你还是这个脾气，得罪人哪。"

肖克邪笑道："谁要我叫克邪这个名呢！"

钦雪峰是个很有悟性的人，他知道陈纳德和肖克邪都是为自己好，师傅是担心自己基础不牢，教育长是怕自己荒废时间。所以，钦雪峰白天在高级班上课，参加训练，晚上学习新班所用的教材。当时的教材是个大杂烩，有意大利、德国和苏联的，同美国的教材不同，有的甚至互相矛盾。

昆明航校也有两种不同的观点，当时，世界空军界被意大利军事理论家杜黑的空战理论所笼罩：空军在作战中应集中大量远距离、运弹量大的重型轰炸机，将其分布在一些机场上，一有敌情，即以多个纵队对战略目标轮番进行轰炸袭击，而地面武器无法形成对这些轰炸机的防御，这样三到四天的不断轰炸，就可使被轰炸国家求和。在杜黑的"轰炸至上"理论的影响下，战斗机受到漠视，许多驾驶战斗机的好手都改练轰炸机了。轰炸机飞行员出身的曲宏光是这种观点的代表，他常常发牢骚，让自己来当战斗机教练员是浪费人才。

这天上课讲"轰炸与护航"，曲宏光又讲起了轰炸至上的理论。钦雪峰看的书多，不懂的多，当然问题也多。他举起手问："请问教官，既然轰炸机重要，那我们为什么要学战斗机呢？"曲宏光知道陈纳德提出战斗机和轰炸机并重的理论，所以就没好气地说："那问你的师傅就知道了。”

肖克邪不仅是个有经验的飞行员，也是一个有开创性的教育长，他认为科技在发展，武器在更新，人们的观念也要改变，理论当然也是多元的。肖克邪正坐在后面听课，他知道曲宏光有情绪，就站了起来：“我来替曲教员回答这个问题，他驾驶的轰炸机被日本鬼子打下来了，他很怀念自己的飞机，就有了偏颇。如果当时轰炸机有足够的战斗机护航，那么他的轰炸机就不会被打下来。所以，我认为战斗机和轰炸机同等重要。”他顿了一下，“我们现在急需遏制日军的轰炸，所以先培养战斗机飞行员。下一期，就准备招收轰炸机飞行学员。”

曲宏光知道老长官是在批评自己带着情绪上课，就说：“教育长知识渊博，空战经验丰富，请他讲讲战斗机的战术。”

学员们很尊敬这位身体力行的教育长，鼓起了掌。

肖克邪走上讲台：“这是你们曲教官考我，那就只有讲讲自己的学习心得。”他拿起粉笔在黑板上写了“交战时，在其他因素都相差无几的情况下，交战双方的火力差不是火力单位数的差别，而是火力单位数差别的平方”一段话，然后说，“这是我们校长陈纳德上校根据以往的战例和自己的演练经验提出的，就是说，一个由两架战斗机编队的机组攻打一个目标，这不仅是二对一而是四对一的优势。”他顿了一下，“两机小组是最容易运动的，并最能集中火力攻击轰炸机或敌人的战斗机，同时又最能保护每一个进行攻击的驾驶员。我认为这就是战斗机最佳的战术组合。”

这天，钦雪峰正在教室里看书，高东虎急冲冲地走进来，拉起他就走。两人走到校外，只见一位风尘仆仆的男人站在路边树下，就问：“喂！你把我拉出来干什么？”

高东虎把他一推：“我当老兄的会干什么？当然是想让你来个惊喜。”

钦雪峰看了看：“我又不认识他，有什么惊喜的？”

树下那个人突然嚷道：“钦雪峰，你敢说不认识我？”

钦雪峰一听声音，扑了上去：“湖秀！是你呀！”

王湖秀把他一推：“你不认识我，找我干什么？”

钦雪峰忙赔笑："谁要你穿戴成这个样子，男不男女不女。"

王湖秀一听，满肚子委屈："我一个女孩子，这么千里迢迢，路上又不清静，不打扮成男的，敢走吗？"

高东虎落井下石："钦雪峰是个现在的陈世美，他进了城就忘了旧相好，老爷子回来，我一定替你告一状。"

钦雪峰哭笑不得："问你又不说，现在还催下风，你到底是不是我哥？"

高东虎见他急了，笑道："湖秀妹妹，他还没有资格当陈世美。我告诉你实话吧，雪峰上次训练，眼睛受了伤，所以没有认出你。"

王湖秀上当了，她急忙转过身："雪峰，你眼睛受了伤，怎么当飞行员？"

钦雪峰摇摇头："我没受伤，东虎哥不是好东西，他咒我。"

高东虎叹了口气："好人难做啊！我带你来见情妹妹，自己眼力不好得罪了人，又是我让你们相好。唉！还说我不是好东西，有天理吗？"

王湖秀被逗笑了，说："东虎哥，你说怎么罚他？"

高东虎点点头："人与人就是不同，还是妹妹向着我。至于罚嘛，他的津贴都没有花，那就罚他给你接风，但要点一份红烧肉慰劳我。"

王湖秀年纪虽小，但有主见，她知道一个人要有根，就把父亲留下的钱拿出一部分，请人在柚林钦家的原址把房子重建了起来。王湖秀今年高中毕业了，她把家托付给钦雪峰的舅舅照看，就女扮男装离开了芒江，历经跋涉之苦，辗转来到昆明，找到了恋人。王湖秀是个女孩子，不便住在航校，就在附近租了房子，她每天复习功课，准备考云南大学。

钦雪峰唯一的心病就是挂念王湖秀，现在恋人来了，他白天上课训练，晚上看看王湖秀，才回到宿舍。这个星期天，钦雪峰邀上高东虎和刘之湘一大早出发，陪王湖秀游滇池。

滇池为地震断层陷落型湖泊，位于昆明西南侧，是著名的高原淡水湖泊，海拔 1886 米，面积 330 平方公里。如果居高临下站在龙门观看，滇池似一弯新月，湖光山色尽收眼底，有着"高原明珠"之称。钦雪峰四人沿着湖边一边走一边看一边交谈，来到了海埂。这是伸入滇池的湖中长埂，河汊纵横，岸柳成林。王湖秀看了看波光潋滟的湖面：“这么大的湖，水源在哪里呢？”

刘之湘指了指远处：“有盘龙江十来条河水注进来呢。”

王湖秀又望了望四面的山峰：“这么多河水进来，岂不要淹了昆明？”

钦雪峰笑道：“有进，当然就有泄，这是大自然的造化之妙。湖水在西南称之为螳螂川的海口流出，为金沙江支流普渡河之源。”

高东虎拍拍肚皮：“走了这么远，肚皮提意见了。”

王湖秀摇摇头：“可这里没有饭铺酒店啊。”

钦雪峰指着前面几只船：“靠山吃山，靠水吃水，租船游湖，可以让船娘做饭炒菜，边游边吃。”

四个人选了一只有篷船，讲好时间、价钱，跳了上去。高东虎待船一离岸，就问：“老板，有什么好菜？”

驾船的是位中年汉子，他边划桨边说：“客官，对不起，船上没有什么好菜，只有湖里打的鱼。”

刘之湘一听，忙问：“有什么鱼？”

中年汉子指指船边拴的那根绳子：“拉起看看就知道了。”

高东虎操起绳子一拉，只见吊了一排鱼，有鲤鱼、草鱼、鳊鱼，还有一条鲇鱼，于是就选了那条五斤来重的鲇鱼。

湖水煮湖鱼，没有多久，两大钵炖鲇鱼摆到船舱板上。高东虎迫不及待夹了一块鱼肉塞进嘴里：“……好、好吃。”

钦雪峰很想念陈纳德，他舀了半碗乳白色的鱼汤，叹道：“师傅最爱喝鲇鱼汤了，称是水中炼乳。不知他老人家现在怎么样了？”

陈纳德受蒋介石之命，于1940年10月10日返回美国，打算通过官方和民间两种渠道寻求援助。中国同日本侵略者历经三年的浴血抗战，军队损失惨重，首先是海军拼得不剩一艘军舰，空军也打得没有了几架飞机，急需补充。陈纳德在美国只是一名退役上尉，没有什么资源和关系可以利用。好在他有所准备，一到华盛顿，就把1939年中国俘获日军最新的97型战斗机的技术资料送交陆军情报部门，以图敲开寻求援助的大门。谁知看到这份资料的“航空专家”却认为是天方夜谭，根本不可能制造出这种性能的战斗机。陈纳德很是失望，但他身负重托，只好厚着脸皮跑有关部门游说。这天，他拖着疲惫的身体从海军航空队司令部大楼出来，正在叹气，一个人拍了他一下。陈纳德转身一看，张开双臂：“天哪！艾尔索普，我怎么忘记了你这位好朋友呢！”

约瑟夫·艾尔索普是美国著名的记者，又是罗斯福总统的表弟，他拥抱着陈纳德：“听说中国的抗战有很多可歌可泣的人和事，我正想去找你，你怎么就回来了呢？”

陈纳德一听，可高兴了，拍了拍他：“中国人不屈不挠地抗击日本的侵略，每天都会发生你这位大记者感兴趣的东西，现在的中国才是一个有良知、有责任之人的用武之地。”

艾尔索普笑道：“克莱尔，那你还在磨蹭什么？与其在这里叹气，还不如去帮助中国人干些实事。”

陈纳德看了看他：“如果你真想帮中国，那还有比战地采访、真实报道更有意义的事。”

艾尔索普忙问：“什么事？”

陈纳德讲了他这次回国的情况，说：“我想帮中国建立一支美国式的现代空军，就可以直接打击日本空中强盗，使他们无暇对平民狂轰滥炸。”他叹了一口气，“可我找了不少部门，还游说了一些参众议员，但他们不理解，有的还冷嘲热讽。”

艾尔索普想了想，道：“你没有找对人。走，我带你去找海军部长弗兰克将军和财政部长亨利，对实现你的计划会有帮助。”

陈纳德感到纳闷，他钻进艾尔索普的汽车，问：“约瑟夫，为什么不去找你总统表兄呢？”

艾尔索普一边开车一边说：“我找他是私事，何况事关国际关系。只有他的部下找他，才会引起重视。”

弗兰克·诺克斯和亨利·摩根索对日本军国主义很是警惕，他们主张援助中国的理由也很直接：失去中国，对美国利益打击太大。罗斯福总统更是一位有远见卓识的政治家，让日本坐大，无疑会直接威胁美利坚的安全。他为了做到心中有数，特派自己的经济顾问居里去中国考察。居里为中国人民的顽强抗击日本侵略者的精神所感动，他向总统陈述了自己的所见所闻，力主援助中国。

当时，中国为寻求美国的援助，在华盛顿注册了中国国防供应公司，由宋子文坐镇指挥。他聘请戴维为公司董事长，其兄科克伦为公司总顾问，这兄弟俩是援助中国的另一股助力。科克伦毕业于哈佛大学法学院，进入了美国政府最高层，深得罗斯福总统的信任。陈纳德要飞机、要飞行员的计划都是通过这位顾问而柳岸花明的。

罗斯福批准了中国的采购计划，但飞机从哪来呢？当时欧洲战云密布，生产的飞机全部预定送往英国。陈纳德急坏了，找到了制造飞机的寇蒂斯－赖特公司副总经理伯迪特·赖特，要求先匀一批飞机给他。两人虽然是好朋友，但赖特也不敢违约。他经不住陈纳德软磨硬泡，就出了个主意，要陈纳德去找英国人，如果他们肯放弃目前这 100 架 P–40A，那将会用更先进的机型 P–40B 予以补足。英国人权衡了一下，就做了个顺水人情，答应这 100 架飞机先转让给中国。

P–40 系列战斗机，1938 年 10 月 14 日首飞，是当时最先进的飞机。陈纳德高兴了一阵，又犯愁了，先进的飞机需要掌握先进驾驶技术的飞行员，但中国的飞行员还无法胜任。他只好得寸进尺，打了报告，要在美国招聘相应的飞行员和地勤人员。

美军方极力反对，陆军航空队司令亨利将军甚至危言耸听，抽调一名参谋军官，就会危及陆军航空队的战斗力。罗斯福征求了科克伦几位高级顾问的意见，签署了一项秘密行政命令，允许预备役军官和航空队的“退役人员”参加中国空军美国志愿队，前往中国支援抗战。陆军部长史汀生受命批准，凡带有相关介绍信的人，有权同军事人员谈话。陈纳德就持有这种介绍信，他带着五人招募组，出没在陆军、海军和海军陆战队，物色有经验的飞行员和地勤人员。

陈纳德是位有经验的飞行教官，而且通晓人文精神的重要，他招募的志愿人员不仅要求技术过硬，尤其看重年轻人的朝气和活力，富有正义感和冒险精神。所以他制定出招聘志愿人员的具体条件：飞行员年龄在 20 岁左右，具有三年的飞行经验，飞行时间不少于 300 小时，而且是同情中国人民抗战的热血青年。地勤人员的年纪可放宽，但要求经验丰富，最好是多面手。

志愿人员同代表中国航空委员会的中国中央飞机制造公司订立应招合同，一年一期。合同规定各个工种的报酬幅度：办事员和机械人员月薪 250 美元，飞行员最低月薪 600 美元，中队长 750 美元，另有每月 30 美元的津贴。飞行员还有奖励报酬，每击落一架敌机，再奖 500 美元。死亡或伤残者，则付给六个月工资抚恤。除高薪外，还有休假费 500 美元，用于旅行、回家探亲。合同还规定，不服从命令、经常酗酒或吸毒，非因执勤造成的疾病、开小差和泄密者，将被解雇。那时，一名中士在美陆军航空队的月薪为 84 美元，来华担任无线电员月薪是 300 美元。一名中尉原在美陆军航空队服役 11 年，月薪仅为 225 美元，来华月薪达 1000 美元。合同还规定，志愿队员每人每日要付出 1 美元生活费。实际上，中方是超额支出，每日生活费达 60 至 70 元国币。如在重庆基地，每瓶威士忌仅售美元 4 角 5 分，是象征性收费。

当然，自愿人员大多出于拯救中国，为正义战争而献身，但也有的是出于兴趣、冒险和追求高薪。

这天，陈纳德从一个海军航空队基地出来，他钻进汽车，正要关门，被一个人拉住了。他探头看了看，说："小伙子，我要招的是上战场的飞行员，可不是替好莱坞招奶油小生。"

原来拉住车门的是一位长得很帅气的年轻人，他急切地说："好莱坞找了我好几次，我不去，因为我是一名飞行员，我的爱好是蓝天竞逐。听说日本空军在中国很无耻，他们没有对手，就去屠杀无辜平民。所以，我要去中国，跟那些日本猪较量较量，教训他们。"

陈纳德立刻改变了对他的看法，他钻出车门，问："我愿意带你去中国教训日本人，但还需要一些具体条件，不知你达不达得到？"

这位叫威廉·罗爱斯的年轻人忙立正："报告克莱尔上校，我今年22岁，海军航空学校毕业，是一名驱逐机飞行员，离你规定的三年飞行经验还差两个月，但飞行时间已达320小时。"

陈纳德从皮包里抽出一张表格："行。你先填好这张表，再来找我。"

1941年7月7日，中国抗战四周年这天，陈纳德在旧金山会见了中国空军美国志愿队第一批人员，计有110名飞行员，150名地勤技术人员。他原准备亲自带着他们搭乘轮船来中国，却突然接到命令，陈纳德只好提前坐飞机赶往缅甸。

原来，中国抗战的形势发生了重大变化。1941年6月，德国对苏联发动了突然袭击，日本为策应希特勒的进攻，准备发动第二次长沙会战。当时，中日两军在湖南境内对峙了两年多，大西南相应的稳定，可作为空军组训之地，会战一开，胜负难料。所以，航委会决定，中国空军美国志愿队到缅甸集训，形成战斗力，再回中国。

中国军事委员会委员长蒋介石发布命令，正式成立中国空军美国志愿大队："由志愿来华参战之美员及航空委员会派赴该队之华员共同组成……仰陈纳德上校就该大队指挥官。"

中国空军美国志愿队于8月1日在缅甸首都仰光成立，陈纳德任上校指挥官兼大队长，中国空军第五路军司令王叔铭上校为参谋长。下设三个战斗机中队，编入中国空军序列。第一中队为"亚当与夏娃队"，由前陆军航空队驾驶员组成，中队长为罗伯特·桑德尔，机身上涂有亚当夏娃图案。第二中队叫"熊猫队"，中队长叫克杰·纽柯克，队徽为熊猫图案。第三中队为"地狱里的天使队"，是陆、海军和海军陆战队飞行员编成，中队长是阿维特·奥尔逊，机身上画有姿态各异的天使图案。

中国空军美国志愿大队作为中国空军的独立单位，驻扎在缅甸同古附近的东瓜机场。这里距首都仰光有近260多公里，是一座破烂不堪的小镇。8月份正是雨季，又热又湿，像蒸笼一样，让人难以忍受。志愿队员们住在英国人刚刚修建的柚木房里，但还来不及装纱窗，白天受酷热的煎熬，晚上要受蚊子、臭虫的袭扰，缅甸人做的饭菜也不符合胃口，让大家叫苦连天。这天，陈纳德出差回来，刚赶到营地，就有五名队员向他递交了辞职书。他没有想到条件会这么糟，他也理解这些年轻人，不予留难，还开车送他们去仰光。留下来的队员们见陈纳德满脸刀刻般的皱纹，每天忙进忙出，很受感动，坚持了下来。

陈纳德知道要让队员们安心训练，首先要改善大家的生活条件。他到仰光找到两位做西餐的厨师，有空还亲自到伙房，做几样地道的美国菜。为了解决酷热问题，陈纳德要机械师在教室装上几台排气风扇，并错开中午的高热时段。他尽力为队员的训练改善条件，但还是有不少人抱怨。陈纳德自然想起了他的那些吃苦耐劳的中国学员，条件再差，他们从不抱怨。于是他打电报给昆明航校，要肖克邪选调一批高级班学员来缅甸参加训练，再说，打垮日本鬼子，主要还靠中国人。陈纳德离开昆明航校近一年了，他很想念那批中国学员，尤其是他的徒弟。

这天，钦雪峰正帮助机械师肖宏成修理那架七拼八凑的伊 -152 教练机，高东虎匆匆跑了过来："雪峰，我们高级班要选调一批优秀学员去国外留学深造，你有这打算吗？"

钦雪峰正在拧一颗螺丝，他头也不抬："能去当然好，可我算不得优秀。"

肖宏成笑道："小钦，你是不是太谦虚了？教官们都夸你呢。"

钦雪峰一边拧螺帽一边说："那是鼓励我呢。我最近看了师傅那本《防御性追击的作用》，感到自己的差距太大了。"

高东虎一把拉起他："去留学深造，就能缩小这种差距，你还磨蹭什么？"

肖克邪接到陈纳德的电报，很是高兴，重振中国空军之梦，有了希望，他知道目前尚需保密，就把去缅甸训练模糊为留学深造。他亲自主持选拔考试，经过飞行理论和飞行操作两轮角逐，选出了钦雪峰、高东虎等十人。

第三章　成名“飞虎队”

第二天，钦雪峰、高东虎十人登上一架美制 C−47 运输机，当他们降落缅甸东瓜机场，还以为要转机。他们跟接机的威廉·罗爱斯走出机场，来到铁皮盖顶的柚木营房里，才知道到了目的地。这时，满头大汗的陈纳德走了进来，学员们立刻围上前，敬礼的敬礼，叫校长的叫校长。陈纳德也很高兴，他与学员们一一拥抱，看到钦雪峰和高东虎，他笑道：“哈哈！你们果然没有给师傅丢脸。”

高东虎伸出手：“老爷子，你说从美国回来，要给我们带来意想不到的礼物，我们是拉了钩的，你可别说话不算话。”陈纳德平易近人，大家都喜欢他，于是起哄要礼物。

陈纳德把手一招：“我老爷子讲话从来算话，走，我带你们看礼物去！”

东瓜机场是英国人修建的，还只完工了跑道、机窝、油料库，其他诸如指挥塔、弹药库、修械所及其他辅助设施，大多没有建完。不知是天气太热，还是其他原因，施工人员都已撤离。不过一排排机窝修得不错，大家跟着陈纳德走进来，眼睛一亮，只见里面停满了崭新的飞机。学员们可高兴了，跑上前这里看看，那里摸摸，爱不释手。陈纳德拍拍手：“孩子们，这个礼物你们满意吗？”

大家高兴得直跳：“满意！”

陈纳德点点头：“这是我们美国寇蒂斯 P−40 系列战斗机，1938 年

10 月 14 日试飞。”他指着身边的一架飞机讲解，“这是 P-40B 型飞机，是目前最先进的战斗机，又称‘战鹰’式战斗机，火力强大，机头配有两挺 0.5 英寸口径机关枪，机翼配有四挺 0.3 英寸机枪。具有较高的速度、较快的俯冲以及强大的火力。”

学员们听了，像是注入了强心剂，议论起来：“我们再也不怕日本鬼子的什么中岛式、奥斯卡、96 式战斗机了。”“哈哈！我们扬眉吐气的时候来了！”“校长！那给我们每人配一架飞机吧！”

陈纳德摆摆手：“孩子们！新式的飞机就有新的技术，所以，你们要重新学习，才能掌握新的飞行技术。你们要飞机可以，但要看谁先掌握，谁才可以先拥有飞机上天作战。”

学员们白天的高兴劲，被晚上臭虫、蚊子的陆空袭扰，一晚睡不好觉给冲淡了不少。钦雪峰家里虽有臭虫，可没这么多；家乡有蚊子，也没有这么大。他想起妈妈对付这些东西的办法，就烧了几大锅开水，把学员们宿舍里的东西都烫了一遍。钦雪峰又找了些药草，晚上烧烟驱赶。学员们一觉睡到大天光，一个个精神抖擞。

陈纳德规定，无论是美国的战斗机飞行员还是中国航校的优秀毕业生，一律要进行“再训练”，而且训练科目制订得特别详细。只有经他考核合格的，才能成为正式队员。陈纳德将战前训练分为三个阶段：首先，让原来飞行轰炸机、运输机等多发动机飞机的飞行员完成单发的 P-40 改驾训练；其次，进行 72 小时课程，讲授空战技术；最后，62 小时专项飞行和空战强化训练。陈纳德再三强调：“你们必须利用你们装备的长处去攻击敌人的短处，每一种飞机都有它自己的长处和短处，能够以己之长克敌之短的飞行员就能百战百胜。”他并以别人几乎不理解的方式突出射击准确率在空战中的重要性。

钦雪峰和高东虎这些航校的佼佼者，同这些美国飞行员一比，立刻显出了差距。美国飞行员年龄大不了多少，但都具有三年的飞行经验，飞行时间不少于 300 小时。高东虎开始还不服气，但在模拟飞行时就比了下去。他有股虎劲，输了就一定要赢回来，就同钦雪峰缠着老爷子“开小灶"。陈纳德特别喜欢他们的虎劲，不厌其烦解答回答，还增加他们驾机上天的飞行时间，但在实弹打靶中，成绩还是不理想。

这天下午讲授空战技术课，美国的志愿队员和中国的航校学员都坐在教室里。陈纳德站在黑板前一边讲一边画图，他见志愿队员们哈欠连连，而中国学员一一个正襟危坐，认真听讲，很是不满："怎么搞的？"

钦雪峰站了起来："报告教官，他们晚上睡不好觉，所以精神不好。"

陈纳德看了看他："现在都配发了蚊帐，为什么他们睡不好，你们睡得好？"

钦雪峰把腰一挺："报告长官，因为我们对臭虫进行了杀灭处理，打算利用这个礼拜天帮他们也处理一下，睡好觉就有精神了。"

陈纳德听了，把手一挥："现在下课，马上处理。"

于是，营房里展开了一场消灭臭虫的战斗，高东虎带着一帮人在伙房烧开水，烫、晒衣服、蚊帐、被子。钦雪峰带着人提着开水到宿舍里，见缝隙就灌开水，重点是床，上上下下消毒了一片。果然立竿见影，当晚他们都睡了一个好觉。

这天，高东虎和钦雪峰来到机场，见几名志愿队飞行员在飞机上涂画，上前仔细一看，见一架P-40A战斗机上画着一个飞升的裸体女人，一架P-40B驱逐机上画了一个男人围着苹果树追一个女人。高东虎摇摇头："这些老美啊，真骚！打仗还尽想女人。"

钦雪峰一边看一边点头："画得还真有些意境呢。"

高东虎敲了他一记"棱角糖"："你小小年纪竟开始买骚，欠揍！"

钦雪峰回他一拳："你少文化啊，他们是在为自己队画标志。"

"什么标志？"

"美国志愿航空大队三个中队叫什么名？"

"第一中队叫什么'亚当与夏娃队'，第二中队叫'熊猫队'，第三中队叫'地狱里的天使队'。"

"那飞升的女人应该就是'地狱里的天使队'的标志，那追逐的一男一女无疑是'亚当与夏娃队'的标志。"

高东虎一听，他又看了看点点头：“那第二中队应该是画熊猫啰。”

钦雪峰摇摇头：“未必，我们都没有看见过熊猫，美国老兄们怎么知道熊猫的样子，可能画其他什么。”

高东虎不相信，走到另一边，看到威廉·罗爱斯拿着镜子在飞机上描画自己的图像，就问：“你怎么把自己画上去？”

威廉·罗爱斯摇摇头：“NO！ NO！熊猫。”

高东虎叹道：“他怎么把自己变成我们的国宝熊猫了？”

钦雪峰笑道：“这就是美国人的浪漫和幽默。”

高东虎摇摇头：“我可不喜欢把自己的战鹰画上女人像的浪漫和幽默。”

钦雪峰指着他的鼻子：“你是封建思想，这也是中国文化和西方文化不同的地方。”

每天早上 5 点，飞行员被叫醒，吃过早饭就开始一个半小时的空战训练。升空的是美国飞行员，中国学员在地上观摩学习。陈纳德头戴钢盔，身穿短裤短衣，爬上摇摇晃晃的竹搭指挥塔，一手拿着望远镜一手抓着麦克风，对空中那升高、俯冲、翻滚做着各种战术动作的飞行员及时指导。钦雪峰坐在他身边，边看边听边记。

下午天气热，就上课，有时在教室里有时在树荫下。陈纳德先讲评上午的训练情况，然后讲解敌我飞机的优缺点，如何以已之长攻敌之短。他常把要点画上圆圆，擦掉以后专找不认真听讲的学员上讲台，重新画出来。陈纳德见高东虎东张西望，他就撞到了枪口上。高东虎被罚了多次，久经考验，他大剌剌走上讲台，拿起粉笔就画。钦雪峰见他画反了，急得直打手势。陈纳德最由不得人作弊，把两人狠狠训了一顿：“高东虎，你以已之短攻敌之长，会变成一只死老虎。钦雪峰，你帮他舞弊，不是为他好，是要他丧命。”

威廉·罗爱斯看不过眼，提出抗议：“老头子，你要尊重别人的人格，不管他是美国人还是中国人。”

高东虎却说：“这是给我补课呢。”

罗爱斯一听，哼了一声就走了。

钦雪峰见陈纳德脸上的皱纹越来越多，知道他太累，又因天气热休息不好，就利用星期天上街，买了一大捆筷子粗的绳子，用织渔网的方法编了几张吊床。钦雪峰在陈纳德房前的树下悬挂了一张吊床，喊道：“师傅，出来试一试。”

陈纳德睡在床上，满头大汗。他走出房门，往吊床上一躺，悠了悠，伸出拇指：“OK！比房里舒服多了。”

这时，约瑟夫·艾尔索普也参加了中国空军美国志愿队，担任陈纳德的副官，两人是好朋友，就住在隔壁，他走出来一看，说：“这个办法真好，我们为什么没有早点想出来呢？”

陈纳德笑道：“你别眼馋，我徒弟不会落下你。”

钦雪峰从包里又拿出一副吊床，在艾尔索普房门前的树上张挂起来。

高东虎对威廉·罗爱斯很有好感，就邀上钦雪峰，拿了一张吊床，准备送给他。

谁知这位帅气的美国小伙子摇着头：“NO，NO！你们中国人奴性太重，教官那么侮辱，竟默默忍受。”

高东虎是个心高气傲的人，认为是热脸贴了冷屁股，他拉起钦雪峰就走，说：“有什么了不起！”

钦雪峰劝道：“这是美国人的思维方式，他并没有恶意。”

这天特别热，不少人就在营房外的树林里架起蚊帐，打起地铺。谁知睡到半夜里，忽然有人发出惊叫声。钦雪峰拿起手电一照，原来睡在旁边的威廉·罗爱斯的蚊帐里爬进了一条眼镜蛇，正吐着芯子。高东虎也惊醒过来，他眼明手快，左手撩开蚊帐，右手匕首飞出，正扎在蛇的七寸上。罗爱斯好是感激，连声道谢。高东虎还记恨他瞧不起自己，冷冷道：“不要你拍马屁，我是履行见蛇不打三分罪的古训。”

罗爱斯听不懂他说什么，便请钦雪峰翻译。

钦雪峰这样翻译：“不用谢，这是应该的，因为我们是朋友，是战友。”

威廉·罗爱斯听了很是感动，道歉说：“我以前对你们很无理，请原谅。”

高东虎是性情中人，见他当面道歉，一边把那死蛇丢出去，一边说：“对，我们是好朋友，今晚才睡在一起。”

从此，三人成了生死战友。

经过几个月的强化训练，队员们身上虽然晒脱了几层皮，但都能熟练地掌握 P-40 的飞行技术，就是昆明航校来的十名学员，也能驾驶这种复杂的飞机了。陈纳德要把这支志愿队打造成能打胜仗的部队，重点抓飞行技巧、空中格斗和实弹打靶的训练，并要求人人过关。他又根据 P-40 的技术特点和中国战场敌众我寡的情势，特制定了一套独特的三机编队即“一击脱离”“打了就跑”游击战术原则，再三强调：“你们可利用 P-40 速度较快的优点，不要摇机翼，迅速俯冲。你们的火力也比较强，而日本人的飞机则是爬升能力强。如果你们用敌人的战术作战，必死无疑。”

这天进行实战训练，高东虎和威廉·罗爱斯驾机上空，作为敌我双方，展开对抗训练。谁知“交手”了几个来回，高东虎的飞机始终处在对方的射程之内，而威廉一个俯冲之后，则远远避开对方。

陈纳德带着其他人在地面观察，他很是恼火，对着话筒嚷道：“东虎小子，你不要命了！游击游击，跑出射程。”

高东虎并非不明白，但这种游击战理论与中国飞行员以前所学的崇尚进攻的理论有悖，尤其这种“除非需要准确的射击之外，绝不要留在日本人防御火器射程之内”的做法，在当时的中国空军将会因为临阵脱逃罪名而受到枪决的处罚。所以，高东虎一时无法适应。

陈纳德听了钦雪峰的解释，特地把中国学员召集在一起上课，详细阐述了自己这种战术和理论的根据，并说：“战术和逃跑是两回事，如果你们的上司把战术规避当作逃跑，是外行行为，我找他们说理去。”也就是这种战术和理论，使以后的飞虎队在绝对劣势的情况下以弱胜强，取得最大战果。

美国志愿队员和中国学员都是年轻人，精力充沛，但这里是偏僻小镇，连家电影院也没有，好在修有球场，打篮球成了他们唯一的消遣。现在天气凉快了，美国三个中队各组织了一个球队，加上中国学员队，四支球队展开循环赛，陈纳德亲自担任主裁判。这天是“亚当和夏娃队”同“地狱里的天使队”争夺冠军，“熊猫队”和“中国学员队”只好当看客了。高东虎看了看球场，捅捅钦雪峰：“威廉小子也太小气了，输了球，捧场都不来了。”

钦雪峰摇摇头：“他才没有你小气呢，一定是干什么事去了。”

高东虎不高兴了：“在你眼里，我这当老兄的就是个小气鬼？”

钦雪峰的嘴巴也不饶人：“那在你眼里，威廉老兄是小气鬼？”

高东虎发起了虎气：“那行！我们去找威廉，如果他没有干什么事，就证明我说对了，他是小气鬼。至于对你的惩罚嘛，吃我两颗‘棱角糖’。”

钦雪峰也较起了真：“如果是你错了呢？”

高东虎拉起他一边走一边说：“一样。”

两人来到宿舍，没有看到威廉·罗爱斯，又找了他常去的地方，也没有看到，那就只有机场和街上。钦雪峰想了想，就向机场走去，果然看到那小子在自己的P-40机头上涂画什么。两人很是奇怪，就跑了过去。威廉·罗爱斯看到他们，伸出拇指：“OK！快来帮忙。”

高东虎见飞机的发动机和下面的冷却罩都打上了线框，便问：“喂！你上次把自己画上去充熊猫当队标，这次又干什么？”

威廉·罗爱斯听了，他边指边说：“我想把我的座驾打扮得漂亮一点，想在这里画一个鲨鱼头。”

高东虎想了想：“为什么画那凶恶的鲨鱼头呢？”

威廉·罗爱斯反问道：“日本鬼子住在什么地方？”

钦雪峰看了看他：“海岛啊。”

威廉·罗爱斯又问：“他们怕什么？”

两人摇了摇头。

威廉·罗爱斯笑道：“他们惧怕鲨鱼，我查了些资料，日本不少地方还把鲨鱼当神供奉。”

钦雪峰一听，明白过来："你是想利用日本人惧怕鲨鱼的心理，画到机头上，让他们一见到就感到害怕。好！威廉老兄，你用上了战争心理学。"

高东虎也明白过来，提出建议："那要把鲨鱼头画得凶恶一些。"

于是，三人一边描画一边讨论一边修改，终于一幅张开血盆大口，上下两排锯齿形的雪白利牙，一对带着邪恶的小眼的鲨鱼头画成了。威廉·罗爱斯高兴极了，他拥抱了两位朋友："哈哈！这给我的 P-40 增加了一股凶猛勇悍的神气。"

陈纳德为罗爱斯这个创意叫好，队员们也很喜欢这个图案，纷纷在自己的飞机上画了起来。于是，鲨鱼头就成了中国空军美国志愿队最具特色的涂装，并被继承了下来，成了以后"飞虎队"的象征。

1941 年 12 月 7 日，日本偷袭了珍珠港，太平洋战争爆发了。陈纳德得知这个消息，真是又气愤又激动，气愤的是日本人太无耻，当面讲好话，背后下毒手；激动的是自己大展身手的日子终于来到了。果然，陈纳德接到航委会的命令，率领中国空军美国志愿大队第一中队和第二中队移驻云南巫家坝机场，保卫昆明和保证滇缅公路的运输安全。第三中队转往仰光，协助英军保卫缅甸的首都。

中国空军美国志愿航空队的司令部设在巫家坝机场的一座砖木结构的两层楼里，毗邻昆明航校。两个中队新式的 P-40 战斗机整齐地摆在跑道上，把平时空旷的机场挤得满满的，真是一道亮丽的风景线。最高兴的是航校师生，肖克邪代表航校设宴为美国志愿队员接风，并让出了最好的宿舍。学员们忙着为美国客人打扫卫生，安顿生活。

12 月 20 日上午，陈纳德安排一中队战备值班，二中队整理内务，他正准备应航校的邀请去给学员讲课，突然电话铃响了。约瑟夫·艾尔索普拿起话筒一听，叫道："克莱尔，中国空军第五总站的站长王叔铭通报，日本 10 架 99 式双发轰炸机从老街越过云南边界，正向西北方向飞行，目标很可能是我们昆明。"

陈纳德抬起头，说："但愿他们来昆明，我就可以小试牛刀了。"

电话铃又响了起来。

艾尔索普拿起话筒一听：“日机已经过了开远，正向昆明方向飞来。”

陈纳德站了起来，他走到地图前看了看，下达第二中队停止整理内务，加入战斗值班的命令，然后大笑起来。

艾尔索普看了看他：“日本鬼子飞机来了，你就这么高兴？”

陈纳德点点头：“中国有句古话，养兵千日，用兵一时，我们现在能揍日本人了，你不高兴？但我更高兴的是，我们几年的心血没有白费，布置的地面警报网起作用了，这是我们今后打击日本人的先下手的有利条件。”

艾尔索普毕竟是书生，他虽然有了心理准备，但还是不无担心地说：“哎，我们刚转场，他们就来了。来者不善，善者不来，这第一仗怎么打，我可没有底。”

陈纳德拍拍他，安慰道：“约瑟夫，别紧张，你做好情报官和报道官的事就行了，打仗的事交给我来办。”

艾尔索普点点头：“我对你有信心，对我们美国志愿队有信心。”

陈纳德在普宁站的警报传来以后，立即下达了出击命令。

第一中队和第二中队共32架P-40相继升空，飞往各自的战斗区域。

陈纳德压抑着心里的激动，坐在指挥室，当传来“鲨鱼翅蓝色呼叫基地，东面60英里处发现日机，我们准备进攻”时，他立刻命令：“鲨鱼翅蓝色，展开进攻！”

杰克·纽柯克带领“熊猫队”16架飞机飞向预定的东南方向，首先发现了日机，他接到攻击的命令，当即率队迎了上去。

日军轰炸机大摇大摆飞来昆明，连护航战斗机也不带，突然看到美机飞来，吓坏了，慌忙丢下炸弹，冲入下面的云层，往回逃跑。

空域云层浓厚，“熊猫队”16架飞机钻进云层，失去了敌机的踪影，杰克·纽柯克很是着急，立即向指挥所报告。

陈纳德接到报告，吃了一惊，他扑到地图前看了看，立刻命令：“鲨鱼翅红色，敌机钻入云层，企图逃跑，你们向前搜索，予以拦截。”

罗伯特·桑德尔带着第一中队在西南方向待命，接到拦截敌机的命令，回了句："遵命，长官！"他是位有经验的飞行员，自己在西南方向没有发现敌人，那日本轰炸机最有可能往正南方向跑了，于是带着战友们搜索过去。他们钻出云层，果然发现 10 架日本轰炸机，立刻报告："鲨鱼翅红色向基地报告，鬼子在正南方向 80 英里处。"

陈纳德正在焦急，他得到第一中队的报告，马上命令："孩子们，冲上去！打下敌人！"

桑德尔见敌机贴着树梢飞，大喜过望，却忘记了陈纳德两机一组的战术编队，带着 16 架飞机向敌人扑去。志愿队员们目睹了昆明城被日机狂轰滥炸的惨状，都憋了一肚子仇恨，又经过这么久的强化训练，早想给"日本侵略者"一顿教训了。于是一个个争先恐后地向敌人扑去，有的还在三四百米远的地方就开了火。桑德尔一马当先，当看到瞄准镜套住一架 99 式轰炸机，他果断按住开火按扭，机头两挺 0.5 英寸的机关炮和机翼上四挺0.3英寸的机关枪，立刻形成立体火力罩向敌机，顿时，把那架轰炸机打得凌空爆炸。桑德尔深深呼了口气："这么不经打，该省点子弹。"他把操纵杆一推，飞机画了个圈，回到战场，他见战友们像打猎似的，几架飞机争着追逐一架敌机，忙叫道："别乱！两架一组，保持战术编队。"

队员们顾不得了，队形也早飞乱了，眼明手快的抢先开火，打得日军轰炸机纷纷冒烟，栽向地面。

第二中队在浓厚的云层里搜索敌机，两眼一抹黑，全靠判断力，雷克托运气好，他驾机钻出云层，看到一架 99 式轰炸机飞来，迎头就是一个长射。日机被打掉一边翅膀，像陀螺一样打着旋栽了下去。罗爱斯钻出云层，看到还有 4 架敌机，不是被掀掉了炮塔，就是被打掉了半边尾舵，立刻加大油门扑上前去。他咬住最近那架轰炸机，一按火力按扭，打掉了它半边机翼。罗爱斯还要冲上去补一火，便听雷克托喊："威廉，油料不多了，返航吧。"

威廉·罗爱斯看看那几架歪歪斜斜而逃的日机，又看看油表，叹了口气："唉，到手的 500 美元飞了。"

陈纳德听到打掉日军 6 架轰炸机，自己无一损失，激动得连话也说不利索，他第一个冲到跑道，迎接凯旋的勇士。飞行员们在机场上空作出表示胜利的翻滚动作，才一架接一架地降落跑道。陈纳德同每一个飞行员拥抱：“我的孩子，辛苦了。”他清了一下人数，忙问，“雷克托呢？”

罗爱斯上前报告：“雷克托的飞机油料耗尽，迫降在东面一块水田里，他人没事，还向我招手呢。”

陈纳德放下了心，吩咐道：“孩子，辛苦你，加了油飞过去，把雷克托接回来。”

中国空军美国志愿队首战告捷，击落日军 6 架轰炸机，受伤返航的 4 架轰炸机又坠毁了 3 架，只有 1 架回到越南清迈机场。志愿队只有雷克托迫降受了点轻伤，罗爱斯空降了油料，那架 P–40 很快就飞了回来。

中国军委会成立了一个战地服务团，专门为志愿队员提供服务，包括住宿、餐饮、洗衣、理发、翻译、每日新闻摘要、新闻手册、中文班、社会交谊、与中国官方联络、演说、音乐会、艺术展览、宗教节目、医疗服务等，总部设在昆明。战地服务团在机场旁边建了一座招待所，设有酒吧和舞厅。队员们可高兴了，聚在酒吧欢庆首战大获全胜。雷克托也跛起一只脚，走了进来：“伙计们，我打下一架鬼子 99 式轰炸机，有 500 美元奖金，今天我请客。”

桑德尔摇摇头：“NO，NO！我是第一个打下敌机，又比你先到，这个客由我请。”

纽柯克笑道：“雷托克这个月薪金都寄回了家，昨天还向我借钱呢。奖金又没发下来，他哪有钱请客。”

雷克托伸出手：“队长，你再借呗！我领了奖金一起还你。”

队员们一阵哄笑。

罗爱斯拍拍手：“诸位！当场打下的 6 架飞机都有了主，可那逃回去的 4 架飞机有 3 架因被打伤坠毁，其中 1 架是我打掉了半边机翼，虽然是打落水狗，至少有我一份苦劳，这个账该如何算？”

队员们又起哄：“平均分发。”“找老爷子算账。”“今天这客让老爷子请。”

队员们在酒吧欢庆胜利，陈纳德却一个人走向机场，他靠在 P-40 飞机上，含着热泪：自己在美国不能实现的理想，终于在中国可以实现了。钦雪峰走了过来，递上他那不离嘴的“骆驼牌”香烟：“师傅，你想什么呢？”

陈纳德揉了揉眼睛：“师傅的努力终于开始有收获了。”

钦雪峰点点头：“这只是胜利的开始，我相信以后会有更大的胜利。”

陈纳德拍拍自己这位善解人意的徒弟：“孩子，胜利是由努力和汗水换来的，你一定会成为一名优秀的飞行员。”

这时，高东虎跑了过来：“老爷子，昆明市民得知打了大胜仗，自发前来慰问，艾总管请你赶快回去。”

陈纳德一边走一边问：“艾总管是谁？”

高东虎笑道：“艾尔索普啊，他是你的副官，又是报道官和情报官，还被我们选为伙食官，所以大家叫他总管。”

昆明虽然地处抗战的大后方，但饱受日机轰炸之苦，这次中国空军美国志愿队首战大获全胜，全民激动，全城欢庆，全体出动。学界首先举行庆祝游行，敲锣打鼓，口号震天。商会不甘落后，立刻牵牛赶羊前往巫家坝机场慰问。人们为了亲眼看看打败日本空中强盗的美国飞行员，挑酒挑烟的，拎糖果花生的，提蛋抱母鸡的，纷纷加入慰问队伍。艾尔索普见来了这么人，带来这么多慰问品，简直手足无措，好在有肖克邪带着航校师生出面接待，才松了口气。陈纳德赶到航校大院，看到民众这么热情，激动得几乎说不出话来，他学着中国的礼节，抱拳作起了圆圈揖。

陈纳德根据肖克邪的建议，为鼓励士气，美国志愿队和昆明航校师生举行联欢会。首先由桑德尔、雷托克几位打下敌机的飞行员即席发言，讲述他们作战的过程和体会。航校师生大多懂英语，很受启发，不时发出一阵阵掌声。第二项，肖克邪代表中国航委会，给每一位打下敌机的飞行员颁发 500 美元奖金。另 3 架受伤坠毁敌机的 1500 美元，作为志愿队的公共福利金。随后几项有歌舞表演、大会餐，晚上还举行了舞会。

约瑟夫·艾尔索普虽然身兼数职，但骨子里还是一位记者，他把美国志愿队首战日军，大获全胜的消息第一时间发给了美联社。他随后给《纽约时报》写了篇《小试牛刀》的通信，1941 年 12 月 20 日 9 时许，日军 10 架川崎 99 式双发轻型轰炸机从越南清迈机场起飞，从老街越过云南边界，经蒙自、开远、华宁，直扑昆明。中国空军美国志愿大队第一、第二中队于 10 时 12 分和 14 分相继升空迎敌……经过 7 分钟的战斗，当场击落日机 6 架。另 4 架受伤日机利用云层逃逸，终因伤损严重，在中途坠毁 3 架，只有 1 架 99 式轰炸机回到清迈机场。精确的时间、准确的地点、具体的机型、印证的数量、平实的语言，使这篇通信为世界多家报刊转载。艾尔索普还把不修边幅的陈纳德打扮了一番，拍了张照片，寄给《时代》杂志。

当时，中国战局很是危急，日军攻城略地，如入无人之境；大半国土沦丧，经济陷入崩溃，军队损失严重，亡国论再次甚嚣尘上。中国空军美国志愿队昆明首战大捷，再一次打破了日军不可战胜的神话，中国人民在黑暗中看到了胜利的曙光，各届欢欣鼓舞。重庆媒体和全国民众均以“飞虎添翼”、“空中飞虎”之语来赞誉志愿队，“飞虎队”之名开始出现报章。

美国媒体也以“Fling Tiger”（飞虎）来称誉志愿队。陈纳德从美国陆军航空队退役上尉而变成了世界各地的新闻人物，尤其是当年 12 月成为《时代》杂志封面人物，获得了“飞虎将军”称号。此后，头戴星条高帽、一腾空而起的飞虎愤怒地抓破日本太阳旗的图案，便成为中国空军美国志愿队及其所属作战飞机的著名的非正式标志。

1942 年 3 月，应驻华盛顿军需处的请求，迪士尼协会的罗伊·威廉斯为美国志愿队设计了一个队徽：一头插翅的猛虎，正在飞跃一个象征胜利的字母“V”。由此中国空军美国志愿队正式与飞虎结缘，无论解散后的第 23 特遣队，还是第 14 航空队及中美混合团飞行员都喜爱这标志，一直沿用到抗战结束。

全中国，乃至世界，都在欢呼昆明大捷，而高东虎和钦雪峰却被派去从事机师的工作。这天，两人协助肖宏成修理一架 P-40A 型飞机，高东虎牢骚满腹："老爷子也太不给面子了，把我们当临时工用，一会儿清理装备，一会儿修理飞机，真是大材小用。"

钦雪峰附耳道："老兄，你别误会了师傅的良苦用心，他是要让我们熟练地使用装备，熟悉飞机的各个部位。万一以后驾机作战受伤，也好心中有数。那位雷克托老兄之所以成功迫降，又能在水田中起飞，他就知道该趋避什么，如果不熟悉飞机的构造，怎么做得到？"

肖宏成笑道："小钦有见识，我以后给你当机师吧。"

这时，刘之湘跑了过来："雪峰，你家里的大学生来了。"

原来王湖秀考入云南大学新闻系，住在学校里，只有星期天才有时间。钦雪峰当时选拔到缅甸东瓜机场受训，一去就是近半年，由于保密的原因，没有通信。他回来后，受到不少埋怨，钦雪峰上个星期没有进城看王湖秀，生怕恋人见怪，忙说："我上个星期值班……"

王湖秀心快口快："你值班是职责，有什么挂在嘴上的？"

高东虎正没好气，就催下风："他现在长本事了，经常教训我这当老兄的。湖秀妹妹，你是大学生，比他有知识，多管教管教。"

王湖秀笑道："东虎哥，我今天是来采访的，没时间管教，这任务就交给你吧。"

高东虎一听，跳了起来："那你先采访我，让老兄也出出名。"

钦雪峰刮他羞羞："你又没有参加战斗，出什么名？真不怕羞。"

王湖秀却说："那场战斗的采访多，报道也多，我不想炒现饭。一个篱笆三个桩，一个好汉三个帮，飞虎队员能把日本鬼子的10架飞机打下9架，与地勤支援人员不无关系。所以，我今天采访的主题是幕后英雄。"

钦雪峰听了，指着肖宏成说："他就是一位默默奉献的幕后英雄，哪架战斗机出了故障，他就是通宵不睡觉，也要想办法修好。肖机师原来熟悉的是老式飞机，他为了尽快掌握新式的P-40飞机的构造，他查看资料，虚心拜师，是中国机师能修理这种飞机的第一人。"

王湖秀拿出采访本，一边听一边记，还一边采访肖宏成。

肖宏成是个老实人，第一次接受新闻采访，窘得有时词不达意，钦雪峰和高东虎在旁边加以解释。

采访完了，王湖秀拿出陈纳德送的照相机，要配发照片。肖宏成不肯，好说歹说，要高东虎和钦雪峰陪他才肯照。高东虎拔腿就跑，钦雪峰一把揪住他：“刚才还要求采访，现在又逃跑，真是银样蜡枪头。”

王湖秀把他拉到一边，轻声诓道：“东虎哥，你们上这篇报道也不合适，但不陪肖机师他又不肯照，所以先照，我洗相的时候技术处理掉就是了。”

高东虎信以为真，于是，两位飞行员夹着一位机师的照片就登在《昆明日报》上，高东虎当时做了个鬼脸，变成了独眼龙。

中国空军美国志愿大队第三中队在保卫缅甸首都的战斗中，也战果辉煌，打得日本空军如同进了地狱。这天早上，驻守在明加拉顿机场的“地狱里的天使队”值班机组黎明巡逻飞行后，正在休息，中队长阿维特·奥尔逊得到日机来袭的情报，立即带领15架P–40升空，会同英军的18架水牛式飞机迎战。日军94式轰炸机在大队中岛I–97战斗机的护航下，分两个梯队展开攻击，第一队受到重创后，第二队悍不畏死，妄图突破美、英军的拦截。经过一番生死较量，首次仰光保卫战胜利结束。据英国皇家空军报告，找到32架日机残骸，中国空军美国志愿队击落其中的25架，“地狱里的天使队”损失飞机3架，牺牲两名飞行员。

陈纳德得到消息，立刻驾机飞到仰光，参加牺牲飞行员的葬礼。他常常昆明、仰光两处飞，哪里紧张就往哪里跑。

圣诞节这天，81架日本三菱轰炸机在42架中岛式战斗机的护航下，气势汹汹前来报复，要把仰光夷为平地。“地狱里的天使队”12架P–40起飞，会同英国皇家空军16架战斗机迎击。他们利用自己飞机的优势，从5000多米高空俯冲而下，撞入日机编队。派克·杜普伊和弗雷德·霍奇是两员猛将，各自撞毁一架日本战斗机，冲入轰炸机群。日军飞行员想不到美国人也这么强悍，纷纷走避，编队立刻被打乱了。于是，战斗机和轰炸机混飞在一起，敌机与己机交织在一起，“地狱里的天使”们利用日军飞行员受教条束缚，横冲直撞，打得敌机纷纷坠落。这场交锋，第三中队击落日军轰炸机 15 架，战斗机 9 架，自己无一伤亡。

陈纳德高兴极了，专程飞到仰光，表示祝贺，并亲自为飞行员发放了击落敌机的奖金。他看到这些孩子们太疲惫了，就于 1942 年伊始，派“熊猫队”12 架 P−40 飞到仰光明加拉顿机场，把“地狱里的天使队”替换了回来。

第四章　决战“日本鸡”

中国空军美国志愿队之名，是当时美国政府对日本军国主义还存有幻想，不愿开罪而取。12 月 7 日珍珠港事件发生，美国第二天就向日本宣战。太平洋战争之初，美军节节败退，东南亚相继陷落于日军之手，只有在中国的美国志愿队大显身手，无论在昆明还是仰光，都打得那么精彩，让世界瞩目。美国军方急需一支部队来支撑门面，再说现在“志愿”二字已无必要，就决定把中国空军美国志愿队收归到陆军航空队旗下，那么打了胜仗也就算在美国军人的账上了。

这支志愿队组建之初，许多美国军事专家预言不可能作战三个星期，事实却在缅甸、印度支那、泰国和中国作战达七个月之久，取得了辉煌战果：击落日机 297 架，加上坠入大海、丛林深山中的可能还有 150 架，击毙日军 100 多人。这时志愿队只有 250 人，P–40 战斗机 100 架（其中只有 60 架可用于前沿基地），在战斗中牺牲了包括建队的三个中队长在内的 23 人（其中 4 人在空战中阵亡，6 人死于敌人的防空炮火，10 人牺牲于飞行事故，另有 3 人被俘），有 12 架 P–40 战斗机在空中损失，有 61 架在地面被炸毁（其中 22 架自焚）。飞虎队始终保持着 25 比 1 的优异战绩。

然而，美军历来讲究正统，陈纳德一个退役上尉被称为“飞虎将军”，那正规军人的脸往哪里放？于是打算要换掉陈纳德。谁知蒋介石不答应，中国为美国志愿队花费了 800 万美元，你们当初是什么态度？现在形成战斗力了，就眼红了，想要就要想换人就换人？美军方知道理亏，没敢坚持动陈纳德，只好拿志愿队员开刀。此时成立了中国战区，蒋介石任战区司令，美军驻中国战区司令史迪威中将任参谋长，负责具体改编中国空军美国志愿队。这位美军司令的心思放在缅甸训练中国远征军上，他想尽快办好这件事，加上性子急，做法偏激，引起了群愤。志愿队员绝大多数宁肯辞退而不愿归并，形同“发生了兵变”：志愿队 237 人中，仅有 5 名飞行员和 29 名地勤人员愿意接受改编。

陈纳德很是伤心，常常暗自流泪。这天晚上，他饭也不吃，就走进了机场。他一架架抚摸停在跑道上的飞机，呼唤着驾驶员的名字。钦雪峰最理解师傅的心情，他端着饭盒走了过来：“师傅，吃饭吧，你是我们的主心骨，一定要保重身体。”陈纳德长长叹了口气：“孩子，近一年的朝夕相处，生死相顾，我舍不得他们呀。”

钦雪峰点点头：“你舍不得他们，他们也舍不得你，我相信他们大多数人会回来的。”

陈纳德看了看他，问：“你怎么知道？”

钦雪峰递过饭盒，俏皮地说：“你吃饭，我就告诉你。”

陈纳德接过饭盒，道：“你说了，我就吃。”

钦雪峰故作神秘地四处看了看，才说：“我送威廉·罗爱斯和弗雷德·霍奇那批人上飞机时，他们都表示，回国打个转，只要你不受排挤，他们就回来。威廉哥还要我好好照顾你。”

陈纳德听了，泪水大颗大颗地流了下来。

1942 年 7 月 4 日，美军在独立日这天，把中国空军美国志愿队改编为第 10 航空队第 23 战斗机大队，由斯考特上校任大队长。陈纳德由陆军预备役转为现役，任特遣队指挥官，并晋升为陆军准将，归驻印度的第 10 航空队司令官比斯尔少将指挥。第 23 战斗机大队继承了飞虎队在中国作战的任务，加上有不少中国飞行员的正式加入，所以又称“中国特遣队”，辖第 74、75、76 三个中队，钦雪峰和高东虎分在第 76 中队。中国特遣队的任务当然是保卫中国领空，陈纳德调整了部署，第 74 中队留驻昆明，第75中队派驻衡阳，第76中队调派桂林，司令部原驻昆明，很快移驻桂林秧塘基地。

桂林地处南岭山系西南部，是典型的岩溶峰林地貌，漓江傍城而过，有山清、水秀、洞奇、石美四绝之誉。然而，日机于1937年10月15日首次轰炸桂林以来，这座美丽的城市已是千疮百孔，到处是残垣断壁。陈纳德早就有把司令部迁来桂林的打算，这里位于华南要冲，战略位置相当重要，又建有秧塘、二塘、李家村互为掎角的三个机场。中国特遣队队部设在秧塘机场一座两层楼大院里，为了防止日机的偷袭，第76中队的飞机分驻在三个机场。

陈纳德最担心的是战斗力，现在虽然成了正规军，但志愿队是经过自己亲手调教的，他心里有底。他决定特遣队每日除战斗值班的外，其他飞行员按照飞虎队以前的做法，在飞行技巧、空中格斗、实弹射击三个科目进行强化训练。好在大队长斯考特上校很支持，他常常带着一个行李包，驾着飞机在三个中队穿梭，督促训练。

新来的这些飞行员都是美国航校毕业，对新式的P-40也经过正规训练，他们对飞虎队员的壮举都耳熟能详，还怀有一种神秘感。可现在一接触，看到那几个留下来的飞虎队员蓄着胡须，没穿军服，作为做派有点像卜赛人甚至海盗。尤其陈纳德，头上戴着一顶破旧的空军帽，身着中国的军官衫，下穿短裤，皮肤赤褐，皱褶密布，嘴里叼着“骆驼牌”香烟，哪像什么飞虎将军？百闻不如一见，这些踌躇满志的飞行员很是失望。然而不久发生了几件事，逐渐让他们知道了什么是飞虎队。

派克·杜普伊是几位留下来的飞虎队员之一，那天，他驾着一架修补了多次的P-40A，同三架驾着新式的P-40C的飞行员，展开对抗训练，只有几个来回，就先后“打”下了对手。谁知在降落的时候，后起落架发生了故障，一个机轮放不下来。杜普伊像不知道似的，也不拉起机头，只见飞机侧着身子落地。尤其绝的是，他把这架打着跛脚的飞机开到一个土坎边停了下来，把机翼稳稳地搁在土坎上面。

新来的飞行员大开眼界，惊叹不已，他们以前只知道杜普伊打下一架日军轰炸机，还撞下一架日本战斗机，以为是凭勇敢和运气，原来还身怀绝技。这些飞行员立刻对老队员刮目相看，对飞虎队也有了初步的认识。

雷托克是不愿归并也不愿离开的飞虎队员，他跟着来到桂林，让陈纳德安排在飞行员宿舍，吃住免费。他也常常身穿便衣参加训练，成了秧塘机场一道别致的风景。这一天，雷托克和杜普伊做两机编队的示范表演，只见他们在空中翻转，时而长机变僚机，时而僚机变长机，心意相通，只要一个小动作，对方就明白，立刻采取下一步战术动作。新来的飞行员们正为他们的默契配合叫好，只见两架飞机一个高空俯冲，离地面不到 100 公尺，两人同时拉起机头，对着跑道，稳稳降落下来。这可是硬功夫，为再次升空作战争取了时间。

飞虎队精神是协助精神，是团队精神，是追求卓越的精神，虽然大多数队员愤而离开了，但这种精神还在，它的灵魂还在。陈纳德并不因为当了将军而改变他那亲力亲为的风格，他除了在训练场上严厉外，平时穿着飞虎队的旧服装，像一个和蔼的乡村老头，大家见了他不敬礼也不见怪。有天晚上，陈纳德得知一位新来的机师得了急病，他亲自开车送到医院，直到人脱离危险才离开，他就是以自己的人格魅力吸引着周围的人。

经过一段时间的强化训练，飞行员们的实战能力得到了提升，陈纳德那颗悬着的心终于放了下来。尤其让他高兴的是，威廉·罗爱斯、弗雷德·霍奇一批飞虎队员又回来了，办理了重新征召入伍的手续。由于威廉·罗爱斯在美国抨击了陆军航空队，惹恼了当权人物，没有获得批准。陈纳德就以昆明航校招收学员的名义，让他注册了军籍。

这天，陈纳德正在办公室同肖克邪商谈昆明航校学员训练的事，这位教育长请求拨一架 P-40 飞机作为教学之用。陈纳德正为补充飞机的事伤脑筋，但还是慷慨地答应了。两人正在交谈，一声报告传来，他转身一看，竟是日夜想念的好朋友约瑟夫·艾尔索普，只见他穿着一身笔挺的空军上尉军服，可高兴了。

原来这位著名的记者以他的能力和关系，不但取得了陆军航空队的军籍，而且被授予空军上尉。本来上司留艾尔索普在航空队司令部担任新闻报道官，但他要求来中国第23战斗机大队服役，否则就脱下军装。航空队司令阿诺德将军没有办法，只好放行。于是，艾尔索普带着几个飞虎队员来到桂林。陈纳德高兴极了，拉着肖克邪作陪，为约瑟夫和那几名飞虎队员设宴接风。

日军在太平洋战场所向披靡，攻香港，占越南，夺菲律宾，袭马来西亚，取新加坡，打得英、美联军丢盔弃甲，美国远东陆军司令麦克阿瑟中将也丢下十万美菲联军，趁夜搭乘鱼雷快艇，驶离马尼拉湾，逃到澳大利亚。谁知被日军大本营认为迟早是囊中之物的中国，只当作掠夺战略物资的“后方”，却突然冒出一支不到100架作战飞机的小小中国空军美国志愿队，打得日本空军无还手之力。这些狂妄的军国主义头目在震惊之余是恼怒，于是严令驻中国汉口的第13飞行师团长田喜八郎中将，务必尽快消灭这支队伍，以维护大日本皇军的威名。这一天，田喜八郎得知那支飞虎队已经解散，取代的是美军第10航空队第23战斗机大队，所辖三个中队分驻在昆明、桂林和衡阳，这位师团长不由得大喜，决定首先拿这个大队的驻地桂林开刀。日本空军在中国横行惯了，去年12月20日空袭昆明差点全军覆没，当时还以为是大意偶然失手。谁知在仰光多次交手，都被那支中国空军美国志愿队以少胜多，打得丢盔弃甲，损失惨重，这才引起重视。于是，田喜八郎为对付那支被称之为“飞虎队”的支队，调来了日军王牌飞行员犬养凤二郎中佐，配备了日本最先进的零式战斗机。田喜八郎立即下令，攻击桂林。

这天，从地面空袭情报网传来消息，日军5架双引擎三菱轰炸机，在11架中岛式97型战斗机和5架不明型号的战斗机（实际上是零式战斗机，因为是第一次出现，当地的情报员识别不出）护航下，向桂林方向飞来。情报官艾尔索普得到消息，这位秀才已今非昔比，已经锻炼出来了，因为陈纳德生病往院，他直接通报第76中队的中队长鲍勃·尼尔。日机飞抵预订的作战空域，尼尔便带着11架P-40升空迎敌。按照制定的作战计划，高东虎跟随派克·杜普伊所带的4架飞机在5000米处诱敌，尼尔带 4 架飞机在 6000 米处待命，雷克托带 3 架飞机在 6600 处后备。钦雪峰的飞机正巧在修理，他见战友们上天迎敌，很是着急，突然看到跑道上还停着 1 架 P-40B 型飞机，这才想起师傅住院，他急忙爬上飞机，向队长追去。

犬养凤二郎毕业于日本著名的江田岛航空学校，松沪会战就来到中国，被高志航击落过，跳伞逃得了生命，从此变得很是残忍。他苦练飞行技术，先后参加南京会战、武汉会战、长沙会战，曾同苏联志愿航空队交过手，打下中国多架飞机，获得天皇钦赐黄穗指挥刀。犬养凤二郎狂言消灭中国空军，为引出残存的中国飞机，曾大肆攻击中国的城市，屠杀无辜的老百姓。他根本不相信中国空军美国志愿队有那么大的神通，因为自己在香港上空击落过两架美国战斗机。犬养凤二郎早就想同传得神乎其神的什么“飞虎队”较量，他得到出击的命令，就驾着先进的零式战斗机带着有轰炸机编队的 20 架飞机，扑向桂林。犬养凤二郎曾几次带队袭击过这座中国南方最美丽的城市，对沿途航路很是熟悉，以他对中国空军的作战经验，对方多是被动防守，所以一直飞到桂林境内才命令做战斗准备。犬养凤二郎带队飞到秧塘机场，没有遇到飞机，地面也没有，他又转飞到李家村机场，也没有什么飞机。这位狂妄的日本空军中佐认为对方是避战，就故技重演，决定去轰炸桂林城，以引出对手。

这正中了艾尔索普麻痹敌人之计。他虽是个书生，却喜欢研究战术，尤其对中国古人的三十六计颇有自己的理解，于是就同中队长鲍勃·尼尔商讨出这个作战方案。

杜普伊带着 4 架飞机充当诱饵，他是条猛汉，见日机飞来，一马当先冲了上去，穿过敌人的护航机，直扑轰炸机，打乱了日机的队形。高东虎紧随其后，咬住一架轰炸机，抢先开火，打得敌机冒出了浓烟。杜普伊和威廉·罗爱斯弹无虚发，击落了两架轰炸机。

犬养凤二郎乍一见到对方 4 架飞机迎来，还以为自己引蛇出洞的计划得逞，谁知对方带队长机径直撞了过来，似乎是想同归于尽。他本想来个硬碰硬，但看到那张着血盆大口的鲨鱼头越来越近，心中一怵：我堂堂皇军中佐与你同归于尽，才划不来呢。好在零式飞机很灵活，操纵杆一推，堪堪避过。谁知就是这一避，让对方冲了过去，接近了自己护航的轰炸机。犬养凤二郎刚回过神来，就有两架轰炸机中弹坠落，而且编队也被冲乱。他历经战阵，经验丰富，何况自己占绝对优势，就命令战斗机 3 架一组围击对方 1 架飞机，自己带 3 架零式机去保护剩下的 3 架轰炸机，犬养凤二郎的算盘又打错了。

尼尔见杜普伊那组吸引了日机的注意力，立刻带着自己的 4 架飞机和雷克托带的 3 架飞机冲过去。尼尔手明眼快，一个长射，打得 1 架中岛式战斗机拖着长长的尾巴坠落不去。高东虎见战友们先后击落了敌机，他咬住那架受伤的轰炸机不放，紧追不舍。杜普伊把一架日机套在瞄准圈里，谁知一按发射按钮，6 挺机枪哑了 5 挺，他准备重新装弹，发现紧追敌人轰炸机的高东虎被一架日本零式机在后面瞄上了。杜普伊立刻冲上去拦截，他虽然解了高东虎之危，但自己飞机的冷却装置被击中，无法再战。他为了避开敌人的追击，一个猛子扎下去，降到 600 米低空才拉平飞机。他正打算开回机场，看到一架日机扑来，更要命的是油压表降至零位，仪表板因无油冒出了浓烟，现在跳伞高度也不够。杜普伊是位有经验的飞行员，强行迫降在稻田里，受了重伤。钦雪峰追了过来，看到了这一幕，他立刻掉转机头，向高东虎追去的方向飞去。在一座峡谷里，终于截住了贴着树梢逃跑的那架日本 99 式双发轰炸机。日军飞行员一慌，一头撞在了山峰上。

犬养凤二郎看到又先后有 7 架敌机飞来，他认为虽然估计不足，但自己还是占有优势，于是调整部署，自己当先迎了上去。他咬住一架飞机，正要开火，旁边一架 P-40 冲了过来，犬养凤二郎立刻掉转机头，开了火，打得它冒出了浓烟，一直看到它歪歪斜斜掉落水田，才飞了回来。但他一看作战空域，头上立刻冒出了冷汗，就这么点时间，5 架双引擎三菱轰炸机全部被击落，战斗机也没剩几架。犬养凤二郎本想拼命，但不服气，会死不瞑目，他咬了咬牙，下令撤出战场。

战斗胜利结束，飞行员们摇着翅膀，降落到机场。高东虎看到钦雪峰在前面，跑上前招呼："哈！那鬼子飞行员被我们吓得撞山自尽了。"

谁知钦雪峰伸手就是一拳，嚷道："你不要命了，只管追敌，不知提防，害得杜普伊大哥为救你而坠机，不知生死如何！"

高东虎一听，满心的高兴化为乌有。两人加了油，驾驶着一架双座P-40B上了天，来到杜普伊迫降的地方，看到下面有不少人，不知发生了什么事。高东虎跳伞下去，钦雪峰不放心，在空中盘旋。

杜普伊由于剧烈撞击，虽然有水田淤泥做缓冲，但还是摔断了一条腿，头部也受了伤。他苏醒过来，包扎了伤口后，正在查看无线电装置，见几个农夫拿着柴刀、锄头围了上来，忙把自己的飞行夹克脱下来，指着上面"来华助战盟友（美国）军民一体救护"字样。其中一位叫韦有良的汉子识字，在桂林城里做生意，为躲避日机轰炸，才回到乡下老家，他看了，立刻大喊："这就是我给大家讲的，帮我们打日本鬼子的飞虎队！他受了伤，赶快帮忙啊。"

乡亲们听了，立刻跑上前，爬上飞机，七手八脚地把杜普伊抬到田边路上，包腿的包腿，喂水的喂水，遮阳的遮阳。附近村里的人得到消息，也纷纷赶了过来。

高东虎降落地面，一看就知道是怎么回事，就打手势要钦雪峰回去。他见杜普伊虽然伤重，但没有生命危险，悬着的心放了下来。高东虎抱拳道谢："感谢各位乡亲救援我们这位叫杜普伊的美国飞行员，他已经打下了3架日本鬼子的飞机，今天是救我才受了伤。"

乡亲们听了，纷纷叫道："他帮我们打鬼子，救他是应该的。""他为我们流血，我们帮他是天经地义。""我们感谢飞虎队英雄。"

韦有良扎了一架竹靠椅，上面铺了棉被，扛了过来。大家把杜普伊抱上靠椅，抬起就走。沿途的乡亲们听说是飞虎队的英雄，喂水果的喂水果，拿鸡蛋的拿鸡蛋，送母鸡的送母鸡。护送到机场医院，靠椅上挂满了东西。韦有良听说飞虎队打了胜仗，不怕日军来轰炸了，又回到桂林城做起生意。

中国特遣队组建后的第一次空战又大获全胜，新来的飞行员人人心悦诚服，他们身历战场，而击落敌机的都是老飞虎队员，尤其是杜普伊，自己的飞机出了故障又受了伤，还奋不顾身地救援战友，差点牺牲。这就是克敌制胜的飞虎队精神，他们加深了认知，找到了差距，为有幸加入这个团队而自豪。

陈纳德终于放心了，实战再次检验了自己的治军方略是正确的，更坚定了他的信心。他得知杜普伊被当地老百姓救起，并及时送来医院，更是高兴，那证明自己倡导的陆空救护组织很起作用，可以有效救助我们失事的飞行员。

桂林是一座饱受日机轰炸之苦的城市，这次空战，飞虎队 11 架飞机对日军 21 架飞机，当场击落 11 架，还有两架受伤日机逃遁坠毁，其中 5 架轰炸机无一幸免。飞虎队损失两架飞机，杜普伊同另一名飞行员都被救了回来。尤其让市民高兴的是，飞虎队不但以少胜多，而且目睹了这场大获全胜的空战，立刻自发地前来劳军，全市沉浸在一片欢庆之中。

师团长田喜八郎得知犬养凤二郎损失过半，真是又惊又气，差点要拿他军法处治，但这也再次证明了飞虎队的实力，如果杀了这个王牌飞行员，以后谁去对付呢？田喜八郎狠狠甩了犬养凤二郎两个耳光，严令他戴罪立功，抓紧训练队伍，打败那支中国特遣队，为日军争回脸面。

犬养凤二郎原以为是自己大意轻敌了，但他详细回忆了一下战斗的经过，记起自看到那张牙舞爪的鲨鱼头一惊避让后，就失去了先机，让对手打乱了编队，才处处被动，招致大败。犬养凤二郎把撤回来的一位飞行员找来，问他这次作战失利的感受。这位叫桥岛武夫的空军上尉出生在海边，父母都是渔民，他一个哥哥就是被鲨鱼吃掉的，自小对那东西就有种恐惧感，所以乍一见到对方飞机上的鲨鱼头，就吃了一惊。犬养凤二郎见部下有同感，更证实了自己的判断，敌人运用了战争心理学，利用日本人惧怕鲨鱼的心理，抢占了先机。美国佬好奇好色，我何不来个以其人之道还治其人之身？在飞机上画女人不吉利，我叫凤二郎，那就画一只凤凰，对，一只妖艳的凤凰，让美国佬上当！犬养凤二郎为自己这个创意而自豪，他高兴地回到宿舍，见恋人山田秀子正在叠被子，就扑上前一把抱住，滚倒在床上。两人亲热了一回，犬养凤二郎没顾上穿衣服，就迫不及待说出了自己的计划："秀子，你是记者，又有美术功底，帮我设计出凤凰图案。"

山田秀子亲了亲他："你这次受了挫折，我赶来看你，想不到不但没有消沉，反而激起了斗志。犬养君，你真是我的好未婚夫。"她略一顿，"你这个创意好，但要撩起美国佬的遐想，最好改为凤戏凰的图案。"

犬养凤二郎一听，看了看赤身裸体的山田秀子，立刻血脉贲张起来，又翻身压上去："对！你这个修改到位。"

于是，汉口机场就出现了一队机头上画两只交尾凤凰的零式战斗机，命名为"凤凰突击队"。犬养凤二郎正要出击，从师团部转来一份情报，敌人有张无处不在的地面警报网，他恍然大悟，怪不得上次桂林之战，对方能预先准备，张网以待。犬养凤二郎不服气，以自己的飞行技术、战斗经验，加上世界上最先进的零式战斗机，如果公平决斗，绝不会输给那些美国佬和支那人。犬养凤二郎异想天开，写了封战书，派桥岛武夫偷偷飞到桂林，投了下去。

这天，陈纳德刚从衡阳机场飞回来，他走进办公室，看到桌上有封日文信，便问："约瑟夫，这是怎么回事？"

艾尔索普正在写什么，他抬起头："是鬼子下的战书。"

陈纳德一听，忙问："下什么战书？"

艾尔索普从屉子里拿出译文，走过去："是上次逃回去的那个带队的鬼子中佐，叫犬养凤二郎，他不服气，要同我们来个空中公平决斗，真是异想天开。"

陈纳德接过译文看了看，说："这是个不错的办法，他不服气，我们就把他揍服气。"

艾尔索普摇摇头："空中决斗，这不是开国际玩笑吗？"

陈纳德拍拍他："难道你对我们的飞虎队没有信心？"

"当然有信心。"艾尔索普急忙说，"可现在早过了决斗的年代，何况是空中决斗，真是闻所未闻。"

陈纳德笑道：“这不是你老本行最需要的独家新闻吗？当然决斗取胜后，又够你这位报道官忙一阵子了。”

艾尔索普心动了，但还是不无担心地说：“要提防鬼子搞什么鬼。”

陈纳德看了看他：“这是你的事，因为你是情报官，掌握着一张空袭情报网。”

艾尔索普点点头：“我明白了，做好日本鬼子搞鬼的准备。”

这天下午3时，飞虎队30架P-40同日军45架零式战斗机在桂林上空列阵而对，按照约定，双方带队长机首先展开攻击。中队长鲍勃·尼尔知道这次没有居高临下俯冲的优势，那就利用P-40速度和火力的优势，他一推操纵杆，全速冲过去，一进入射程，机头两挺0.5英寸的机关炮就吐出了火舌。犬养凤二郎本打算利用零式战斗机灵活的优势，只要一接近，就操了胜算，谁知还有这么远，对方就开了火。好在零式机转弯半径小，他轻巧地画了个圈，避过弹雨，绕到对方侧后，咬了上去。

队员们见队长冲了上去，按照两机一组的战术编队，向敌人展开了攻击，快速冲入敌阵，来了个中心开花。日机的编队立刻被打乱了。飞虎队员们双机配合，前后掩护，锁住目标就开火，打得日机纷纷坠落

高东虎这次是尼尔的僚机，他吸取了上次空战的教训，飞在自己的位置上，掩护长机的进攻。他紧跟在左侧后，看到犬养的零式飞机灵活地避开队长的火力，反而绕到了右侧后，就一边提醒，一边迎了上去。高东虎冲近了，看到对方机头上花花绿绿的，不知画了什么东西。就是这么一分神的电光石火间，瞄准镜里套住的目标消失了。他抬起头，正要寻找，忽然背后一震，知道是自己飞机座椅中弹了。高东虎冷笑道：“老子的靠背是厚钢板，你打不穿。”他一个侧划，转过身，看到偷袭自己的那架敌机被尼尔队长击落了。高东虎画了个圈，刚跟上长机，看到一架敌机撞到枪口上，一按发射钮，六挺机枪形成立体火力网，顿时把那架零式飞机打得冒出浓烟，拖着长长的尾巴向地面坠去

犬养凤二郎这次做了充分准备，又多带了15架飞机，信心满满，可一交手，对方不但没有受自己飞机上凤凰交尾图案影响，反而又被冲

乱了作战编队。他这次咬定了对方的带队长机，要称量一下飞虎队真实的作战本领。犬养利用自己零式机的灵活，转弯半径小，一下绕到对方侧后，他正要痛下杀手，谁知一架P-40插了过来，差点被咬上。他做了个倒插的战术动作避开，正要扑上前，不料对方带队长机转了过来，瞄准了自己。如果对方不是救援被偷袭的那架P-40，掉转了枪口，那击落的就是自己。

陈纳德亲自驾机压阵，他见飞虎队员们横冲直闯，真如虎入……鸡群。他老先生把日机上那凤凰看成是两只交尾的公鸡，不由得嘀咕道："鬼子乱性了。"陈纳德看到侧后的钦雪峰在摇动飞机的翅膀，明白他想投入战斗，就把操纵杆一推，冲了上去，加入战团。钦雪峰紧紧跟在陈纳德身后，看到两架敌机朝师傅扑来，一边提醒一边迎了上去。他咬上一架敌机，记着师傅用己之长攻敌之短的教导，P-40的优点是速度较快，火力强大；日军飞行员的缺点是缺乏主动性及判断力，于是迅速俯冲，并抢先开了火，果然把日机打得凌空爆炸。钦雪峰刚露出笑容，发现一架日机咬上了自己，正要规避，却见那架日机突然冒出浓烟往下坠去。他扭头一看，原来是师傅当了自己的僚机，及时打下了那架敌机。钦雪峰见师傅朝自己伸出拇指，在感激中又找出了自己与别人的差距：在战斗中只专注了一个目标，没能眼观六路，耳听八方，这就是自己今后努力的方向。

犬养凤二郎死里逃生，凶性大发，他横冲直射，终于击落了一架P-40，得到些许安慰。他正要冲过去击毙那跳伞的飞行员，却不料又被对方带队长机盯上，扑了过来。犬养凤二郎几度交手，都没有占到便宜，如果不是部下当了替死鬼，自己就粉身碎骨了。他不服气，凭自己的技术、经验和勇气，绝不输于美国佬。犬养凤二郎见对方直冲过来，他突然冒出一个大胆想法：那就来个硬碰硬，看谁真正不怕死。于是，两架飞机对撞过去。

鲍勃·尼尔见这鬼子带队长机打下自己一架飞机，还要射杀跳伞的飞行员，恨之入骨，就冲了上来。他正要开火，见对方毫不避让，就明白了，那就来个硬碰硬吧。这是勇气的较量，胆魄的较量，技术的较量，只听“咔嚓”一声，零式机被削去半截机翼，而P-40只是机身偏了一下，画了道弧，倒飞了回来。

犬养凤二郎根本没有想到，美国佬真敢跟自己对撞，他更没想到零式机会削去半截翅膀，而对方却没有损伤，不由得大为惊愕。他努力控制住飞机，可还来不及想下一步该如何应对，左腿突然一阵剧痛，意识模糊起来。犬养凤二郎清醒过来，看到飞机打着旋往地面坠落，吓了一大跳，赶紧拉起机头，堪堪掠着树梢飞了起来。他看看空中没剩几架自己的飞机，知道大势已去，只好下令撤退。

日军飞行员被打得毫无还手之力，得到命令，争先恐后地脱离战场。犬养凤二郎还真顽强，左腿被打断，飞机也被削去半截翅膀，他凭着技术和经验咬着牙飞到汉口，一降落机场就昏了过去，被紧急送往医院抢救。

这场短短的十分钟交锋，飞虎队击落日机11架，自己只损失了3架。打了胜仗，飞虎队员们喜欢到酒吧相聚，现在击落敌机没有了奖金，就采取AA制。钦雪峰不喝酒，但为了庆贺胜利，也来凑热闹。高东虎击落了一架零式机，好是高兴，他自己奖赏自己，连喝了两杯啤酒，道：“鬼子飞机像泥鳅似的，又溜又滑，我刚想看清那机头上画着什么鬼东西，它一下就溜掉了。”

罗爱斯也打下一架敌机，说：“我看清了，是两只交尾的凤凰。”

钦雪峰摇摇头：“师傅讲，那是两只同性恋的公鸡。”

高东虎听了哈哈大笑：“那我们这一仗岂不叫决斗日本鸡。哎，脱毛的凤凰不如鸡，可鬼子画那鬼东西干什么呢？”

钦雪峰看了看罗爱斯几个美军飞行员，轻声说：“这还不明白啊，我们飞虎队画鲨鱼头吓唬日本人，鬼子知道美国哥哥们骚劲足，就画两只骚公鸡引诱他们。”

高东虎一听，哈哈大笑：“鬼子是东施效颦。”

罗爱斯听不懂他俩讲什么，就问：“什么这样高兴？”

高东虎爱促狭，就说：“雪峰老弟说我们两个当老兄的都打下了日本鬼子的飞机，他晚上请我们去桂林东江的特察里，快活快活。”

特察里是桂林的红灯区，有妓院、茶馆、按摩室，罗爱斯一听，高兴得跳了起来：“OK！那里的姑娘真漂亮。”

钦雪峰又气又急又无奈，扯腿就往外面跑。

罗爱斯看了看他的背影，问：“他、他怎么走了？”

高东虎笑道：“他是回宿舍拿钱去了。”

经过桂林这场实打实、硬碰硬、勇气对勇气的决斗，日本空军再也不敢向飞虎队挑战了。田喜八郎又受到军部的斥责，他思之再三，只好找来负责情报的副参谋长鬼冢一良大佐，要他想办法对付飞虎队，并要求近期取得成效。

鬼冢一良大佐曾是中野间谍学校的教育长，他立刻找来自己最看重的学生松井太郎中佐，商量对付飞虎队的事。师生两人都认为陈纳德是罪魁祸首，只要铲除了他，飞虎队就失去了灵魂，于是成立了一支“克部队”，专门克制飞虎队。

日本的间谍学校在东京的中野区，人们就叫它“中野学校”。它原是一座警察学校，在战时用于培养日本宪兵和特工，入校的学生从士官到军官，都是现役军人。学习特工的学生一进学校就被编入不同的班，其实并不像班，更像是“家”，不同的班模拟不同的国家。学生一进班，就要完全像在某国一样生活起居，学习该国语言，学习该国的历史、地理，一切风俗习惯要跟在该国一样，学员要尽可能忘记自己日本人的身份。当然，作为特工所需要的情报、通信、武器、暗杀、格斗和生存等多种技能，都是必修课。学生毕业后被派往模拟训练的对象国，在特高课当特务、宪兵，或做单线联系的间谍，或成为间谍部队的成员。松井太郎是侵华日军总司令部空军情报课的中佐，他化名莫达友，通过关系打入中国陆空救护协会，任西南分会副会长。松井太郎调来他的学弟学妹，很快把“克部队”拼凑了起来，他把飞虎队驻扎的桂林、昆明、衡阳作为主要目标，派出得力人员，而且颇有远见，把他认为有潜在作用的机场，都做了安排。

第五章　刺杀“飞将军”

中国特遣队担负着保卫大西南和驼峰航线的艰巨任务，消耗大，急需补充。但掌握援华物资分配权的史迪威将军，是个陆军制胜论者，他要重整中国远征军，把作战物资大多留在印度。陈纳德是个空军制胜论者，他常用自己的战果作为争取军需物资的理由，引得那位在缅甸丛林打了败仗、使中国远征军损失惨重的史迪威大为不满，加上日本的封锁，从美国运到印度的物资有限。中国特遣队别说飞机补充成了问题，有时连航空汽油也捉襟见肘。陈纳德没有办法，只好打起了“骗”的主意。

原来，驻印度的美国陆军第 10 航空队的第 16 战斗机中队和第 51 战斗机中队，因为受雨季影响，陷在阿萨姆河谷，无所作为。陈纳德老谋深算，他驾机到第 10 航空队上司那里汇报工作，顺便到第 16 战斗机驻地访问。飞虎队之名如雷贯耳，传得神乎其神，现在陈纳德来访，全中队的人感到荣耀，争相与之握手。这位飞虎将军平易近人，同大家共进晚餐，在祝酒时邀请他们访问桂林。第二天，一名叫托马斯·乔丹的飞行员首先接受邀请，驾机同陈纳德飞到桂林。这里的气候同阿萨姆河谷是两重天，风和日丽，加上艾尔索普刻意安排，飞行员们轮流请客，还派人开车带他游览名胜，这位飞行员大有乐不思蜀之味。陈纳德为了军需的事又要飞去第 10 航空队，托马斯·乔丹因受邀参加一个鸡尾晚会，就给队里写了封信，讲了在桂林的见闻和好处。陈纳德亲自把这封信送到第 16 中队，大家很是感动，当天一名叫保罗·布鲁克的飞行中尉受邀，同陈纳德一起驾着 P-40C 飞来秧塘机场，受到盛情款待。碰巧第三天敌机来袭，托马斯·乔丹和保罗·布鲁克主动要求参战。飞虎队依然是以少胜多，当时 P-40C 是最先进的机型，不但速度快，而且灵活，保罗·布鲁克打下了一架日机。他很是兴奋，给队里写了封信，其中有几句是这样的：我们拥有世界上最先进的飞机，与其留在那该死的河谷受风雨吹打，不如飞来桂林，揍那些该死的日本狗，尽尽一个有良知的飞行员的本分。这封信的反响很大，陈纳德把信送去，人人争相传阅。第二天，又有两名飞行员驾机来到桂林。陈纳德用这种办法，把 16 中队的人和飞机全“骗”来，壮大了中国特遣队的力量。

这天，钦雪峰和高东虎没有战斗值班，就来到招待所茶餐，美国人喜欢泡酒吧，中国人喜欢喝茶聊天。两人正在商量星期天去游漓江，王湖秀背着照相机走了进来：“我到处找你们，原来泡在这里。”

钦雪峰迎上前：“现在又没放假，谁知道你会来呢？”

王湖秀坐到钦雪峰的座位上：“我现在是毕业实习，听说你们又打了胜仗，特来采访。”

高东虎一听，忙摇手：“你可别采访我。”

王湖秀拿起照相机：“东虎哥，听说你上次打下了一架鬼子战斗机，成了实力派飞行员，怎么变得谦虚起来了呢？”

高东虎摇摇头：“我不是谦虚，你上次采访登报，把我变成了独眼龙，造成严重后果。吃一堑，长一智，我还敢让你采访？”

王湖秀一听，笑道：“谁让你做鬼脸呢？”

高东虎拿过照相机：“你不是讲洗相时做技术处理，原来是骗我。”

王湖秀知道高东虎有股愣劲，生怕摔了自己的宝贝照相机，忙抢了过来：“东虎哥，言过其实吧，一张照片，能造成什么严重后果？”

高东虎生性诙谐，指指他俩：“你们男欢女爱，成双入对，可为我这当老兄的想过吗？形单影只，孤苦伶仃，本来还勉强能找个老婆，可被你变成了独眼龙，还有希望吗？”

王湖秀听了大笑：“你不就是想要妹子帮找个嫂子嘛，何必转弯抹角呢？这好说，不过你要请客。”

钦雪峰正为这位老兄的婚事着急，忙问：“是不是你的同学？”

王湖秀指着高东虎：“比我那些同学更合适，我现在只问他，肯不肯请客。”

高东虎以为她是开玩笑，点点头：“妹子敲诈哥哥是应该的，我请。”

王湖秀一听，转身走了出去，不久带着一位眉清目秀的女人走进来，介绍道：“这是中央社昆明分社的记者伍君娜小姐，芳龄三八，至今未婚，年纪不大，却是位有经验的新闻记者。我这次就是跟她一起专程来桂林采访飞虎队的。”

高东虎除义妹王湖秀，没有同其他女人打过交道，他还真有点手足无措，忙站了起来：“敝人高东虎，今年二十六，光杆一……”他突然意识到不妥，忙改口，“欢、欢迎伍记者前来采访。”

伍君娜很是大方，主动伸出手：“你就是高东虎？我听湖秀妹妹多次提起，真是人如其名，有股虎劲，怪不得能打下鬼子的零式战斗机。”

高东虎一下被她的言谈举止拉近了距离，两人聊了起来。

王湖秀拍拍前后张罗的钦雪峰，示意给他们留出空间，两人也走到一边讲私房话去了。

通过几天的交往，高东虎同伍君娜的关系发展很快，两人有空就在一起，还相伴游了阳朔和漓江，在外面住了一晚。钦雪峰和王湖秀很是高兴，以为大功告成，等他们一回来，就设宴祝贺。钦雪峰驾着一辆美式吉普，来到桂林象鼻山一家饭店，要了间面河的包厢。四个人边聊边笑，王湖秀一语双关地问：“君娜姐，进行得怎么样？”

伍君娜点点头：“不错，我原先的任务是写篇新闻稿，但经过这几天的采访，发现内容很丰富，就准备加写一篇飞虎队打击日本空中强盗的报告文学，以鼓励全民抗战斗志。但写报告文学需要大量翔实的资料，还需要你们的帮助。”

高东虎一听，忙表态：“需要什么材料，我想办法。”

伍君娜抛了个媚眼，说：“飞虎队是由中美两国飞行员组成，我现在中国飞行员的材料有了，还缺有关美国飞行员的采访材料。”

高东虎站了起来：“这好办。雪峰，你去把威廉叫来。”

钦雪峰知道飞行员的去向是军事秘密，不允许泄露，就说：“他出差去了，可能过几天才回来。”

高东虎又说：“那我明天去找其他美军飞行员。”

钦雪峰经常跟随陈纳德充当临时翻译，四处奔波。这天，他驾机回到桂林秧塘机场，吃晚饭的时候，还没看到高东虎，以为他同恋人出去了。钦雪峰回到宿舍，看到高东虎的房门开着，就走了进去，见他歪躺在床上，笑道：“我还以为你谈恋爱去了呢。”

高东虎跳下床，看了看他，突然说：“常言道，朋友妻，不可欺。如果这个人横刀夺爱，还算不算朋友？”

钦雪峰一听，感到莫名其妙，忙问：“怎么回事？”

高东虎气呼呼地往床上一坐，不无委屈地说：“伍君娜写什么狗屁报告文学，要采访美国飞行员，我好心好意把威廉·罗爱斯找了去。谁知两人一见面就腻上了，把我支开，他们当晚就上了床。”他顿了一下，“亏我把威廉当朋友当兄弟，他怎么能做出这种事？”

钦雪峰吃了一惊，他想了想，很是不解：“他们当晚就上了床，这哪像谈恋爱？”

高东虎还是愤愤不平：“美国佬骚劲足呗。”

钦雪峰摇摇头：“美国人把男女之防是没有我们中国人看得重，但如果女方不同意，也不会霸王硬上弓，那可是犯了强奸罪。”他略一顿，突然问，“那伍君娜是第几天同你上的床？”

高东虎一时回不过神来，实话实说：“是第三天……你、你问这个干什么？”

钦雪峰叹了一口气，问：“这种随便同人上床的女人，你敢要吗？”

高东虎一听，点了点头：“我是气不过威廉。”

钦雪峰摇摇头：“威廉未必知道她同你的关系，再说追求女人，也可以竞争。”

高东虎跳下床：“这种女人我可不敢要。”

钦雪峰点点头：“那你就不能怪威廉哥是横刀夺爱。”

伍君娜以威廉·罗爱斯恋人的身份，就在机场招待所住了下来，她到处走动，采访美国飞行员。她碰到高东虎和钦雪峰还打招呼，毫无尴尬之色。

这天，鲍勃·尼尔带着战友们去轰炸日军汉口机场，可升空不久，就从收音机里传出一个自称“东京玫瑰”的声音：“亲爱的尼尔，请不要去送死，汉口的皇军飞机正等着你呢！还是带着你的人回美国去吧，或者降落汉口机场，投入我温暖的怀抱。来吧！”一会儿又叫到高东虎的名字：“高东虎，用你们中国话说，识时务者为俊杰，你不要步你叔父高志航的后尘，死于皇军的炮口，给高家留个后吧。”雷克托曾是运输机飞行员，在飞虎队中年纪最大，打下多架日机，对他却大骂：“你这个老而无用的东西，滚回美国去！”这次出击的队员一一被叫到，最后威胁钦雪峰：“你赶快投降，不然我们会杀了你的恋人王湖秀。”尼尔大吃一惊，我们的出击意图让敌人知道了，轰炸汉口机场不可能了，再说队员们的情绪受到影响，但就此返航实不甘心。他想了一下，带领队员们转而飞往宜昌，在长江上空发现一支日军的运输船队，立刻下令攻击。队员们扫射投弹，把憋了一肚子的火气往日军的船队撒，直到全部炸沉，才驾机返航。

陈纳德得到尼尔的报告，很是重视，立刻把“总管”艾尔索普找来，他讲了今天发生的情况，说：“日军的间谍收集到我们每个人的情况，有针对性地广播，造成间谍就在身边的感觉，以图扰乱、瓦解我们的士气。你是情报官，赶快想办法，把那些间谍给我逮住，不然无法出击揍日本鬼子。”

艾尔索普想了一下，道：“日本特务无孔不入，而且组织严密，逮住他们需要点时间。但是我有办法不影响出击，而且可以从中找出线索。”他低声讲了自己的计划。

陈纳德听了，点点头：“行！抓间谍的事你负责，出击的事我亲自安排。”

第二天，艾尔索普打了两张当天出击人员的名单，照例一张贴在餐厅的布告牌上，一张贴在跑道旁的飞行员待命室的墙上。陈纳德却把出击的飞行员招集到自己的办公室，当面交代任务，并亲自开车把他们送到机场。

弗雷德·霍奇驾着队长的 267 机带领 12 架飞机升空，没有多久，收音机又传出“东京玫瑰”的声音：“鲍勃·尼尔，你这个顽固的美国佬！昨天怕死不敢到汉口，却逃跑到长江，可怜啊！却把中国航运公司的船队炸了。你今天驾 267 号机去攻击宜昌，希望你不再逃跑，去送死吧。”“驾 209 机的彼得·明治，你不要跟着去送死，赶快投入到我温柔的怀抱。”“223 机的罗伯特·希特勒，驾机投降，金票大大的有！”弗雷德·霍奇听了又好气又好笑，带队直飞汉口机场。日军没有提防，连防空武器的炮衣都没有脱。飞虎队毫不客气，经过两轮俯冲扫射、投弹，把机场 20 多架日机全炸飞了，把敌人的高射炮阵地也摧毁了。大家意犹未尽，看到江面上两艘日舰，把剩下的弹药全倾泻下去，才高高兴兴返航。

飞行员们打了胜仗，就轮流做东，到新开张的“明星酒吧”聚会。今天本来轮着钦雪峰，雷克托却说：“兄弟，今天让大哥请，那东京玫瑰婊子昨天骂我老而无用，今天又让我当他们的明治天皇陛下，哈哈！”高东虎也争道：“不行！我请客，因为我今天当了德国的总理希特勒。”大家吵吵闹闹，好是开心。

威廉·罗爱斯今天跟队长鲍勃·尼尔执行另一项任务去了，他一回基地，就往招待所跑，推开房门，一把抱起伍君娜，滚到床上：“慰劳慰劳我。”

伍君娜像一条水蛇似的东扭西躲，不让他压上身：“我好想你，可你去哪里也不告诉我一声，我生气了。”

罗爱斯喘着粗气说：“我、我随队长护送中国第一夫人宋美龄去了昆明。”

伍君娜把他一推，跳下床：“你的队友打了胜仗，在明星酒吧聚会，我们也去吧。”

罗爱斯赖在床上：“可我想你……”

伍君娜一把拉起他：“你这个小骚鸡公，晚上我一定满足你。”

明星酒吧在漓江边上，绿水环绕，环境优美，装饰颇有西方风格，是飞虎队员常来的地方。高东虎和钦雪峰喝不惯洋啤，就先出来了，准备沿河走走。两人刚出来，就见罗爱斯驾着一辆吉普开了来。伍君娜跳下车，看到他们，娇笑着说：“我来了你们就走，是不是看不起我这个当嫂子的？”

高东虎哼了一声：“破鞋！”

伍君娜脸色一变，泪水流了出来，拉着罗爱斯说：“他、他骂我是破鞋。”

罗爱斯看了看她：“你的鞋没有破，还是新的。”

伍君娜哭道：“他是骂我跟你上、上床，都是你这小骚鸡公害的。”

罗爱斯一听，嚷道：“高东虎，不能侮辱她！你要道歉。”

高东虎本来就认为罗爱斯的行为是横刀夺爱，也火了：“重色轻友的东西，你凭什么要我为一个破鞋道歉？”

伍君娜放声大哭：“他、他还在侮辱，我、我不想活了。”她转身就要往河里跳。

罗爱斯一把拉住伍君娜，急了，叫起来：“高东虎！你不道歉，我们决斗。”

高东虎哪肯示弱，他走上前：“决斗就决斗，我还怕你这个横刀夺爱的家伙。”

于是，一个中国飞行员，一个美国飞行员，在桂林繁华的大街上你来我往打了起来，立刻引来不少人观看。

钦雪峰根本没想到事情会演变到这个程度，不由得又急又气又无法可想，他看到这么多人围观，只好上前劝架。罗爱斯为爱决斗悍不畏死，高东虎虽在气头上，但也下手有分寸。钦雪峰一直坚持武术修炼，有几分功力，他把高东虎一掌推开，见罗爱斯扑上前，迎上前一挡，把罗爱斯撞翻在地。

伍君娜上前扶起罗爱斯，叫道："你们两个中国人打一个来帮你们打日本鬼子的美国英雄，真是恩将仇报。"

围观的群众不明真相，纷纷叫道："你们两个人打一个，丢中国人的丑。""殴打盟帮英雄，揍这两个败类。"。

弗雷德·霍奇、雷克托几位美军飞行员听到外面的吵闹声，跑出来一看，见老百姓追打高东虎和钦雪峰，忙上前救护，于是引起了一场街头混战。直到中美两国宪兵赶来，才平息下来。"肇事者"高东虎和钦雪峰被中国宪兵带走，威廉·罗爱斯被美国宪兵带走。

当时桂林驻有1000多美军，四五百辆车，不时发生酗酒滋事、斗殴伤人、侵害妇女事件，尤其是汽车肇事，引起民众不满。美军为了整顿军纪，特从昆明调来一队宪兵。他们佩有0.45口径航空曲尺手枪，头戴白色铝质钢盔，右臂佩有黑绒"MP"两个白字的臂章，腰间挂有警棒。中国为了保护美军的安全，维护桂林社会秩序，派驻了一个宪兵团，原则上是两国宪兵各管各的人。

陈纳德收到中美空军飞行员在大街上斗殴的报告，大吃一惊，当得知是自己两个徒弟钦雪峰、高东虎和威廉·罗爱斯，在震惊之余又感到伤心，觉得他们真是辜负了自己的期望。他见艾尔索普走了进来，就说："我要严办，把那三个无法无天的小子送进'假日堡垒'，让他们好好反省反省。"

所谓"假日堡垒"是美国设立的禁闭室，但关进去就要记进档案，是个污点，艾尔索普听了，摇摇头："事情恐怕没有这么简单。据我对他们三人的了解，即使高东虎和威廉为争女人争风吃醋，但你那小徒弟钦雪峰，决不可能帮高东虎去打威廉。"

陈纳德心思敏捷，他一听，问："你那间谍案调查得怎么样？"

艾尔索普摇摇头："还没有什么进展，但我同中国军统站的安子健站长交换了一下情报，从他那里得知，日军成立了一支'克部队'，专门对付我们飞虎队，可能与比有关。”

陈纳德皱了皱眉头：“日本人真卑鄙，明的占不到便宜，就暗中捣鬼。约瑟夫，那你打算怎么办？”

艾尔索普想了想：“这是日本人的一惯伎俩，我同安站长商量了一下，军统负责外面的调查，我们情报处负责基地内的排查，互相配合。我准备采取两项措施，一是加强安全保卫工作，二是整顿内部人员的纪律。”

陈纳德点点头：“那三个小子就交给你处理。”

艾尔索普把威廉·罗爱斯叫到自己的办公室，又派情报处中尉林义安持函到中国宪兵拘留所把钦雪峰和高东虎接了出来。他什么情况也不问，就宣布：“鉴于你们无视军纪，当街斗殴，给予停飞处理。”

罗爱斯一听，就嚷了起来：“NO！ NO！你怎么连事情经过也不问一下，就仓促做出处理，是不是太草率了？”

艾尔索普看了看他们：“你们三人是不是都动了手？”

三人互相看了看，都点了点头。

艾尔索普把手一摊：“当街斗殴，三人都动了手，那当然同等处分。”

高东虎想起了个问题：“总管，我和威廉小子动手打架不假，但钦雪峰的动手是劝架，你怎么不问青红皂白呢？”

艾尔索普中文有限，就要林义安翻译了一遍，他看了看罗爱斯，问：“他讲钦雪峰动手的动机是劝架，你认为呢？”

罗爱斯忙点头：“Yes！ Yes！我记起来了，雪峰老弟当时把东虎小子推开，他见我追过去就挡了一下，我就摔在地上。”

艾尔索普用这个办法证实了自己的判断，好是得意，他把钦雪峰一拉：“你的问题弄清了，免于处分。你现在的任务是帮助他们详细回忆动手打架的原因和经过，并记录下来。我有事出去一趟，回来交给我。”

这天晚上，秧塘机场突然一声巨响，火光映红了半边天。原来是机场旁边一个油库爆炸了，里面装有万余加仑的航空汽油付之一炬。这虽然没有造成其他损失，但当时这些军用物资十分匮乏，全靠从驼峰航线运进来，飞机没有汽油就是一堆废铁。陈纳德接到报告，当即从昆明赶了过来，从被杀的仓库保管员的伤口看出，是经过专业训练的杀手所为，无疑又是日军那个“克部队”的杰作。陈纳德气不了，严令迅速破案。

艾尔索普虽然没有经过特工训练，但他心思缜密，他查看钦雪峰记录的罗爱斯和高东虎当街斗殴的原因和经过，发现了问题。两人打架的原因是那个女记者伍君娜，打架的过程也是因这女人的话而使矛盾逐步加深，尤其最后所喊“你们两个中国人打一个来帮你们打日本鬼子的美国英雄，真是恩将仇报”，她难道不是中国人？经过调查，这个伍君娜以威廉·罗爱斯恋人的身份住进机场招待所，四处走动，采访美军飞行员。她为什么对美军这么感兴趣？即使为写一篇报告文学，也用不着花这么长的时间。艾尔索普又联系起上次“东京玫瑰”的广播事件，也是这个伍君娜住进招待所后发生的事，加上这次油库爆炸事件，她又具备作案的条件。于是，伍君娜就进入了侦查的视线。

安子健受到上司严厉训斥，令他限期破案。这位军统站长茫无头绪，很是着急，他从艾尔索普那里得到线索，立刻对伍君娜展开布控。按照军统的做法，抓起来刑审逼供，但美国佬不同意，一定要看到证据，理由很简直，万一抓错了，会打草惊蛇。

桂林市政府为防范敌奸的猖獗活动，草拟了一个居民连坐联保法，要求市民必须以五家担保其不做汉奸、不为盗窃、不扰乱治安，五个月联保一次。公务员及商店则以服务证件作保，并协助政府的反谍工作。安子健只好耐着性子，寻找线索，收集证据，加上有民众的支持，很快发现伍君娜同苏姣姣来往密切，这个明星酒吧的老板也成了布控对象。

安子健感到棘手的是，苏姣姣是桂系军阀首领李宗仁的亲信师长吴友谅的新婚妻子，虽有嫌疑，苦于找不到证据。这位军统站长想出了一个“美男计”，但需要美国人配合才行，只好找艾尔索普商量。于是，飞虎队这位“总管”把威廉·罗爱斯叫到办公室，先吓他：“你上次同东虎小子当街斗殴，按照军规，需要去‘假日堡垒’度假。”

罗爱斯一听，叫了起来：“NO！ NO！那我可毁了，请手下留情。”

艾尔索普得到预期的效果，他装着想了一会儿，才说：“用中国话讲，可以将功折罪。”

罗爱斯忙点头：“我保证完成任务。”

艾尔索普就讲了“美男计”的计划。

罗爱斯还没听完，就摇头：“NO！我怎么能做对不起伍君娜的事呢？”

艾尔索普把手一摊：“那我就帮不了你了。来人！把威廉·罗爱斯送去假日堡垒，度三个月休闲假。”

罗爱斯吓了一大跳，忙叫：“我答应，我答应，那完成了这个任务有什么好处？”

艾尔索普笑道：“如果你还爱那位姓伍的小姐，那我就批准你结婚，还让你回美国休假两个月。”

这天，威廉·罗爱斯穿着牛仔服，开着崭新的吉普车来到明星酒吧，他一进门就喊：“苏老板，我的甜心姐姐，老弟来看你了。”

苏姣姣虽然年近三十，但柳眉秀眼，皮肤白嫩，身材苗条，尤其那两座乳峰吸人眼球，她以前见过罗爱斯，还抛过媚眼，今天见他一身牛仔装，更衬托出青春活力。她立刻迎上前：“威廉兄弟，怎么这么久没来，是不是把姐姐忘了？”

罗爱斯扬手一个飞吻：“哪会忘呢，执行任务去了，今天一回到桂林就来看你。甜心姐姐，我这次获准休息几天，该怎么安排？”

苏姣姣笑道：“桂林山水甲天下，有的是地方玩。你又开了车，可以城里郊外玩个痛快。”

罗爱斯点点头：“这个主意不错。我只是在飞机上看过美丽的桂林，可在地面就不知道路径了，得有个向导才行。”

苏姣姣引他走进一个面河的包厢：“今天不早了，明天姐姐给你当向导。”

晚上，两人来到桂林最豪华的舞厅“七星世界”。威廉·罗爱斯不仅年轻魁梧，英俊气派，而且善饮酒，会跳舞，极具好莱坞影星气质。

两人搂抱着跳了一曲又一曲，加上天热穿薄衫，肌肤相碰，擦出火花。苏姣姣被这个美国帅小伙所吸引，加上喝了不少酒，心猿意马起来，不时用自己那对高挺的乳峰去引诱。罗爱斯记起自己的任务，时而吻她一下，时而顶她一下。苏姣姣被激得忍受不住，吊在他身上说："开、开房去吧。"

威廉·罗爱斯心里装着恋人伍君娜，不想同她玩真的，他看到两个美国宪兵走了进来，便找了个借口："我今天出来忘记带休假证明了，如果让他们查出来，明天就玩不成了。"

美军司令部规定，士兵每周星期二、五两晚（7 时至晚 11 时半）为放假进入市区寻乐时间，平时没有公差证明，一律不能进入市区，否则宪兵即予扣留。军官也规定星期六、星期日出入市区消遣娱乐，平时也需证明。否则，美宪兵可登记其军号、姓名后报请处分。罗爱斯吻了苏姣姣一下，约定明天一早过来，就开车走了。

苏姣姣一个晚上没有合眼，第二天她看到罗爱斯开车一到，就跳上车："今天姐姐给你当向导，我们游阳朔去。"

桂林山水甲天下，阳朔山水甲桂林，这是漓江边上一座小镇，山水十分秀美。两人租了一架竹筏，游起漓江来。两岸风光如画，但苏姣姣之意不在景，而在人，在罗爱斯身上，当竹筏撑到一处僻静的地方，就停了下来。时至夏日，正好下河洗澡。两人开始还穿着衣服，被河水冲掀，春光暴露。苏姣姣再也忍不住了，缠在罗爱斯身上。罗爱斯哪经得起这真枪实弹的挑逗，再也忍不住了，由被动转为主动，紧紧抱着苏姣姣。他们像两条水蛇纠缠起来，由水中扭动到竹筏，从竹筏交战到草地。苏姣姣快活得大叫起来，惊飞旁边的一对鸳鸯。罗爱斯年轻力壮火力足，加上这别具风味的大地做床水当被，两人颠鸾倒凤，水里岸上，玩累了休息，恢复了又玩，直到晚上。

苏姣姣尝到了甜头，再也离不开罗爱斯。这天，丈夫吴友谅返家，床上来了一回，她感到味同嚼蜡，完全没有同罗爱斯那种激情和感觉。天快亮的时候，电话铃响了，苏姣姣拿起话筒一听，立刻穿衣下床。吴友谅打了个哈欠，问：“姣姣，这么早去哪里？”她敷衍说酒吧有事，就出门而去。

实际上，这是安子健的安排，为罗爱斯在离吴家不远的桂林大旅馆开了房。

苏姣姣敲开门，走进去就迫不及待脱衣解裤，到卫生间冲了一下，就扑到罗爱斯身上，倒插进去。两人从床上滚到地板上，睡位站位轮着来。苏姣姣玩了一次还意犹未尽，抓起那宝贝又揉又扯，还没等完全回苏，又迫不及待塞了进去。

第二天，吴友谅同几个朋友在茶馆聊天，听到隔壁有人在议论苏姣姣，他注意听起来，有个人说：“那苏姣姣骚劲足，同一个美国佬在阳朔野合，打了一天水战、陆战。”另一人叹道：“据说她的老公还是个大官，这可好，老公在外面搞别人的女人，别人在家里搞他的女人，一报还一报，也不算吃亏。”吴友谅哪还坐得住，声张又怕引朋友耻笑，只好找借口回到家里。谁知卫士在院里拾到一封信，他接过一看，只见上面写道：“吴师长，提防红杏出墙，如若不信，可去桂林大旅馆一查。”吴友谅五十有几，老夫少妻，最忌这事，他对天亮前那个电话就有怀疑，便转身开车赶到桂林大旅社。苏姣姣和罗爱斯刚退房出去，一问就知道了。吴友谅又气又急，立马赶到明星酒吧，找到苏姣姣，甩手就是一耳光：“婊子，你偷汉竟偷到美国人身上去了。”

苏姣姣见丈夫知道了，反口相讥：“你到处搞女人，我就不能向你学？”

吴友谅气坏了，拔出手枪：“老子毙了你这个不要脸的女人。”

苏姣姣可不是一般人，哪会被吓住，大喊道：“大家快来看啊！吴友谅杀人啦！”

酒吧里有不少客人，还有美军飞行员，都围上前观看。

吴友谅开枪不好，不开枪又下不了台，他正在为难，安子健走了出来，拍了拍他：“友谅兄，跟我去喝一杯，冷静一下。”两人相识，走进一个包厢，叫来酒菜，吴友谅哪吃得下，说：“安站长，你要为我出这口气。”

这是安子健一手导演的，他哪会遂吴友谅的意？他叹了口气：“难啊！清官难断家务事，何况还牵涉那个叫威廉·罗爱斯的美军飞行员。”

吴友谅一听：“你、你早就知道了？”

安子健不置可否：“我在桂林的主要任务是保护飞虎队的安全和保障当地的社会安定，所以这个忙帮不上。如果你今天开了枪，乱子就闹大了。”

吴友谅想了想，问：“难道我就吞下这口窝囊气？”

安子健假装叹一口气，道：“老兄，我说句不该说的话，女人是男人身上衣，凭你吴师长的条件，什么女人找不到？扫地出门，气就出了。”

吴友谅倒很听话，派人很快办理了离婚手续，并登报声明，苏姣姣不守妇道，现在离婚，今后彼之所为，概与本人无关。苏姣姣更不在乎，她同吴友谅结婚是有其目的，现在可以公开同罗爱斯住在一起，既能享受肉体之欢，对完成任务更有帮助。

罗爱斯爱着伍君娜，也为苏姣姣的床第功夫所吸引，他为了完成任务，早日同恋人结婚，尽量满足苏姣姣的需要。罗爱斯每次从基地过来，首先上床酣战一回。这天，两人大汗淋漓地搂在一起，苏姣姣还意犹未尽地捏着那宝贝，说：“威廉，我们酒吧主要是做你们美国人的生意，昨天走了两个侍者，你帮我去找两个懂英语的来补上吧。”

这都是安子健的安排，罗爱斯很快把两名懂英语的特工推荐进明星酒吧。

实际上，苏姣姣是化名莫达友的松井太郎安排的，他的目标是陈纳德，为了缓解日本空军的压力，掌握住中国的制空权，必须铲除飞虎队的灵魂人物陈纳德。松井太郎派出山田秀子来桂林，以中央社昆明分社的记者身份为掩护，同先期潜伏在这里化名苏姣姣的儿玉真子一起，摸清飞虎队的情况，相机行动。山田秀子虽然是“克部队”的骨干，但不知道上司的真实意图，她同儿玉真子都是色情间谍，利用色相，很快打入到飞虎队的基地秧塘机场，摸到飞行员出击的情况，导演了“东京玫瑰”广播事件，制造混乱，打击了士气。山田秀子为了有个长期猎取情报的渠道，指使儿玉真子把明星酒吧打造为迎合美军的聚会场所，并物色一名飞虎队的人作掩护。好色的儿玉真子恰好就看中了威廉·罗爱斯，并很快“俘虏”到手。松井太郎得知桂林进展顺利，就利用陆空救护协会西南分会副会长的身份来到桂林，他知道陈纳德很重视对失事飞行员的救护，利用这一点，想办法找机会刺杀他。松井太郎通过当地救护协会的渠道，要拜访“飞虎将军”，有重要情况汇报。陈纳德很是乐意，约定第二下午在桂林救护协会见面。

松井太郎很是得意，当即带人勘察从桂林救护协会到秧塘机场的路线，选了一处适于狙杀的地方。他为了万无一失，安排了两组人员，连环刺杀。松井太郎知道如果陈纳德出了事，必定会全城搜捕，他来到明星酒吧，想要山田秀子和儿玉真子预防范。吃饭的时候，松井太郎得知儿玉真子同吴友谅离了婚，他以一个职业间谍的敏感，就详细询问起来，当看到那份报纸登的离婚声明，更加深了自己的怀疑。按照中国千百年的习俗，妻子偷人养汉，丈夫绝不会容忍，何况吴友谅是一个手握兵权的师长，岂会忍下戴绿帽子的奇耻大辱，轻松离婚？他尤其看到“现在离婚，今后彼之所为，概与本人无关”的话，立刻判断出儿玉真子和山田秀子暴露了，明星酒吧已成了对方布设的陷阱。松田太郎急忙思索对策，明天刺杀陈纳德才是主题，现在通知她们突然撤离，必然会引起对方的怀疑，直接影响明天的行动，现在要紧的是自己尽快离开这里。松井太郎虽然同化名伍君娜的山田秀子是表兄妹，但帝国事业高于亲情，他只喝了点汤，就走了。

第二天下午，陈纳德准时来到桂林救护协会，会见了这位西南分会的副会长莫达友，他对救护协会的工作表示感谢和支持。莫达友汇报了西南救护协会近期所做的工作，并谈了把救护网络扩大到每一个乡镇的打算。陈纳德听了很是高兴，陪这位莫副会长吃了晚饭，才告辞离开。莫达友看到陈纳德的汽车渐行渐远，脸上露出一丝狞笑：你这位飞虎将军飞到你上帝的天堂里去吧。

从桂林到秧塘机场有一段路，警卫车在后，艾尔索普坐在驾驶室，他知道日军的“克部队”的主要目标是陈纳德，并且到了桂林，所以很是紧张。他沿途安排有接应人员，但还是不敢掉以轻心，一路瞪大了眼睛。陈纳德坐的中吉普在前，今天会见的是中国客人，就带着高东虎和钦雪峰在身边。他很是高兴，救护网络扩大到每一个乡镇，那飞行员的救护就没有了死角。高东虎充当司机，钦雪峰坐在陈纳德身边，观察着两边的情况。天色已晚，山影重重，沙石公路高低不平，高东虎打开车灯。钦雪峰拍拍他：“别开灯，安全为上，你不是说这条路闭着眼睛也能走吗？何况还能看清路面。”

高东虎刚把灯一关，就响起了枪声。他略一观察，把方向盘一打，冲到路边土坎上，喊道：“雪峰，你带师傅跳到坎下，我把敌人引开。”

钦雪峰打开车门，一把拉起陈纳德，见他不肯下车，忙说：“师傅，你要相信你的东虎小子，他不会有事。”

陈纳德听了，下了车，跳下土坎。

高东虎粗中有细，他见后面车上的警卫同敌人交上了火，就把方向盘一打，对着响枪的地方，打开车灯。他拿着一把卡宾枪，跳下车，钻到暗处，向敌人开枪的地方跑去。

艾尔索普毕竟是秀才，没有同敌人当面真枪实弹干过，他见一片黑暗，正不知怎么办时，突然看到前面的车灯大开，照见了伏击的敌人，卫士们没等他下命令，就一边开枪一边冲了过去。

这一组伏击的“克部队”有五个成员，为首的是化名叫梁上飞的渡边正之，他们选择这里伏击，一是离机场近，对方会放松警惕，二是一个山嘴，居高临下，容易得手。谁知对方车灯一打，立刻明暗易手，伤了两个人。渡边正之带人避过灯光，甩了颗手榴弹炸了吉普车，刚想冲下路面，寻找陈纳德，不料迎面一阵子弹，又倒下两个。原来是高东虎开的枪，他动作敏捷，在对方的视力由明转暗还没有适应的瞬间爬了上来。渡边正之见那边卫士也冲了过来，知道再不走就没有机会了，但愿陈纳德刚才被炸死了。

陈纳德跳下土坎，本不愿离开，但被钦雪峰拉着往旁边的小路走去。两人绕过山嘴，爬上马路，正准备往机场走。突然，陈纳德被一把推翻在地，随即响起枪声。原来钦雪峰很是小心，他一手执枪一手拉着师傅，借着微弱的星光而行。他耳力灵敏，听到异动，就把师傅推倒，自己也伏在地上。钦雪峰是飞行员的目力，当然优于对方，对着目标扫了一梭子子弹。

这是“克部队”的第二组，有四个成员，是这次连环伏击的终极杀手，谁知战斗一直在山嘴那边进行。他们见机场的援兵赶来了，知道不能再等，就想会合一处，尽快结束战斗，达成目的。四个人刚要转过山嘴，听到有脚步声，就抢先开了枪，不知打没打中对方，但知道己方倒了两个人。剩下的两个人听马路两头响起了脚步声，明白是对方大援到了，只好爬上山，溜之大吉。

钦雪峰年纪不大，却很细心，黑暗中不知危险在哪里，他要陈纳德伏在一块山石后不动，自己找到正在发急的艾尔索普，把车开了过来，熄了灯。钦雪峰走过去，扶起陈纳德，爬上车开起就走。

艾尔索普带人打扫战场，找到五具尸体，他推测这些刺杀陈纳德的凶手，同明星酒店有关，就连夜打电话给安子健，要求严密监控。事有凑巧，那位军统站长通过打进去当侍者的两名特工，找到了苏姣姣和伍君娜是日本间谍的证据，立刻展开了抓捕行动。

军统行动队在天亮前包围了明星酒吧，苏姣姣还没有回过神来，就被两位“侍者”逮住。伍君娜拒捕自焚，放了一把火，把一座装饰豪华的明星酒吧烧了个精光。

威廉·罗爱斯执行任务回来，听说苏姣姣被抓，感到又可惜又高兴，他找到艾尔索普：“总管，你让我当色情间谍的任务完成了，那答应我的条件该兑现了吧？”

艾尔索普当然明白他的意思，摇摇头：“这恐怕办不到了。”

罗爱斯一听急了，质问道：“你、你怎么说话不算话呢？”

艾尔索普叹了口气，说：“威廉，并不是我说话不算话，而是无法办到，因为伍君娜死了，就是她不死，你也不敢同她结婚。”

罗爱斯大吃一惊，忙问：“这、这是为什么？”

艾尔索普拍了拍他，道：“因为伍君娜是日军间谍，她本名叫山田秀子，是日本‘克部队’的成员，很是顽固，已经拒捕自焚身亡。”

罗爱斯一时无法相信，自己爱着的人竟是自己的敌人，他一屁股坐到椅子上，喃喃道：“可她那么爱我。”

艾尔索普又叹了一口气：“她们是色情间谍，为了任务，跟谁都可以上床。我可以告诉你，她同东虎小子先上床，挑动你俩当街斗殴，就是想制造矛盾，挑拨美中兄弟关系。”他见罗爱斯一时无法从失望中解脱出来，就说，“我答应你的另一个条件还是兑现，批准你回美国休假两个月。”

罗爱斯慢慢摇了摇头：“这个条件我也不要了，我该去向我的好兄弟高东虎道歉。”

第六章　威猛“美洲虎”

空中作战主要是战斗机，攻击敌人需要轰炸机，经过反复较量，日机不敢轻易来找麻烦了。飞虎队凭借自己的实力，从被动防守转为主动进攻，但他们缺少轰炸机。陈纳德在人员的培养上做了准备，前几年就在昆明航校招收轰炸机飞行员进行培训。他多次向航空队司令部请求增加轰炸机的调拨，但远水解不了近渴。陈纳德正在同艾尔索普商量办法，乔治·雷克托走了进来：“报告长官，我有办法解决轰炸机问题。”

陈纳德善于听取部下的意见，这是他能凝聚人心的一个重要原因，便问：“哦？乔治，你有什么办法？”

雷克托指指跑道上停的几架 C-47 运输机：“把那些家伙改一下，装上投弹架就可以了。”

陈纳德也在打运输机的主意，笑道：“这个主意不错。乔治，你曾是运输机飞行员，熟悉里面的构造，就给改装的机械师当当参谋吧。”

雷克托点点头，但说：“不过，长官，我有个条件，那就是去当当轰炸机飞行员。”

陈纳德当然支持要求杀敌的部下，笑道：“你算第一个。”

轰炸机改装成功了，决定第一个袭击目标是香港。

这天，鲍勃·尼尔带着 5 架改装的轰炸机由 10 架战斗机护航，飞抵香港，对启德机场一阵轰炸，摧毁了地面设施，10 多架飞机也葬身火海。这位队长意犹未尽，又带着战友们轰炸了日军码头，把停泊的两艘运输舰和仓库炸成了一片火海。雷克托看到日军一艘驱逐舰往海面逃跑，就追了上去。日舰拼命开炮拦击。罗爱斯和高东虎飞上前，两边轮番俯冲扫射，压制了敌人的火力。雷克托把剩下的炸弹都倾泻到日舰上，看到舰首插入海面才离开。他突然想起了一件事，掉转机头向香港飞去。罗爱斯忙提醒："老兄，完成任务，该返航了。"

雷克托对着送话器喊道："NO！ NO！我的任务还没有完成。"他飞到香港上空，把一大叠传单撒了下去。原来这位老兄还记着"东京玫瑰"说他又老又不中用，很是生气，他打下了两架日机还不解气，又印制了这些传单，上面是："这些炸弹是由那个老而无用的运输机驾驶员乔治·雷克托赠送的。"他撒完传单，才掉转机头，哼着小曲返航。

罗爱斯和高东虎是雷克托的护航机，只好跟在后面，见他撒下传单，感到莫名其妙。罗爱斯心直口快："老兄，撒那些纸头，不如多装几颗炸弹。"

雷克托吹着口哨说："炸弹有炸弹的作用，传单有传单的作用。"

三人最后飞回机场，罗爱斯让尿憋急了，他一跳下飞机，扯开裤子就射起来，把地面冲起一个小坑。高东虎也尿急，也射了起来，他看看罗爱斯冲的尿坑比自己的大，笑道："老兄，怪不得那伍君娜喜欢你，原来你比我的家伙厉害。"

罗爱斯听了，叹道："东虎兄弟，对不起，我再次向你道歉。"

高东虎见他认真起来，忙说："威廉兄弟，我们都是上了那日本间谍的当，希望以后别提这件事了。走，找雪峰小子去，敲诈他一顿！"

中国为了保护滇缅公路，组建远征军，帮助英国军队协防缅甸，然而日军以优势的陆、空立体作战兵力，使中印缅战区参谋长史迪威中将策划的同古会战失败。他急电陈纳德，派空军到缅甸支援作战。这位飞虎队的创始人知道，中国现在的战局是前门拒虎，如果缅甸作战失利，那不仅是缅滇公路不保，更是后门进狼了，中国腹背受敌，战局就会愈加严峻。陈纳德根据作战的需要，立刻对中美飞行员进行了调整，钦雪峰留在桂林，高东虎调往昆明，威廉·罗爱斯调到74中队，加强驻防赣州的力量。他从各中队抽调骨干力量组成特遣队，支援缅甸作战。

赣州简称虔，是中国历史文化名城，为东南沿海的腹地，又是内地连接海域的前沿地带，具有东进西出、南接北承的战略优势。日军早就觊觎这块地方，但由于有南岭、武夷山和诸广山三大山脉的拱卫，尤其是西边长沙久攻不下阻挡了他们东进之路。现在东、南、北三方皆为日军所占，赣州实际上成了一座孤岛。陈纳德之所以把第74中队调防赣州，基于两个原因，主要是战略位置的重要，可以就近打击日军；其次是蒋介石的大公子蒋经国主政赣南地区，于公于私都应助他一臂之力。

蒋经国生于1910年4月27日，字建丰，浙江奉化溪口人，蒋介石长子，苏联莫斯科中山大学、列宁格勒托尔马乔夫军政学院毕业，曾为联共（布）正式党员，又名尼古拉。他回国后加入国民党，蒋介石为培养这个儿子，1938年将他从三青团中央调任江西省赣县县长，第二年升任江西第四区行政督察专员兼保安司令。蒋经国有自己的政治理想，他知道中国的问题主要是农民的问题，就推行“赣南新政”，实行土地改革。他利用税收作为杠杆，土地越多课税越重，地主们受不了，只好按照政府的规定，把田地低价租给农民。这一举措取得了实效，初步解决了吃饭问题。蒋经国新政的第二项内容就是提倡政府官员勤政清廉，他以身作则，工作亲力亲为，生活粗茶淡饭。有次，蒋经国一人去车站接主任秘书徐君虎，看到两个警察殴打一位挤车的难民，不由得大怒，冲上前对那两个警察就是几耳光。两警察见他布鞋粗衣，还以为是平头老百姓，动起手来，可两人打一个还占不到便宜，就拔出了枪。徐君虎这时下车看到了，冲上前一把护住，喝道：“来人！把这两个谋刺专员的凶手拿下。”

这两个警察还不相信，当徐君虎的卫士下了他们的枪，他们才意识到闯了杀头大祸，吓得跪在地上求饶不止。

蒋经国上前扶起那位被打的难民，问：“大哥，他们打了你，该如何处罚？”

这位难民得知他是专员，当今“太子”，忙说：“我、我也有不对，不该挤车，就别处罚他们了。”

蒋经国走到那两个警察面前，厉声道：“你们摸摸良心，他们为了躲避日本鬼子，背井离乡，四处逃难。你们身为警察，应该帮助同胞，可刚才你们干了什么？你们打了他，他还为你们求情，你们不感到羞愧吗？”

两个警察听这位“太子”的口气，生命保住了，忙走上前对那难民作揖打拱：“大、大叔，对不起，我们错了。下趟车，我们送你。”

蒋经国叹了口气：“看在这位大哥求情的分上，你们又知道错了，那我就从轻发落，写一份检讨交给你们局长，罚薪一月，以观后效。如果今后再发现你们执法粗暴，严惩不贷。”

中国哪见过当官的为老百姓张目？加上赣南地区实行新政以来，基本解决了吃饭问题，社会也安定起来，成了“三民主义示范区”。蒋经国勤政亲民，整顿官场，打击豪强，便有了“蒋青天”之名。战乱之秋，老百姓向往的是安生之地，于是蜂拥而至，赣州城原来只有十万来人，现在猛增五十余万，山上和江边竖柱搭棚，住满了人。

第 74 中队以赣州机场为基地，可把周围数百英里半径区域作为防护之下，但这里很是简陋，除了跑道、机窝和油库，只有些木板平房，连防空高射炮和高射机枪也没有。第 74 中队面对的，不仅有日本陆军飞行师团，这里离海岸线近，还要应付日本海军航空队，有人预测，第 74 中队顶多能坚持一个星期。队长麦隆少校不信邪，他主动出击，率领 6 架 P-40 为 B-25 轻型轰炸机护航，轰炸香港。日本海军“海龙”战斗机大队 20 架零式舰载机升空拦截。在这场敌众我寡的较量中，日机始终没有突破护航机的防线，B-25 成功轰炸了启德机场和水运码头，飞虎队击落敌机 3 架，自己损失 2 架，两位跳伞飞行员在陆空救护网的帮助下，也安全返回基地。

日本海军从来夜郎自大，“海龙”飞行大队是日本海军的精锐，第一次同飞虎队交手就吃了亏，哪肯甘心？大队长冈村正雄中佐决定报复，他收到打入赣南保安司令部的谍报员的报告，赣州机场没有防空火力，便带领 22 架飞机前往报复。

中队情报官保罗·科伊中尉知道处境险恶，便时刻保持着高度的警惕。这天清晨，他床头电话响起，抓起来一听，原来是地面警报网龙南站打来的电话，因天未亮看不清，一群日机向信丰方向飞去。科伊立刻判断出敌机的袭击目标是赣州机场，他马上拉响了空袭警报。

飞行员们跳下床，穿上衣服就往外跑，有的边跑边穿，中队长麦隆少校第一个爬上自己的飞机。由信丰到赣州近在咫尺，有的队员还来不及爬上飞机，敌机就已经凌空了。麦隆队长第一个驾机升空，立刻向日机迎去，当先开火，以图打乱对方的攻击队形，掩护战友们升空。好在P-40速度快，火力强大，麦隆队长一阵扫射，虽然没有击落敌机，但打乱了敌机编队，争取了时间。飞虎队员两机一组，人人奋勇，但由于失去了先机，加上敌众我寡，经过一番生死较量，击落敌机5架，自己损失5架。麦隆队长击落一架日机，他为了救护一名叫爱德华·琼斯的队员，急切间向那架零式机撞了过去，近距离开枪。日机在空中炸裂，碎片波及P-40，麦隆队长受了重伤。他顽强地驾驶飞机降落到跑道，就昏了过去。

大家把麦隆队长送进医务室，经过一阵抢救，才苏醒过来，机场负责人决定送他去昆明医院。谁知来到机场，麦隆队长看到自己的飞机，就从担架上坐了起来，要求去看看。飞行员对自己的飞机有很深的感情，麦隆队长爱刚出生的儿子凯林，就把自己的飞机取名“凯林之父”。他被抬到飞机前，拼命地站了起来，用自己身上的血在画了五面太阳旗的旁边，画上第六面，笑道：“我击落日本狗六、六架飞机啦，哈……”随即倒在地上，笑面长逝。

中国空军美国志愿队改编为第23战斗机大队后，击落敌机再也没有奖金了，但飞虎队员们照样英勇杀敌，他们把击落敌机看成责任和荣誉。哪位飞行员击落了敌机，他回到机场的第一件事，就是在自己的飞机上画上一面太阳旗。

队长牺牲了，大家都很悲痛，尤其爱德华·琼斯抱着遗体不放。战友们在机场旁边的高地上挖了墓穴，用一副当地商人捐赠的上好柏木大棺盛殓。陈纳德接到报告，亲自带着随军牧师赶来参加麦隆的葬礼。

派培·赫伯斯特上尉受命继任74中队中队长，威廉·罗爱斯也来到赣州。这位新队长为了给麦隆少校报仇，亲自驾机侦察，选定了袭击目标。但没有轰炸机，怎么办呢？赫伯斯特是位天才的飞行员，决定在P-40机腹下装上挂弹装置。可又到哪里去找炸弹呢？情报官科伊中尉向他报告，跑道、机库下都埋有炸弹，准备撤退时炸毁机场之用。赫伯斯特决定先炸了敌人再说，就亲自带人挖出250磅，也有500磅的炸弹，装上引信。他为了让战斗机飞行员能准确轰炸敌人的目标，不仅在模拟飞行中讲解其要点，而且自己做示范轰炸。

这天，赫伯斯特上尉带领10架挂弹的P-40飞抵厦门，首先轰炸了日本海军飞机和机场设施，然后袭击了海港和码头。罗爱斯架着269号P-40C的飞机，正要把所挂的那颗500磅的炸弹扔到一座仓库，忽然看到一艘日军运输舰驶离码头，向外海逃去，就掉转机头追上去。日舰的防空机枪拼命拦截，罗爱斯做了一个规避动作，然后对准敌舰，手一按，六挺机枪成立体火力罩了过去，顿时让对方的机枪成了哑巴。因为没有投弹瞄准镜，全靠目测，他为了稳妥起见，由舰尾向舰首而飞，当飞到舰尾投下炸弹，贴着旗杆掠过。罗爱斯画了个圈转回来，看到那枚炸弹正落在舰首，撕裂了半边船舷，运输舰正翘起尾巴下沉，不由得高兴得大叫：“哈！我成了合格的轰炸机飞行员了。”

机队返航时，赫伯斯特上尉看到海岸山冈上有座日军的雷达站，他挂了两颗250磅的炸弹，就把剩下的那颗投了下去。琼斯这次为了给麦隆队长报仇，他把那颗500磅的炸弹投进日军机场的指挥塔，但没有遇上对头，感到遗憾，就冲过去补了一顿子弹。谁知回到赣州，正碰上来袭的日军“海龙”战队。赫伯斯特审时度势，他简洁地讲了战术运用及攻击队伍的编组，当先冲了上去。

冈村正雄上次偷袭赣州，打死了74中队的中队长麦隆少校，占了点便宜，但他知道，如果正面交手，鹿死谁手尚难预料。他正准备趁对方群龙无首，展开一次打击时，得知对方袭击了厦门。冈村正雄不由得吃了一惊，飞虎队名不虚传，战斗力这么快就恢复过来，他知道这时去厦门无异放马后炮，就决定赶去赣州，趁他们返航时弹尽油绝，捡个便宜。谁知一交手，发现自己估计错了，对方火力并没有减弱。

赫伯斯特上尉是位有战斗经验的飞行员，他在厦门没有遇到敌机的拦截，就存了分警惕，要求队员们节约弹药，这是他返航时还留有一颗炸弹的原因。这位队长在完成任务后，毫不耽搁，立即带队返回基地，果然遇上了敌情。赫伯斯特知道所剩油料不多，需要速战速决，他咬上敌方带队长机，利用自己的 P-40D 速度快、射程远的优势，抢先开火，冲入敌阵，立刻打乱了日机严整的编队。罗爱斯的 269 号机紧随其后，看到一架躲避枪弹的日机套进了瞄准镜，果断开火，打得对方凌空爆炸。琼斯是队长的僚机，可谓是仇人相见，分外眼红，他忘记了战术编队，咬上一架日机穷追猛打，看到它拖着长长的浓烟栽下地面，才拉起机头。赫伯斯特本来打掉了冈村正雄那架零式机的半边翅膀，正准备再次开火时，看到只顾追敌的琼斯被一架敌机咬上，立刻飞了过去，瞄准开枪来不及了，就撞了上去，把那架日机的一边翅膀削掉，打着旋掉了下去。他的飞机也受了损伤，翻了个跟斗才拉了起来。一架日机绕到后面，妄图偷袭。螳螂捕蝉，黄雀在后，罗爱斯驾着 269 号一鹞冲天，对着那架敌机的机腹就是一顿子弹，打得其在空中解体。

经过短短五六分钟的交锋，日机被打下了 8 架，飞虎队无一伤亡。冈村正雄的飞机也受了伤，只好下令退出战场。

罗爱斯听到发动机“哧”地打了个屁，知道没有了油，他见敌机已走，赶紧往机场飞去，可还有一段距离，发动机已经停止转动。罗爱斯舍不得这架击落三架敌机的座驾，看到机场旁边有口水塘，就滑行过去，“哗啦”一声，掉在水面上。

这次出击的 10 架飞机，弹绝油尽，只有赫伯斯特队长的飞机降落在机场跑道上，其他飞机不是迫降在水里，就落在田里，所幸没有人员伤亡。

赣州军民目睹了这场空战，飞虎队连打两仗，大获全胜，在耗尽燃油的情况下，全都安全降落，于是全城激奋，自发组织劳军。

赫伯斯特队长担心的是，飞机多半迫降在外面，如果敌机来袭可就麻烦了，他立刻组织人员把飞机弄回来。可无路无机械，全靠人力把 9 架飞机拖回机场，可不是容易的事。好在劳军的人多，修路的修路，拉飞机的拉飞机，一夜之间，飞机全拖进了机场。机械师们挑灯夜战，第二天，10 架飞机又能升空作战了。

蒋经国从崇义县视察回来，得知飞虎队打了胜仗的消息，准备宴请全体参战官兵。主任秘书徐君虎便问他这笔费用从哪里开支，按照新政规定，不能举办宴会。蒋经国想了想，就说："美国人不喜欢大鱼大肉，主食面包，主菜牛排，佐以鸡汤，用不了多少钱，我俩这个月的薪金够了。"

徐君虎还是摇头："我俩勒紧裤腰带不要紧，但要保护耕牛，这牛排从哪里来？"

蒋经国笑道："我解决了开支问题，这就该你这内当家解决了。"

这天晚上，赫伯斯特队长战斗值班，保罗·科伊带队来到赣南行署赴宴，蒋经国亲自到门口迎接。徐君虎在礼堂摆了几桌，除了美国客人外，还有当地驻军和行署有关人员，还来了两位女记者。蒋经国讲了几句开场白，就举起杯子："我们赣南实行新政，禁酒禁烟禁赌禁娼，那就以茶代酒——诸位！这是我们有名的龙归茶。"他干了茶坐下，一看桌子傻眼了，没有菜，摆的是赣州蜜饯、黄元米果、多味花生、酸枣糕、黄婆柚、脐橙、信丰红瓜子，全是当地特产。好在客人对这些东西很感兴趣，大吃大嚼，还不时伸出拇指叫"OK"。蒋经国放心了，我们的厨师即使有食材也弄不出合乎他们口味的菜肴，用特产招待，既简单又经济，还让客人满意，不由得对操办人徐君虎的办事能力有了更进一步的认识。

蒋经国在赣南实行新政，战地服务团在机场旁边建了一座招待所，但也不敢修舞厅和酒吧。美军多是些年轻人，精力过剩，休息时间除掉打球，几乎没有消遣的地方。几位有酒瘾的人憋不过，就想了个办法，用工业酒精提纯，制成高浓度的食用酒，于是餐桌上就有了被称之为"警报”的饮料，因为浓度高容易醉，像时刻准备防空一样，就取了这么个形象的酒名。谁知有一天晚上，蒸馏装置漏气，酒精遇上明火，发生爆炸。飞行员们以为发生了空袭，爬上飞机，却没有敌机出现。他们看到随队医生往仓库跑，才知道是出了事故。这次酒精爆炸，不但毁掉了“警报”生产设备，而且炸伤了两名操作“工人”。赫伯斯特队长当即报告司令部，检讨自己管理的失误。陈纳德最忌讳的是非战斗减员，他也理解孩子们在紧张的战斗中而没有宣泄放松的处境，感到是自己失职。他一方面加大对赣州基地生活特供物资的倾斜，一方面商请主管战地服务团黄仁霖将军，想办法活跃那里的精神娱乐生活。黄仁霖知道蒋经国的个性，他也不敢违犯赣南新政，只好多采购些英文书报，并指示赣州支部多组织些音乐会和演唱会。

科伊中尉是一名很有经验的情报官，他知道周边的敌情，敌人随时会来偷袭，好在地面防空情报网起到一定作用。但再严密也会有死角，上次敌机到了近在咫尺了信丰才接到报告，仓促应战，麦隆队长牺牲，这是个教训。机场没有防空火力，这是科伊中尉的一块心病，他打算找海军里的朋友想想办法。

赣州离海岸线近，米尔斯海军准将负责的战略服务处在这里设了工作站，他们不但管理一个侦察监视网，提供关于日本海、空军动态的非常精密而详尽的情报，而且有种先进的设备“黑盒子”，能从日本人的有线及无线电话、电报、雷达等其他电子通信渠道中，截取日本人机密情报和工作情形。自然，飞虎队的防空警报网和侦察机获得的情报，对海军也有直接帮助，所以两个部门互相配合，情报共享。科伊经常往战略服务处赣州工作站跑，认识了负责人刘易斯·格罗海军上尉，两人很快成了朋友。他就把机场没有防空设施的情况讲了，请海军方面想想办法。上次，格罗上尉派了一支爆破队去厦门，目标是炸毁日海军一个秘密地下仓库，但炸弹难以运送进去，是科伊派飞机空降炸药，使他们顺利完成任务。在赣州的海、空军可谓是唇齿相依，格罗上尉想办法运来了一挺 0.5 英寸口径的机关枪。科伊大喜，这两位空军、海军情报官亲自动手，安装在一条连接跑道与机库滑行道几英尺的地方，等候敌机。科伊中尉和格罗上尉为决定谁为第一射手意见不统一，两人只好抛石决定，空军运气好，科伊获得首先开枪的资格。

这天晚上，星光灿烂，是日军偷袭机场的有利天气，科伊中尉和格罗上尉守在机枪旁，瞪着日机经常飞行的方向。果然，半夜时分，响起轰鸣声，一架日军夜航机飞了过来。他们欺赣州机场没有防空炮火，常常在 300 米的低空飞行，精确地袭击机场目标。科伊中尉操起机枪，对着期待已久的目标来了个快射。那架日机显然中招，冒出火烟，贴着树梢才拉起机头。不料后面还有一架夜航机，投下了一枚炸弹。在后面观察情况的格罗上尉发现了，抱着科伊滚进旁边一个掩体。“轰隆”一声巨响，炸弹在那边开花，把机枪掀到几十米远。格罗上尉和科伊中尉捡了一条命，但耳朵都震袭了，过了大半个月才恢复过来。

这天，保罗·科伊正在办公室写敌情简报，助手林义安少尉进来报告：“中尉，一位姓姚的女士找你。”

每个中队皆派有一位中国情报员作为助手，便于工作，科伊抬起头：“少尉，你去接待一下吧，我的中文交流很有限。”

林义安摇摇头：“那女士是位记者，说认识你，特来采访。”

科伊只好放下笔，把材料放进抽屉，走出情报室，来到机场外面的接待室，他看到一位身穿旗袍的漂亮记者，才想起上次蒋经国专员请客，两人坐在一起。科伊一时想不起她叫什么名，只好说：“姚女士，恐怕会让你失望，我没有值得采访的地方。”

那位叫姚碧琼的记者伸出手，操着流利的英语：“NO！中尉先生，你作为情报官，亲自使用防空武器，击伤了一架来袭的日机。这就值得我采访，你不会拒绝吧？”

科伊还在为这件事后怕呢，也正因为出了这件事，蒋经国知道了，就从驻军中抽调了一个营，在机场要点构筑防空火力。他指指自己的耳朵：“对不起，我的耳朵受伤，听力受阻，以后再接受您的采访吧。”

姚碧琼无奈，只好告辞。她刚转过身，迎面碰到威廉·罗爱斯走进来，两人对望了一眼，就走了出去。科伊见罗爱斯久久望着姚碧琼的背影，问道：“威廉，你看上她了？”

罗爱斯想了想，回过头说：“我好像认识她。”

科伊笑道：“当然认识，这位姚女士也参加了蒋专员上次的招待会。”

罗爱斯摇摇头：“我上次没有参加招待会，跟队长一起战斗值班。”他一拍脑袋，说，“她是日本间谍，叫伍君娜。”

科伊想了想，问：“通报上不是讲伍君娜拒捕自焚了吗？死了的人怎么会复生呢？”他拍拍罗爱斯，“你是不是思念过度，出现了幻觉？”

罗爱斯叹了口气，说：“一个人的面貌可以改变，但步态和眼神难以改变。”

实际上，这名叫姚碧琼的女人就是化名叫伍君娜的山田秀子，上次在桂林，她从“克部队”的头目松井太郎的暗示中，意识到明星酒吧这个据点已经暴露，就做了准备。那天晚上，山田秀子在自己房里杀死一个年轻的女服务员，然后放了把火，她趁乱化装成那死去的服务员，逃了出来。山田秀子号称“百变间谍”，她故技重演，改变容貌来到赣州，化名姚碧琼，在海军同行的帮助下，从中央通信社昆明分社记者变身《赣州日报》记者。她的任务当然是对付飞虎队，日机几次偷袭赣州机场，都是她的情报。山田秀子上次在蒋经国的招待会上认识了保罗·科伊中尉，得知他是74中队的情报官，就把他当成了自己猎取的目标，她对自己的魅力很有信心，就找借口来采访。谁知那美国佬却以听力尚未恢复加以拒绝，尤其倒霉的是碰上了那该死的威廉·罗爱斯，虽然自己当时用了金蝉脱壳之计，现在又化了装，一般人想不到也认不出，但毕竟两人赤身裸体相处那么久，难免身体上的一些符号不被对方记住。山田秀子感到有暴露的威胁，但又不愿轻言撤出，她就去找海军同行商议对策。

因赣州特殊的地理位置，日本海军情报部门早对这里派遣了潜伏人员，并且成功打入了赣南保安司令部。山田秀子约出那化名叫贾卫国的渡边二郎，两人租了一只小船，在江中游弋。这里是章江和贡江在市区的交汇口，而后合二为一成为赣江，游人很多，不易引起别人的怀疑。山田秀子讲了今天发生的情况，问：“渡边君，你有什么办法吗？”

日本的海军和陆军素来不和，但潜伏在处处危机的敌后，是需要真诚团结的，这位已成为赣南保安司令部中校参谋的渡边二郎，他想了想：“最好的办法是除掉那个美国人。”

山田秀子点了点头，又问：“我也想过这个办法，但杀了一个美军飞行员，会引起很大反应，会不会影响你的任务？”

渡边二郎叹了一口气：“我的任务是争取中国最高统治者蒋介石的儿子蒋经国，但事实是不可能的，他比他的父亲更顽固。我们又想把这位蒋专员绑架出去，以要挟蒋介石，也行不通。他行踪飘忽不定不说，身边有几位得力助手，连拢边的机会也没有。”他恶狠狠地说，“不能为大日本帝国所利用，那就只有让他消失。”

山田秀子听了，忙点头：“我想办法杀了那叫威廉·罗爱斯的美国人，制造混乱，你们找机会刺杀蒋经国，对支那是个大大的震慑。”

罗爱斯这时也在想办法寻找“姚碧琼”那婊子，她欺骗自己的感情不说，还差点让他成为一名罪犯，尤其是不除掉她，对机场是个威胁。他把林义安找来，讲了自己的怀疑和想法，要这位中国情报官给予帮助。两人商量了好久，还是想不出一个办法来，罗爱斯急了，嚷道：“只要逮住那婊子，她屁股上有块胎记，一看就知道了。”

林义安笑道：“她否认呢？何况脱一个女人的衣服，是要进‘假日堡垒’的。”

4 月 29 日，是日本的天长节。陈纳德知道日本空军一定会去偷袭赣州机场，拔除这个眼中钉，为他们的天皇献礼，就打电报给 74 中队的中队长派培·赫伯斯特，让他利用这个机会，打一个伏击。

于是，赫伯斯特和科伊商量了一个方案，他先天两次带队袭击了日军后方补给线，下午回来，利用保安司令部前来联欢的机会，当众宣布：“我们今天出击了两次，摧毁了日本狗两个补给基地，还袭击了他们机械化部队，明天上午放半天假，今晚玩个痛快。”科伊知道前来联欢的人中有日本间谍，果然那位带队的“贾卫国”中校连夜把这个情报发了出去。

驻香港基地的日本海军司令部正在策划天长节向天皇献礼的行动，接到这个情报，更坚定了要拔除赣州飞虎队基地的决心，立刻命令“海龙”战斗机大队连夜准备。冈村正雄几次同74中队交锋，拥有优势兵力还败多胜少，上次机翼被打掉半边，差点飞不回来。他决心这次一定利用这个机会，痛下杀手，为天皇陛下寿诞献上一份大礼。

第二天一早，赫伯斯特中队长把15架飞机分为三个梯队，每队5架。他亲自带一队在15000英尺高空巡逻，罗爱斯和琼斯各带5架分别在12000和10000英尺高度待命出击。果然没有多久，日军出动27架三菱式重型轰炸机，由大批零式战斗机护航，向赣州机场扑来。按照战术规定，飞虎队以一个梯队拦截日军的护航战斗机，一个梯队攻击敌轰炸机，一个梯队断其后路。威廉·罗爱斯驾着269号P-40C战鹰，带着僚机首先开火，击伤拦截的一架日军护航机，闯入敌轰炸机群，立刻把敌机的队形冲乱。他咬住带队长机，一个长点射，把对方打冒了烟，正要冲上前击毁它，看到僚机汤姆·迈克被敌人咬住。罗爱斯一个翻飞，画了一个圈，绕到那架护航机侧后，又一个长点射，将敌机打成一个火团，坠落下去。他见解了僚机的围，一按机头，又冲入敌轰炸机群，左冲右射，如同一只猛虎，敌机纷纷逃避。迈克脱了险，咬住一架敌轰炸机，追着射击，直到把它打坠地下。

冈村正雄见一交手就落于下风，不由得又气又急，他看到对方269号机横冲直闯，就画了个小弧扑上去，妄图从侧后偷袭。罗爱斯猛中有细，他从后视镜看到一架敌机掠过，知道其意图，就装着不知，向旁边一架敌机扑去。他突然一个侧翻，避过对方的火力，反而绕到其后面，罗爱斯抓住稍纵即逝的机会开了火，打得对方尾翼火光四溅。冈村正雄满以为偷袭得手，谁知是对手的陷阱，他来不及规避，飞机一震，随即不受控制，打着旋往下掉。这位“海龙”大队的中佐大队长在生死面前忘记了为天皇尽忠，跳出机舱，谁知运气太差，降落伞被打旋的机翼划破，摔了个粉身碎骨。

经过一番激战，飞虎队15架飞机，击落日机22架，自己无一伤亡，罗爱斯一人击落3架日机，打伤1架日机，给日本天皇送了一份“厚礼”。

赣州军民目睹了这场空战，人人扬眉吐气，盛称飞虎队是“虎入羊群”，尤其称269号飞机是“猛虎出山”。威廉·罗爱斯已经击落了6架日机，战友称他为“美洲虎”，报纸还专门写了一篇采访文章，标题为《威猛美洲虎》。

一家欢喜一家愁，渡边二郎的假情报，付出了22架飞机的代价，简直是给天皇陛下送去一份丧礼。他正打算剖腹谢罪，得知蒋经国要亲自去赣州机场慰劳的消息，认为将功折罪的机会来了。渡边二郎找到山田秀子，两人反复商量，制订了一个刺杀计划。山田秀子现在更要置威廉·罗爱斯于死地，不暴露身份是一个方面，那冈村正雄是她的表哥，他一定要报这个仇。

蒋经国亲自前来慰劳，明知有危险，但不接待又不行。赫伯斯特队长负责接待，科伊中尉负责安全。这天，蒋经国带着赣州各界人士，挑着土特产，来到招待所礼堂。赫伯斯特也绝，桌子上只摆着巧克力、烤面包、煎甜饼、美国柑橘果酱和咖啡一些西式甜点，中国人大多没有见过这些洋食品，也很高兴。蒋经国发表了热情洋溢的讲话，代表赣南民众对飞虎队的杰出贡献表示由衷的感谢，他还特别提出：“269号战机飞行员威廉·罗爱斯这次一人就击落3架日机，是当之无愧的‘美洲虎’。现在请威廉先生同大家见见面。”

威廉·罗爱斯一进入招待所礼堂，就在寻找那位“姚碧琼”，慰劳队伍来了几位女士，但都不是，他感到奇怪，收回目光，却感到身边一位年轻男士有点面熟。罗爱斯正在翻找记忆，忽然闻到一股熟悉的体味，他一激灵，这是那个死去的伍君娜身上的味道。两人多次裸体相拥，互相的体味早已熟悉。罗爱斯根本没有听蒋经国说什么，他突然抱住这显然是女扮男装的人，又一把扯下其裤子，果然是屁股上有块胎记的山田秀子。

就在这时，响起了枪声。

原来渡边二郎同山田秀子坐在一桌，准备寻找机会，制造混乱，刺杀蒋经国，然后互相掩护，便于撤离。他是个老特工，看出现场警戒严密，不敢乱动，谁知山田秀子被罗爱斯识破，还被当场脱了裤子，顿时引起大乱。渡边二郎认为机会来了，拔出枪朝蒋经国射击。科伊知道情况不妙，把旁边的蒋经国一把推倒。罗爱斯听到枪响，抬起头，见是旁边那位中校开枪，就扑向前，一拳击去，把渡边二郎打翻在地，夺下枪，又一把扭住。几个卫士跑过来，把渡边二郎押了出去。

蒋经国爬了起来，得知擒住朝自己开枪的凶手的就是威廉·罗爱斯，不由得笑道：“你在天上是威虎，你在地上是猛虎，就叫‘威猛美洲虎’吧。”

威廉·罗爱斯这时记起了“姚碧琼”，他一看不见了，急道：“那光屁股女人也是日本间谍，她在桂林叫伍君娜，又逃跑了。”

蒋经国听林义安把罗爱斯脱那女人裤子的前因后果讲了，安慰道：“看来你们有‘缘’，她逃不出你的手掌心。”

第七章　英勇“东北虎”

1941 年 12 月 23 日，中国政府为支持英军在缅甸抗击日本法西斯，为保卫西南大后方，同英国政府在重庆签署了《中英共同防御滇缅路协定》，组建了中国远征军。缅甸是英属殖民地，它西连英属印度，北同中国西藏和云南接壤，具有重要战略地位。太平洋战争爆发后，日军快速席卷东南亚，打得美、英军毫无还手之力。1942 年初，日军占领马来西亚后，立刻剑指缅甸，其战略目的有二，一是切断滇缅公路，孤立中国，二是作为入侵印度的基地。英国人既要中国协防缅甸，但又担心影响其利益，直到支撑不住，才急切要求中国远征军进入缅甸。

中国远征军司令原为第六军军长罗卓英担任，因同中缅印战区参谋长史迪威中将战术思想有分歧，后改为第 5 军军长杜聿明担任。开始只有第 6 军的 49 师和 93 师进入缅甸景东地区，其余各部队尚在滇缅公路线集结待命。当时进攻缅甸的日军有 6 万余人，其中有号称“丛林之虎”的第 6 师团，兵力大于英缅军，所到之处，锐不可当，3 月 8 日占领了缅甸首都仰光，随即进攻西部重镇曼德勒。中国远征军快速进入缅甸，第 5 军以戴安澜的第 200 师为先头部队，3 月 7 日到达同古，修筑工事，按照史迪威的构想，在这里展开决战，3 月 19 日首次同日军交战。日军 55 师团长驱直入，想不到在同古遇上了劲敌，久攻不下。由于日军有航空部队支援，对交通线狂轰滥炸，造成中国远征军后方补给困难；尤其是英军丧失斗志，消极延误，没按计划到达同古。戴安澜将军面对四倍于己之敌的围攻，指挥 200 师苦战 10 天，歼敌 5000 余人，自己伤亡 2000 有余。现在内缺粮弹，外无援兵，杜聿明审时度势，于 3 月 29 日晚下令 200 师突围——同古决战失败。

史迪威不甘心失败，计划中、英军进行平满纳会战。然而右路的英军无视命令，不断后退，将中路的中国远征军右翼完全暴露给日军。加上东线的中国军队兵力单薄，阵地不断失守，第 5 军有被包围的危险。史迪威无奈，于 4 月 18 日下令放弃平满纳会战。在前四天，英缅军总司令亚历山大急电中国远征军司令部，请求解救被日军包围在仁安羌的英军。新 38 师师长孙立人、副师长齐学启带着 113 团（团长刘放吾）于 4 月 19 日下午 5 时急行军，打了日军一个措手不及，收复仁安羌油田。这次解救了英军 7000 多人，还有被日军俘虏的英缅军官兵、美国传教士和新闻记者 500 多人。

前面两次会战失败，史迪威又策划曼德勒会战。他轻信英方关于在仁安羌和桥克柏当之间有 3000 多日军的情报，命令 200 师长途奔袭，谁知赶到后，却没有发现日军，只有新 38 师在掩护英军撤退。有人分析，是英国人吓破了胆，想让更多的中国军队前来掩护。当戴安澜率部赶回，已经浪费三天时间，日军早占领了堂吉，经过一番激战，才夺了回来。但第 6 军遭日军猛攻，支撑不住，放弃了雷列姆，防守堂吉已无意义，只好撤退。4 月 29 日，驻守腊戍的 66 军遭日军“丛林之虎”第 6 师团多路攻击，伤亡惨重，被迫退守新维。于是曼德勒会战又成泡影，史迪威大骂英国佬误事，但有什么用呢？撤退已成当务之急。

中国军事委员会委员长蒋介石为抗御日军的侵略，咬牙坚持了五年，几乎是心力交瘁。太平洋战争爆发后，他看到了希望，担任中缅印战区总司令，调集十万精锐部队组建远征军，交予史迪威指挥，开进缅甸打击日军。这位蒋委员长切腹之痛是国家贫穷，军队装备低劣，才被一个小小的东夷日本打得无还手之力，大半国土沦陷。现在同美、英这些强国结成同盟，远征军又换装先进的美式装备，所以缅甸作战几乎没有失败的心理准备。现在突然接到远征军司令杜聿明的报告，史迪威规划的三次会战皆以失败告终，日军紧逼穷追，已造成全线溃退之势。目前有两条撤退之路，去印度和回国，史迪威主张去印度。蒋介石接到这个报告大吃一惊，娘希匹的英国佬太自私，美国佬也不过如此，军队是他的命根子，他想都没想，命令远征军撤回国内。蒋介石也算个军事家，他知道溃军没有掩护，撤回来的希望很小，就立刻打电报给中国空军特遣队（又称美国第 10 航空队第 23 战斗机大队）指挥官陈纳德准将，请他派飞虎队为中国远征军的撤退提供空中掩护。

陈纳德将军所创建和指挥的中国空军美国志愿大队改编为中国特遣队后，人员和飞机逐渐增多，正在同日本空军争夺中国的制空权，但由于滇缅公路被日军切断，援华的物资运不进来，没有汽油、弹药，对飞虎队是个绝大的威胁，他正在想办法开辟空中航路，扩大驼峰航线的运输量。日军进攻缅甸的战略目的之一，就是切断国际运输线，孤立中国。现在陆路已经切断，自然对驼峰航线加大了袭扰和打击的力度。陈纳德只好抽调力量为这条唯一连接外界的运输线护航，他接到蒋介石的电报，立刻从各部队再抽调人员去云南驿机场，就近为中国远征军的撤退提供空中掩护。

云南驿在祥云县，是南方丝绸之路“蜀身毒道”和“茶马古道”的重镇，有 1300 多年历史。它因元、明、清三朝设置云南驿而得名，是“彩云之南”的故里，也是最早叫云南的地方。这里是古今交通要冲和军事重镇，扼滇西门户，西临大理，北达成都，东连昆明，南走夷方，自古为兵家必争之地。抗战事起，就在这滇西四大平坝之一的云南驿坝修了一座简易机场。跑道旁边有几栋木板房，连机库也没有，好在周围都是华盖浓密的大树，是天然机库。高东虎最先来到云南驿机场，他一下飞机，就听说日军已经越过中缅边境的畹町，到了龙陵，正向天险怒江上的唯一通道——惠通桥推进。高东虎一听，急坏了，要求立刻起飞，赶去阻击日军。机场负责人叫曲长忠，是保山人，对当地很是熟悉，他铺开地图，讲解了航路和山川地形。高东虎听完，就往飞机上跑，曲长忠追上前：“你还没有吃中饭呢！”

高东虎叹道：“鬼子打进了祖国的后门，哪还有心思吃饭！”

曲长忠忙从房里提了一小篓杨梅送到飞机边：“这东西虽然还没有成熟，但能解渴提神。”

高东虎抓了几把杨梅塞进口袋里，发动飞机，掠上天空。

日军第6师团4月29日攻克腊戍后，向中国境内急进，师团长黑田秀夫中将知道如果让远征军退回国内，他们虽然被打残，但为了保卫疆土会拼死相抗。他命令部下别管溃退山林的中国军，沿着滇缅公路，快速向云南推进。中国本来就兵力有限，再说谁也没有想到这大后方突然变成前线，滇西成了不设防的后门。日军越过畹町后，进入中国境内，没有受到抵抗，长驱直入，先后占领芒市和龙陵。黑田秀夫也没有想到这么顺利，他知道怒江是一道不易逾越的天险，只有夺取惠通桥，才能真正攻破中国的后门。他立刻命令机械化部队快速推进，一举拿下惠通桥，那中国腹背受敌，就无力抗拒日军了。

惠通桥始建于明末，为钢缆悬浮吊桥，长120米，宽五六米，东西方向，横跨在湍急的怒江之上，为滇缅公路的要冲，现在又成了逃难大军的生命通道。工兵总指挥马崇六将军从缅甸退回国内，他经过这里，知道惠通桥关系国运，便命令远征军独立工兵营营长张祖武上校留下守桥。当时仓促撤退，各部建制都已打乱，好容易拼凑出一个警卫连和一个高炮连，加上几位宪兵，也只有百多人。张祖武接到的炸桥命令既矛盾又严酷：惠通桥是进入内地的唯一通道，要多让难民过桥，所以炸桥的时间控制尽量晚，但绝不能让日军过桥。张祖武是典型的军人，虽然很是为难，但要坚决执行，他亲自带着警卫连三个排，在惠通桥上分东、中、西三处安放炸药，日夜巡护。

日军第6师团先头部队的指挥官叫桥岛勇男，是师团装甲兵联队长，他指挥部队沿着滇缅公路快速东进，于5月5日到达松山。桥岛大佐居高临下一看，横跨在怒江大峡谷的惠通桥就在脚下，连桥头巡逻的中国军也历历在目。这位指挥官知道，直线距离虽然近，但公路在松山盘旋而下，想快速推进，占领惠通桥而不被发现是不可能的。他见路上逃难的车辆和人群很多，就亲自带人化装成中国的老百姓，企图通过大桥，占领东岸。

这天一早，张祖武右眼不停地跳，虽然多日在风声鹤唳中度过，但今日格外不同，心里一阵阵发慌，他预感到要出事，就带人亲自上桥盘查。桥上人流涌动，还有汽车夹在其中，几个宪兵来往地维持秩序。张祖武见今天难民特别多，他怕敌人混在其中，就决定到西岸去看看，他交代值班排长提高警惕，就同一个叫白岩德的班长换了便衣，往桥西挤去。两人好容易来到西岸，看到一辆货车上坐着都是年轻力壮的人，感到有点怀疑。张祖武趁着桥上人多车停之机爬上去，假装是难民，掏出钱：“我几天没有吃东西，行行好，匀点吃的吧。”谁知车上的人不吭声，只射出凶恶的眼神，他就感到更蹊跷了。张祖武装着站立不稳，摔在旁边一堆物件上，他凭着一个军人的感觉，里面是枪支。几个人走上前，把他推下车，就在这时，桥东头突然响起了枪声。

原来一辆货车在桥东头抛了锚，挡住人流。两个宪兵走上前查问，车主既不准备检查修理，也不肯把车推下江去，态度十分蛮横。宪兵根据战时处置办法，开枪把他打死了。

这辆车上的人听到枪声，纷纷操起枪支，向桥上的难民一边开枪一边开车冲过去。张祖武看到他们果然是日军的便衣，立刻掏出枪一边射击一边大喊：“起爆炸桥！炸桥！”枪声淹过了喊声，不知那位值班排长是没有听到，还是不忍桥上数百难民死于己手，一直没有引爆。张祖武见大队日军赶了过来，自己只有两人两支短枪，可急坏了。

高东虎驾着126号P-40C升空，沿着曲长忠所指的方向飞行，越过澜沧江，进入保山，不久看到了怒江，由于偏离了航向，没有看到惠通桥。中国的公路和铁路都很少，无法利用参照物，加上天气变化大，所以飞行员只能依赖罗盘和无线电来飞行。而此时的滇西，连无线电导航也没有，高东虎看看罗盘，沿着怒江大峡谷往下游飞，果然看到横亘在江面上的惠通桥。他见大队日军向桥上的难民一边开枪一边推进，就画了个圈转回来，对着日军一阵扫射。两边山高谷深，空域不宽，只能上下翻转，他一次低空追着日军扫射，距离过近，拉起机头已然来不及了，只好贴着江面从桥下穿过，看得敌我两军目瞪口呆。高东虎现在同自己的战机已经成为一体，他几个翻飞，来回扫射，打得日军死伤无数。他听到下面一阵巨响，看到惠通桥掉进怒江之中，既欣慰又难过，欣慰的是祖国的大后门暂时安全了，难过的是桥上有许多同胞死于非命啊！高东虎把一腔怒火发泄在日军身上，直到打完最后一颗子弹，才掉头返航。

张祖武在危急时刻，突然看到一架飞机飞来，他还以为是日军的，真是雪上加霜，直到那架飞机朝蜂拥向前的日军开火，才知道是自己的空军，不由得高兴得忘记了危险，他跳起来大喊：“空军兄弟，打得好！”

白岩德见日军倒下一大片，也高兴得大叫：“营座，那是我们飞虎队的飞机，给我们陆军出气了。”

一声巨响，惠通桥炸断了。张祖武和白岩德因日军先头部队损失惨重，无暇顾及，两人找了一处水缓的地方，在当地渔民的帮助下，回到了东岸。张祖武才知道当时东岸已经混入了不少日军便衣，值班排长带人肃清了企图夺取控制室的日特，才引爆炸药。

黑田秀夫当然不愿功败垂成，他一定要打开中国的大后门，为大日本帝国建立不世功勋，于是又调集舟桥部队，命令桥岛勇男架设浮桥。怒江虽然不宽，但水深流急，由于上游是雪山之水，温度低，虽然已到5月，但江水还是刺骨。日军出自岛国，多数有水性，尤其舟桥部队，他们刚从热带雨林来到怒江岸边，不顾刺骨江水，设架舟桥。由于水流湍急，失败一次又重新开始。

张祖武的任务是炸桥，现在惠通桥已断，阻隔了日军前进之路，任务已经完成，可以撤离了。但他是一名军人，知道敌人决不甘心，一定会想办法渡过怒江。果然，日军选择了一处水流较缓的地方，架设浮桥。张祖武一边阻击日军架桥，一边向上峰告急。怒江是一条大峡谷，江面不宽，两岸都在有效射程之内。守桥部队名为两个连，实则只有百多人，而西岸日军成千上万，而且火力强大，他们被压制得抬不起头。好在桥头有几块巨石，战士们躲在后面，张祖武见白岩德不时爬上石头张望，都引来一顿枪炮，便斥道："你看什么，不要命了？"

白岩德望着天空说："我相信飞虎队一定会来，昨天开126号飞机的那位猛将一定会再来帮我们。"

高东虎昨天回到云南驿机场，刚跳下飞机，见曲长忠迎了上来，安慰道："赶早不如赶巧，我刚飞到惠通桥，鬼子也赶到了。我就来回几轮扫射，阻止了日军，守桥部队及时把桥炸了，你的家乡保山安全了。"

曲长忠一听，大大松了口气，说："高兄弟，谢谢你，但鬼子绝不甘心，一定会想办法渡过怒江。据我所知，我军在东岸只有一些零星部队，无法阻止日军渡江。"

高东虎指指跑道上停的几架飞机："你放心，我们飞虎队兄弟来了，一定不会让日军过江。"他吐了口酸水，"你给我那些杨梅虽然提神、解渴，可加快了消化，我更饿了。"

曲长忠忙说："走！我酿的杨梅酒味道不错，陪你喝两碗。"

日军以优势兵力和强大火力为掩护，一边架设浮桥，一边用木船和橡皮艇多点抢渡怒江。我军兵力少，不敷应付，只好向空军告急。

高东虎还没吃上几口饭，告急电话来了，他丢下碗，爬上飞机，直奔惠通桥。他见日军在架浮桥，扫射一阵，然后沿着怒江大峡谷飞，见到日军的渡江船只，又是一阵扫射。

开始云南驿机场只来了几架飞机，由于情况紧急，每架飞机每天出动五六次，机械师在闷热的天气里连夜把损坏的飞机修好，机身上的小弹洞就用硬纸板挡一下。飞机执行作战任务一着陆，武器装载员就冲上前，给机枪加上子弹。飞行员跑到指挥室报告上一次任务的执行情况，然后又领取下一次的飞行任务，就回到驾驶舱等待起飞信号。

这天，乔治·雷克托和派克·杜普伊几名飞行员也先后赶到了云南驿机场，当晚就召开了作战会议。高东虎先汇报了阻止日军架设浮桥和打击日军多点抢渡怒江的情况，曲长忠详细介绍了怒江大峡谷的地形地貌后，根据所掌握的敌情，制订了攻击计划。

第二天，由乔治·雷克托少校带队，全体出动，飞向惠通桥，准备按照陈纳德的说法给日军来一次“外科手术”。飞临目标上空，见西岸的日军以猛烈炮火压制东岸守军，在江面架设浮桥。峡谷空域窄，无法编队行动，只好各自为战。高东虎昨天已经有了实践经验，可谓驾轻就熟，他把机头一按，贴着松山的盘山公路由上而下，一阵扫射。他在快要扎进江面之时，快速拉起机头，一个漂亮的侧翻，又贴着公路由下而上一阵扫射，打得日军的炮火成了哑巴。其他飞行员各自寻找目标展开攻击，雷克托对架设浮桥的日军一阵扫射，看到人亡桥流，才另外寻找猎物。杜普伊捕捉到公路上停着几辆日军装甲车，他是位猛汉，贴近了一辆一辆打，0.5 英寸的机关炮弹在装甲车上溅起一溜溜火花，直到起火爆炸才离开。雷克托为了搜寻目标，掠着树梢飞行，看到山上树林中有几顶野战帐篷，他掉转机头就是一阵扫射。高东虎接到返航的命令，他特地驾机飞到惠通桥东，超低空飞行，对着欢呼的陆军兄弟敬了一个美国式的军礼才离去。

白岩德见到飞虎队的飞机果然来了，对日军展开攻击，高兴得爬上巨石大叫：“打得好，空军兄弟！”官兵们都爬上了石头，看到把敌人的气焰一下打了下去，真是扬眉吐气。战斗结束，大家看到昨天那架及时相援的 126 号机贴着头顶飞了过来，都站起来欢呼，尤其清晰地看到他还敬了个军礼，真是又高兴又激动，纷纷议论起来。白岩德望着远去的飞机，问：“营座，据说飞虎队员都是美国人，可开那 126 号飞机的明明是我们中国人，怎么回事？”

张祖武也不清楚，只好说：“培养了我们中国飞行员呗！比如我们工兵部队，许多技术都是美国教官传授的。”

白岩德又想起一个问题：“飞虎队应该画一只飞虎，为什么机头上画一只鲨鱼头呢？”

张祖武正要开口，突然对岸射来一枪，打得石屑飞溅，他赶紧招呼部下跳下去掩蔽。

日军昨天功败垂成，今天又吃了大亏，伤亡惨重。桥岛勇男大佐的联队部被飞虎队发现，遭了灭顶之灾，他如果不是来江边督促架设浮桥躲过一劫，也魂归东瀛了。这位联队长又急又气，正要向师团部报告，请求空中掩护和增拨架桥机械，看到对岸的守军竟然爬到岩石上欢庆胜利，不由得怒上心头。他抓过一支三八枪，推上子弹，开了一枪，因为在躲避空袭时，慌忙钻进岸边一道石缝，划伤了手，失去了准头。桥岛叹了口气，他一边重建联队部，一边等待支援的到来。

高东虎和战友们回到云南驿机场，今天给了日军一个沉重教训，大家都很兴奋，就挤在一起喝杨梅酒。这是曲长忠自酿的低度饮料，他知道美国人喜欢喝啤酒，就带人采集山上尚未熟透的杨梅，按照家乡的制法，酿出的杨梅酒甜中有酸，酸中带醇，醇中透香。飞行员们边喝杨梅酒边跷拇指“OK”，高东虎感到奇怪了，这位热情的机场指挥官搬出杨梅酒后，就不见了人影，他找到机场指挥室，看到曲长忠拿着一张照片在落泪，心里明白了，叹了口气说：“长官，日本鬼子欠的血债，一定要他们加倍偿还。”

曲长忠和弟弟曲长孝原来都在昆明大学读书，抗日战争爆发，兄弟俩投笔从戎，曲长忠考进笕桥航校，因为没有飞机可驾，就分来昆明航校当战术教官，云南驿机场修好后，就派来负责。曲长孝从成都陆军学校毕业后，分配到新组建的200师，作为远征军的一员出师缅甸，谁知日军攻势太猛，英军畏战而退，招致史迪威策划的三次会战失败。远征军主力被迫退于野人山，已经成长为营长的曲长孝，跟随师长戴安澜突围时，牺牲在缅甸丛林。曲长忠是从200师一位撤回国的连长口中得知弟弟的死讯，叹道：“戴将军那次突围也身负重伤，几天后殉国，好歹魂归祖国。可我弟弟却尸骨无存，好叫人伤心。”

高东虎无言安慰，他想起十万远征军出师，大败而回，心里十分沉重，闭上眼睛就似乎能看到那些陆军兄弟撤退时的悲壮和惨烈的影子。

中国远征军全线崩溃，东线的第6军还算幸运，4月24日放弃雷列姆后，且打且退，于5月2日退到萨尔温江东面，撤回国内。最惨的是中线的部队，第5军军部和所属的新22师和第96师于4月26日由克西乘汽车、火车撤退到曼德勒，5月1日到伊洛瓦底江以北地区，会合第66军的新38师。各部徒步轮流掩护，往后撤退。日军5月8日占领密支那，远征军处境愈加险恶。杜聿明先天接到蒋介石的命令，部队向国内撤退。由于在杰沙发现日军，而新38师和新22师主力至少需要一天半才能从前线撤下。杜聿明方寸大乱，认为日军有从南北包围远征军的危险，下令96师左右掩护，其他各部分头寻找路径回国。

新38师师长孙立人没有听从杜聿明的命令，向西撤到印度，是第一次远征唯一一支保持建制的部队。第200师沿途突破日军的防线，经南盘江、梅苗南坎以西回国，5月18日在通过细胞至抹谷公路遇伏。激战一天，伤亡过半，终于从东面撕开一条口子，突围而出。戴安澜将军在突围时被两颗机枪子弹击中胸部和腹部，几天后牺牲。第96师及炮兵、工兵各一部经孟拱、孟关、葡萄、高黎贡山回国。

第二天，高东虎记起曲长忠讲杜聿明率领第5军直属部队和第22师进入浩瀚的野人山，下落不明，那可有几万兄弟哪。他查看了相关资料以后，就请求去野人山寻找失踪部队。

野人山位于皑皑冰雪的喜马拉雅山脉和高耸入云的横断山脉之间，这里居住的门巴族过着原始人的生活，加上曾有野人出没，故称“野人山”。这里有近300平方公里，一眼望去，山峦重叠，林莽如海，高东虎驾着飞机就像海面上的一只蜻蜓，他穿河谷掠高山，时而抵近时而爬高，真如大海捞针，也没有发现失踪部队的踪影。高东虎看看燃油不多，只好返航。他回到云南驿机场，找到飞行经验丰富的乔治·雷克托，谈了自己的想法和寻找经过，又请教了一些问题。第二天，高东虎没有出击任务，他刚爬上飞机，雷克托追了过来，两人商量了一下，就驾机飞往野人山。

两机到了目标区，并排搜寻，飞一段距离打几枪，以引起密林中失联部队的注意。高东虎转到第二个来回的时候，就听到雷克托喊：“OK！东虎小子，这里发现目标。”他一听，急忙飞了过去。下面是一条小溪，把两边的树林分开，像一道狭窄的林巷，他看到一些军人在溪边挥手，显然是在架桥。高东虎认出是中国军人，立刻写了一行字：“陆军弟兄们：辛苦了！请在这里等候，我们明天再来。你们的飞虎队兄弟。”他脱下飞行夹克，把字条塞进口袋，打算丢下去。高东虎仔细一看，犯难了，下面树高林密，衣服丢下去势必挂在树冠上。他目测了一下，把操作杆一推，侧着机身向那道树巷穿去，随即把飞行夹克丢了下去。他拉起机头，机尾差点划到溪面。高东虎转回来，看到地面的人捡起了他的飞行夹克，就摇摇翅膀，招呼雷克托返航。

曲长忠得知寻找到野人山中的失踪部队，立刻向上峰报告，并提出尽快安排空降物资的建议。他找到正在吃饭的高东虎，说：“那些山中的陆军兄弟，现在就像身处险境的孩子，盼望着祖国母亲去解救。我这里还有一部备用电台，劳烦你辛苦一下，给他们送去，把通信联系先接上。”

高东虎把碗一放，道：“我马上走。”

曲长忠按住他：“别急，那些兄弟在山中多日，肯定没有吃的，我正安排人准备点粮食，给他们送去。”

高东虎一听，犯难了：“我那是战斗机，如何运送粮食呢？”

这时，乔治·雷克托走了进来：“东虎小子，走！我同机械师在飞机下安了临时挂钩，你只管准点投放就是。”

曲长忠忙说：“少校，您还没吃饭呢。”

雷克托拿起桌上一瓶杨梅酒：“OK！你的杨梅酒可以当饭。”

两人又驾机升空，虽有航向仪，但在莽莽林海寻找一条小溪，可不是件容易的事。雷克托这时表现出丰富的飞行经验来，他先在标示的区域转了个圈，就找到了那条小溪，很快就看到下面的人群。高东虎正要寻找空投的地方，见溪边一棵树倒了，露出一块小空地，知道是陆军兄弟在开辟空投场地。他低空掠过，摇摇翅膀，爬上空投高度，用脚一踩，把挂在机腹下的大米投了下去。雷克托带着电台和药品，更是慎重，他看到大米落偏了，给树冠砸了个窟窿，才落到地面。他选择了一个适当高度，当将要掠过那块小平地时，突然停机，投下伞包。雷克托发动机器，下坠的飞机往前一蹿，爬升起来。高东虎见降落伞准确地落在那块不足半个篮球场的空地上，伸出拇指：“OK！还是乔治老兄行。”两人又转了个圈，摇摇翅膀，向欢呼的陆军兄弟致意才离开。

第二天，高东虎和雷克托都有出击任务，两人驾机飞向惠通桥。他们看到日军在江面架设浮桥，立刻展开攻击。高东虎把机头一压，对着架桥的日军一阵扫射，谁知拉起机头爬升之时，日军的防空机枪开火，把翅膀打了几个窟窿。雷克托是位老飞虎队员，遵循着陈纳德一机攻击一机掩护的战术原则，他立刻对敌人的防空火力实施打击。

桥岛勇男大佐重建了装甲兵联队部，师团部增援的炮兵、舟桥部队和架桥机械也陆续到了，他把105榴弹炮安放在松山顶上，可把周围几十里置于火力之下，压制对岸的中国军队。他把装甲车分段埋伏在飞机攻击的航路上，利用上面机枪火力打击飞机，掩护舟桥部队架设浮桥。现在有了架桥机械，进度也快了，这位联队长站在江边，亲自督阵，眼看浮桥就要架到了江心。就在这时，两架鲨鱼头飞机飞来，那架126号对着浮桥一阵扫射，顿时几十名舟桥官兵死的死伤的伤，被江水吞噬，浮桥也散了架，漂了下去。桥岛看到自己的装甲车开了火，拔出指挥刀吼道：“统统地打下来！”

高东虎见自己宝贝座驾被打伤，立刻还以颜色，但发现日军的火力点是装甲车上的机关枪，而且布点又多，形成了立体火力。他打光了子弹，飞机又受了几处伤，才定点清除了两处火力点。

乔治·雷克托一飞回云南驿机场，就找到曲长忠说：“长官，我们是战斗机，适于空战，攻击地面目标，需要轰炸机。”

曲长忠叹了一口气，摇头道：“我向司令部请求了几次，调几架轰炸机过来，答复是目前抽调不出来。”

雷克托想了想，说：“我们自己想办法。”他指指跑道上的战斗机，“我可以把它们改成轰炸机，但炸弹从哪里来呢？”

曲长忠一听，高兴了，笑道：“炸弹有，我从昆明运来了几车，装上引信就能用。”

雷克托带着机师干了一夜，把四架B-40飞机装上投弹架。天刚亮，他携弹升空，往旁边小河中一块巨石投下炸弹，正中目标。高东虎、派克·杜普伊和一名叫彼德·马丁的飞行员随即驾着挂上炸弹的飞机升空，跟着雷克托朝惠通桥飞去。

曲长忠望着天空叹道："早饭也没吃，乔治少校又干了一夜，怎么行呢？我们的飞虎队员都是不要命的人，鬼子必败无疑。"

雷克托带队一边飞行，一边制定出攻击目标优先次序、战术运用及攻击队伍的编组。他为了打日军一个措手不及，改变以前的航向，迂回到西面。杜普伊和马丁一组，飞到松山顶上，立刻对日军的榴弹炮阵地一阵轰炸。雷克托和高东虎因峡谷空域有限，则分头攻击，雷克托贴着树梢往下，对着日军的装甲车投弹。高东虎俯冲到江面，看到一串浮桥伸到江心，丢下一颗炸弹，没有投中目标，溅起冲天大浪，把桥上的日军都簸进江中。他画圈掉过头，对着岸边的架桥机械投下一颗炸弹，这次正中目标，机械应声倒塌；浮桥失去牵制，也随江水漂走。四只猛虎投光了炸弹，又用机枪对残存目标进行一遍扫荡，到桥东头转了个圈，向陆军战友摇摇翅膀，才返航而去。

桥岛联队长这次损失惨重，组建几天的联队部又差点被一锅端了，他如果不是被炸弹的气浪掀到一块山石后也粉身碎骨了。这位大佐气得差点剖腹自杀，向天皇请罪，但他不甘心，就向师团部报告。黑田秀夫更是又气又急，第 6 师团号称"丛林之虎"，横扫马来半岛无敌手，在缅甸丛林又打得美、英、中三国军队望风而逃，可是在这小小惠通桥西，遇上了空中飞虎，这"丛林之虎"就噩运临头，屡遭打击，寸步难进了。他原来把师团的虎牙装甲兵联队放在前面，就是为了快速推进，现在只有向军部报告，请求空军前来掩护架桥。

这次对日军的外科手术很是彻底，大家好是高兴，雷克托跑进食堂就嚷："曲长官，OK！杨梅酒慰劳。"

曲长忠特地准备了美国人最爱吃的牛排，又熬了鱼汤，摆上餐桌，他端来一坛新酿的杨梅酒："少校，OK！管饱。"

四只猛虎围在桌子边又吃又喝，又说又笑。雷克托喝着喝着，一头扑在餐桌上就睡了过去。几个人把他抬到床上，又吃了起来。高东虎惦记着野人山的陆军兄弟，他见曲长忠走了过来，便问：“曲长官，野人山那边的情况怎么样？需不需要我再送些吃的过去？”

曲长忠拍拍他：“东虎兄弟，你放心，现在已经建立了通信联系，陈纳德将军已经派运输机空投了粮食和药品。委座鉴于他们回国的路被日军切断，命令他们改道去了印度。”

高东虎一听，长长松了口气：“这就好了。”

曲长忠摇摇头，痛心地说：“进入野人山的主要为第5军直属部队、22师及一些失散的其他部队，共五万来人，现在只剩下一万多人了。”

高东虎一惊，手里的碗掉在地上，眼泪一下就出来了，他站起来往外跑去。杜普伊和马丁听不明白他俩讲什么，见高东虎哭了，就要追上去。曲长忠忙拦住，用英文说了一遍。彼德·马丁也流泪了，咬牙道：“我们一定要为那些死难的陆军兄弟报仇。”

这天晚上，明月高照，曲长忠和高东虎坐在树林里的飞机旁边，讲起野人山的恶劣环境：“那里真是上不见天，下不着地，猛兽、毒蛇、蚊虫和瘴气，让人防不胜防。现在正值雨季，回归热、疟疾、破伤风和败血病这些森林疾病也传播迅速，加上没有吃的，所以伤亡才这么严重。”

突然，空中传来轰鸣声，高东虎一听，是敌机的声音，忙说：“不好！是鬼子的飞机来空袭了！”

曲长忠急忙往营房冲去，一边跑一边喊：“敌机来了，赶快疏散！”他一间房一间房地敲门，“别管东西，人是本钱。”

敌机从来没有光顾过这个小机场，所以他们大意了，这里又没有防空设施，好在周围都是大树，人们只有往树林里跑。彼德·马丁最年轻，瞌睡重，加上喝了些杨梅酒，睡得很沉，直到曲长忠敲门大喊才醒过来。他被曲长忠拉着跑出来，敌机已经在轰炸，一颗炸弹打着呼啸凌空落下。曲长忠急忙把马丁往旁边一推，扑在他身上，炸弹在不远处爆炸。营房燃起熊熊大火，马丁爬起来一看，见曲长忠满身血迹，一条腿被炸飞，他一把抱起曲长忠，大哭：“NO！ NO！曲长官。”

敌机轰炸结束，高东虎和雷克托闻声跑了过来，急忙包扎，曲长忠气息微弱地说："兄弟们，我、我不……行了。"他拉着雷克托的手，"少校，我不能为你和兄弟们酿杨梅酒吃了。"

雷克托是条硬汉，也泪流满面："NO！ NO！曲长官，你要坚持，我们要吃你的杨梅酒，才有力量打日本鬼子！"

曲长忠点点头："厨师小王是我的徒、徒弟，他会给你们继续酿、酿杨梅酒……"

高东虎一边包扎一边说："曲长官，我们的飞机在树林里没有受损，我马上送你去昆明医院。"

曲长忠听了，脸上露出笑容："有飞机就能打、打鬼子……"他一手拉着高东虎，"高、高兄弟，拜托你……我死了，就埋、埋在旁边山、山上……我要看、你、们、打、鬼……"他躺在彼德·马丁的怀里合上了眼睛。

高东虎连夜在就近村里买了一副棺材，把曲长忠装殓。战友们举行了简短的送别仪式，就按照曲长忠生前的愿望，埋在机场旁的小山上。

电台被炸毁，电话也不通，无法同上级联络。雷克托军衔最高，代理临时指挥官，他把机场检查了一遍，就写了封信，然后把全体人员集中起来："曲长官牺牲了，营房也被炸了，但我们的飞机和弹药还在，所以，我们还要继续打击日本鬼子。"他做了战斗动员后，又安排了地勤和后勤有关工作。

天亮了，雷克托把飞行员召集到一起，分配任务："日本猪以为把我们打趴下了，那今天我们就给他们一个惊喜，高东虎、派克和我出击，打他们一个措手不及。"他掏出身上的信，"彼德，你飞昆明，把信交给陈纳德将军。其他人在家待命，注意警戒。"

彼德·马丁急忙说："少校，曲长官是为我死的，我要为他报仇。"

雷克托拍拍他："我们电台没有了，我们营房没有了，我们的后勤补给也不多了，所以你的任务很重要，关系到我们能不能打赢那些日本猪。"

马丁接过信，跑向飞机。

曲长忠的徒弟王友生端着一盘油炸鱼和一瓶杨梅酒跑过来：“师傅以前交代过，一定要让你们吃了东西才出任务。可现在厨房炸了，我在河里捡到这些昨晚被鬼子飞机炸死的鱼，在老乡家用油炸了，还找到一瓶杨梅酒，你们先垫垫肚子。”

雷克托指着那瓶杨梅酒：“这是曲长官酿的，留作纪念。”他们一个人抓几条油炸鱼，边吃边跑向飞机。

三人驾机升空，没有多久就飞到惠通桥。日军也许认为昨晚袭击了云南驿机场，飞虎队今天无法行动，毫无防范，全力架设浮桥。高东虎窝了一肚子火，他一压机头，俯冲到江面，把炸弹丢到浮桥上，爆炸冲起的水溅到飞机上。杜普伊打掉一挺防空机枪后，找不到目标，胡乱开枪，雷克托喊道：“别浪费弹药，跟我走！”

日军占领缅甸重镇密支那，因为靠近中国边境，便迅速修复了机场，为了支援抢修浮桥，还进驻了夜间战斗机。昨晚偷袭云南驿的飞机，就是这里起飞的夜间战斗机。但他们万万没有想到，招惹飞虎队，是要付出惨重代价的。

雷克托是一位有丰富经验的飞行员，他平时很留意周边的敌情，知道炸死曲长忠的是密支那的飞机，高东虎炸掉日军的浮桥后，就带着两位战友直飞密支那。雷克托为支援中国远征军作战，曾多次袭击过密支那的日军机场，可谓驾轻就熟。他到了附近，就招呼战友贴着树梢低空飞行。这里的空军也许是接到陆军的通告，飞虎队轰炸惠通桥，正准备出击，几个飞行员朝飞机走去。高东虎和派克·杜普伊掠过树梢，直扑跑道上停着的十多架飞机，第一轮投弹轰炸，第二轮对还没有燃烧的飞机扫射。雷克托在后掩护，看到地面日军在脱高射机枪的炮衣，飞过去丢下一颗炸弹，他炸毁了三处日军防空火力阵地，看到高东虎和杜普伊把跑道上的飞机炸成一片火海，正在攻击日军的营房。他也赶去凑热闹，把剩下的一颗炸弹丢进指挥塔，才招呼：“OK！返航。”

高东虎看到两个日军飞行员从燃烧的营旁冲出来，往外跑，他一按发射按扭，没有了子弹，就把机头一推，起落架一放，贴着地面掠过，追上前，直到起落架撞上，才拉起机头。高东虎见那两个日军飞行员倒在地上，大叫："曲长官，我们为你报仇了！"

雷克托见高东虎那么贴着地面追逐日军，好是担心，见他拉起了机头，伸出拇指："东虎小子，是我们飞虎队的猛虎！"

日空军经过这次打击，不敢轻举妄动了，这为重建云南驿机场设施争取了时间，新派来的机场负责人叫苏昌河，雷克托为机场战斗机分队分队长。昆明城防司令宋希濂正在抽调第36师到怒江一线布防，他知道云南驿机场是防止日军过江的后盾，就先派了一个加强营赶到机场，建立防空火力。雷克托每天带人到惠通桥炸了日军的浮桥，再沿着怒江大峡谷巡逻一遍，才返回机场。

黑田秀夫又气又急，浮桥屡修屡炸，空军真是大大的饭桶，好容易调来的10多架飞机竟被飞虎队3架飞机全炸了，连机场也千疮百孔。但他知道没有空军掩护，浮桥修不成功，就直接向大本营提条件：要想攻破中国的后门，必须增加空中力量。现在太平洋决战在即，日军大本营只好从中国战场抽调空军力量。现在陈纳德忙于为驼峰航线护航，驻武汉的日军第13飞行师团长田喜八郎压力减轻，就把"凤凰突击队"派驻到密支那机场。

犬养凤二郎上次在桂林空战中被打断了腿，回国养了半年的伤，才回到武汉。他一名帝国的王牌飞行员，几次交手都落在下风，还被打断了一只腿，差点开不了飞机。这个日军中佐不服气，一定要挽回自己的颜面，他一到密支那机场，就查看有关资料，并实地飞行，以熟悉作战空域。

这天，雷克托带队到惠通桥进行例行飞行，炸了日军正在架设的浮桥，刚准备巡逻怒江大峡谷，突然从松山山顶飞来9架日机，居高临下扑了过来。杜普伊同中国战友相处久了，也学了不少汉语，叫道："东虎小子，好生意来了。"他是条猛汉，把操纵杆一拉，油门一踩，迎头撞了上去。一架日机急忙避让，谁知空域有限，一头撞到山坡上，顿时四分五裂。高东虎见敌机编队被冲乱，便趁乱出击，锁住一架飞机，一个长点射，打掉它半边机翼。雷克托跟在最先发起攻击的杜普伊后面，左右观察，看到一架日机要偷袭高东虎，他把机头一压，贴着山坡画了个圈，绕到侧后，抢先开火，把那架日机打了个凌空爆炸。高东虎认出被自己打伤的是桂林作战的对头，就想追上去痛打落水狗，却被日机偷袭。他见解救自己的雷克托被两架敌机咬上，立刻掉转机头冲了上去，一个长射拦击，解了战友一面之危。现在剩下的 7 架日机，3 架围住高东虎，另 4 架拦击雷克托和杜普伊。

高东虎左攻右击，同日机绞杀在一起。他上下翻飞，咬住一架敌机，一个长点射，把它打伤，拖着黑烟逃跑。另两架日机左右夹攻，高东虎把机头一按，贴着树梢掠过，引诱后面的一架日机来不及拉起机头，撞在山坡上。他一个倒飞，掠到另一架日机后面，套住目标，一按发射钮，六挺机枪成立体火力罩过去，日机立刻燃起大火，一头栽入江中。雷克托和杜普伊也解决了战斗，击落两架敌机，跑了两架。

敌我双方地面部队观看了这一场三比九的拼斗，结果是击落 6 架日机，打伤 3 架，飞虎队无一伤亡。日军气得大骂空军是“大大的饭桶，给天皇陛下丢脸”。一家悲苦一家喜，坚守在惠通桥东的中国军人，高兴得又笑又跳又叫，白岩德竖起拇指：“我们那位驾 126 号机的中国飞虎队员，以一抵三，击落两架鬼子飞机，还打伤一架。”

张祖武笑道：“你眼力差矣！是打伤了两架鬼子飞机。我打听出来了，驾 126 号机的飞行员叫高东虎，是东北人，真是名如其人也。他上次拦截夺桥的日军如出山之虎，打击日军架桥像跳涧之虎，今天更是飞天之虎。”

白岩德忙说：“营座，你就别掉文了，他就是打鬼子的东北虎。”

张祖武拍手道：“哈哈！我正要给《昆明日报》写篇文章，标题有了，就叫《英勇东北虎》，副标题为‘记一名中国飞虎队员的杀敌纪实’。”

战士们听了，拍手叫好。

犬养凤二郎带着 9 架飞机埋伏在松山背后，当得知飞虎队 3 架飞机来了，就率队扑了过来。不知是运气背还是技术退步了，刚一见面，就被对方一顿火力打掉了半边机翼，尤其让他难以忍受的是，打伤自己的竟是在桂林交锋的老对头。他更没有想到的是没有几个回会，9 架飞机被击落 6 架，剩下 3 架也带了伤，犬养失败的次数多就习惯了，日军的威风也剩下不多了，就带着残部逃了回来。他分析了敌我双方的优劣，自己“凤凰队”零式机轻巧灵活，但敌不过飞虎队的 P-40 速度快、火力强，尤其是坚固，敢于对撞，那就只有避我军之长了。犬养决定去偷袭云南驿机场，对方认为自己打了败仗，一定疏于防范。他立刻带着 18 架飞机，分两个梯队向云南驿机场飞去，想打飞虎队一个措手不及。

苏昌河知道地面防空警报网的重要，他来云南驿机场上任抓的第一件事，就在日军密支那机场正面的保山、永平、昌宁布置防空报警点。由于这些地方还在我军控制之下，加上地方和军队知道云南驿机场的重要性，警报网很快建立起来。

雷克托不仅经验丰富，也很慬慎，他带着两位战友以少胜多，回到机场。他知道敌人决不甘心失败，一定会来报复，与其被动挨打，不如主动出击。他把自己的想法同苏昌河讲了，这位负责人当然同意。

两人正在研究出击的事，电话响了，苏昌河抓起一听，笑道：“我们警报发挥作用了，日军 18 架飞机分两批过了保山，目标肯定是这里。那我们来个以其人之道还治其人之身，兵分两路，派克·杜普伊上尉带两架战斗机为轰炸机护航，去袭击日军的密支那机场，端他们的老窝。少校，你带所有战斗机去迎击敌人。”

雷克托想了想，说：“护航机增加两架。”

苏昌河看了看他，道：“少校，那你只有 9 架战斗机，敌人比你多一倍。”

雷克托摇摇头：“长官，你算错了，敌机分两批，那是一比一。”

犬养凤二郎带着 8 架飞机在前，他飞到祥云境内就降低高度，妄图打飞虎队一个措手不及。谁知雷克托正带着 8 架战斗机埋伏在云层里，看到敌机低空飞来，9 架飞机同时冲了出去，居高临下，一架盯一架，抢先开了火。犬养本想偷袭，反而中了埋伏，编队一下被冲乱，第一波就被打下3架飞机。雷克托知道需要速战速决，后面还有9架敌机，他咬住目标，一个长射，打得那架日机翻着跟斗栽了下去。第二波又打下两架敌机，他估计后面那批日机快到了，就命令：“东虎小子，按计划行动。”

高东虎立刻带着4架飞机掠上云头，他对雷克托佩服得五体投地，这位少校在制定战术运用和攻击队伍的编组时就估计到，通过头两波攻击能打下四至五架敌机，现在果然是5架。他就按照战术编组，带着四位战友埋伏起来，出其不意地攻击第二批敌机。

桥岛武夫已经升任少佐中队长，他带着4架战斗机为轰炸机护航，作为奇兵，突袭云南驿机场。谁知还没看到目标，5架P-40突然从云层中钻出，边俯冲边开火，弄了他个措手不及，顿时护航机被打得一落一伤。编队大乱，轰炸机成了活靶子，没有几个来回，全完蛋了。

犬养凤二郎这次行动又大败，只好撤退，聊以自慰的是，他击落了一架飞机。然而回到密支那，老窝反而被对方端掉了。

飞虎队的强力打击，使得日军始终无法渡过天险怒江。宋希濂带着36师赶到江东岸布防，中国的大后门锁住了。

第八章　救护弟媳妹

美军在太平洋打得很是艰难，马来半岛沦陷，现在缅甸又落于日军之手，如果不是中国战场牵制了日本陆军的大部分，那后果更是难以想象。美国政府给予英国大量援助，但欧洲战局还是不容乐观，连缅甸也丢了。他们现在终于认识到中国的作用，决定加大对华援助，把第23战斗机大队从第10航空队剥离，加以扩充。1943年3月10日，美陆军航空队根据罗斯福总统的指示，将驻在中国的航空特遣队扩编为美国陆军第14航空队，司令部驻昆明巫家坝基地，陈纳德晋升为少将，为该队司令。他的成功是因为中国的赏识，吃水不忘挖井人，这位新提拔的美国将军要在实战中培养中国飞行员，再说这场战争，终究要靠中国人才能取胜。陈纳德专门跑到重庆，找蒋介石谈了自己的想法。经过中美两国的协商，决定把中国空军第1、3、5三个大队同美第14航空队的第23战斗机大队、第5战斗机大队和第1轰炸机大队组成中美空军联队（又称混合团），隶属两国空军，由陈纳德负责指挥。

特遣队继承和发扬了飞虎队团结、活泼的民主作风，紧张、勇敢的作战风格，尤其体现了一种"队组精神"。个人技术力求第一流，谁也不计较主角和配角，相互信任，互相支持。一人为全队，全队为一人，使一个队、组具有最大的创造力和战斗力。特遣队自成立至撤销的八个多月里，击落、炸毁日机149架，自己损失16架战斗机和1架轰炸机。中国特遣队虽然完成了它的历史使命，但飞虎队精神得到传承，这在美军第 14 航空队，尤其是中美空军联队，表现得尤为突出。

陈纳德将军从军统获取的日军大本营陆军部给“中国派遣军”第 757 号令得知，敌人加大了对武汉地区的行动，并指示其 11 军“应大体以安庆、信阳、宁昌、岳州、南昌之间为作战区域，尽力摧毁敌方抗战力”。他为了应对日军的行动，调整了部署，把中美空军联队主力调防芷江，并建立第 14 航空队前进指挥所。钦雪峰、高东虎等中国飞行员抽调到中美空军联队，两人都分配到第一大队战斗机中队，来到芷江。根据高东虎的突出表现，晋为上尉军衔；钦雪峰为中尉军衔。

钦雪峰回到芷江的第一件事就是看望家园，他走进挂满果实的柚林，一正一偏呈丁字形的两间房赫然入目，同被炸前的祖屋完全一样，他的眼泪一下滚了出来：这就是家，这就是王湖秀所讲的根，这就是她的感情和心血的体现。钦雪峰在桂林，王湖秀在昆明，加上作战频繁，两人聚少离多，这次调防芷江，她还不知道呢。

这时，从房里走出一位 50 多岁的农夫，他看了看钦雪峰问：“长官，你找谁？”

钦雪峰扑上前：“舅，我是雪峰。”

这是钦雪峰的舅舅姚本善，他听了，立刻老泪纵横：“峰娃子，想死老舅了，你终于回来了。”

钦雪峰扶他走进屋里，他看了看问：“我舅娘和表哥呢？”

姚本善一边搬凳子，一边说：“你表哥结婚生了个儿子，你舅娘带孙子去了。我留在这里照看田地和柚子园。”

钦雪峰见舅舅把这个家打理得井井有条，有种回家的温暖，好是感激，说：“我现在有薪水了，你把舅娘接过来，我要孝养你们。”

姚本善看了看钦雪峰：“峰娃子有出息了，你爹你娘地下有知，该放心了。”他摇摇头，“我还能做事，再说有你表哥，怎能要你养呢？”

钦雪峰叹了口气，说：“舅，你现在是我唯一的亲人，我不能为父母尽孝，只能孝敬你和舅娘了。”

姚本善点点头：“孩子，你这份孝心我受了。”他从箱子里翻出一个账本，“这是几年来的田产和柚子园的收入，我都交给……”

钦雪峰忙说：“舅，这是你的劳动所得，就是你的，再说我有薪水，也不需要这些收入。”

姚本善摇摇头：“那年王妹佗把这房子修好，就接我过来打理，并开了三年的工钱。亲舅甥，明算账，这收入我就不能用。”他话锋一转，问，“王妹佗呢？她不是你未过门的妻子吗？现在拜堂了没有？”

钦雪峰忙说：“湖秀大学毕业，现在昆明当记者，我们商量回家来结婚。现在我们两人都有薪水，所以这些田产收入，您留着用。”

姚本善笑道：“你现在不当家，不知道柴米贵，以后有了孩子，要的是钱用，那这几年的收入就留给你和王妹佗拜堂用吧。”

芷江素有“滇黔门户”“全楚咽喉”之称，历为兵家必争之地，随着抗战形势的发展，更凸现了芷江战略地位的重要。1943 年 8 月，陈纳德将第 14 航空队主力逐渐派驻芷江，有战斗机、轰炸机、运输机，还有几架 P−61“黑寡妇”夜间战斗机。随着战局的发展，美国驻中国空军司令部、美国驻中国后勤司令部、美国战勤部队司令部、美国空军勤务部等机构先后来到芷江，美军官兵多达 6000 余人，其中飞行员 254 人。战地服务团大兴土木，除了招待所和医院，在竹铺坪还修了一条美国街。

陈纳德知道来华的美国军人大多年轻，精力过剩，他决定一方面加强管理，从昆明调来一队宪兵；一方面增加些娱乐设施，让年轻人有个玩的地方。于是他把中国空军司令张廷孟约来，谈了自己的想法。两人曾经有过合作，张廷孟理解和支持陈纳德的计划，现在芷江修了球场、游泳池等健身设施，但随着各种军事机构的迁入，美军人数越来越多，他们打日本鬼子不要命，有些年轻人玩起来也不要命。张廷孟决定建一座中美空军俱乐部，但机场旁边的木柚坡和七里桥磨溪口一带，全是兵营，只有钦雪峰那个柚子园是个合适的地方，就决定派人去征用。

中国空军司令部工程处少校罗远浩带人来到柚子园，姚本善听说要征用自己打理了三年的这个家，坚决不干。罗远浩没办法，就提出换一块地方，姚本善还是不肯。罗远浩火了，威胁道："你这是破坏抗战，抓你去坐班房。"

房子对中国人来讲，是家是根，熟土难舍，姚本善虽然是个忠厚老实的农夫，但为了家园，命都不会要。他立刻从屋里拿出一把刀，举在手上："谁、谁敢上前，我就……剁、剁了他。"

老百姓之所以把中国的军人叫作"粮子"，当兵吃粮是字面解释，仗枪欺人为实际意思，他们看到一个老百姓竟敢舞刀相抗，纷纷拔出枪来。

正在这个时候，陈纳德走了过来，他一见，喝道："NO！谁敢开枪！"

罗远浩一见是飞虎将军陈纳德，吓了一大跳，急忙示意部下把枪放下，他走上前，敬了一个礼："将、将军，这是误、误会。"

陈纳德在昆明就听钦雪峰讲过，王湖秀重建了家园，房子修得同过去一样。他来到芷江，今天有点空儿，就过来看看，现在见中国军人竟欺负一个老百姓，火冒三丈，指着他们："我要送你们上军事法庭。"

姚本善本来是麻起个胆子举起刀，现在见一个外国"粮子"来了，中国"粮子"都吓得敬礼，肯定是个大官，自古官官相卫，他手一哆嗦，刀掉在脚上，砍了个口子，血流如注。

陈纳德走上前，把嘴里叼的"骆驼牌"香烟取下撕开，用烟丝敷到伤口上，然后掏出一块手帕包上。

钦雪峰出任务回来，碰到"总管"艾尔索普，听说师傅去了自己家，就赶紧往柚子园跑，他见舅舅受伤，忙问："舅舅，出了什么事？"

姚本善见这个外国"粮子"很和善，还为自己包伤，不那么害怕了，现在又见外甥来了，胆子壮了，指着罗远浩一伙人："他们要抢房子！"

陈纳德现在能听懂汉语了，他正想了解冲突的原因，现在一听，更火了，对钦雪峰说："你照顾你舅舅，我送他们进军事法庭。"

钦雪峰见罗远浩几个人吓得噤如寒蝉，就问："师傅，为什么送他们上军事法庭？"

陈纳德指着姚本善："你舅舅不是告他们抢房子吗？"

钦雪峰感到事有蹊跷，就走过去问："你们为什么抢我的房子？"

罗远浩听说陈纳德将军收了个中国徒弟，原来就是他，现在见钦雪峰态度平和，忙说："我们哪敢抢房子啰，司令部想修一个中美空军俱乐部，可没有合适的地方。我们今天找到你舅舅，想买这块地方，他不肯。我们就提出换一块地方，他还是不肯。我们没办法，就想吓唬他老人家一下，谁知……"

钦雪峰听到这里明白了，皱眉道："你找我商量嘛，怎么用吓唬的手段呢？"

罗远浩忙点头："这是我们不对，也后悔了，但你也是一名军人，知道修建中美空军俱乐部的重要性……"

钦雪峰没听完，就转身走到姚本善面前，解释说："舅舅，他们做法虽然不妥，但修建俱乐部是件大事，美国朋友来中国帮我们打日本鬼子，总要有个休息的地方。如果你舍不得这里，就搬到就近的地方，经常过来看看。"

一个善良的人，就懂道理，姚本善点点头："这是你的家，你做主就是了。"

陈纳德这时开口了，摇头道："他也不能做主，这房子是王湖秀小姐掏钱修的，要经过她同意才行。"

钦雪峰笑道："师傅，您要相信您的徒弟媳妇，她能以大局为重。再说我们中国人讲夫唱妇随。"

陈纳德能听懂汉语，但对一些成语还是不理解，便问："什么是夫唱妇随？"

钦雪峰用英语解释了一遍。

陈纳德听了，把手一摊："这是男权思想。"他转过身，对罗远浩几个人说，"我最反对把枪指着平民的人，我要把你们送到'假日堡垒'去。"

钦雪峰趁陈纳德同舅舅说话，忙向罗远浩示意。

罗远浩明白过来，忙带着几个部下走到姚本善面前，一齐鞠了躬，说：“大叔，对不起，我们做错了，请你原谅。”

姚本善见“粮子”向他赔礼道歉，忙摇手：“不、不！我也有错。”

钦雪峰便正儿八经地说：“师傅长官，他们承认错误了，并道了歉，我舅舅也原谅他们了，那就请求从轻处理吧。”

陈纳德知道自己这位爱徒顾全大局，心地善良，火气也小了，便问：“如何从轻处理？”

钦雪峰把腰一挺：“报告长官，以惩代罚，罚他们尽快修好俱乐部。”

陈纳德听了，指着姚本善：“还要加一罚，罚他们选一个你舅舅满意的地方，把这房子恢复原貌。”

中美混合联队第一大队有两个轰炸机中队，一个战斗机中队，大队长是昆明航校的教育长肖克邪上校，他担负对付武汉方面的日军的任务。这一天，钦雪峰和高东虎跟随大队长支援我军鄂西作战，对日军的后方补给线实施打击，他们在洞庭炸沉了一支运输船队，在岳阳摧毁了几座中转仓库和码头。返航时，在华容道消灭了一队骑兵。飞虎队员们看到日军的船队沉没，看到日军的仓库燃烧，看到日军骑兵人仰马翻，好痛快！大家回到芷江，还在津津乐道。

忽然，一辆吉普车飞驰而来，在他们面前嘎然而止，威廉·罗爱斯从车上一蹦而出，拉着钦雪峰和高东虎，三人拥抱成一团。肖克邪见他们那个亲热劲，笑道：“你们年轻人玩，我老头子就不掺和了。”

钦雪峰忙介绍道：“威廉，这是我们的老师，现在又是我们大队长肖克邪上校。”

罗爱斯一听，走上前敬了个礼：“他是你们的老师，也就是我的老师。上校老师，我是你的学生威廉·罗爱斯。”

肖克邪实际上也只有三十多岁，由于忧患祖国的命运，用他自己的话说，笑的功能消失了，现在听了这位美国青年风趣而真诚的话，笑的功能回到脸上，用英语说：“你就是让日军飞行员胆寒的‘美洲虎’罗爱斯？真是个棒小伙。”

罗爱斯从身上拿出一张旧报纸，指着高东虎，用中文讲："他在惠通桥打得日本狗……尿滚屁流，被陆军兄弟叫作'东北虎'。上校老师，你有两只老虎学生了。"

高东虎给他纠正："是屁滚尿流，不是尿滚屁流。"

肖克邪还不知道这件事，他接过报纸看了《英勇东北虎》这一篇文章，好是高兴："东北虎先生，放你和钦雪峰半天假，陪美洲虎去玩。记住任务，你们明天上午战斗值班。"

三个人好是高兴，开着车来到芷江城，在舞水河边找了家叫"望江楼"的吊脚酒楼，找了间面河的包厢，点了鲇鱼火锅和煎牛排，就一边吃一边聊。钦雪峰想起了一件事："威廉兄，赣州成了被日军围困的孤岛，你怎么有空来芷江？"

罗爱斯喝了口鲇鱼汤："我是来给陈纳德老爷子送材料。赫伯斯特中队长知道我在芷江有两位中国兄弟，就派我来了。"他看看钦雪峰，问，"喂！你同王湖秀小姐什么时候结婚？我要来喝喜酒，看她坐花轿，看你当新郎，我和东虎当伴郎。"

钦雪峰笑道："你尽想好事。现在打鬼子，哪有时间结婚？"

高东虎啃了块牛排，抹抹嘴："打仗就不结婚了？我们还需要接班人呢！"

罗爱斯伸出拇指："东虎小子讲得对。你如果不好意思开口，我找你师傅说。"

钦雪峰拍拍他："现在天天打仗，你们别为难师傅，再说这事还要湖秀点头才行。"

罗爱斯笑道："这好办，我飞昆明去找弟媳妹妹，给你做媒。"

高东虎听了，笑得把口里的鱼汤吐了出来："……威廉小子，他们是生米熟饭，还要你多此一举？"

钦雪峰提出抗议："什么生米熟饭？我可还是红花崽，你可不能败坏老弟的名誉。"

罗爱斯不知道"红花崽"是什么意思，就问高东虎。

高东虎就说："雪峰小子讲，他是只还没有开叫的鸡公。"又用英语解释了一遍。

钦雪峰哪肯示弱："你是只骚鸡公。"

三人嘻嘻哈哈打趣了一阵，高东虎想起了一件事："我在惠通桥，碰到了老对头鸡队长犬养的凤二郎，这小子命大，上次被威廉打伤，这次又被我打伤，让他逃了。"

钦雪峰知道罗爱斯对高东虎的俏皮话听不太懂，就解释了一遍："驻武汉日本空军凤凰队的队长犬养凤二郎上次被你打伤，这次又让东虎击伤，还是逃掉了。"

罗爱斯摇摇头："NO！用中国话说，他是癞蛤蟆躲、躲端午，躲得了一五，躲不了三五。他能躲过我们，但躲不过未来的'华南虎'钦雪峰先生。"

钦雪峰抱抱拳："这是你们兄长的期望，也是老弟我的愿望。"

三位异国兄弟时而交心时而打趣，时而吃时而喝，一直吃到天快黑了。高东虎驾车，来到竹铺坪美国街豪华的舞厅，跳起舞来。钦雪峰和高东虎惦记第二天要值班，玩了一会儿就离开了。威廉·罗爱斯喜欢跳舞，就留了下来。他人长得帅气，舞姿也优美，不少年轻女性主动上前邀请。罗爱斯正搂着一个漂亮女人翩翩起舞，忽然看到王湖秀走进来，说了声对不起，就迎上前："弟媳妹妹，你怎么来了？"

王湖秀见到罗爱斯也很高兴，告诉他："我招聘在昆明日报社当记者，受命前来采访。威廉哥，你在这里，我就不用到赣州找你采访了。"

罗爱斯笑道："你陪哥哥跳舞，我就接受你采访。"

王湖秀连跳了三支曲子累了，就坐在旁边休息。

罗爱斯被一个女郎邀到舞池，刚转了一圈，看到几个人上前把王湖秀押走，不由得大急，冲上前："NO！你们是什么人？干什么？"

安子健从旁边走过来："我是军统芷江站的站长，这位女士是日本特务。"

罗爱斯听了，叫道："NO！ NO！她是王湖秀，我的弟媳妹妹，不是日本间谍。”

安子健认识罗爱斯，号称‘美洲虎’，是美军王牌飞行员，上次在桂林破获日谍案，多亏他的美男计，只好找来美国宪兵。

美国宪兵头戴白色铝质钢盔，右臂佩有黑绒“MP”两个白字的臂章，配有0.45口径航空曲尺手枪，腰间还挂有警棒，执起法来六亲不认。他们看了安子健的证件，把手一挥，让军统的人把王湖秀押走了。

罗爱斯没有办法，只好暗中跟踪，看到军统的人把王湖秀关在舞厅旁边的招待所二楼的一间房子里。他知道军统那帮人的残忍，弟媳妹妹落在他们手里很危险，要想办法先救出来再说。罗爱斯把车开到一个角落，从旅行包里拿出毛巾系在脸上，决定扮个蒙面大侠，来个英雄救美人，NO，救弟媳妹妹，他不由得为自己这个突兀的主意高兴起来。罗爱斯见军统的人守在前面，就绕到后面，他身手矫健，从屋柱爬上去，撬开窗子，钻了进去。

王湖秀也不知道军统的人为什么抓自己，她在实习的时候就给《昆明日报》写了不少文章，尤其是采访飞虎队的报道，所以毕业后就被聘为这个报社的记者，《英勇东北虎》就是她修改见报的。战时军人的调动是军事秘密，恋人钦雪峰调来芷江，还是驻防昆明的刘之湘悄悄告诉她的。这次社里要王湖秀采访常德会战的情况，就派她来芷江。她也几年没有回来了，听说竹铺坪修了条美国街，就下了车，住进这个招待所。王湖秀身正不怕影子斜，何况那位美洲虎哥哥绝不会善罢甘休，可能会把事情捅到陈纳德老爷子面前去，那事情就好办了。她正在胡思乱想，听到窗户响，扭头一看是威廉·罗爱斯蒙着毛巾钻了进来，差点叫了起来。

罗爱斯把食指伸到嘴巴上一竖，示意她别出声，然后走上前解开绳子，轻声说：“老兄救你出去，到了机场，他们就没办法了。”

王湖秀犹豫了一下：“威廉哥，这行吗？”

罗爱斯一拍胸膛：“听老兄的不会错。”他用绳子把王湖秀从窗口吊下地，然后跳了下去。两人溜出招待所，守在门口的特务发现一个蒙面人拉着王湖秀往外走，就扑上前。罗爱斯一拳把他击倒在地，拉着王湖秀往拐角车上跑。

那特务被打掉两颗门牙，他爬起来，吐出满口血水，又惊又怒，掏出枪大喊：“……王、王湖秀被蒙面同伙劫、劫走了。”他又吐一口血水，“他们上车跑了。”对着汽车开了几枪。

罗爱斯拉着王湖秀跳上车，一踩油门，吉普车飚上了公路。他听后面在开枪，把王湖秀的头一按，安慰道：“别怕！那些军统猪猡，奈何不了我美洲虎。”

安子健听到枪声，跑出来一看，得知王湖秀被蒙面同伙救走，又气又急，带着人爬上一辆卡车，一边追一边开枪。

罗爱斯见那些人一路追了过来，到了七里桥，他把方向盘一打，朝机场开去。

路口设有检查站，值班员叫廖实忠，他见是美军飞行员，便问：“到哪里去？”

罗爱斯掏出自己的证件，见值班的是一名中国人，就打起官腔：“我是美洲虎威廉·罗爱斯，今天奉赣州专员蒋经国之命，来给陈纳德将军送材料。”

廖实忠一听，上前打开栅栏，他听到后面响起枪声，警觉起来：“怎么回事？”

罗爱斯指指旁边的王湖秀，糊弄道：“这位小姐身上带有钱，那些匪徒要打劫，你们可要注意安全。”他把油门一踩，汽车飚了进去。

廖实忠哪疑有它，急忙把栅门拉上，并鸣枪示警。

军统桂林站站长安子健，自破了伍君娜和苏姣姣间谍案之后，受到戴笠的嘉奖。他后来得知自焚的不是伍君娜，而是替身，知道日军的间谍网还存在，很是恼火，千方百计地寻找线索，他得知《昆明日报》记者王湖秀同伍君娜关系密切，就派人监视。安子健虽然调来芷江，但对手上有线索的案子当然不会交给别人。事有凑巧，先后化名伍君娜、姚碧琼的山田秀子逃出赣州后，曾在昆明出现过，就在军统人员四处缉拿之时，王湖秀又突然失踪了。原来她搭上一辆来芷江的军车，监视的人为了推卸责任，就牵强附会向上司报告，王湖秀受伍君娜指派，执行什么秘密任务去了。安子健接到报告很是恼火，他正在分析王湖秀的去向时，有人报告，她出现在美国街的舞厅，正在同一名美军飞行员接触。这位军统站长想当然，现在正值常德会战期间，日军间谍故技重演，正在套取情报，就亲自带人赶来逮捕。他得知王湖秀就住在美国街招待所，以为还有同伙，就把她关在隔壁房里，命令部下四处埋伏起来。现在王湖秀被一个蒙面人所劫，肯定是其同伙所为，又有车辆接应，那更符合日军间谍严密的行事风格，就开车追了过来。安子健见那车子开进机场，更是吓了一跳，要是在里面出了什么事，那他真是吃不了兜着走，他急得连连催促司机快开。谁知来到检查站，值班的不但不开门，还鸣枪示警，只好停车交涉。当这位军统站长见值班员是中国人，火冒三丈，甩了他两个耳光："你竟敢为日军特务打掩护，给我铐在这里，回来再找他算账！"

廖实忠见是军统的人，吓了一跳，忙说："他、他们有证件……"

安子健哪会听他分解，爬进驾驶室，开车就往机场追。

威廉·罗爱斯原以为躲进机场兵营，等天亮找陈纳德解决问题，谁知那些军统追了进来。他决定一不做二不休，干脆把王湖秀弄到赣州去找蒋经国，那会更保险。于是他把车又开到机场警卫室："伙计！快开门，我有紧急任务赶回赣州去。"

机场警卫室值班的是美国兵，认识威廉·罗爱斯，信以为真，他见旁边坐着一位年轻漂亮的中国女性，就一边开门一边笑道："你真是个浪漫游子。"

罗爱斯哪有时间理他，把车开到自己的新飞机 P-51 旁边，这是一架两座战斗机，说："弟媳妹妹，我带你上天玩玩。"

王湖秀还从来没有坐过飞机，就爬了上去，坐在后座。她认为自己是清白的，也不怎么担心，在座位上摇了摇问："威廉哥，我听雪峰讲，有时飞机要翻跟斗，那怎么办？"

罗爱斯把她用皮带固定在座位上，又把自己的飞行头盔给她戴上，笑道："这就可以翻跟斗了。"

安子健见前面的车开进了机场，更是吓了一大跳，他们追到机场警卫室，值班美军什么解释也不听，就是不让他进。他没有办法，只好给熟人艾尔索普打电话。这位情报官一听日本间谍进了机场，也吓了一跳，打电话命令警卫室开门放行。安子健急忙上车，往那边战斗机跑道追去。

罗爱斯见那辆卡车追进了机场，冷笑道："看你们这群猪猡能追上天吗？"他启动发动机，滑行了一段，机头一抬，腾空飞起。罗爱斯还有意折回来，围着那辆车转了一圈，才摇摇翅膀，飞上天空。

这时天刚亮，飞机掠上云头，只见那轮红红的太阳从雪峰山后冒了出来，顿时霞光四射，幻化出千姿百态的奇景，飞行在其间真如腾云驾雾一般，又好像置身在琼楼玉宇之中。王湖秀第一次坐飞机，何况是战斗机，失重头晕，但也被这神奇的景色惊呆了，喊道："多、多美啊！"

罗爱斯听了，又画了个圈飞回来，在云彩中穿行。

突然，王湖秀惊呼："不好，军统的人坐飞机追过来了！"

罗爱斯仔细一看，摇摇头："不是那些猪猡，是日本狗偷袭芷江机场来了。"

王湖秀一听，吓了一大跳："那、那怎么办？"

罗爱斯回头一笑，问："弟媳妹妹，你怕不怕？"

"我不怕。"

"那我们去揍那些日本狗。"

"你一个人？"

"我是美洲虎啊！何况还有你当助手。"

王湖秀常常莫名惆怅，自己要是能同恋人钦雪峰上天打鬼子，那该多好啊！现在能跟异国兄弟同机战斗，她岂能错过？她忙说："威廉哥，我给你观察敌情。"

罗爱斯点点头，他把操纵杆一拉，一边抢占高度一边打开电台："我是美洲虎！我是美洲虎！东南方向发现日本 96 式轰炸机 8 架，护航零式机……12 架。我先拦住他们，你们快来支援。"

艾尔索普听安子健讲日本间谍劫持一架飞机飞走了，不由得吓了一大跳。他跑进指挥塔一问，才知道是威廉·罗爱斯带着王湖秀驾机飞走，是为躲避军统的人，不由得哭笑不得。他拿过送话器，呼叫这头美洲虎，可电台没有打开，他耸耸肩，正要回去洗刷，突然传来呼叫："我是美洲虎！我是美洲虎！东南方向发现日本 96 式轰炸机 8 架，护航零式机……12 架。我先拦住他们，你们快来支援。"艾尔索普听了，立刻拉响防空警报，并命令值班军官调动飞机迎敌。值班飞机首先升空，支援的飞机随之也腾空而起。

罗爱斯居高临下，他穿过彩云，把机头一按，一边俯冲，一边扫射，这突如其来的攻击，立刻打乱了敌机的编队。

芷江机场的飞机对鄂西守军的空中支援，使日军遭受巨大损失。这是第 11 军司令官横山勇中将上任指挥的第一场战役，他命令空军采取有效应对措施。驻武汉的日军第 13 飞行师团师团长臼喜八郎中将就制定了一个偷袭芷江机场和掩护进攻鄂西的方案，他自认为是双管齐下的计划。上次犬养凤二郎在惠通桥大败回到武汉，因先后击落飞虎队两架飞机才没有受处分，这次他要全天候为进攻鄂西的地面部队提供空中掩护，就派桥岛武夫少佐带队为轰炸机护航，偷袭芷江。桥岛中队长知道黎明时分是最好的攻击时段，就掐准时间，按照规定路线赶了过来。谁知刚进入芷江上空，就突然从云层里钻出一架画着鲨鱼头的飞机，一阵扫射，顿时打乱了攻击编队。桥岛也是身经百战，他以为是芷江机场的巡逻警戒飞机，但为什么只有一架呢？当他明白过来，代价是一架轰炸机被击落了。桥岛立刻命令两架战斗机去对付罗爱斯，他带队向芷江机场疾飞，要在敌机未升空之前赶到，消灭在地面。

罗爱斯的目的是阻滞日机的行动，加上 P−51 性能好，像一头猛虎闯进羊群，左冲右掠。日军在一阵慌乱之后，两架护航机缠住罗爱斯，7 架轰炸机在另外 10 架零式机的护卫下向芷江机场飞去。罗爱斯急了，咬住一架敌机，一个点射击中飞行员，那架零式机像断线的风筝往地下撞去。他上下翻飞，突出包围，向轰炸机群追去。王湖秀哪经过这种阵势，早转花了眼睛掠昏了头，哇地吐了起来，喷了前面的罗爱斯一身。这头美洲虎摇摇头：“闭上眼睛，靠到驾驶椅上。”

钦雪峰、高东虎同另两位飞行员战斗值班，听到警报声，4 人冲出值班室，爬上飞机，便听到指挥塔台值班指挥官的声音：“我是芷江塔台，值班飞行员准备起飞。”高东虎是带班飞行员，立刻回答：“我们准备完毕，请指示任务。”值班指挥官指示：“东北方向，日军 96 式轰炸机 8 架，护航零式机 12 架，向我机场飞来。威廉·罗爱斯正在阻击敌机，你们行动要快！”钦雪峰听了，首先起飞。高东虎嘀咕一句：“威廉小子这个时候跑到天上去干什么？”他见前面机翼一翘，把操纵杆一拉也跟着起飞，4 架飞机急速掠上天空，没飞多远，就看到来袭的日机。高东虎知道现在抢占高度来不及，就带头直接冲了上去，一进入射程就开火，几架敌机中弹，顿时把日机刚恢复过来的攻击编队又打乱了。钦雪峰冲入轰炸机群，瞄准一架就按住发射钮长射，把对方一边机翼全部打掉，立刻打着旋栽入舞水河中。

桥岛武夫见又来了 4 架飞虎队的飞机拦截，就亲自带领护航机队缠斗，掩护剩下的轰炸机去摧毁芷江机场。

肖克邪是一位有经验而又谨慎的空军指挥官，除了派有战斗值班飞机外，还安排有接应飞机。他第一时间得知敌情，立刻带着接应的 5 架飞机升空，截住了 5 架日军轰炸机，三下五除二就解决了。一位叫任自强的飞行员最后起飞，没有捞到打下敌机的机会，抱怨道：“大队长，我没有打下鬼子飞机，你脸上也无光。”肖克邪笑道：“如果你动作快点，可能前面还有漏网之鱼。”任自强一听，加速飞了过去，看到高飞虎带着战友正在同敌人护航机队交锋，大叫道：“东北虎，留一架给我！”他咬上一架日机就开火，打伤了紧追不舍，直到击落坠毁。

罗爱斯摆脱那架日机的纠缠，追了过来，看到高东虎和钦雪峰的飞机，松了口气，他见那架日机跟来，一个倒栽葱，掠到侧后，锁住目标，六挺机枪喷出立体火舌，当场打爆了那架日机，他高兴得大叫：“哈哈！又揍下一架飞机，弟媳妹妹！我们一人一架。”

王湖秀连胃酸也呕了出来，但她还是很清醒，看到一架日机冲来，忙喊："威廉哥，鬼子飞机打过来了！"

罗爱斯早看到了，他幽默地伸出一个手指："嘘！别出声，让它以为我不知道呢。"他突然侧身一翻，掠到后面，一按发射钮，却不见喷出火舌，他叹了口气，"子弹打完了，便宜了那只日本狗。"

那日军飞行员一惊之后，没有听到枪声，知道对方没有了子弹，就大胆扑了上来。罗爱斯只好左避右躲，正在这时，一个声音传来："威廉兄，为弟来了！"罗爱斯一听是钦雪峰，笑道："雪峰老弟，我飞机上有你媳妇，现在看你的表现了，我们瞧热闹去。"他一个鹞子冲天，爬上高空观战去了。

桥岛武夫万万没有想到，偷袭变成了被伏击，他见对方飞机越来越多，再不跑就全军覆没了，便带着剩下的两架飞机开溜，可没跑多远又被打下一架。

经过一番搏杀，彻底粉碎了日军这次偷袭，8架轰炸机全被击落，12架护航机只跑掉两架。大家好是高兴，围着罗爱斯的飞机打转摇翅膀，示意他先降落。这时，罗爱斯才想起自己驾机上天的目的，便摆摆手："兄弟们再见，我回赣州去了。"他打了个旋，往外飞去。这时，响起了艾尔索普的声音："我们威猛的美洲虎，请回来！"

罗爱斯摇摇头："我不能回来，因为中国军统那些蠢猪要抓我的弟媳妹妹。"

艾尔索普现在明白了事情的原委，便说："这件事交给我处理。"

罗爱斯还是摇头："总管，那些猪猡不会听你的，我去找经国先生，因为我救过他的命，他会买我这个人情。"

艾尔索普心地善良，如果把这事捅到蒋经国那里，势必惊动那位蒋委员长，那安子健有脑袋不保的危险，就提醒道："你难道想坠机不成？你燃油不够了。"

"我宁愿坠机也不降落。"

"威廉，别做傻事。也许我的话他们不听，但有个人的话，他们一定会听。”

“谁啊？”

“你们的老头子呗！”

“我要他亲口承诺。”

陈纳德接过艾尔索普手里的送话器：“威廉，我的孩子，老爷子保证不会有人为难你的弟媳妹妹。”

罗爱斯一听，高兴起来：“老爷子，谢谢你，不过我还有个要求……”

陈纳德摇摇头：“我可不喜欢附带条件。”

罗爱斯笑道：“老爷子，这个附带条件你一定喜欢。”

陈纳德看看旁边的艾尔索普：“孩子，说说看。”

罗爱斯回头看了王湖秀一眼：“这个附带条件就是要你那个叫钦雪峰的徒弟跟我的老弟媳妇结婚。”

陈纳德一下被他绕住了，说：“我怎么能包办婚姻呢？你的老弟媳妇叫什么名？”

罗爱斯笑道：“当然行。你是师傅，是他的长辈，又是上司，可以像皇帝那样赐婚啊！我的弟媳妹妹叫王湖秀。”

陈纳德刚刚赶来指挥塔，还不知道事情的原委，他被弄得哭笑不得，但听说是王湖秀，哈哈大笑，连连说：“行！我赐婚。行！我赐婚。”

罗爱斯听了，高兴得大叫：“喝喜酒了，坐花轿了。”他把机头一压，对准跑道，降了下来，然后把座舱盖打开，扶王湖秀跳下飞机。

这次大获全胜，全靠罗爱斯报警、拦截，战友们涌上前，把他抬起来往上抛，谁知飞行夹克上沾满了王湖秀呕出的东西，腻滑接不住，他摔到地上。钦雪峰上前扶起他：“你身上什么东西，这么臭烘烘黏糊糊的？”

罗爱斯揉了揉摔痛的屁股，指着旁边的王湖秀说：“还不是你的老婆晕机，吐了我一身。”他见陈纳德走了过来，一手拉着钦雪峰，一手拉着王湖秀，迎上前，“老爷子！你给他们赐婚吧。”

陈纳德点点头，他把钦雪峰和王湖秀的手放在一起：“孩子！我批准你们结婚，祝福你们一生平安。”

飞行员们听了，欢呼起来。

钦雪峰的新家在柚子园的溪对面，正屋是吊脚楼，横屋面对舞水河，姚本善舍不得老屋场，就选在这里，可以隔溪相望。他用木棍夹篱笆围了起来，还用一剖两开的竹子把旁边的山泉水接到灶房，好一座江南典型的农家小院。这位舅爷看到王湖秀来了，又听说外甥要拜堂成亲，高兴得连夜往家里跑，同儿子抬着一头大肥猪，老伴抱着小孙子，媳妇挑着两床新被子，一家赶过来操持婚事。姚本善有老观念，把正屋留给主人，自己住偏屋。他和儿子张罗宴席，老伴和媳妇布置洞房。

结婚这一天，姚本善早早起来，同儿子把猪宰了，他听说外甥的美国“粮子”朋友不喜吃猪肉，就买了半边牛肉。钦家的近邻故朋也赶过来帮忙，可等到下午，还不见新郎官回家。

肖克邪本来要放钦雪峰一天婚假，但这位新郎坚持要战斗值班，他理解这位学生的心情，就安排在上午。谁知情况突变，鄂西前线我军告急，第一大队连续出动，先后轰炸了安乡、公安和石首的日军。钦雪峰带着战斗机为轰炸机护航，连续出动了三趟，直到天快黑才返回基地。

高东虎带着另一个分队先回来，一下飞机就值班室等候，他看到林义安走进来，忙问：“新郎官没有出问题吧？”

林义安给了他一拳：“乌鸦嘴！老爷子在指挥台刚通了话，雪峰老弟正在返航途中。走！新娘子一定等急了，我们先去报个平安。”

两人跑进钦家小院，见酒席都已摆上了，高东虎来过多次，看到姚本善蹲在一边，忙走上前：“老舅，恭喜！新郎官很快就回来。”

姚本善一听，跳了起来，双手合十：“老天有眼，钦家祖辈良善，多谢保佑。”

高东虎听了，好是感慨：“当军人难，当军人家属更难，时刻担着心。唉，我还是单身算了。”

姚本善忙说：“你们打鬼子是惩恶扬善，上天会保佑。虎子，快找个爱人，老舅为你操办喜事。”

高东虎笑道：“老舅，可我没有钱。”

姚本善是个实心人，说："老舅为你喂两头肥猪，再养点鸡鸭，办喜事就不要多少钱了。"

王湖秀比谁都焦急，她人在房里，心在外面，当听到恋人很快就会从战场回来，提着的心终于放了下来。现在听高东虎在调侃老舅，再也忍不住了，走了出来："舅舅，别听他胡说八道，他是只抠老虎，钱都捏得出水。"

姚本善见了，忙喊："妹佗，快回新房，今天是你的大喜日子，没拜堂，不能出来。"

高东虎大笑："新娘等急了，她是怕新郎逃婚，出来看看。"

王湖秀羞得转身跑了回去，引来一片笑声。

这时，钦雪峰拿着飞行头盔气喘吁吁跑了进来。

姚本善见了，忙喊："峰儿，快换衣服，别误了拜堂的良辰吉时。"

农村结婚仪式在中堂举行，称之为拜堂。正面神龛上"天地君亲师"位前香炉里燃着檀香，点着三支大红蜡烛。神龛下摆着两把交椅，为双方长亲的座位。林义安见多识广，斜披红绸，充为司仪，他见准备就绪，高喊："吉时良辰已到，新郎、新娘进中堂，准备拜堂！"

钦雪峰一身笔挺的中尉空军服，王湖秀红鞋红裤红衣红盖巾，两人男前女后牵着一条红丝巾走进中堂。

林义安见他们对着神龛站好，就喊："一拜天地君亲师，保家卫国打日帝。"

钦雪峰和王湖秀双双跪在地上，磕了三个头。

林义安等他们站了起来："现在拜堂第二项，请新郎新娘最亲的长辈上座。"

姚本善是钦雪峰的亲舅舅，天上老子地下舅，就当仁不让坐了上去，可女方无亲人在场，就在这时，陈纳德和肖克邪走了进来。林义安灵机一动，就说："老爷子，你是新郎的师傅，暂充女方家长吧。"

陈纳德指指自己的高鼻子："我够资格吗？"

肖克邪笑道："当然够资格。师傅师傅，终身为父，你是钦雪峰的师傅，夫妻一体，也就是王湖秀的师傅。”

陈纳德点点头，毫不客气坐了上去，他握着姚本善的手说：“那我们是亲家了。”

姚本善正为女方没有长辈在场感到遗憾，他见外甥的师傅愿意充当，也不管合不合礼俗，忙抱拳：“亲家公，恭喜！”

陈纳德也抱拳：“同喜，同喜。”

林义安便又喊：“二拜高堂教养恩，尽心尽孝是本分。”

钦雪峰和王湖秀又跪了下去，磕了三个头。

姚本善从口袋里拿出两个红包，给新郎、新娘一人塞了一个。

陈纳德见了，忙摸身上的口袋，可只抽出一支派克笔，他看到肖克邪佩着中正剑，也把身上的佩剑解下来，说：“这是蒋委员长送给我的，雪峰，我的孩子，现在转赠给你。”他把派克笔送给王湖秀，“湖秀，我的女儿，你是记者，用这支笔多写文章。”

王湖秀父母死于日机的轰炸，睡觉不知梦见多少回，醒来眼泪湿了枕头，现在见陈纳德叫她女儿，感动得放声大哭。陈纳德拍拍她：“孩子，今天是你大喜日子，别哭，要笑。”

林义安再喊：“三拜夫妻结同心，早生贵子好高升。”

钦雪峰和王湖秀对面而站，三鞠躬。

林义安大喊：“拜堂礼成，众位见证，送入洞房，宽衣解带。”他把手一挥，“众位客人，酒席招待，多吃多喝，任你肚装。”

客人们被逗得哈哈大笑，到院里坐席吃酒去了。

第九章　保卫常德城

常德是湘北重镇，川、黔门户，历来为兵家必争之地，武汉沦陷后，这里成为大后方唯一的物资补给线。日军为了牵制中国军队对云南的反攻，夺取洞庭湖粮仓达到以战养战的目的，消灭第六战区兵力以动摇中国抗战信心，于 1943 年 11 月发动了常德战役。

陈纳德于 10 月 28 日接到命令："中美空军应派出大量飞机向沙市、监利、石首、华容附近集结的日军以及沙市、岳阳间日军舰艇轰炸……"他为应对日军的进攻，加强了芷江机场的打击力量，又调来了一个战斗机中队和一个轰炸机中队，并坐镇指挥。11 月 24 日这天，这位飞虎将军得知日军已经逼近常德城，准备采取一次大的行动，他想起明天是感恩节，决定远袭日军台湾机场，一来庆祝这个节日，二来牵制日军常德作战。

这天清晨，肖克邪率领 16 架战斗机为 14 架 B–25 轰炸机护航，穿过台湾海峡，直扑新竹机场。这里是日军的中转基地，担负着对东南亚和中国大陆的支持，但他们万万没有想到会受到来自大陆的攻击。肖克邪飞行技术过硬，又是一位有经验的空军指挥员，他知道从芷江到新竹的距离超过了飞行半径，即使带了副油箱，临空作战的时间也很有限，于是制定了详细的攻击目标优先次序、战术运用及攻击队伍的编组。肖克邪为了达到出其不意的攻击目的，一进入台湾上空，就采取超低空飞行。果然，机群飞临新竹上空，才先后有 20 架日机慌乱起飞，肖克邪身先士卒，带着高东虎攻击组扑了上去。

钦雪峰带着掩护组对日军的防空炮火先进行一波打击，才爬上高空警戒。轰炸机分成两个梯队，轮番对地面来不及起飞的47架日机投弹轰炸。

肖克邪把积了数年对日军的仇恨化成一串串子弹，第一轮攻击，就把那架最先升空的日机打了下去。他转过身，发现一架敌机咬住了掩护战友攻击的高东虎，就一个侧翻，锁住目标，抢先开火，打得目标变成一个火团，掉落下去。经过短促的交锋，击落了15架日机，其他5架逃之夭夭。肖克邪见地面成了一片火海，无一架飞机幸免，达到了出击目的，就命令返航。他为了省燃料，带着机群爬上高空，滑翔而行。肖克邪见机群飞过雪峰山脉，才松了一口气，有的战斗机降落芷江机场，油表指针指向了零。

陈纳德得到报告，这次出击台湾新竹机场，击落日机15架，炸毁地面日机47架，自己无一损失，不由得大喜，亲自到机场迎接，并专门派了一架C-46运输机到昆明，为美国飞行员运来了火鸡，为中国飞行员运来了火腿，来了个大会餐。晚上在空军俱乐部举办舞会，以示庆贺和慰问。

守卫常德的是74军57师，只有8000人。74军是中国的五大主力之一，1939年的江西高安战役和1941年上高会战，打出了军威，被授予军中最高奖品——飞虎旗。副军长兼57师师长余程万在这两次战役中，率领本部重创日军，立下赫赫战功，该师被命名为“虎贲”部队。《书经·牧誓上》：“武王有戎车三百辆，虎贲300人。”“贲”与“奔”同音同义，意为武王的将士像老虎奔入羊群一样，所向无敌。57师军服的左臂佩戴一品字形符号，印有“虎贲”二字，上至师长，下至士兵都十分珍惜这份荣誉。八千“虎贲”将士面对十万日伪军的围攻，虽然有空军的支援，但力量太过悬殊，战斗打得十分惨烈。

陈纳德将军在常德保卫战一打响，就派驻芷江的中美混合联队第一大队，抢夺制空权，支援常德作战，并对日军地面部队实施不间断地打击。

这一天，钦雪峰和高东虎跟随大队长肖克邪飞往常德，先对渡江的日军一阵轰炸之后，又飞到洞庭洞，发现一支日军的运输船队。高东虎不等命令，把机头一压，俯冲而下，一阵扫射，从船头打到尾船，才拉起机头。其他几架飞机轮番攻击，肖克邪带着钦雪峰在高空警戒。果然，5 架日军 97 式驱逐机赶来，他们没有发现空中警戒的飞机，向高东虎他们扑去。肖克邪立刻带着钦雪峰俯冲下去，他经验老到，知道高东虎粗中有细，绝不会没有提防，就朝后面两架日机扑去。钦雪峰担心义兄的安全，他套住目标，就迫不及待开了火，打得敌机冒了烟，拖着长长的黑烟跑了。肖克邪冲到有效射程才开火，打得日机凌空爆炸。

高东虎看到敌机向他扑来，佯装不知，对湖面运输船俯冲到半途，突然一个转身，绕到那架敌机侧后，一个点射，击中日军飞行员，飞机一头栽进洞庭湖里去了。其他两架日机见势不妙，溜之大吉。

机队回到基地，钦雪峰走到肖克邪面前说："老师，我开枪早了点，才没有像您一样把敌机当场击落。"

肖克邪拍拍他："你是关心战友的安全，这比击落敌机更重要。"

中美混合联队第一大队在机场旁边的磨溪口，一溜营房，大队部在溪边的吊脚楼式的鱼鳞板房里。肖克邪正同艾尔索普商讨如何有效支援常德作战，安子健带着人走了进来，他先跟艾尔索普打了个招呼，就转过身对肖克邪说："肖大队长，据查，你部飞行员钦雪峰的妻子王湖秀有日谍嫌疑，特来调查有关情况。"

肖克邪一听就火了，厉声道："现在钦雪峰正在前线同敌人浴血奋战，你们却在后方调查他的妻子，这是扰乱军心。"

安子健冷笑一声："你还敢给我扣帽子？"

肖克邪不信邪，指着他："你算什么东西！有本事上前线，别在后面搞阴谋诡计！"

安子健身为军统站站长，哪受过这种气，一拍桌子："你攻击军统组织，我马上拘捕你。"

肖克邪把身上佩的中正剑取下，拍在桌子上："行啊！这是委员长亲自授予我的佩剑，你有狗胆，就拿去！”

安子健一把拿过中正剑……

艾尔索普想不到军统的人这么专横跋扈，他再也忍不住了，喝道：“NO！安站长，我救了你一次，不会再救你第二次。”

安子健一惊，忙问：“中校先生，你这是……什么意思？”

艾尔索普来到中国几年，汉语大有进步：“据我调查，王湖秀的父母死于日军的轰炸之下，她不可能是日军间谍，你的侦查方向有逻辑错误。你上次贸然抓捕一个没有证据的人，是违法的。”他略顿了一下，“威廉那次把王湖秀带上飞机，就是为了去赣州找蒋经国先生告你，如果这事捅到你们蒋委员长那里，你无凭无据，滥捕抗日军人家属，至少有扰乱前线军心之嫌，加上克莱尔将军力保王湖秀，那你的下场如何？”

安子健听了，惊得一身冷汗，他想了想：“不、不会吧。”

艾尔索普拿起桌上的电话：“你不相信，可以问克莱尔将军。”

安子健哪敢打电话，他忙摇手：“不，不。情报官先生，那、那该怎么办？”

艾尔索普也不客气：“你既然知道我是第14航空队的情报官，那军队的事就不要插手，你的任务就是保护芷江地区不让日军间谍渗入。当然，我们也可以像在桂林一样，互相支持。”

安子健忙点头：“行，行，那我告辞。”他往外走了几步，看到手上的中正剑，只好转身放到桌上，才又走了出去。

陈纳德为了给日军以准确打击，有力支援常德守军，打算派一组战地情报员到战场，携带电台，为空中打击指示目标。艾尔索普就派情报员林义安和报务员约翰·佛利曼执行这项艰巨任务，并连夜派车送往常德。经过一天一夜的颠簸，两人过了沅陵，到了桃源就不能前行了。守军告诉他们，日军已经包围了常德城。

林义安是湖区人，在常德读过书，对这一带比较熟悉，他知道只有深入敌后，靠近常德城才能为空军指示打击目标。好在这里是水乡，船只多，林义安又会划船，他们就搞到一只小船，两人趁着天黑，划到常德城对面的黄船庙，挤在大船中间。

天亮了，阳光把战争的残酷暴露在光天化日之下，繁华的常德城满目疮痍，到处有尸体，日军已经渡过宽阔的沅江，正在攻打大西门。林义安和佛利曼立刻展开工作，一人在寻找攻击目标，一人调试电台。两岸正在打仗，炮火连天，船上的人都跑上岸躲了起来，林义安爬上一只大船，伏在篷上的风帆里，举起望远镜，看到南岸大队日军正在集结，又见码头边有十多只大木船，看出是向对岸增援，立刻告知报务员。佛利曼调好了频率，情报立刻从指缝中传到了芷江。

30 多分钟过去了，日军已经上船渡江，还不见战机过来，林义安急坏了，说："约翰，他们怎么还不来？再发一遍吧。"

佛利曼也是条猛汉，抱着电台爬上船顶，裹在风帆里，他看看手表："从芷江到常德需要半个多小时，快到了。"

果然，5 架 P-40 战斗机和两架 B-25"米恰尔"中型轰炸机飞来了，看到渡江的日军船队，立刻展开攻击。"米恰尔"首先俯冲轰炸，P-40 随即展开第二波扫射，经过两轮攻击，十几只日军运兵船全部被击中炸沉。佛利曼是基督教徒，他见满江尸体满江船板，不停地在胸前画十字："请主饶恕……"

林义安爬到桅杆上，看到岸上黄船庙旁边的树林里有一个日军的炮兵阵地，正在向对岸我军阵地轰击，忙报出方位。他不见佛利曼重复，低头一看，见其正在胸前画十字，忙溜了下来："约翰，他们不是人，他们是刽子手。"

佛利曼指指江面："可我们也杀了那么多人。"

林义安知道这个时候同他说不清楚，就一把夺过电台，他认出高东虎的 126 号机，就直接呼叫："东北虎！你看到南岸那座庙吗？庙左边的树林里是鬼子的炮兵阵地，干掉它！"

高东虎正在大西门扫射日军的攻城部队，突然听到呼叫自己，就带着一架轰炸机掉过头，飞向南岸，找到目标，经过一轮轰炸、扫射，摧毁了日军炮兵阵地。他听出是林义安的声音，就说："林哥，你在敌人的眼皮底下，可要小心。”

林义安同钦雪峰、高东虎在桂林共事那么久，是朋友更是战友，笑道：“放心，只要听到我的呼叫，你东北虎赶过来，我就安全了。”

高东虎忙应道：“放心，我随叫随到！”

林义安是一位有经验的情报员，知道这样定点清除，一定会引起日军的注意，必须马上转移。他和佛利曼跳下小船，躺在舱舱上，顺流而漂。岸上的日军发现，开了几枪，看到没有动静，以为是只失锚的船。林义安见船漂到了德山，如果再这样漂下去，就无法观察日军的行动了，就冒险拢了岸。时至年末，天寒地冻，河面北风凛烈，冷还只是一个方面，饿才是必须解决的问题。林义安决定上岸寻找吃的，好在是冬天，衣服穿得多，佛利曼又戴着猴帽，只露出眼睛在外，不易看出他是白种人。林义安把电台放在背篓里，走在前面，看到面前的悲壮景象，不由得咬了咬牙。

德山本名枉山，屈原《九歌》“朝发枉渚，夕宿辰阳”中的枉渚就是指德山。古隐士善卷避舜逊让，遁匿于此；南北朝的樊子盖为纪念古贤，便把枉山改名善德山。它虽然不高，但临江挺立，是南岸进入常德的大门，57 师自然派有重兵据守。现在这里的树许多被炸断，地像被翻了一遍似的，掩体、战壕还历历在目，到处有残肢断臂，可见这里的战斗是何等惨烈。林义安见这么多烈士横尸野外，不由得又悲哀又无奈，他咬了咬牙，带着佛利曼往旁边插去。两人一路找去，房子不少却没有人，真像地狱一般冷清。突然，前面传来哭喊声，林义安看看四面没有可疑情况，就把手一挥，蹑手蹑脚走过去，他朝破窗看去，立刻血脉贲张，怒火燃烧。

两名一高一矮日军伤兵把一个瞎眼婆婆按在地上，正在扒其裤子，一个五六岁的孩子扑上前，拉住那高个日兵不放。那日兵回过头一脚把他踢倒，然后拔出刺刀就捅。佛利曼见了，一边往房子里冲去一边喊：“NO……”然而迟了，那孩子倒在血泊里。那高个日兵拔出刺刀，向佛利曼扑去。

林义安不敢开枪惊动附近的敌人，就一脚踹开板壁，由于后面有背篓，他使劲挤了一下才进屋，落在后面。另一矮个日军是小头目，就一手提裤子一手拔出指挥刀，砍了过来。林义安有点武术功底，常跟钦雪峰交流，他身子一侧，避了过去，顺势一个倒踢南山，把这日军小头目砸到高个日兵身上，两人滚倒在一起。

佛利曼拉开西洋拳架势，有拳无势，被高个日军手里的刺刀逼得连连后退。正在危急的时候，矮个日军把高个日军砸倒，手里的指挥刀也摔掉了。佛利曼拿过指挥刀，对着那矮个日兵就是一刀，骂道："猪猡！你杀一个孩子，我要替他报仇。"

林义安正要一脚结果那日军小头目，见佛利曼开了杀戒，就想留下来让他把心练硬，谁知这位基督徒却转身抱起那还在抽搐的孩子。日军小头目却一下拔出王八盒子，抵住佛利曼，对林义安威胁道："你的走开，不然我的杀了他！"

那瞎眼婆婆爬了起来，她听了听，扑了上去，抱住就咬。日军小头目猝不及防，扑倒在地，被咬得哇哇大叫，手里的王八盒子对着瞎眼婆婆连开数枪。佛利曼面对兽军，再也慈悲不起来，他拿起指挥刀一挥，鬼头滚出老远。

林义安知道这里不能久留，他取下两个日军身上的镔铁饭盒，拉着佛利曼走了出去。两人来到德山，爬上顶上的孤峰塔，走了进去。他观察了一下，这里视野开阔，可以看到上游的常德城，再说能避风挡雨，就决定住下来。林义安下到底层，见佛利曼还是一声不吭，知道他在信仰和现实中徘徊，就拿出一个饭盒摆在他面前。日军的给养是各管各的，不像中国军队以一个连为伙食单位，专门有炊事班，他们把配给的东西带在身上，开饭的时候各显神通。林义安打开饭盒，油盐米菜样样俱全，今天还没有东西进肚子，看到这些更是饥火难耐，他见这地方隐蔽，就用砖头垒了个三角小灶。林义安走了出去，在泉边淘了米，顺手捡了一把柴，回到孤峰塔。他生了火，把镔铁饭盒架到灶上，没有多久，饭就熟了。然后他把盖子架上去当锅子，面积太小不好炒，就搞了炖肉，加上作料，顿时香味四溢。

佛利曼被香味从矛盾纠葛中拉回到现实，他耸了耸高鼻子：“OK！”

林义安笑了笑，拿起佛利曼面前那个饭盒走了出去，淘米再烧。

两人填了肚子，又找了柴，烧起堆小火，身处敌后又寒夜茫茫，就聊了起来，话题当然是日本。佛利曼在大学是攻读东方史的，对日本的民族有所研究，他说：“日本是单一民族、单一文化、单一语言的国家，加之孤居岛国，资源贫乏，时刻有种危机感，一旦有事就凝聚在一起，这就是他们团结的内在力量。”

林义安同当时大多数中国人一样，既仇视日本人，又迷惘他们的精神力量，原来是这么回事。他叹了口气：“这样讲来，他们也是弱者，至少在资源方面。是弱者就应该互相关照，为什么他们如此凶残呢？”

佛利曼摇摇头：“弱者并不等于善者，正由于你们中国资源丰富，日本就眼红，就要来抢夺。当强盗的害怕被杀，当然就要先杀人。”

林义安以前没有想过这些事，他听了，又想起一个问题：“我们地大物博，又有五千年的文明，为什么竟受这样一个东瀛小国欺负呢？”

佛利曼笑了，不无揶揄地说：“这也就是你们受欺侮的根本原因之一，由于有上帝的眷顾和祖宗的阴庇，当政者争权夺利，不知进取；老百姓安于现状，各扫门前雪。科技在发达，社会在前进，不知进取安于现状必然落后。自然的法则就是弱肉强食，落后了就要挨打。”他顿了一下，“日本人由于有危机感，就有进取心，加上团结，通过明治维新以后，国家就慢慢强盛起来，他们觊觎你们，当然就要打你们。”

常言道：与君一席话，胜读十年书。林义安同美国战友在敌后的这个晚上交谈，解答了萦绕他多年的疑问，他不由得喟然长叹：“吃祖宗的老本，不思图强，才受欺负呀。”

第二天，林义安爬上孤峰塔，举着望远镜，四处观察，看到对岸日军一支装甲部队向常德北门开去，他数了数坦克和装甲车，立刻跳了下来。佛利曼打开电台，这份情报很快传到了芷江艾尔索普办公室，他立刻付诸行动。

今天是钦雪峰首先带队出击，他根据命令率领5架战斗机为3架轰炸机护航，按照规定航速，准时飞到常德城。他们飞到北门，发现目标，立刻展开攻击。

日军步兵联队见支援的装甲兵大队赶到了，正准备发起攻击。突然，铺天盖地的炸弹倾泻下来，他们立刻被炸得人仰马翻。这里是湖滨地区，一马平川，无处躲藏。有的干脆趴在地上装死，或许能躲过一劫。

轰炸机主要目标是日军的装甲部队，钦雪峰带着两架战斗机在空中警戒，其他三架P-40对地面部队实施打击。有的战斗机装上了挂弹装置，在俯冲扫射时，看到敌人聚集处，就投下炸弹。经过几轮攻击，看到地面上没有活动目标了，才互相招呼，准备寻找新的猎物。

佛利曼看到飞机就要离去，急忙呼叫："NO！德山前面两英里处的树林里有座日军兵营，就在你们的斜对岸，消灭那些狗杂种！"

林义安认出是钦雪峰带队，正要呼叫，见佛利曼抢先开了口，知道这位基督徒经过昨天之事，对慈悲之心有了新的理解——除恶即行善。他见钦雪峰带着战友飞向南岸，对目标实施打击，才接过送话器："雪峰老弟，干得好！"

钦雪峰从高东虎口中得知，林义安已经带人深入常德敌后，为空中打击指示目标，他知道那可是时刻有被敌人发现的危险，不免为朋友担心。现在听到林义安的声音，忙说："林大哥，注意安全，有危险就呼叫。"

11军司令官横山勇中将是工程师出身，他一直没有担任过作战主官，更没有什么突出的战绩。他布兵排阵同5月份鄂西会战一样，调派第3师团和第13师团攻击暖水街、石门、慈利和桃源一线西面山岳地带，另派第68师团和116师团进攻东面滨湖地区，把中国指挥官引向误区，以为他是为报上次鄂西会战失败之仇。横山勇成功地用声东击西之策，分散了中国军队，他利用优势兵力歼灭了大量有生力量，迫使我军无法对他形成包围之势，于是他突然掉头南下，直扑只有一个师守卫的常德城。横山勇原以为区区8000兵力的57师面对十多倍的日军的攻击，无异是以卵击石。谁知几天攻不破常德城，还先后战死了 116 师团 109 联队联队长布上照一大佐，第 3 师团第 6 联队联队长中畑护一大佐，受到大本营的训斥，很是恼火，就限令 116 师团即日破城。

日军部队的战斗力分甲、乙、丙三级，116 师团属甲级师团，满员满额，战斗力强，尤其善于攻坚。它原属关东军序列，因华南战局紧张，调到第六方面军第 13 军来了，这次受命支援 11 军进行常德会战。师团长岩永旺中将是老军人，他知道自己升迁无望，常常我行我素，除了打仗，就寻找他的方寸之乐。就是常德之战打得这么紧张，他也没有忘记及时行乐。他昨晚在湘江钓了一条回头鱼，和着家乡的竹筒饭，真好吃。部下没有忘记他的另一个爱好——女人，当这位师团长走进卧室，一位裸体美女正躺在雕花大床上。岩永旺毕竟是年岁不饶人，玩弄了美女，天大亮还起不了床。参谋长山田卓尔大佐接到紧急命令，只好硬着头皮走到房外敲门："将军阁下，军团部限令我师团今日攻破常德城。"

岩永旺开始迷迷糊糊，当听清了任务，就掀被而起，他拿起桌上的地图看了看，命令："那里地势平坦，无法防空，晚上展开行动。"他穿好衣服，拔出手枪，对着陪他睡了一个晚上的年轻女人开了两枪，才走出房门。岩永旺一直掩盖着师团的主攻方向，他派 120 联队在常德西北方向展开佯攻，他认为现在是时候了，立刻命令 109 联队急奔北门，利用优势攻城火器展开强攻。

林义安和佛利曼为了给空中打击指示目标，一直没有离开常德城的视距之内，看到日军攻进城内，又急又担心。两人找了只船，想渡江潜入城内，就近观察，但日军太多，他们几次都没有成功，还差点被发现。这天早上，林义安在岸边草丛发现一个受伤昏迷的人，从袖标上认出是"虎贲"师的，忙同佛利曼把他救上船。这位战士浑身湿透，显然是从对岸游过来的，在这天寒地冻之时，游过这么宽的江面，该要多大的毅力啊。经过一番急救，这位战士醒过来的第一句话就是："……我、我们没、没有弹药和粮、食……"

佛利曼立刻把常德守军陷入弹尽粮绝的情报发到芷江，并提出尽快空投的请求。

这位“虎贲”战士由于伤势加寒冷，永远地闭上了眼睛。林义安和佛利曼就利用天黑，把烈士安葬在河边。

艾尔索普接到这份电报，马上找到陈纳德。这位飞虎将军正准备赶去昆明处理一些要务，他看了这份电报，拿起电话命令后勤部门在一个小时内准备好指定数目的粮食和弹药，送往机场。他迅速制定了一个空投方案，并委托这位助手全权负责，然后才离开芷江。艾尔索普是位业务精通的空军多面手，他指挥两架运输机分别装上弹药和粮食后，命令高东虎带5架战斗机护航，飞往常德。艾尔索普为了给浴血奋战在孤城的将士补充体能，同当地政府协商，每天准备几百斤猪肉、牛肉和几千斤粮食，准点空投，以保证常德守军有饭吃、有弹药。

这天，钦雪峰带着4架战斗机为运输机护航，他们飞到常德城上空，寻找到标示，刚准备空投，10架日军飞机扑了过来。钦雪峰立刻带领战友们迎了上去，并喊道：“兄弟们，我们用实际行动来鼓舞浴血奋战的陆军兄弟！”他咬上敌人的带队长机，上下翻腾两个回合，锁住目标就是六枪齐发，打得那架日机当场栽地爆炸。经过短促交战，击落3架敌机，击伤4架，其余的都跑了。钦雪峰见空投的物资都准点降落地面，他机头一压，掠了下去，把昨晚写的一叠“虎贲兄弟打得好，飞虎队跟你们并肩战斗”的纸条撒了下去，然后摇摇机翼，掠上天空，带队返航。

艾尔索普得知钦雪峰向陷入困境的守城将士撒纸条，不由得点了点头，对手下说：“这就是战争心理学的运用。你们多找些报纸和杂志，最好联系《芷江日报》出常德会战专版，一起空投下去，精神武器同粮食、弹药一样重要。”

57师8000“虎贲”将士面对十数倍日军的进攻，步步抗击，战斗从城外打到城边，从城边打到城内，从野战打到巷战，伤亡惨重，陷入弹尽粮绝的境地。师长余程万抱定了同常德城共存亡的决心，他到北门检查防务时，指着脚下的黄土包：“如果战死，请将我的尸体葬于此处。”

余程万出生于广东台山一富裕之家，先后毕业于番禺师范学校和广东铁路专门学校，是为数不多有大专文凭考入黄埔军校的人。1928 年，他入陆军大学特别班深造的同时，还就读于北平中国大学政治系，这在军中实为少见。余程万读了这么多书，但绝不是一个文弱书生，他从城外打到城内，每逢危急关头，都亲临火线。现在巷战，逐街逐房争夺，常常提着一支冲锋枪，出现在战士身边。余程万带着余部利用残垣断壁，坚守在城内，他不惧敌人多，就怕没有粮食弹药。现在派了几起人突围求援，但都没有音讯。余程万眼看陷入弹尽粮绝之地，正焦急万分，却忽然喜从天降，成箱的子弹、手榴弹，成包的大米随着降落伞呼啸而下，才想起是飞虎队雪中送炭来了。中国军队打了这么多年的仗，只看到被围困的日军有过空投，现在这份幸运落到了自己头上，虎贲将士人人激动，吃饱肚子有了弹药，更有力地打击了侵略者。以后隔三岔五，运输机就来空投，不但有粮食、弹药，而且有猪肉、鲜鱼和一些美国罐头食品。这天，余程万正在标示坚守区域越来越窄的地图，参谋主任龙出云跑了进来："报告师座，捡到一张传单。"

余程万接过一看，只见上面写着"虎贲兄弟打得好，飞虎队跟你们并肩战斗"，不由得哈哈大笑："地面老虎同空中老虎并肩战斗，何愁日本鬼子不滚回东瀛老家。"

然而时机未到，日军数万大军攻进常德城，8000 虎贲将士在飞虎队的有力支援下，坚守了 16 个昼夜，几乎伤亡殆尽……

林义安和佛利曼在这 16 个昼夜里，时而岸上时而船上，一直坚守在常德城的视界之内，他们听到对岸枪声越来越少，知道大势已去，再留在这里没有意义了，决定撤回芷江。可佛利曼是外国人，在敌占区行走很是危险。林义安知道从这里直接去芷江，桃源已陷落，前面是中日两军的对峙区，无法通过，就决定迂回走雪峰山。谁知两人没走多远，碰到几名到乡下抢劫的日军。林义安是湖区华容人，学着常德口音，一般人还听不出来。可那为日军带路的当地汉奸一把揪住他："你不是常德人，一定是打散的重庆军。"林义安最恨的是汉奸，知道再纠缠下去，佛利曼的真面目就暴露了，那更危险，于是先下手为强，他一膝顶去，随即拔出枪，首先把那汉奸击毙，再朝日军开枪。林义安趁敌人慌乱间，拉起佛利曼就往旁边树林钻，好在天快黑了，两人左钻右拐，终于摆脱了日军的追击。他见佛利曼一屁股坐了下去，便说：“约翰，再走一段才安全。”

佛利曼摇摇头：“我腿中弹了，你先走吧。”

林义安蹲下身，一边给他包扎一边说：“约翰，我们是战友，一起出来，那就一定要一起回去。”

佛利曼叹了一口气：“可我受了伤，走不了路。林，我不能拖累你。”

林义安扶起他，一边走一边安慰：“你还记得吗，东北虎答应我们，只要呼叫，他就会赶过来。”

佛利曼想了想：“可这里没有机场，他无法降落。”

林义安笑道：“我们是飞虎队，有什么奇迹不能创造？”

林义安突发奇想，有些有经验的飞行员可以把飞机迫降在水田，拉到坚实的路面还能减负起飞，那战斗机应该可以在公路上降落。他把佛利曼背到一个靠公路的树林里，便打开电台，向芷江报告了他们的情况，并建议派轻型飞机过来，降落公路，把佛利曼接走。谁知没过多久，就来了回电，同意这个方案，提醒他们注意敌情，选择一段平直的公路等候，并随时保持联系。

第二天一早，西边天空出现两架P-40飞机，林义安一看是钦雪峰和高东虎的飞机，又是高兴又是生气，他打开电台，拿起送话器：“两位老弟，你们是单座飞机，怎么接人？”

高东虎和钦雪峰昨晚一接到任务，就连夜要机师做了两副铁担架，固定在挂弹装置上。高东虎笑道：“你是外行就别管，赶快把约翰老兄扶到公路边来。动作要快，从那边镇里来了不少鬼子。”

林义安一听，立刻收拾起来，他把竹篓一丢，前面挂电台，后面背佛利曼，跌跌撞撞地向公路跑去。

高东虎要钦雪峰在空中警戒，他对准公路，把操纵杆一推，机头一低，放下起落架，飞机降落在路面，滑行了一段，才停了下来。高东虎看到林义安前挂后背，连忙跳下飞机，跑了过去，接过佛利曼背在身上，边走边交代："约翰老兄，那'棺材'虽不好看，但固定好了，不会摔下来。只是天气太冷，把里面的被子用皮带一起裹在身体上。"高东虎跑到飞机边，两人把佛利曼抬起，塞进挂在机腹下高不过两尺的亚似棺材的盒子，他见林义安抽出佛利曼的佩枪，忙说："老兄，这又不是真正的棺材，你忌讳什么？再说就是躺在真棺材里，也比走千多里路划算。"

林义安摇摇头："这么点空间，怎么能躺两个人呢？"

高东虎指指天上："怎么会落下你林老兄不管呢，那里还有口棺材。"他爬上飞机，沿着公路滑行了好一段距离，才掠上天空。他见那边日军赶了过来，飞过去一顿子弹，直到钦雪峰的飞机升空，才转过机头，向基地飞去。

第十章　轰炸东京都

王湖秀现在才理解了这句“女不嫁无依靠，男不娶无着落”的俗语，她虽然是个崇尚自立自强的知识女性，但结了婚才踏实，有了归属感，尤其钦雪峰体贴入微，使她尝到了做女人真正的幸福和快乐。王湖秀原打算回昆明，但她舍不得离开丈夫了，她就给报社连同稿件写了封辞职信。报社主编见她采写的那篇报道常德会战的《八千壮士扬国威》引起很大反响，不愿失去这样优秀的记者，就委任她为《昆明日报》驻芷江特派记者，并寄来了结婚贺礼。王湖秀当然高兴，爱情和工作两不误，她每天送钦雪峰走上战场，就去采访。

这一天，王湖秀带了两个柚子，去医院看望约翰·佛利曼，由于有林义安引见，两人见了几次面，无话不谈。她把这篇《惩恶即扬善》的人物采写带来，征求主人公的意见。佛利曼见有英文注释，很快看完了，伸出拇指：“OK！你的标题就是我当时心境的写照。”

王湖秀剥了一瓣柚子给他：“约翰哥，你出院了，邀请你到我家去做客。”

佛利曼一听，忙点头：“林说，你家吊脚楼真好，我一定……三顾茅庐。”

王湖秀笑了，说：“那一定会蓬荜生辉。”

佛利曼认为中国的成语是世界上最精辟的语言，他很感兴趣，便问：“蓬荜、生、辉，什么意思？”

王湖秀解释道：“蓬荜就是茅庐，生辉就是发光。”

佛利曼点点头：“打着火把才能发光，可那是茅草房，要小心火灾。不过打着手电也可以发光。”

王湖秀知道美国人做学问有这么认真，就笑了笑告辞了。她走到街上，准备去菜市场买条钦雪峰喜欢吃的鳜鱼，谁知转到一条小巷，迎面碰到一个醉醺醺的黑人美国兵。那家伙上前拦住，王湖秀胆大泼辣，知道他不怀好意，用英语斥道：“下流坯，滚！”

芷江美军机构多，人员有好几千，良莠不齐，尤其酗酒的胆子更大，这个歪戴着船形帽的单瘦美国兵，见王湖秀长得漂亮，色胆包天，扑上前一把抱住：“美妞，我的心肝……”

王湖秀大意了，让对方抱住，但她从小跟丈夫学了点防身术，就曲膝一顶对方的腹部，把那美国兵摔了个仰面朝天。王湖秀又羞又气，她本想再踢一脚解恨，但又把抬起的腿放了下来：“看到老爷子的面上，滚吧。”

老百姓受气受欺负的不少，今天见一个美国“粮子”被一个受欺凌的中国女人打倒在地，不由得喝彩起来。王湖秀看到那单瘦的美国兵挣扎了好久才爬起来，后悔顶重了点，他们毕竟是万里迢迢来中国帮助打日本鬼子的。她也不准备去找宪兵报案了，就去市场买了菜，赶回家中。

钦家吊脚楼成了战友们聚会的地方，高东虎更是常客，甚至提出要在旁边加修一间房子，有时玩晚了，就在吊脚楼上打地铺睡。有次舞水河涨水，漫了进来，几个人坐在楼上一边钓鱼一边聊天，惬意极了，大家就把这里取名为“临溪小院”。王湖秀回到家里，高东虎、林义安和乔治·雷克托正坐在吊脚楼上剥柚子吃。姚本善见外甥结婚成家，就回去了，钦家的篱笆院门不关，谁想进来推开就是，高飞虎见她手里提着条鳜鱼，就说：“湖秀妹妹，乔治老兄喜欢喝汤，就弄酸辣鳜鱼汤吧。”

乔治·雷克托却摇头：“NO！我喜欢吃弟媳妹妹的红烧鳜鱼。”

王湖秀笑道：“东虎哥，是你自己馋酸辣鳜鱼汤吧？”

高东虎摇摇头：“你这是崇洋媚外呢。”

王湖秀同这位义兄拌嘴惯了：“喂！乔治哥不远万里来这里，是客人，款待客人是中国的传统，怎么就变成了崇洋媚外啊？”

高东虎点点头：“对，他是客人，我是主人。”

王湖秀把鱼往他手里一塞：“是主人就应该做点事，我做饭，你剖鱼。”

林义安笑了，说：“没事找事吧，你这当主人的剖鱼要小心哟，别像上次那样把苦胆弄破了，坏了一锅菜。”

高东虎叹了口气：“言多必失啊。”

晚饭弄熟了，一碗红烧鳜鱼，一大钵松菇汤，几样农家小菜，摆在吊脚楼上的竹编方桌上。雷克托接过高东虎递过的一块锅巴，咬了一口，竖起大拇指：“OK！又香又脆。”

林义安见王湖秀倚在篱笆门边张望，他看了看手表：“雪峰晚上没有战斗值班，怎么这个时候还没回来呢？”

高东虎正要打电话，看到钦雪峰和艾尔索普走了来，笑道：“总管的鼻子真长呢，闻到香味也跑来了。”

王湖秀加了一副碗叉，因为美国人用不惯筷子，她就准备了刀叉。

艾尔索普陪陈纳德来过几次，他见钦雪峰要开口，就说：“我饿了，吃了饭再讲吧。”

王湖秀知道艾尔索普是美国有名的记者，很是尊敬，首先给他盛了一碗汤：“老师，这是我们湘西的特产松磨菇，只有这个季节才有，味道很特别。”

艾尔索普喝了一口，连连点头：“很鲜很香。”

高东虎又夹了块锅巴放进他汤碗里：“总管，你再尝尝。”

艾尔索普舀了一匙送进嘴里，他嚼了嚼，伸出拇指：“真好吃！又脆又鲜又香！”

钦雪峰实在忍不住了，就问：“湖秀，你怎么同帕克·西姆斯特中尉打了起来？”

王湖秀一愣：“谁叫帕克·西姆斯特？”

钦雪峰叹了口气："就是今天你在街上打架的那个美国黑人，他现在死了。"

王湖秀听了大吃一惊，她详细讲了当时的经过，说："他当时抱着我要亲嘴，我一急就使出防身术中的膝顶，把他摔了一个跟头。可、可他爬起来走了，怎么会死呢？"

艾尔索普叹了口气："雪峰小子，你破坏了吃饭的气氛！唉，这么好的东西也吃不出味道来了！"他转过身，对林义安说，"中尉，我问，你记。"

林义安从常德回来后，就晋为中尉军衔，他马上拿出纸笔，记录起来。

高东虎本来要骂那美国黑人军官几句，但人死账消，他想了想，问："湖秀自卫一个膝顶，那人怎么就死了呢？"

艾尔索普站了起来，说："经法医尸检，西姆斯特两颗睾丸破了。我看王湖秀的身高，应该顶在小腹，再说即使顶在阴囊，两颗睾丸全破的概率也小。"他顿了一下，"林中尉，这案子交给你，尽快弄清真相。"他转过身，"王小姐，用中国话说，吃人家的嘴短，拿人家的手软，但人命关天，这案子牵涉你，请不要离开家里，随时配合调查。"

安子健也在调查，他对王湖秀的日谍嫌疑始终没有消除，但碍于陈纳德的关系，他不敢造次。这次得知美军黑人中尉帕克·西姆斯特之死同王湖秀有关，决心找出证据，让庇护她的人没有话讲。安子健命令军统芷江站行动队队长丁思远展开调查，不许放过任何线索。

这天，林义安为核实一个情况，找到当时的目击者汪大妈，谁知她一改口风："那女人心太毒，把人家两颗卵子弄破了，当然会死。那美国人虽然行为不检，但毕竟是来帮我们打日本鬼子的。"

林义安感到奇怪，帕克·西姆斯特中尉睾丸破碎的事，老百姓怎么会知道呢？他明白是有人插手这件事，便问："那美国人是在沿河路下节街巷口打的架，他死在上节街一座破屋里，两处有一里多路远，如果卵子破了，能走这么远吗？"

汪大妈想了想，摇摇头："那东西生在你们男人身上，你们应该更知道。”

林义安的调查没有多少进展，只好去找军统的人，他同丁思远因为业务关系有过交道，就约了出来，两人来到战地服务团第三招待所。这里设有军人福利站，林义安是美军编制，可以购买配给物资，就买了一条“骆驼牌”香烟，送给丁思远：“丁队长，尝尝陈纳德将军爱抽的这种香烟。”

这东西有钱也买不到，丁思远好是高兴：“老林，那就多谢了。咱们都是同行，有什么事，打个招呼就是。”

林义安拉他走进酒吧间，说：“丁队长，我还真有件事要麻烦你，就是盟军战备情报局芷江支部的帕克·西姆斯特中尉被杀之事，不知你有什么看法。”

丁思远沉吟了一下，道：“你既然定性是被杀，那就恕我直言，凶手除掉那王湖秀，还会有谁呢？她虽然算是自卫，但防卫过当，致人死命，尤其是盟军，影响太大，重庆方面都知道了，不予处理，无法交代啊。”

林义安到美国战备情报局芷江支部调查，西姆斯特中尉死后，发现其经手整理的一份有关日军调动的情报也不见了，自然联想起桂林发生的事，他判断与无孔不入的日军谍报人员有关。林义安知道，军统本来就怀疑王湖秀是日谍，如果知道了这件事，那更是不会放过，就说：“这事下结论为时尚早，艾总管要证据。”

丁思远点点头：“安站长讲过美国人重证据，桂林的苏姣姣案，明明知道她是日谍，直到使用美男计，找到证据，才抓人捣穴。”他叹了一口气，“可到哪里去找证据呢？”

林义安的目的是想利用一下军统的力量，建议说：“西姆斯特中尉死在上节街那间破屋里，可能有些蛛丝马迹。”

果然第二天，丁思远打来电话，经过行动队的排查，发现一个女人当时从那间破屋出来，由于是做晚饭的时候，街巷里炊烟迷蒙，目击者没有看清面容，但从身高和衣着看很像王湖秀。林义安听了，更印证了自己的判断：是日谍杀的西姆斯特中尉，目的是夺取他身上的那份情报。那个时间，王湖秀早回到临溪小院了，说明日谍想嫁祸于她。林义安不由得叹了口气，现在案情搞清楚了，但要抓住案犯，谈何容易，只好向艾尔索普报告。

艾尔索普看了林义安的书面报告，正准备召集有关人员商量寻找线索，他见安子健走了进来，便肃客让坐："安站长大驾光临，有什么指教？"

安子健叹了一口气："我哪敢有什么指教，实是因为西姆斯特中尉被害一事，上峰催得紧，要求惩办凶手，还盟军一个公道。"

艾尔索普来中国这么些年，也学了华人一些做派，他抱抱拳："那我替受害者家属表示感谢，不知凶手是谁？"

安子健从手里拿出一份材料："凶手就是那王湖秀。这是目击者所写凶手打伤帕克·西姆斯特中尉的证明材料，这是目击者看到王湖秀从被害人陈尸的破屋出来的材料。"他略一顿，"现在应该拘捕王湖秀，有了她的交代，就可以结案了。"

艾尔索普摇摇头："你这些材料缺少直接证据，不能为凭，所以还不能拘捕王湖秀。"

安子健身为军统站长，在中国人面前横行无忌，但对这些美国人却发不出威来，只好绵里藏针："中校先生，王湖秀的丈夫钦雪峰是陈纳德将军的徒弟，但她杀了盟军一名中尉军官，我相信陈纳德将军不会袒护。再说，我们有分工，你管军队，我管地方，王湖秀属于地方，我有权拘捕她。"

艾尔索普也是个犟脾气，他还是摇头："第一，王湖秀是重要证人，我已软禁了她，不需要你插手。"他拿出林义安的报告晃了一下，"第二，据我的调查，从上节街那破屋里出来的人不是王湖秀。第三，有迹像表明西姆斯特中尉是为日谍所杀。所以你的材料不可靠，你刚才的讲话是无理的，更是不负责任的。"

安子健做梦也想不到，平时温文尔雅的艾尔索普这样不客气，立刻软了下来："情报官先生，西、西姆斯特中尉真是日谍所杀？你、你的材料能给我看看吗？"

艾尔索普再次摇头："本来可以，但你不相信，再说你的侦查有先入为主的动机，看了反而不好。"他顿了一下，"当然，我们可以双管齐下，也可以各显神通。"

安子健又惊又急又气又无可奈何，他的主要任务是保护空军基地的安全，如果真是日谍所为，那追究起来，他真无法交代，他只好灰溜溜地走了。

艾尔索普早就预感到日谍绝不会放过芷江，西姆斯特中尉之死，再次敲响了警钟，他决定加大侦破力度，挖出日谍，为基地扫除隐患，给死者一个交代。他召集有关安保、情报人员开了个会，加强基地内部的安全保卫工作，并成立了专门侦破班子，由情报处的彼得·瓦尔特上尉负责，林义安中尉协助。这位总管本打算制订一个侦破计划，陈纳德来了电话，他交代几句，就匆匆走了。

陈纳德将军是位空军制胜论者，但经常德会战，空军虽然给予有力支援，但还是没能保住常德，守军57师几乎全军覆灭。他感到心有余而力不足，根本原因是滇缅公路被日军切断，中国同外界的联系只有新开辟的驼峰航线。这条世界上最危险的航路，不仅海拔高，气候十分恶劣，而且经常受到日军飞机的袭扰，因此运力有限，严重制约了第14航空队的后勤补给。陈纳德以他军人敏锐的神经，感觉日军将有大的行动，但无论是美军战备情报局还是中国的军统，都还莫衷一是。不知危险来自哪个方向是一个指挥官最大的困扰，陈纳德可不愿意处在被动地位，他决定先发制人，迫使日军暴露其企图。但从哪个方向才能打痛对手呢？他还没有底，就找自己的得力助手艾尔索普商议。

艾尔索普虽然不是学军事的，但常有一些奇思妙招，他说："将军，前年4月18日，杜立特中校率领B-25第一次轰炸了东京。我们刚装备了两架最新式的B-29，这款空中保垒可先进多了，航程足够轰炸东京。只有这样，才能打痛日本鬼子。"

陈纳德想了想，道：“轰炸机必须护航，可我们战斗机的航程支撑不了来回。”

艾尔索普拿出笔在纸上算了算，一拍桌子：“我们的双座战斗机P-51不挂弹，多装两个副油箱，可以从东京返回。”

陈纳德一听，高兴得跳了起来：“你不愧为孩子们的总管，足智多谋，就这么办。”

4月29日是日本的“天长节”，陈纳德特地挑选这一天轰炸东京，给日本天皇裕仁送一份大“寿礼”。

两架B-29战略轰炸机先天晚上从昆明巫家坝机场飞抵芷江，迎着朝阳，陈纳德亲自送出征的将士到机场跑道。带队的肖克邪向陈纳德敬了个礼：“将军，这一天我等了好久，一定把您的礼物送给那个不仁天皇。”

陈纳德举手还礼，他拥抱了出征的每一个人，重复着同一句话：“祝你成功，我的孩子，老爷子还会在这里接你。”

出击的蜈蚣旗升起来了，出征的将士向陈纳德敬了礼，跑向各自的飞机。

陈纳德目送飞机一架又一架掠上天空，看到整齐的护航编队消失在东边的天际，他才把手放了下来。

肖克邪的母亲病逝，他正要去奔丧，得知要去轰炸东京，就朝家乡的方向跪下：“娘！儿忠孝不能两全，儿要出征，请娘原谅。”他带着15架新式的P-51战斗机前七后八，排着严整的队形为两架宝贝B-29战略轰炸机护航。肖克邪为了不让敌人发现自己的意图，掠上万米高空，在云层上飞行，并实行无线电静默。机群越过东海，从横滨进入日本本岛，接近东京才降下高度。肖克邪为了这次任务，查找了各种资料，尤其是航路，他一直带队飞在前面，当看到了东京，才打开无线电，下达命令：“各编组按照制定的目标，展开攻击！”

钦雪峰跟着长机乔治·雷克托首先把机头一压，在前面开路俯冲扫射，后面的一架B-29随着弹着点进行投弹轰炸。高东虎和弗雷德·霍奇为一编组，为另一架轰炸机指示目标，两人专找高楼大厦展开攻击。肖克邪带着5架飞机在空中警戒，其他飞机3架一编组，保护着实施轰炸的两架B-29轰炸机。东京多为木制建筑，立刻燃起冲天大火。

肖克邪见轰炸达到目的，他看看手表到了预定时间，立刻下令返航。也许是日军根本没有想到，加上突袭的两种飞机是最先进的机型，不易发觉，直到机群离开东京，才有日本飞机追来。肖克邪按照预案，率领机群向关岛方向飞去，爬上高空借助云层一转，向东海飞去，由温州进入大陆，经江西返回湖南。肖克邪见机群过了雪峰山，才放下心来，立刻报告："芷江，芷江！轰炸东京，完成任务，无一损失。"

陈纳德可谓身经百战，即使在飞虎队初创时期的作战，也没有今天紧张，他一直守在作战室，接到肖克邪的报告，激动得大叫："OK！OK！成功了！"今天这次出击的意义实在重大，现在顺利轰炸东京，而且无一伤亡，表明他有能力向日本本土展开攻击了。陈纳德如约跑到机场，迎接他凯旋的孩子们。

当晚，在中美空军俱乐部举办庆祝晚会，陈纳德亲自主持，发表了激动人心的讲话，最后几句是："你们创造了奇迹，这个奇迹就是日本鬼子快要完蛋了，世界和平即将开创。谢谢你们，我的孩子！"

队员们一阵阵欢呼，争相向老爷子敬酒。

陈纳德来者不拒，喝到后面，拍拍肚皮："装不下了，孩子们！跳舞吧。"

队员们喜欢他们的老爷子，又争相同他跳舞。陈纳德喝多了酒，虽然是度数不高的香槟，跳了几支曲子，摇摇手："老爷子头在打旋啦，你们跳吧。"

队员们余兴未尽，提出组织一场球赛。陈纳德是个老顽童，立刻支持，经商量，决定同沅郡中学来一场友谊赛。

第二上午，钦雪峰驾着自己的022号P-51飞机飞到母校沅郡中学上空，他低空盘旋了一阵，然后丢下一个邮包，就摇摇翅膀飞走了。

1938年11月8日下午，日本海军第12航空队18架93式轰炸机首次空袭芷江。当时驻守机场的是苏联空军志愿大队第一中队长伊凡诺夫斯基，他立刻率领代号“正义之剑”的 6 架伊 –152 飞机升空迎战，当场击落日军轰炸机 3 架，毙敌 9 人，自己无一伤亡。日军吃了亏，就要报复。1941 年初，苏德战争爆发，苏军飞机撤回国内作战，日军飞机就更加肆无忌惮了，经常飞来芷江轰炸。居民整天提心吊胆，哪里还有心思送孩子读书。自从飞虎队进驻芷江，日机几次窜扰都大败而回。老百姓有了安全感，市面繁荣起来，学校也从农村迁回城里，上课有了安全的环境。

这天上午，沅郡中学刚做完课间操，看到一架鲨鱼头飞机飞来，低空盘旋，学生们听多了飞虎队打鬼子的英雄事迹，立刻欢呼起来：“飞虎队来看我们啦！”当看到从飞机上丢了个东西下来，都好奇地拥上前。一位叫李卫国的高二学生身高腿长，一把拾起邮包，他见老校长走了过来，就送上前：“罗校长，是一封信。”

罗民生接过一看，立刻宣布：“同学们！大好消息，昨天我们飞虎队远征日本，轰炸了倭寇首都东京。我们飞虎队大获全胜，无一伤亡。为了同我们分享这份胜利，飞虎队叔叔从飞机上丢下这封信，约我们校篮球队来场友谊赛。”

师生们听了，十分高兴，又跳又叫：“哈哈！日本鬼子完蛋了！”“我长大也要当飞虎队，打到日本去！”

罗民生年近六旬，也仿佛年轻了许多，他拍拍手，大声说：“同学们！我还要告诉你们一个好消息，刚才驾 022 飞机来的飞行员叫钦雪峰，是我的学生，你们的师哥。他品学兼优，还是我们学校篮球队的队长。”

师生们更高兴了，立刻准备起来。

下午，三辆吉普开进学校，钦雪峰、乔治·雷克托、高东虎、弗雷德·霍奇等十多名飞虎队员跳下车，受到全校师生的热烈欢迎。钦雪峰从包里拿出王湖秀连夜绣的锦旗，走到罗民生面前，行了个鞠躬礼：“学生钦雪峰、王湖秀蒙您和老师的教育，无以为敬，为母校献上锦旗一面，以表心意。”

罗民生双手接过锦旗，展开一看，念道：“老师授我知识，祖国教我自强——好！学了知识，每个人能自立自强，祖国就能富强。国富民强，谁敢欺负？”

沅郡中学靠近舞水河边，绿林成林，环境优美。飞虎队员们吃完茶点，参观了校园，就开始比赛。学生队以李卫国为中锋，飞虎队当然是钦雪峰打中锋，两位学弟、学兄先拥抱再跳球。沅郡中学是湘西有名的学府，提倡德、智、体全面发展，校篮球队打遍湘西无敌手，可今天是棋逢对手。飞行员体质好，又都是篮球爱好者，加上有身高的优势，多次打成平局。下半场，一位体育老师加入学生队，才勉强取胜。

陈纳德知道轰炸了东京，动摇了日本的根基，他们一定受不了，迟早会来报复。他一边加强战备值班，一边寻思应付的办法。这天，他带着心爱的猎犬乔到机场旁边的竹林里散步，看到乔追赶一只兔子，把一根笋子碰断了，他灵光一闪，想到一个以假乱真的办法，打日本空军一个伏击。陈纳德是个打定了主意就干的人，他走进一户竹林环绕的农家，喊道：“老杨，在家吗？”

这家主人叫杨绍山，他从后面走了出来，见是陈纳德，好是高兴，一边往中堂里让一边说：“老陈，你怎么有空串门？”

陈纳德平易近人，他喜爱山水，有空就四处走走，看到老乡就主动打招呼，如果碰到小孩子，还把带着的巧克力分给他们，当地老百姓都亲切地叫他“老陈”。陈纳德举举手上的笋子：“乔把这东西碰断，丢在山上浪费了。”

杨绍山指指周围：“这算什么，到处是。”他对灶房里喊，“屋里的！快杀鸡做饭，款待我们的救命恩人。”

原来，一次日军飞机来偷袭机场，把杨绍山家炸了，人也受了重伤。陈纳德带人赶来救火，又把杨绍山送到空军医院开刀取出弹片，救了他一命。他很是感谢，伤好后不时送些时令蔬菜给美军。陈纳德摇摇头：“老杨，饭就不吃了，我今天来是有件重要的事商量。”

杨绍山忙问：“什么事？”

陈纳德指着屋前房后："我要买竹子。"

杨绍山一听，忙摇头："不用买，要多少砍多少。"

陈纳德笑道："你不要钱，我就不买了。"

杨绍山知道飞虎队有规矩，忙点头："我要钱，我要钱，一块铜板十根竹子。"

陈纳德摇摇头："不行，这太便宜，至少是十个铜板一根竹子，因为我要用你这竹子云赚日本鬼子的大钱。"

杨绍山一听，愣了愣，问："老陈，你同日本鬼子做、做什么生意？"

陈纳德知道芷江有日军间谍，不能讲得太清楚，就说："因为我买你的竹子，是去赚日本鬼子的飞机。"

杨绍山是老实人，忙点头："这生意好，我马上去砍竹子。"

陈纳德看了看他："老杨，那我们一起做这笔生意好吗？"

杨绍山想了想："我不会做生意，帮你打工可以。"

陈纳德点点头："行。你去请会剖篾的乡亲们来帮工，一天一块大洋。"

杨绍山摇摇头："这工钱开得太高，就没有赚头了。"

陈纳德拍拍他："只要抓紧时间，赶上工，就有赚头。"

杨绍山听了，心里直犯嘀咕："这老陈也太不会做生意了，开支小，才有赚头。"他立马找人砍竹剖篾，在机场派来的技术人员的指导下，扎了 20 多架飞机。

陈纳德把这些涂了颜色的纸糊飞机秘密运回机场，停在树林边的跑道上，拉上防空网，远远看去真假难辨。

这次飞虎队在裕仁天皇的寿诞"天长节"轰炸了东京，造成重大损失，还差点炸了皇宫，震惊了日本全国。上台不久的首相东条英机在各方指责下，差点引咎辞职，他立刻召集内阁会议，商议对策。

同盟国与轴心国经过 1943 年的交锋，胜利的天平终于向正义一方倾斜，首先是苏军在高加索展开反攻，收复失地 20 万平方公里，歼灭德军 28 万人，苏德战场发生了逆转。同年 2 月，美、英军在突尼斯展开进击，迫使25万德、意军投降，盟军在非洲战场取胜。3月31日，日本南方军联合舰队司令古贺大将战死；4月18日，日本联合舰队司令山本五十六大将坐飞机在前往布干维尔岛视察途中，被美机击落。美海、空军在太平洋战场取得了优势，切断了日军的海上运输线。日本决定建立“绝对防卫圈”来应对：千岛群岛—小笠原群岛—南洋西部—新几内亚西部—巽他群岛—缅甸等，这个所谓防卫圈包括中国和菲律宾，其核心是中国和日本本土。日军要连接这个“防卫圈”唯一的办法就是建立大陆交通线：从日本本土铁路出发，经过朝鲜进入中国东北境内，再经广西、云南与越南、缅甸铁路相连。但中国的平汉、湘桂两条铁路有数十万军队防守。飞虎队成功轰炸东京，使失去优势的日军如同雪上加霜，中国机场驻有新式的B-29远程战略轰炸机，严重威胁到日本本土。于是日军大本营一面命令“中国派遣军”总司令畑俊六大将加快“一号作战”，并把重点改为摧毁中美空军基地，一面命令驻中国的航空军司令官山下琢磨中将向芷江机场实施报复。

山下琢磨中将的航空军在同陈纳德的飞虎队争取中国制空权的较量中渐落下风，这次轰炸东京的机群就是从芷江起飞的，他立刻飞临武汉，在汉口建立战斗指挥所，就近指挥。这位日本空军在华的最高指挥官知道明打不是对手，必须借助间谍的准确情报，才有取胜的可能。山下琢磨就找来第13飞行师团的师团长田喜八郎中将商议，如何才能摧毁飞虎队的芷江航空基地。田喜八郎在常德会战中，同中美空军展开多次较量，败多胜少，他也只有寄希望于派进芷江的“克部队”，就严令师团负责情报的副参谋长鬼冢一良大佐，准确及时地收集芷江基地的情报。

“克部队”的头目化名莫达友的松井太郎，以中国陆空救护协会西南分会副会长的身份为掩护，四处活动，安插人员。他那年在桂林策划刺杀陈纳德失败，他以一名资深间谍的敏感，知道芷江的特殊地理位置，会发挥越来越重要的作用，就陆续派了多名毕业于中野情报学校而又有实际经验的男女特工，潜伏进芷江。那次“凤凰”战队偷袭芷江，成功越过地面警报网，就是“克部队”的杰作，可惜鬼使神差，让威廉·罗爱斯破坏了。这次美军战备情报局芷江支部的帕克·西姆斯特中尉被杀，也是他们化名叫包玉兰的岛田美津子干的。

那天，岛田美津子在酒吧与同伙见面，听到喝醉的西姆斯特中尉同另一美国兵告别，说他昨晚破译出一份很重要的情报，需要交给上司。讲者胡侃，听者有意，岛田美津子跟踪他到沿河路下节街的一个巷子，看到这个“黑鬼”调戏一漂亮女人，反被打倒在地，她这时想下手，但围观的人太多，就跟到了上节街那间空屋旁。岛田美津子想好了收拾这个美国人的办法，就用色相引诱西姆斯特进屋，捏碎他的两颗睾丸，趁其痛昏，搜出情报，然后弄死。

松井太郎接到鬼冢一良的急电，就赶到芷江，住进第二招待所，召见岛田美津子和渡边正之，当面下达尽快收集芷江机场有关情报的紧急任务。

岛田美津子以流亡学生的身份，认识了包玉兰，得知她的舅舅曲宏光在芷江机场当飞行员，在摸清了所需要的情况后就杀害了包玉兰，冒名顶替来到芷江。曲宏光还是外甥女小的时候见过，听说姐姐一家都死于日军的暴行，又看到“包玉兰”持有母亲送给姐姐的嫁妆翡翠手镯，深信不疑，更是疼爱有加。曲宏光是轰炸机大队少校中队长，带有家属，有一个女儿，就在五里桥租了两间民房，他安排表姐妹住在一起。“包玉兰”接到任务，就千方百计打听机场的情况，曲宏光不疑有他，但作为军人有保守军事秘密的习惯，该说的说，不该讲的不讲。岛田美津子见套不出有价值的情况，就以近距离看飞机的理由缠着舅舅进机场。曲宏光没办法，就带着这个外甥女在机场门口看了一会儿，就催她回去了。岛田美津子这一看，还真有收获，发现机场靠树林边的跑道有 20 多架飞机，罩在防空网里，显然是不想暴露目标。她压抑着心中的高兴，借着进城买菜的机会，把这个发现报告了“克部队”在芷江的头目化名梁上飞的渡边正之。

渡边正之在桂林刺杀陈纳德失败，还不死心，就跟着目标来到芷江，他以难民的身份混迹市井，做些小买卖，四处游动，便于收集情报。他得到岛田美津子的报告，当即把情报发了出去。

当晚，田喜八郎派“凤凰”战队的头目犬养凤二郎亲自带领24架零式机出发，为12架97式重型轰炸机护航，沿着上次的航路，直扑芷江。这天晚上没有星光，只有天边偶然的电闪，凤二郎飞在前面，离目标越来越近，心里也越来越紧张，也许失败得太多，胆子虚了。也是这一虚，又救了他一命，凤二郎见到了芷江机场上空，命令展开攻击，他把机头一拉，掠上高空警戒。谁知攻击队形刚展开，突然地面射出无数束探照灯的光柱，套住了准备扫射投弹的飞机，它们立刻成了活靶子。

原来，艾尔索普上次为日机突破地面警报网，偷袭芷江之事展开调查，发现是有人做了手脚，他也不声张，在几个点重新安排了监视哨。今晚日机一出动，就一站一站接到了报告，于是机场张网以待。陈纳德把他在美国没能实现的设想，今天在中国施行，他将探照灯布列成阵，当敌机一临近即处于探照灯光之中。日军驾驶员既看不到轰炸目标，也看不到攻击它的飞机。此时，飞虎队员驾驶战斗机用最快的速度由下而上，背着探照灯对日机的肚皮开火。这场以假乱真的游戏，日军损失了19架飞机，12架轰炸机全部栽在芷江。

杨绍山一直担着心：老陈这生意会不会赚钱？现在才明白，原来是这么做生意的，可高兴了。他一碰到陈纳德就说：“老陈，再做回赚钱生意吧？”

陈纳德笑道：“这生意不能经常做，偶然做一次，才能赚大钱。”

第14航空队芷江指挥所设在接官亭，这里挨着机场，位置适宜，随着战局的发展，陈纳德把指挥重心从昆明转到了芷江。这天，他正同艾尔索普商量工作，见威廉·罗爱斯背着一个大旅行包走了进来，笑道：“孩子，你又给我送什么礼物来了？”

罗爱斯敬了个礼，从口袋里摸出一个信袋：“老爷子，你可别贪心，这礼轻价值大。”他拍拍旅行包，“这里面的东西是结婚贺礼，你还用不上，我是送给钦雪峰和老弟媳妇的。”

陈纳德接过信袋，耸耸肩，拆开一看“中国派遣军一号作战计划”

的标题，掂掂材料："哈！这真是礼轻价值大。孩子，你们是怎么搞到日军这个作战计划的？"

罗爱斯接过艾尔索普递过的茶："总管，谢谢你。"他喝了一口，才回答，"这是海军战略服务处弄到的情报，他们那'黑匣子'实在厉害，破译了鬼子的密码。我们在赣州互相支持，互相配合，我还多次为他们空投物资，敌后接应。他们就把这东西交给派培·赫伯斯特，队长就让我给你送来了。"

陈纳德点点头："我刚才还在同你们艾总管伤脑筋呢，你就雪中送炭来了。谢谢，我的孩子。"

"老爷子，别客气，这是我应该做的。"罗爱斯向两位长官一一敬了礼，"我可要喝喜酒去了。"

这天，钦雪峰和高东虎都没有战斗值班，两人坐在临溪小院的吊脚楼上聊天，看到威廉·罗爱斯走了进来，高兴得跳了起来，三个人拥抱了好一阵。钦雪峰朝屋后的菜园子喊道："湖秀，你看谁来了？"

王湖秀走进来，一看是罗爱斯，忙扑上前："威廉哥，你怎么这么久不来看我？"

罗爱斯拍拍她："老弟媳妇，对不起，我们要揍日本鬼子，太忙。"

王湖秀对威廉·罗爱斯有份特殊的感情："威廉哥，不要喊老弟媳妇，因为我是你妹妹。"

罗爱斯忙点头："对！你是我的中国妹妹，我是你的娘家人。"他转过身，"雪峰小子，你如果敢欺负我妹妹，那我这娘家哥哥可不饶你。"

高东虎笑道："雪峰小子哪敢欺负老虎呦。"

罗爱斯忙问："我是美洲虎，你是东北虎，还有什么老虎？"

高东虎指着王湖秀："她是钦家的母老虎。"

王湖秀气得追打高东虎，可几次都被闪开，急得喊："威廉哥，帮我揍这个坏东西。"

罗爱斯把手一摊："两虎相斗，必有一伤。"他打开旅行包，"湖秀妹妹，这是我托人从美国带来最时髦的旗袍和高跟鞋。"

女人天生爱服饰，王湖秀一看这么漂亮的旗袍和鞋，高兴极了，忙跑进房里试穿去了。

罗爱斯又拿出一套西装，递给钦雪峰：“这是给我妹夫的。”

钦雪峰笑道：“何必破费呢，我穿军装挺好的。”

罗爱斯来中国几年，学了不少俏皮话：“我把妹妹打扮得漂漂亮亮，你总穿着丘八衣服，别人还认为我妹妹的娘家人瞧不起你这女婿呢。”

高东虎看了看：“喂，兄弟，怎么没有我的份呢？”

罗爱斯拍拍他：“等你结婚了，我也送你套漂亮的西装。”他见王湖秀走了出来，便问，“妹妹，你怎么不穿新衣服呢？别不舍得，穿旧了哥哥再买。”

王湖秀笑道：“哥，我要做中饭了，你从赣州飞来，一定饿了。穿那么高级的衣服做饭，怕弄脏。”

罗爱斯忙说：“别做饭了，到城里酒楼去吃，我请客。”

高东虎叹了口气：“如果湖秀能离开这里，我们早去了。”

罗爱斯一听，忙问：“怎么回事？谁把我妹妹软禁在这里？”

钦雪峰知道罗爱斯天不怕地不惧的性格，怕惹出麻烦，忙示意高东虎别说。

这哪逃过罗爱斯的眼睛，他看了看两人，一把拉起王湖秀：“妹妹，走，我们去城里吃饭，看谁敢来找麻烦！”

钦雪峰没有办法，就把帕克·西姆斯特中尉被杀，安子健怀疑王湖秀是凶手的事讲了，而后说：“艾总管是为了保护湖秀，让她别离开这里。”

罗爱斯听了，愤愤道：“这又是那军统猪猡安子健，我决不饶他。”

王湖秀怕罗爱斯莽撞，就说：“威廉哥，我只是受怀疑，再说我也有过错，不该防卫过当。艾总管已组织人员调查，会真相大白。”

第二天，罗爱斯向艾尔索普借了一辆吉普车，满城转。事有凑巧，吃过中饭，在三里桥正碰到安子健的车子对面而来。罗爱斯早有算计，沿河沙土公路不宽也不窄，他偏占道行驶，而且车速快。

安子健的司机叫廖长生，他见对面的车是美国吉普，猛撞过来，还以为是喝醉酒的美国大兵，急忙打方向盘躲避，堪堪擦车而过。可他的一边车轮已经悬空，刹车不及，掉进旁边的溪坑。

罗爱斯虽然恨极安子健，但也不想闹出人命来，他把车倒回来，跳下溪坑，看到目标只是受了伤，就把碰得头破血流的司机拉出驾驶室，背上马路，放进车里。罗爱斯向翘首待救的安子健打了个飞吻，油门一踩，扬长而去，把廖长生送进了医院。

安子健又急又气，他挣扎着爬上马路，好容易拦了一辆过路的军车，被送进医院。经检查，这位军统站长右脚骨折，多处软组织挫伤。廖长生虽然头破血流，却是外伤，第二天就下床了。他怕上司怪罪，忙来看望，把罗爱斯的话传达给这位上司。

原来罗爱斯把廖长生送到医院，看他检查后没有内伤，就放了心，临走时掏了一把美金："对不起，让你受伤了，这是点心意。"他顿了一下，"请你转告那位猪猡安站长，如果他敢伤害我的中国妹妹王湖秀，我就用炸弹炸了他的军统站。"

安子健开始还以为是罗爱斯飙车肇事，这种事发生多起，现在才知道，那美军飞行员是为了那王湖秀，有意制造事故。他不免又急又怕，如果是中国人，安一个谋杀的罪名，死罪难逃，可他是美军上尉，而且又是号称"美洲虎"的王牌飞行员，就是逮到手也只能交给美方宪兵处理；再说没有证据，也抓不到他。这位军统站长实在咽不下这口气，他直到能下床走路了，就让廖长生写了证言，找陈纳德告状。

日军的所谓"一号作战"，主要是打通大陆交通线，主要目的：一、攻击桂林、柳州中美空军基地，防止美国 B-29 空袭日本本土；二、占领并确保桂林、柳州等地，防止同盟国军队从印度、缅甸和云南向华南方面采取攻势；三、修复中国境内铁路，并经法属越南，与南洋我军占领区沟通陆路交通；四、利用消灭中国军队主力的机会，运用政治谋略手段，策动中国政府投降。"一号作战"分三步进行：第一步，先实施河南作战，打通平汉铁路，代号为"虎号作战"，投入兵力 140000 人；

第二步，实施湖南作战，进占长沙和衡阳，打通粤汉铁路中段；第三步，在湘南、广西和越南驻屯军的协助下，实施全部战役目的，这两步代号为“特号作战”，计划投入兵力 362000 人。

陈纳德把这份情报及时转给了中国政府，并采取了应对措施。他不怕日军的进攻，就担心后勤补给跟不上，这位第 14 航空队司令官同担负驼峰航运任务的美国空运总部印中联队交涉，增加运力，并答应抽调更多的战斗机前往护航。驼峰航线维系着中国能不能坚持抗战的重大问题，中美两国政府十分关心。新型的四个发动机的道格拉斯 C-54 运输机很快投入使用，运力大为增加。陈纳德很是高兴，谁知一喜之后是一忧，他刚才接到通知，威廉·罗爱斯带队为一批运送重要物资的运输机护航，在驼峰航线失踪。这位飞虎队司令最心疼的是他的飞行员阵亡和失踪。陈纳德命令驼峰航线空难救护队全力搜救，他刚放下电话，看到安子健一拐一瘸走了进来，出于礼貌，问：“安站长，怎么受了伤？”

安子健把廖长生写的证言往桌上一摔：“是你部下干的好事。”

陈纳德拿起那张纸一看，脸色徒变：“威廉在战场上失踪了，你还要找他的麻烦。”他把证言一撕，冷冷道，“我宁可你失踪，也不愿他失踪。”

安子健撞到枪口上，不由得张口结舌。

第十一章　智勇“华南虎”

这天，钦雪峰执行任务回来，听说威廉·罗爱斯在驼峰航线失踪，不由得大急，他连家也顾不得回，就跑到陈纳德的办公室：“师傅，威廉哥是怎么失踪的？”

陈纳德刚赶走安子健，他见钦雪峰着急的样子，就安慰道：“孩子，别急，我已经打电话给驼峰航线救护队，全力搜救。”他顿了一下，“威廉带队为运输机队护航，看到日机来袭，就在后面掩护……没有归队。”

钦雪峰忙说：“我相信威廉哥还活着。师傅，请允许我去寻找他。”

陈纳德看了看他：“说说你的理由。”

钦雪峰略一考虑，说：“驼峰航线救护队虽然熟门熟路，但他们配备的是轻型运输机，受到很多限制，而我驾驶的 P-51 性能优越，可以到它们不能去的地方。第二，我熟悉威廉哥的性格和习惯，容易找到他。第三……”

陈纳德听到这里，摆摆手：“这两点理由够了。”他拿出笔，写了一封信，“孩子，你把这信交给救护队的詹姆斯少校，他会帮助你。”

钦雪峰双手接过信，放进口袋，敬了个礼：“师傅，我走了。”

陈纳德一把拉住他：“你不回家向湖秀道个别？”

钦雪峰摇摇头：“救人如救火，再说让湖秀知道了，她会更急更担心。”

陈纳德点点头，叮嘱道：“大胆，更要用智慧，注意安全。”

抗战一开始，中日双方就展开了海外援助通道的争夺，日军先后攻占沿海地区，切断滇缅公路，就是妄图断绝中国的外援，扼杀人民的抗战信心。盟军为打破日军的封锁，帮助中国开辟了驼峰航线。从云南昆明起，翻过横断山、高黎贡山、喜马拉雅山，直到印度的阿萨姆地区，全长 800 多公里。这条航路海拔高，群峰耸立，气候恶劣，能见度低，是一条天险之路，是人类飞跃地球第三极的创举。由于航线所经山脉蜿蜒起伏如驼峰而得名，称之为“驼峰航线”。日军经常派飞机袭扰，以图掐断这条中国联结海外的运输通道。恶劣的自然环境，加上日机的袭击，担任空运任务的中国航空公司和美国空运总部的印中联队伤亡很大，这条航线又被称为“死亡之路”。

钦雪峰飞到昆明，找到驼峰航线空难救护队的詹姆斯·加拉格尔少校，这位队长详细介绍了威廉·罗爱斯失踪和搜救的情况。那次从印度的阿萨姆邦北部的查波机场，有一批重要的战略物资要运进来。罗爱斯就带着 6 架战斗机前去护航，不料在日机很少出现的喜马拉雅山口遭遇到拦截。他为了掩护运输机队，就把前来偷袭的日机引到南山口而失踪。那是一片禁区，救护队几次试图冲过山口，因为风力太大，加上地形复杂，都没有成功，还差点机毁人亡。钦雪峰一边听一边记，还不时询问一些问题。他知道救人如救火，但也莽撞不得，否则救人不成，自己还会栽进去，那就太不值得了，于是决定驾着自己的 P−51 前去实地勘探一下。

实际上，驼峰航线有南、北两条线，都是起点为印度的阿萨姆邦的汀江、查波机场，终点为中国的昆明机场。南线的地理和气象条件好得多，但容易遭受日军飞机袭击，所以多飞北线。钦雪峰以前飞过这条线路，知道它的艰险，但现在自己的技术已臻成熟，何况驾驶的 P−51 比 P−40 先进多了。他找到罗爱斯失踪的喜马拉雅山的南山口，并不急于进去，而是来回上下飞了几次，就产生了一个问题：“为什么南山口比北山口的风力大呢？”

钦雪峰决定实地感受一下，他把机头一按，贴着山坡上的积雪向风口冲去。谁知还没有掠上山垭，就引起了雪崩，如果不是他见机快，一个侧翻避过，可就被冲天而起的雪浪吞噬了。不过钦雪峰也有了收获，那雪浪同山口的劲风一碰，引起一阵龙卷风而去，其他地方风速倒小了不少。他本想立刻冲过山口，但考虑燃油不够了，只好回去。钦雪峰加满油，又准备了一些需要的东西，还带了副油箱。他睡了一觉，天还没有亮，就连夜出发，反正一片琼玉世界，白天黑夜差不多。

晚上飞在这条航线上，简直奇妙极了，上面黑，其他三面白，加上如象如虎如马如鸡的峰峦映在黑色的天幕，简直是逛动物园。不过下面山谷不时看到失事飞机的残骸，不能不被拉回到残酷的战争现实。钦雪峰这次直飞南山口，按照想好的方案贴着另一边山坡飞，又引起一场雪崩。他见龙卷风起，立刻向山口掠去，果然风力小多了。钦雪峰飞进山口，只见沿途景色渐变，白皑皑的山谷中有了树木，才明白南山口风大的原因，原来是温度相差所造成。只是这里山高谷狭，稍不注意就会撞上山壁。幸喜天色渐渐亮了，钦雪峰找了一块平地，试了几次，才降了下来。

钦雪峰跳下地面一看，不由得又惊又喜，雪线上下绿白分明，上面白雪皑皑，下面绿林茵茵，百花盛开，真如一片世外桃源。他走了不远，竟发现一条林中小道，哈，这里竟有同胞居住！钦雪峰急忙遁路而上，突然一张大网凌空落下，随后几只大猿猴扑来，把他扭住，发出一阵怪笑。钦雪峰开始大吃一惊，仔细一看，又定下心来，原来不是猿猴，而是身着皮衣皮裤的同胞。他查了些资料，知道雪山深处有土著居民，以狩猎为生，由于与世隔绝，食兽肉山果，穿兽皮兽衣。钦雪峰试图交流，可语言不通；想用手势比画，却被绑着。

一位脸上有疤的土著山民抽出他的枪看了看，又前后左右检查了一番，咕噜了几句，就押着钦雪峰走到一个山洞前，把他绑在石台旁边一棵树上。一会儿，来了不少人，叽叽咕咕，从脸色上看，都露出仇恨之色。钦雪峰感到情况不对，果然一位年轻女人拿来几件血衣摆到石头上，又一个人端了只木盆放在他面前。疤脸汉子扒开钦雪峰的衣服，然后从腰间抽出一把象牙柄匕首——钦雪峰一看，那匕首正是自己送给威廉·罗爱斯的，急得哇哇大叫，可苦于语言不通。他眼看自己就要被开膛破肚，突然一道人影扑来，夺过匕首，咕噜起来。钦雪峰一听是罗爱斯的声音，不由得大喜，喊道：“威廉！你没死，我差点被吓死了！”

罗爱斯瘸着腿走过来，一把抱住他：“好妹夫，我知道你会来找我这大舅哥，就在外面张望，来迟了，对不起。”

钦雪峰又急又气：“我绑在这里不舒服，快解开吧。”

罗爱斯胆子大又生性诙谐，他拿过那把象牙柄匕首，拍拍胸口：“不知你的心是红的还是黑的，NO，是黄的，”他举起匕首一扎，贴着胸口转向，挑断了缚着的树藤，“还是不要看，不然我的妹妹会伤心。”

钦雪峰简直哭笑不得，他扣上衣服，说：“老兄，你这个时候还有心思搞恶作剧，不知有多少人在为你担心呢。”

罗爱斯又一把抱住他：“兄弟，我更想你们。”

原来，罗爱斯那天先是一顿猛打，当场击落1架日机，掩护运输机队离开，然后诱引剩下的6架飞机到南山口。他凭着高超的驾驶技术，虽然闯过了山口，但在同日机交锋中受了伤，现在被罡风一吹，折去了半边机翼，摇摇晃晃飞进峡谷，再也无法控制，只好弃机跳伞。罗爱斯虽然平安降落在一块平地上，但身处这陌生的绝境，不由得心也慌了。好在带有万用小包，一时的生存还不用发愁，他连降落伞也舍不得丢掉，叠好背在身上。第一个晚上，罗爱斯抓到一只野鸡，就找了个山洞，捡了柴，他从万用小包里拿出防水火柴，烧起火，烤吃了野鸡，用降落伞当被子睡了一晚。

第二天，罗爱斯当然不愿终老这与世隔绝的山林，他用指南针找到昆明的方位，又检查了一下配用的0.45英寸的科尔特自动手枪。在这陌生的环境，有武器就能壮胆，他准备再困难，也要回到亲人身边。罗爱斯沿着雪线下的山谷走，发现有一堆灰烬，不由得大喜：这里有人类生活的痕迹。他在山林里发现一条小路，更是高兴，知道山里有人家，就沿着小路寻找。忽然听到几声枪响，就循声找了过去，看到几间树皮盖顶的小木屋。罗爱斯不敢造次，悄悄摸了上去，见外面倒着几个穿兽皮的人，屋里有两个日军飞行员正在火堆边吃喝。他知道是那6架飞机中的两个对头，竟在这纯净的土地上杀人，不由得大怒，拔出佩枪，冲了进去。日军飞行员做梦也没有想到，在这与世隔绝的地方会出现美国人，还没反应过来，就成了异国亡灵。罗爱斯打死了日军飞行员，解开绑在旁边的一个年轻妇女，指了指自己飞行夹克上的“来华助战盟军（美国）军民一体救护”的标语。那年轻妇女看了看，伸出拇指，然后跑到外面大喊了几声，立刻赶来几个拿刀执弩的土著汉子。原来疤脸汉子叫未巴山，是这里的头人，那年轻妇女是他的女儿未雪莲。

这两个日军飞行员驾着性能一流的零式机侥幸躲过雪崩和罡风，飞进这峡谷，但油料耗尽，就迫降在一处山谷平地。他们在这与世隔绝的地方又怕又饿，像没头的苍蝇四处乱钻，恰好找到这里，要吃要喝。这里生活的纳西族山民与世隔绝，很少见到外人，心性善良，就烤了獐子肉，拿来自酿的野果酒招待。不料这两个日本禽兽见未雪莲长得漂亮，淫心大起，欲行非礼，几个山民上前保护被打死，其他人赶去报信。罗爱斯循枪声赶来，救了人，为他们报了仇。山民们很是感激，把他当贵客招待。通过几天的交流，虽然语言不通，山民使用的是古老的纳西语，但连比带画，还是使山民知道了许多山外的事情。今天，未巴山看到山谷平地又落下一架飞机，认为是日本人的，就带着猎手们张了鹿筋编织的捕兽网，抓住了钦雪峰，又见他身上没有罗爱斯那“来华助战盟军（美国）军民一体救护”的标语，便认定是日本飞行员。他们要祭奠那几个被日本鬼子杀死的山民，就想挖出钦雪峰的热心脏当祭品，幸亏罗爱斯及时赶到，救了下来。

钦雪峰怕陈纳德担心，如果再派飞机前来寻找会有危险，就决定尽早驾机赶回去。罗爱斯连比带画向头人未巴山解释了，山民恋恋不舍，都来送行。谁知来到飞机前一看，没有起跑的地方，飞机无法起飞。

未巴山知道了，便带着纳西族男女老少，花了一天一夜的工夫，用树身铺了一条半里多长的跑道。

钦雪峰给罗爱斯和未巴山等人拍了几张照片，他又把飞机上准备的毛毯和罐头食品送给这些善良的纳西族同胞。两人告别大家，爬上飞机，通过这条树身跑道，掠上蓝天。他们特地在山谷绕了一圈，向仰头送行的人摇摇翅膀，才爬上高空。P-51 性能好，可爬升万米高空。钦雪峰打开电台，立刻同昆明基地取得了联系，并报出了方位。他心里一动，拿出飞行地图看了看，说：“威廉兄，我们不必绕到南山口，可以径直从这里飞回巫家坝机场。”

罗爱斯坐在后座，拍拍他，道：“这是你的飞机，你做主。”

钦雪峰递过相机，看了看下面的山峰，说：“你把所经过的地形拍出来吧，也许能找出一条新的航线。”

罗爱斯一听，来了精神，点头道：“甚至可以在东巴山安装导航台，那飞行就不会偏离航向，安全多了。”

于是，钦雪峰一边飞行一边同机场联系一边报出方位。罗爱斯在每报一个方位的地方拍一张照片。

两人飞到昆明基地，詹姆斯·加拉格尔少校高兴极了，立刻向陈纳德报告。这位飞虎将军悬着的心放了下来，他得知罗爱斯受了伤，命令立刻送回美国治疗。经昆明医院照片检查，腿伤并无大碍，只需要短期治疗便可恢复，罗爱斯决定不回美国治疗了。

第二天，钦雪峰飞回芷江，他一下飞机，到家里打了个转，就来到陈纳德办公室，报告了这次救援的经过，然后提出自己的建议：“师傅，东巴山离驼峰航线不远，如果在那里建一座导航台，对往返的飞机有很大帮助。如果再建一个救护点，那就更好了。”

陈纳德听了，点了点头：“孩子，这个建议好，我要有关部门去勘查一下路线和方位，便可实施。”

钦雪峰拿出照片和所画的地形图，说：“我和威廉从东巴谷返程的时候，勘查过沿途的路线和方位，并同机场校对过，这是资料和图表。”

陈纳德接过照片和图表看了，又找来艾尔索普和通信、工程方面的负责人研究，认为在东巴山修一座导航台切实可行，建一个救助点更利于就近寻找失事的机组人员。陈纳德很是高兴，他拍拍钦雪峰，笑道：

"孩子，你救出了威廉，又为驼峰航线最困难地段建立导航台和救护点拿出第一手材料，辛苦了，去休息吧。"

钦雪峰把腰一挺："长官，早日在东巴山建起导航台和救护点，就会使我们的驼峰航路更通畅，就能更有效地救援我们的战友。现在只有我熟悉那条航路和东巴山，所以我想参与这两项工作，以利早日建成。"

艾尔索普看了看他，说："你刚刚回来，总该给家里打个招呼。"

钦雪峰又把腰一挺："报告总管，我已经打了招呼。"

陈纳德竖起大拇指："你真是我的好徒弟，哈哈，一头智勇双全的'华南虎'。"

钦雪峰摇摇头，说："师傅，徒儿不敢当，威廉哥打下了 9 架敌机，东虎哥也打下了 7 架敌机，可我还只打下 4 架敌机，连王牌飞行员的资格还没有，岂敢称虎？"

艾尔索普笑道："在东巴山建起导航台，可以减少很多事故。在那里就近建立救援点，能救助多少遇险机组人员啊！你这贡献更大。"

钦雪峰知道要在东巴山建立导航台，尤其是救助点，必须要让在那里居住的纳西族人参与，才能发挥最大的作用，于是说服相关部门，改善他们的居住条件和生活。詹姆斯·加拉格尔少校很支持，因为成功救助失事飞行员多是当地民众带路和提供线索，有的甚至主动帮助陷入困境的机组人员。钦雪峰从驼峰航线救护队找了一位懂纳西族语的当地人元子彪，带着他驾机降落在东巴谷那条用树身铺就的跑道上，找到头人未巴山，谈了修建导航台和建立救助点的事，并请他们帮助。

居住在这里的纳西族山民与世隔绝，刀耕火种，还过着半原始人的生活，自上次罗爱斯帮他们杀了那两个日本飞行员后，才明白外面正在打仗，在山那边看到的大铁鸟是飞机。现在有元子彪沟通，更知道了不少事情，尤其这次飞机的挂弹钩挂了几大包军用毛毯，每人都分了一床。纳西族人最朴实，知道他们是好人，帮助好人他们当然乐意。

钦雪峰把元子彪留在东巴谷，驾机返回昆明基地，报告情况。詹姆斯·加拉格尔少校高兴极了，决定亲自去考察一下。他带了几大包工具和食品挂在飞机下，坐着钦雪峰的 P-51 降落在东巴谷。这位驼峰航线空难救护队的队长一下飞机，看到眼前美丽的景色，连叫：“OK！OK！中尉，用你们话叫什么桃源？”

忙于卸东西的钦雪峰笑道：“世外桃源。”

加拉格尔少校伸出拇指：“OK！世外桃源。中尉，我今天就住在这世外桃源。”

经过实地考察，加拉格尔少校首先把山谷里的树身跑道加长加宽，便于更多飞机降落，运送人员和物资。

纳西族山民改善了生存条件，又配发了生产工具和防卫武器，积极性更高了。很快，一座功率强大的导航台耸立在东巴山上。原来准备在这里建立一个空难救助点，纳西族年轻人踊跃参加，成立了几十个人的救护队，分驻在驼峰航线的几个点上，长年巡查。就在救护队成立的当天，他们得知一架飞机失事。未巴山连夜带人寻找，由于熟悉当地环境，很快找到失事机组，使一名身负重伤的飞行员及时得到救助，转危为安。

钦雪峰见导航台和救助队发挥了作用，就告别了詹姆斯·加拉格尔少校，准备返回芷江。他来到医院，看到威廉·罗爱斯闷头躺在床上，忙问：“威廉，哪里不舒服？”

罗爱斯一见钦雪峰，骂道：“坏蛋妹夫，把大舅哥忘了，这么久不来看我。”

钦雪峰笑道：“哪能忘呢，我是去东巴山帮助建导航台和救护队，这不是你希望的吗？现在两件事已经办好，我要回去了，来向你告别。”

罗爱斯跳下床：“走！这里闷死了，我跟你去芷江。”

钦雪峰拉住他：“你的伤还没有好利索，再疗养几日，我来接你。”

罗爱斯把他一推：“你不带我是吧，那我偷一架飞机走，反正我那架飞机坠毁了。”

钦雪峰知道他说到做到，叹了口气说：“老兄，我算怕你啦！但丑话说在前头，你私自出院，上司追究起来，可别拉上我。”

罗爱斯一听，坐回床上放赖：“你小子是不愿让我去你家休养，怕麻烦，那我不去了。”

钦雪峰以为他生气了，忙说：“走。上司追究，就说是我把你绑架去芷江的。”

罗爱斯跟在后面，像孩子似的偷偷直乐。

两人回到芷江，钦雪峰先把罗爱斯送回家里，然后跑到陈纳德办公室，汇报了在东巴山建立导航台和救护队的情况，最后低着头说：“长官，我犯错误了。威廉·罗爱斯上尉还没出院，我就把他接来，送到家里疗养去了。”

陈纳德知道自己这位爱徒循规蹈矩，一定是那头“美洲虎”逼的，他故意板着脸说：“功是功，过是过，赏罚分明。鉴于你这两次出色完成任务，我同意你们肖大队长的建议，晋你为上尉军衔。但你违反医院规定，私自带威廉那小子出院，我罚你好好照顾他。”

钦雪峰又惊又喜，忙立正敬礼：“谢谢长官。”

这时艾尔索普和肖克邪走了进来，这位总管笑道：“雪峰小子，昆明医院打电话告你拐带他们伤员，是我给你揩的屁股，怎么谢我？”

钦雪峰转身向两位长官敬了礼，说：“我请总管吃龙虎斗。”

艾尔索普问肖克邪：“上校，这龙虎斗是什么？”

肖克邪笑道：“是蛇和猫。”

艾尔索普忙摇头：“NO！ NO！恶心，雪峰小子，我罚你把龙虎斗的原料改过来。”

钦雪峰想了想，把腰一挺：“报告总管，白蟮是龙的变种，团鱼有水中老虎之称，龙虎斗就改这两种原料吧。”

艾尔索普点点头，对陈纳德说：“将军，那我们今天去你徒弟家吃龙虎斗？”

晚上，临溪小院灯光明亮，吊脚楼上把两张竹方桌拼在一起，上面摆着一大盆黑白分明的“龙虎斗”，周围放着牛排、干鱼和几样自种的小菜。陈纳德、肖克邪、艾尔索普和罗爱斯、高东虎围坐在四周吃，王湖秀当厨师，钦雪峰是跑堂。罗爱斯从龙虎斗盆里舀了一匙，他见乳白色的汤里有根黑东西，忙叫道：“怎么有条虫子啊！”

钦雪峰笑道：“这叫冬虫夏草，最补身体，就在汤里加了几根。”

艾尔索普也舀到一根，他咬一口嚼了嚼：“这还真不是小虫。雪峰小子，它为什么叫冬虫夏草呢？”

钦雪峰从房里拿出一包，说：“我这次到东巴山，才知道这东西。它冬天是虫，夏天变成草，长有叶子，所以叫冬虫夏草。威廉兄负了伤，需要补养，我就用东西换了一包。”

艾尔索普笑道：“那我们今天沾了威廉小子的光。”

1944 年 5 月 25 日，日军完成了“一号作战”的河南作战，立刻展开第二阶段的湖南作战——长（沙）衡（阳）作战。日军大本营从关东军抽调了精锐善战的第 27 师团和铁道兵联队归属第 11 军指挥，派遣军也增调了四个师团，第 11 军拥有九个师团（即第 2、13、27、34、37、40、58、68、116 师团）的进攻兵力。中国派遣军总司令畑俊六大将亲自飞抵武汉，设立战斗指挥所，就近指挥。第 11 军司令官横山勇中将更是把指挥位置推进到岳阳，于 5 月 27 日凌晨开始攻击。

湖南自 1938 年 11 月 10 日，日军侵占了距省会长沙仅 200 公里的岳阳，就成了抗战前线。在这块誉称无湘不成军的潇湘大地，先后爆发了三次“长沙会战”，第九战区司令长官薛岳上将在 1939 年 9 月抗命坚守长沙，先后取得了胜利。尤其是 1941 年 12 月的第三次长沙会战，这位中国将军采取后退决战、争取外翼的所谓“天炉战法”布阵迎敌，在新墙河和汨罗江设立两道防线，阻敌以大量杀伤后向两翼侧后退去，以形成炉壁。守卫炉膛的是戴罪立功的李玉堂的第 10 军，顽强抗击，争取时间，使两翼的部队包围上来，取得了重大胜利。薛岳将军应了那句“骄兵必败”的兵法术语，他还是用天炉战法的阵式迎战日军对长沙的第四次进攻，殊不知对手横山勇拥有着日军侵华以来最为强大的兵力。果然开战两天，就打乱了第九战区的作战部署，薛岳只好向统帅部告急。

中国统帅部虽然取得日军“一号作战”的详细情报，但也没有估计到日军的攻势这么强劲。好在现在中美空军已经逐渐取得了制空权，统帅部立刻命令芷江基地加大支援地面作战的力度，企图扭转不利局面。

陈纳德知道日军的这次进攻从打通平汉和湘桂两条铁路的初衷，转而改为摧毁中美空军基地为重点，知道日本鬼子被自己牵起了鼻子，更是抖擞起精神，沉着应战。这位飞虎队司令加强了衡阳机场的力量，就近支援地面作战，他又命令中美混合联队第一大队和第五大队全天候对日军实施打击，支援长沙守军作战。

芷江机场一片忙碌景象，一批批轰炸机返航补充弹药、油料，一批批战斗机升空去前线支援地面作战。陈纳德要求值班长官必须有求必应，只要长沙军守军哪个阵地需要空军支援，就要用最快速度赶赴战场。于是，有的飞机每天出动三四次，机械师在闷热的天气里连夜把损坏的飞机修好，机身上的小弹洞就用硬纸板挡一下。飞机一着陆，武器装载员就冲上前，将新的杀伤弹和爆破弹挂上机翼，给机枪加上子弹。油料车开到飞机旁，加满油又开向另一架飞机。飞行员跑到指挥部报告上一次任务的执行情况，然后又领取下一次的飞行任务，就回到驾驶舱等待起飞信号。

中美混合联队自装备了75毫米炮的B−25H型轰炸机后，便以第一大队为主，第三、五大队配合，作为一支应急反坦克力量在各次战役中广泛出击，对日军装甲部队实施重点打击。早期作战，日军仅靠小坦克甚至装甲车就能屡屡突破我军防线，插入纵深，造成我军心不稳，一有失守就全线溃退，多次会战由此功亏一篑。这次，第一大队任务特别繁重，钦雪峰带队为出击的轰炸机护航回来，他刚跳下飞机，准备去向指挥部汇报，看到曲宏光拖着疲惫的身体向自己的轰炸机跑去，就追了过去，他从身上掏出几根冬虫夏草：“老师，您太累了。这东西可以补气提神，你拿去含一根在口里。”

曲宏光以前因战术观点同陈纳德不同，对他的徒弟钦雪峰也有看法，通过实践证明，自己那种轰炸机至上的观点着实已经不符合现代战争的需要。尤其是钦雪峰，不仅打下了4架日机，他上次在驼峰航线救援威廉·罗爱斯所表现出的大智大勇，不是一般人能做到的。曲宏光现在对自己这位学生更多的是关心和佩服，他接过冬虫夏草，说：“雪峰，你今天出击了三次，注意身体。”

钦雪峰笑道：“老师放心，我年轻，顶得住。”

曲宏光点点头，他丢了根冬虫夏草进嘴里，爬上那架006号B-25H轻型轰炸机。

钦雪峰向指挥部报告了任务的执行情况，就到飞行员值班室喝了点水，又吃了两个包子，他爬上自己的战斗机，刚坐下，就听到指挥部的命令：“022号，006率领的轰炸机编队在长沙城东树木岭上空遭遇大批敌机围攻，速带你分队赶往支援！”钦雪峰应了句：“明白，请求起飞。”

飞机起落一般是用一节红一节白的蜈蚣旗，既是信号又指示风向，但不适合这频繁的出击，就改用信号枪。钦雪峰见塔台升起三颗绿色信号弹，把油门一踩，当先滑上跑道，他加到飞行速度，机头一抬，掠上天空。

曲宏光带着两架专门对付敌军坦克的B-25H型轰炸机，在6架战斗机的护航下，赶到城东树木岭，准备对攻打天心阁的日军机械化部队实施打击。谁知20多架日机突然出现，双方立刻展开了一场混战。护航机冲上前实施拦截，曲宏光带着轰炸机企图突破日机的封锁，B-25H型轰炸机前后有自卫的机关枪，但众寡悬殊，左冲右突，只有006号机打下前面拦截的日机，冲到天心阁城墙前，对攻城的日军机械化部队一边轰炸，一边用75毫米炮打坦克。经过两轮炮击、轰炸，曲宏光见地面日军退了，他惦记其他战友，飞回树木岭，看到敌我双方还在混战缠斗，但我军一架轰炸被敌机击落，一架受伤，护航的战斗机也被击落两架。曲宏光驾着002号投入战斗，他见日机虽然损失更大，但还占有优势，就命令撤退。

轰炸机笨重，飞行速度也相对慢，日机紧追不舍，剩下的4架战斗机交向掩护，边打边退，不时有击落的危险。曲宏光急了，他把轰炸机当战斗机使用，折返身向追来的日机迎去，并命令：“你们赶快撤退！

我掩护，不要大家都折到这里。”这位少校中队长把 75 毫米炮当机关枪使，一架日机被打得凌空炸成碎片。轰炸机毕竟不灵活，多处中弹起火，曲宏光见飞机失去了控制，只好下令弃机跳伞。他见投弹手、机枪手先后跳出机舱，他最后向 B-25H 型轰炸机敬了一个礼，也跳了出去。

日军飞行员看到中国机组人员跳了伞，也不放过，追过来扫射。曲宏光见患难与共的投弹手和机枪手先后被敌人打死，悲愤难抑，他掏出佩枪，向冲过来的日机射击。那架日机飞行员要戏弄一下这位无处可逃的对手，想用机翼划破降落伞，谁知没划着，但看到被飞机的气流冲得翻跟斗的对手，不由得哈哈大笑。曲宏光又急又气，开了几枪没打着，即使打中也造成不了多大伤害，他眼看日机又冲了过来……突然，从云层里钻出一架飞机，一个点射，打掉那架日机一边翅膀，断翼的飞机堪堪从曲宏光身边划过，打着旋撞向地面。现在他才看清楚是钦雪峰的 022 号飞机。

钦雪峰带着他的分队紧赶急赶，来到战场，正看到日军飞行员在戏弄跳伞的曲宏光，他怒火中烧，从云层里钻出来，打掉那架日机，然后命令：“消灭那些日机！”他看到战友们向敌人扑去，就围着曲宏光的降落伞打转，防止日机袭击。

曲宏光知道钦雪峰在保护自己，好是感动，他没有注意降落姿势，落地时摔伤了腿。这位老师怕学生担心，挣扎着爬起来，向钦雪峰招手，让他离去。

钦雪峰哪肯离去，他见不远处有公路，两头有大批日军赶来，就命令任自强和另一名飞行员拦截日军，其他人驱赶日机。他有上次常德会战在公路降落的经验，选了一段平直的路面，降落下来。钦雪峰看看曲宏光的位置，把飞机往后倒了一段，就跳下地，向那边跑去。

曲宏光拖着伤腿，爬上一个土堆，看到公路两头都有日军，他知道日军最恨轰炸机飞行员，现在自己受了伤，跑不出去了，就把手枪压满子弹，抱着必死之心。曲宏光刚伏在一个土坎后，看到钦雪峰跑来，不由得又惊又喜又埋怨：“雪峰，何苦呢！你要留着有用之身打鬼子，快走！”

钦雪峰见他腿上有血迹，就一把把他掀到背上，一边跑一边说：“老师，你是一队之长更有用，何况师母在家里倚门盼望呢。”他见空中还在激战，任自强和另一名飞行员在阻击公路上的日军，咬着牙往前奔跑。

曲宏光见日军越来越近，有的下了公路，向022号飞机包抄而去，他急了，就把钦雪峰一踢，两人摔到地上，他用枪顶着自己的太阳穴：“你快上飞机，不然我就自戕了！”

钦雪峰喘了口气：“老、老师，你就是死、死了，我也要带、带你回去。”他又把曲宏光掀到背上，向公路跑去。好容易来到飞机边，日军已经接近。钦雪峰把曲宏光拉上飞机，放进后座，他跳进前座，连安全带也来不及扣，就发动了飞机。日军挡在公路上，一边跑一边开枪，打得飞机火花四溅，好在美机结实。钦雪峰加大油门，向日军冲去，从而掠上天空。

曲宏光举起手枪向两边的日军射击，即使他打过不少险仗、恶仗，也吓出了一身冷汗，直到飞机擦着敌人的头皮升空，他才松了口气：“雪、雪峰，你比老师强，谢谢。”

钦雪峰系上安全扣，却说：“老师，您别谢，我想吃师母做的东坡肉。”

曲宏光的夫人白素华是金华人，烧得一手好浙菜，笑道：“这好办，我要你师母教湖秀做浙菜，你就天天有东坡肉吃了。”

钦雪峰回到基地，又跟着救护车把曲宏光送到医院，直到照了X片，做了手术送回病房，他一坐下来，就在木椅上睡着了。肖克邪来医院看望，得知曲宏光小腿骨折，没有大碍，就放了心。他听了这位中队长讲了钦雪峰今天惊人的表现，不禁叹道：“真是一头智勇双全的‘华南虎’啊。”

肖克邪亲自开车把钦雪峰送回家，他很是心疼，临走时吩咐：“鉴于你体力透支，不宜再执行任务，禁飞三天，在家休息。”

钦雪峰睡到第二天中午才醒，他爬起来一看手表，大惊：“我怎么睡得这么死？”他穿上衣服就往外面跑。

王湖秀从菜地回来，忙喊道："你到哪里去？"

钦雪峰埋怨道："你怎么不喊我？误了战斗值班。"

王湖秀叹了口气："你又没有七老八十岁，怎么这样健忘？肖大队长昨晚送你回来，说你太累，不宜执行任务，禁飞三天，在家休息。"

威廉·罗爱斯住在横屋，他走了出来说："妹妹，他不是健忘，而是患了战争综合征，他在梦游呢。"

钦雪峰现在记起了昨天的事，他走回来给罗爱斯一拳："你才梦游。"

罗爱斯嚷道："妹妹，他没有尊长，殴打长辈，该动家法。"

王湖秀笑道："动家法不文明，我出个问题，答对了有奖。"

罗爱斯好玩，忙说："这办法好，又不伤感情。妹妹快说。"

王湖秀刁钻古怪，说："你们下象棋，谁赢了奖励他上街打酱油，请问两人是想赢还是想输？"

罗爱斯忙说："我想赢。"

王湖秀伸出拇指："威廉哥爱劳动，觉悟高。"

罗爱斯摇摇头："NO！我想上街玩。"

三人哈哈大笑。

"好热闹啊！"篱笆门外响起一个女人的声音。

钦雪峰回头一看，忙喊道："白师母，您怎么来了？快进来坐。"

白素华同一个提着篮子的20来岁漂亮女孩儿走了进来，笑道："宏光讲你想吃我做的东坡肉，我就做了送来。"

钦雪峰忙说："师母，昨天太紧张，我是想缓和一下神经，才跟老师开玩笑，他怎么就当真了呢？"

白素华拉着他的手，动情道："雪峰啊！你救了宏光，就是救了我们一家人，我真不知该如何感谢你，别说是做东坡肉，就是当牛当马我也愿意。"

钦雪峰双脚一并，敬了个礼，说："请师母不要这样说。昨天换个处境，曲队长也会救我，何况他是我的老师，所以是我应该做的。"

白素华好是感动，她点点头："怪不得宏光老是夸你，真是个有情有义的孩子。”

罗爱斯不喜客套，他上前要接过篮子：“东坡肉？我尝尝。”

那漂亮女孩儿把篮子往身后一藏：“不行！这是我舅母做给雪峰哥哥吃的。”

白素华介绍道：“这是我外甥女，叫包玉兰，这孩子是乡下人，不懂事。”

王湖秀把菜放到厨房，洗了手走出来：“白师母，请到吊楼上坐吧。”

包玉兰把篮子递给王湖秀：“这是湖秀嫂嫂吧，长得真漂亮。”

王湖秀接过篮子：“妹妹才水灵灵的呢。”

包玉兰看看吊脚楼：“嫂嫂这环境真好。”

罗爱斯喜欢漂亮女人，便说：“那你经常来玩吧，我也住在这里，陪你去河边钓鱼。”

第十二章　空军联络员

第四次长沙会战，日军拥有侵华战争以来最强大的兵力，稳步推进，只有三天，千年古城长沙就陷落了。第11军司令官横山勇中将站在四处冒烟的天心阁看了一下，又指挥数十万大军向衡阳扑去。

衡阳地处南岳衡山之南而得名，古有“北雁南飞，至此歇翅停飞”，栖息于城中回雁峰，故又有雁城之称。它地处中国中南中心，是黔、桂、川、滇门户，为铁路、公路和水路的重要枢纽，战略位置显而易见。由于日军进军神速，打乱了第九战区的军力布署，偌大一个衡阳城只有不到两万人马的第10军防守。统帅部命令军长方先觉在城中坚守十天到两个星期，以阻滞、吸引日军，配合外围部队消灭侵入之敌。

钦雪峰得知日军占领了省会长沙，他急得三天禁飞才只休息一天，就去找肖克邪要求战斗值班，尽一个军人的职责。这位大队长理解一个战士的心情，安排他下午值班。钦雪峰利用上午休息的时间，拿着油漆，来到他的022飞机上，在画了四面太阳旗的旁边添上一面。这是前天击落那架日机的标志，飞虎队员们把击落敌机看成责任和荣誉，最大的快乐也是在自己的飞机上画这种太阳旗。

下午，钦雪峰带着他的小分队为轰炸机护航，飞过南岳衡山，看到日军一支机械化部队在公路上开进，立即实施打击。由于飞机凌空时间短，日军来不及疏散，被雨点般的炸弹吞噬在火海里。钦雪峰本来在高空警戒，看到自己从小就崇拜的这座有名佛教圣地遭到倭寇侵扰，哪还忍得住，他看到一辆日军坦克冲出火海，沿公路逃去，就把机头一压，俯冲而下，贴着树梢把炸弹准确地砸在坦克上，坦克立刻爆炸燃烧。钦雪峰又掠上高空警戒，看到战友们在追歼残敌，就对着祝融峰上的祝融庙里的祝融菩萨低祷："菩萨明鉴，日本鬼子侵我河山，杀我国民，掠我财富，我们不得已而为之。"

日军白天怕遭飞虎队的袭击，就晚上开进，第 68 师团的佐久间为人中将奉横山勇军团长之命，首先拿下衡阳机场。这位师团长把任务落实给独立步兵第 64 大队，并要求在沿途同中国军队作战的同时，进行攻占机场的模拟演练。

驻扎衡阳机场的是中美混合联队第三大队，他们日夜出击，一面同对手争夺制空权，一面阻击地面部队，但日军兵力强大，难以遏制，前锋已经推进到了衡阳郊区。第三大队奉命撤回芷江，由于时间仓促，他们抢运航空物资，把破坏机场的任务交给守军。

衡阳机场是暂编 54 师师长饶小伟少将带一个团守卫，后奉命守卫东郊的五马归槽阵地，日军攻势很猛，很快占领前面的 568 团的冯家冲阵地。这位师长认为自己的任务是守卫机场，现在守在这坚持不了多久的外围阵地，就撤了下来。因该师不属于第 10 军编制，他就让两个营渡过耒河归建，自己带着一个营去见方先觉。日军捡了个大便宜，没费多大劲就把一座完好的机场占领了。

方先觉得知机场没有破坏就被日军占领，不由得大急。他知道战场的局势，友邻部队很难指望得上，唯一能支持第 10 军守卫衡阳的是飞虎队。在这方面我军占有优势，飞虎队在芷江近，日军的飞机在武汉远，如果敌人就近利用衡阳机场，那就麻烦大了。方先觉立刻严令第 190 师师长容有略少将，务必夺回机场，并予以彻底破坏。

第 10 军辖周庆祥的第三师、葛先才的预备第 10 师和容有略的第 190 师，但容师仅有一个满编团，其他两个团只有架子，补充的兵员尚未到齐。容师长知道事关重大，就亲自带领第 569 团对机场展开攻击。日军的所谓"一号作战"，其重要目标就是中国机场，吃进肚里的肥肉哪肯吐出来，于是双方展开激战。

陈纳德将军得知衡阳机场没有破坏就被日军占领，很是恼火，他命令混合联队第一大队全力配合衡阳守军，夺回机场，予以彻底破坏。肖克邪立刻带着钦雪峰分队为第一波，向衡阳飞去。两地空中航路相距不足 300 公里，编队很快飞到机场上空，钦雪峰见下面炮火连天，他看了看敌我位置，把机头一压，俯冲而下，机头的两挺机枪也朝日军扫去。钦雪峰的攻击一是支援地面作战，二是为轰炸机指示目标。他爬上高空，正准备实施第二轮俯冲，看到一群日机飞来，急忙报告："001，正北方向出现日机，5 架轰炸机，10 架战斗机，向我们飞来。"

肖克邪立刻命令："022！你带 5 架战斗机去拦截敌人的护航机，我带人去对付敌人的轰炸机。"

钦雪峰应了句"是"，就带着弗雷德·霍奇、任自强等 5 架飞机迎了上去。飞虎队的传统战术，利用射程远火力强的优势，抢先开火。六六三十六挺机枪织成的火网罩去，当场就击中几架日机，其中一架冒起浓烟，拖着尾巴退出战场。钦雪峰见打乱了敌人的编队，咬着长机就紧追不舍。日本零式机轻便灵活，转弯半径小，打了个跟斗，绕到了 022 号机侧后。钦雪峰知道日军飞行员的套路，连画两个"之"字，避过对方的枪弹，猛然一个倒飞，反而到了日机的后面。这样前后翻腾几个回合，钦雪峰看准机会，一个长射，把日军的带队长机打得像喝了酒的醉汉，摇摇晃晃撞向地面。

任自强本是霍奇的僚机，见一架日机向攻击敌人的长机偷袭，就迎了上去。经过几个翻腾，他咬上了对手，就紧追不放，一架敌机偷袭过来，他也没有察觉。

弗雷德·霍奇少校是建队之初的老飞虎队员，打下了多架敌机，但他生性散淡，不肯当头，宁愿在钦雪峰手下当一名战斗员。霍奇作战经验丰富，胆子又大，他驾着 029 号机把那架日本零式机击落，返身一看任自强被偷袭，急忙掉转机头，扑了上去。因开枪角度不对，就撞了过去。美机结实，霍奇又有撞机的经验，他用机翼当手术刀，一划而过，把日机的尾舵切掉。这位猛将半截机翼掉了，他拉平撞得打转的机身，看到那架日机翻着跟斗掉了下去，不由得大叫：“OK！又干掉一只日本鸡。”

任自强打掉那架日机才发现危险，但规避已来不及了，暗自叹道：“老子反正够本了。”他心念刚起，却见霍奇撞向了日机，不由得大急。只见火花一闪，两架飞机打起了跟斗，但 P-51 却奇迹般地拉了起来。任自强激动得大喊：“弗雷德老兄，好样的，谢谢你！”

这场空中较量，日机只逃回去 3 架飞机，5 架轰炸机全栽在这里。肖克邪见凌空时间已到，就命令返航：“把打击留给高东虎的第二波。我们返回基地，加油加弹药，再来第三波。”

抗战七年，日军拥有制空权，对我军实施狂轰滥炸，每每作战，眼看地面耳听空中，两面应付。现在中国空军在盟军的帮助下，慢慢恢复、壮大起来，尤其陈纳德将军领导的飞虎队，逐渐夺取了制空权。在去年的常德会战，驻扎在芷江的中美空军大展身手，在天上打击日本空军，在地面轰炸日本陆军，还经常给围困的我军 57 师空投粮食和弹药。衡阳战役打响来，飞虎队的飞机不断打击日军。容有略师长带领 569 团进攻机场，受到日军猛烈抵抗，他正想打电话向军部请求空军支援，想不到我们的飞机已经到了，对日军扫射、轰炸。官兵们军心大振，夺取了日军固守的营房、机库，尤其让他们大开眼界的是，近距离看到了空战。飞虎队以少击多，把日军大肚子轰炸机全部击落，小个子战斗机也被打下 7 架，只逃掉 3 架。特别让这些陆军兄弟看得过瘾的是，飞虎队的 022 号飞机同一架日机像玩杂技似的上下翻腾，前后追逐，左右旋转，最后还是 022 号飞机技高一筹，打下了日机。尤其惊心动魄的是空中肉搏，那画着鲨鱼头的 029 号撞向日机，打个跟斗后爬升起来，而断了尾巴的日军撞向地面。一名叫关宏伟的年轻战士看呆了，跳起身大叫：“打得好，空军大哥！”

旁边的容有略扑上前一把摁倒他，堪堪避过日军的子弹。这位师长看出他是刚入伍的新战士，就说：“在战场一定要注意掩蔽。”

关宏伟点点头：“师座，我一定多打死几个鬼子，报答您的救命大恩。”

容有略指指前面的机场指挥塔台，大喊：“弟兄们！我们不能全靠空军，现在鬼子躲在那里，只有攻下它，才能实施破坏机场设施的任务。”

关宏伟听了，忙问：“师座，这是我们自己的机场，为什么要破坏呀？”

容有略认为有必要解释这个问题，便说：“我们的任务是守卫衡阳城，机场在郊区，而我军兵力有限，兼顾不了机场。所以要彻底破坏它，绝不能把机场设施留给鬼子，为他们所用，反而来打我们。”

机场的指挥塔台是钢筋水泥建筑，很是坚固，我军没有重武器，攻了几次没有拿下，反而伤亡了不少人。容有略很是着急，他知道日军的大部队很快就会赶来，那就麻烦了，他决定成立敢死队，一定要尽快拿下塔台。

高东虎驾着126号机带着第二波飞机来到机场上空，看到陆军兄弟不顾伤亡攻打机场指挥塔台，远处有大批日军赶来。他立刻命令各战斗小组分头去拦截日军，自己把机头一压，俯冲下去，几乎贴着楼顶，把携带的两颗250磅的炸弹从窗户丢进塔台。高东虎画了个圈回来，看到陆军兄弟攻进了塔台，就摇摇翅膀，然后去拦截日军。

容有略打了这么久仗，今天是第一次得到空军的直接支持，而且是这么及时这么有力。他看到飞机在不远处扫射、轰炸，知道是在打击日军的增援部队，就命令一边打扫战场，一边对机场的设施进行破坏。容有略要求对机场的跑道、机窝、弹药库、油料库、修械所等重要部位进行重点破坏，其他地方每10米挖一个50厘米深的坑，放进一公斤炸药。这位师长检查了爆炸部位，并亲自按下起爆电钮。随着一阵阵由远及近的爆炸声，机场的建筑夷为平地，地面也像深耕了一遍，成了高低不平的碎石场。

日第11军司令官横山勇中将用68师团和116师团齐头并进，三天就攻克了第9战区的大本营长沙城，报了他两次兵败长沙之仇。横山勇之所以用这两个师团为主攻部队，是因为第68师团作风强悍，并装备有攻城利器——日本最先进的大炮；第116师团是混成师团，配有骑兵、炮兵和机械化部队，攻城略地总是充当先锋。这次大军兵锋所指，重点防守的长沙三天攻破，那现在只有第10军守卫的衡阳城岂在话下？一天就可以解决问题。横山勇唯一担心的是中美空军壮大起来，有夺取制空权之势，于是他一面要求武汉的第13飞行师团全力配合地面进攻，一面加强各师团的防空力量，每个联队配有一个高射机枪中队。谁知自6月23日衡阳攻击战展开以来，却像碰到一面铁墙，每攻占一个守军据点，都要付出惨重的代价，几个一天过去了，他们还在外围阵地拼杀。横山勇司令官又急又气，亲自到各师团巡视，督令加快攻击步伐。

飞虎队出击的频率也在加快，中美混合联队三个大队一波又一波飞向衡阳，对攻城的日军实施打击，支援陆军作战。

这天，钦雪峰带队赶到战场，他接到的出击命令是，我军停兵山阵地遭到日军猛烈攻击，需要支援。原来为保证衡阳驻军与重庆统帅部之间的及时联络，改成通过芷江机场转，因为芷江空军基地与重庆联络是保证畅通的，所以第10军同芷江机场的沟通很方便，能把需要支援的阵地及时通报。钦雪峰俯瞰衡阳城到处是炮火，哪是停兵山呢？日军现在学乖了，看到鲨鱼头飞机就停止进攻，隐蔽起来，要是有陆空直接联络就好了。钦雪峰正在寻找，猛然看到左下方出现布板信号，他一看就明白，立刻对日军阵地实施打击。

我军据守阵地的官兵看到空军压制了敌人，立刻展开反冲锋，收复被攻占的阵地。但日军利用一处砖墙死角，几挺轻重机枪织成火力网，拼命拦阻。我军冲了两次都无法接近，还造成了不小伤亡。

钦雪峰俯冲扫射了几次，都没有成功，他看到我军不断有人倒在敌人的枪口下，就咬了咬牙，决定冒着日军的防空火力的威胁，实施超低空打击。钦雪峰驾着022战机从另外一个方向俯冲而下，进入低空，他突然转向，对着日军的火力点一阵扫射，把最后一颗250磅的炸弹丢下，才拉起机头。谁知机身一阵剧烈颤抖，发动机越转越慢，钦雪峰知道自己的战机受伤了。他采取几种措施皆不奏效，知道飞不回去了，就拉平机身，发出命令："我飞机受伤严重，无法返航，你们赶快回去。"

任自强一听，忙问："队长，那你怎么办？"

钦雪峰故作轻松，说："我就地迫降，给陆军兄弟当参谋去。"他来不及多说，飞机开始下坠，他就抓紧操纵杆，向停兵山我军阵地滑翔而行。钦雪峰看到下面有一片水田，不由得大喜，就一手抓操纵杆一手扶额头，只听"轰隆"一声，随之溅起漫天泥水。他打开机舱罩，看看外面，发现自己处在敌我双方的中心，两边都有人奔跑而来。钦雪峰看看天空，见弗雷德·霍奇和任自强在扫射日军，其他战友对敌人的防空火力实施打击，他掏出工具，卸下通信装置，抱在怀里，跳下飞机。钦雪峰看到一位满脸泥水的年轻军官跑来，就说："上尉，请你把这架飞机炸了，不要留给鬼子。"

那年轻军官点点头，掏出一颗手雷。

钦雪峰向自己的战机敬了个礼，才转身跑开。

那年轻军官炸了飞机，很快追了上来。原来钦雪峰穿着笨重的飞行靴，走在水泥田里，迈一步费老大的劲。年轻上尉接过电台，他又一手拖着钦雪峰，才加快了速度。回到阵地，通过交谈，这位年轻军官叫章有田，正是守停兵山的连长，他把水壶送给钦雪峰："谢谢你帮我恢复了阵地。"

钦雪峰灌了一大口水："谢谢你救了我，也谢谢你的水。"

章有田指指天上："主要是空军兄弟的掩护，我们才能夺回自己的阵地。"

钦雪峰很快被送到湘桂铁路局内一个钢筋水泥的防空洞，他看到旁边挂有"中国国民革命军陆军第十军"的牌子，知道到了军部，就坐在门口的石阶上等待召见。不一会儿，一位身材高大，右颚上有道伤疤的军人走了出来，钦雪峰一看是中将军衔，知道是方先觉，忙站起来敬礼："报告军座，本人叫钦雪峰，是中美空军混合联队第一大队第二战斗机中队的上尉飞行员。"

方先觉一听，笑道："原来你就是大名鼎鼎的华南虎，怪不得打仗这么勇敢。”

钦雪峰双腿一并：“报告军座，这是战友们的戏称，再说我名不符实，愧不敢当。如果是华南虎，岂能让鬼子高炮打下来？”

方先觉拍拍他：“老虎也有打盹的时候嘛。我听前沿报告，你是在停兵山帮助我军收复丢失的阵地，超低空消灭日军的火力点，才被敌人的高射机枪击中的，这叫虎落平原被犬欺。谢谢你，我们英勇的华南虎。”

钦雪峰见一位军长这样宽容和夸奖他，很是感动，他把腰一挺：“这是一个军人应该做的，我还做得不够。”

这时，一位佩有上校军衔的中年人走出来：“报告军座，芷江陈纳德将军拍来电报，要求我们把这位钦雪峰上尉送出战场，返回芷江。”

方先觉点点头：“副官长，你摸摸哪个地方还可以出城，晚上要特务营派一个排护送钦上尉出城去芷江。”

钦雪峰一听，忙说：“报告军座，我暂时不回芷江，我要留在这里沟通陆空联络。布板信号指示目标的方法太不方便，又受地形和建筑物的影响，往往找不着，使空地作战无法有效配合。”他拍拍从飞机上拆下的电台，“有了它，我就能同凌空的飞机直接联系，精确指示打击目标。”

方先觉想了一下，道：“那你先带个徒弟吧，等找到了出城路线，再送你走。”

副官长叫张广厚，接口道：“陈纳德将军要求即刻回电，空军好派人接应。”

钦雪峰指指腿上的擦伤，说：“请副官长回电，就说钦雪峰扭伤了腿，暂时无法归队。但请注明伤势不重，治疗几天就可以行走，不然老爷子会急的。”

张广厚听了问：“老爷子是谁？”

钦雪峰笑道：“老爷子就是陈纳德，他像长辈一样关心每一个飞行员，所以大家就亲切地叫他老爷子。”

方先觉点点头：“飞虎队以少胜多，以弱变强，同陈纳德将军的人格有很大关系。”他又拍拍钦雪峰，“你是真心帮助陆军兄弟，就当我的空军联络员吧。”

钦雪峰把腰一挺：“是！”

第10军的指挥部作战、参谋、通信、后勤各部门分设在防空洞七拐八弯的洞穹中。方先觉的住处就在作战室旁边的岔洞内，钦雪峰在里面架了一张行军床，同军长平吃平起平坐平睡。晚餐，方先觉拿出一瓶葡萄酒款待他的空军联络员，两人用被敌军炮弹炸死的河鱼当菜，边吃边聊。

方先觉是安徽萧县人，黄埔三期毕业，先后参加古北口抗战、台儿庄血战、青羊之役、第二第三次长沙会战，他在九江苦战中，一颗子弹贯穿右颚左颈，留下这块一发怒就充血的伤疤。方先觉虽然孤军守城，但很有信心，他把防御的重点放在湘江西岸，以预备第10师在南，第3师在北，用这两个主力师构筑主阵地。

第二天一早，钦雪峰被外面的枪炮声惊醒，他爬起来一看，方先觉的床是空的，知道这位军长巡视阵地去了。他跳下床，抱起旁边的电台就往外面走，灯影一闪，一位20来岁的年轻人走了进来，双腿一并：“报告钦上尉，我叫江洪涛，是通信处中尉电报员，奉命当你的助手。”

钦雪峰忙回礼：“谢谢。我刚来贵军，情况不熟，请多指教。”他略一顿，“中尉，外面打得很激烈，我们该干点什么？”

江洪涛把腰一挺：“日军今天攻势很猛，火力也增强了，并在五桂岭使用了毒气，我军伤亡很大，已经呼叫空军支援。”

钦雪峰一听，咬牙道：“鬼子惨无人道，竟使用毒气，一定要让他们血债血偿。走！去五桂岭，为空军打击指示目标。”

两人来到阵地前沿，五桂岭已经被日军攻占，钦雪峰找到一处被炮火揭去屋顶的小楼，他见这里视野开阔，就架起电台。不一会儿，我空军编队赶了过来，钦雪峰立刻打开电台呼叫：“我是022，你们右前方那有两根电线杆的小山头叫五桂岭，鬼子刚才施放毒气，我军一个连殉国，你们要狠狠地消灭那些丧尽天良的日本鬼子，为陆军兄弟报仇！”

带队的是高东虎，他一听，高兴得大叫：“兄弟，是你呀！伤势怎么样？”

钦雪峰为那么多被敌人毒死的陆军兄弟而悲痛而愤怒，他冷冷道：“你们消灭那些凶残的鬼子，我们再叙兄弟之情。”

高东虎昨天听到钦雪峰失事，虽然得知义弟被救，只是腿上负伤，一时无法突围返回基地，但还是一个晚上睡不安稳。今天一早，就带队赶来衡阳助战，他一听到钦雪峰那熟悉的声音，不知有多高兴，可那冷得有穿透力的声音，让他不由得打了个战。高东虎知道这位兄弟愤怒到了极点，他看了看目标，把机头一压，呼啸而下，一边扫射一边投弹。后面的轰炸机接着第二波，炸弹倾泻而下，五桂岭立刻成了一片火海。高东虎擦了一把汗，呼叫：“兄弟，任务完成，你现在回答我的问题，伤势怎么样？”

钦雪峰见我军冲上了五桂岭，他不想让兄弟为自己担心，只好实话实说：“我如果有问题，怎么会出现在阵地？”

高东虎一听，忙问：“那你为什么不突围？老爷子亲自打电报给方军长，难道是他不许你走？”

钦雪峰只好讲出自己的想法：“胡说！我是想留在这里就近给你们指示打击目标，再说，日军把这里围得铁桶似的，突围谈何容易？只要兄弟们随叫随到，帮助第10军兄弟守住衡阳城，我就是安全的。”

高东虎叹了口气，问：“湖秀还不知道，我如何解释？”

钦雪峰自信地说：“湖秀能理解我，再说她怀了我的孩子，即使我不幸战死也不遗憾，她会把孩子养大。”

高东虎一听大急：“你千万不能死！你如果死了，那我和威廉不战死也会急死。”

钦雪峰忙改口：“我哪会死呢，开玩笑。我同方军长住在一起，安全得很。”他顿了一下，叮嘱，“最好暂时别让威廉哥知道，就说我到桂林出差去了。”

江洪涛一会儿望望天上盘旋的飞机，一会儿看看说话的钦雪峰，一会又瞧瞧收复阵地的我军战士，他见机群离开了，好奇地问：“上尉，跟你通话的是谁？”

钦雪峰笑道：“他叫高东虎。”

江洪涛一听，叫道：“他就是东北虎！那你口中的威廉哥是不是就是美洲虎威廉·罗爱斯上尉？”

钦雪峰点点头，问：“你怎么知道？”

江洪涛高兴地说：“飞虎队的美洲虎、东北虎，加上你这华南虎，谁不知道啊？原先我还以为冠虎的人一个个高大威猛，想不到你倒像一位白面书生。”

这时，一位满脸硝烟的上校走了上来，他向钦雪峰敬了一个礼：“谢谢空军兄弟帮我团夺回了阵地，消灭鬼子整整一个中队，及时地为被敌人毒死的一连弟兄报了仇。”

钦雪峰急忙还礼：“空军、陆军是一家，消灭日本鬼子是我们共同的任务。”

江洪涛也上前敬了一个礼：“张团长，这位钦上尉就是我上次讲的华南虎，他为了留在这里就近为空军打击指示目标，就推说自己腿上有伤，无力突围返回基地。”

张应强听了，点点头：“别人想突围出去没有理由，你有理由却不愿突围，危难之中见真情啊！有你这样的空军兄弟，我们保卫衡阳就更有信心了。”

于是，飞虎队的华南虎自愿留下来帮助陆军兄弟守卫衡阳城的消息不胫而走，鼓舞了阵地上的官兵们。钦雪峰每天哪里紧张就往哪里跑，为赶来支援的空军指示准确的打击目标，往往使阵地转危为安。

这天，两人路过枫树山炮兵阵地，钦雪峰那套空军服成了招牌，立刻有人认了出来，一位少尉说：“连长，飞虎队的华南虎来了，空军的眼睛比我们强，请他看看吧。”

第 10 军是 1939 年换装的俄式装备，每个团有一个迫击炮连，第 28 团的白天霖连长正持望远镜观察目标，发现那边欧家町有一伙日军时而指指点点，时而围在一起，由于两地相距近千米，加上硝烟弥漫，看不清楚是些什么人。白连长一听，忙招手："华南虎兄弟，你来帮我们掌掌眼。"

钦雪峰点点头，拿起方军长送的高倍望远镜，加上视力好，他看了一会儿，忙说："是一盘好菜，其中还有鬼子一个将军，至于是少将还是中将，就看不清楚了。"

白天霖一听，大叫："我们中大彩了！全连八门炮一齐对准目标，吃下这盘菜。听我口令，预备——放！"

八门迫击炮炮弹呼啸而出，在空中画出八道白色弧线，弹着点准确落在目标区，炸出八朵染血的弹花。

原来，第 11 军司令官横山勇中将原打算一天攻下衡阳城，可第 68 师团和 116 师团都进展缓慢，他就去各师团督战。现在十多个一天过去了，连守军的核心阵还没有看到，这位军司令官不由得又急又气，他拿起电话，只吐出"八嘎"两个字，又去拿另一个师团的电话，照样是这两个字。第 68 师团的佐久间为人师团长受到斥骂，不由得又羞又急，就亲自带人到前沿观察阵地，选择突破口，想不到是他报应的时刻到了，撞到炮口下。佐久间为人当场被迫击炮弹片开膛破肚，死在送往武汉救治的飞机上。除这位中将师团长外，第 68 师团的参谋长原田贞三郎大佐、各联队的联队长和作战主任等重要幕僚，无一幸免，不是死就是伤。这次伤亡如此之重，瘫痪了前线作战的一个师团，创下日军阵前损失的纪录。

日军不顾伤亡，衡阳城志在必得，横山勇原准备用 68 师团和 116 师团进攻衡阳城，吸引中国军队增援，用强大的外围兵团予以围歼。但事与愿违，衡阳久攻不下，而中国的外围部队不肯入瓮，攻到城边又撤走。横山勇知道他一手抓不到两条鱼，只好调整部署，增加攻城部队，先拿下衡阳再说。日军大本营委派堤三树男为第 68 师团的师团长，组建了新的师团部，并补充了兵源。堤三树男新官上任，立功心切，督促部下日夜进攻。

第 10 军的压力骤然增大了，面对四面八方的围攻，虽然有空军不间断地支持，但还是无法抗拒日军的强大攻势，外围阵地相继失守，被压缩到核心阵地。现在他们被围得铁桶一般，完全同外界隔绝。原来统帅部规定守卫十天到两个星期的任务，现在已经坚守了三个十天不止，早就面临弹尽粮绝之境。好在有芷江空军基地派运输机空投，才得以坚持下来。

这一天，钦雪峰回到司令部，还一阵恶心干呕。阵地上倒着一层又一层的尸体，有我军的，更多的是敌人的，正值八月暑天，尸体腐烂快，臭气熏天，使人头晕目眩。钦雪峰接过江洪涛递过的水喝了一口，由于尸水渗入地下，连井水也有股尸臭味，他叹了口气，说："你以我的名义给芷江发个电报，空投些仁丹、万金油之类的驱臭防呕药。"

张广厚走了进来，点头道："这个建议好。"他拿出一个包裹，"钦上尉，这是随着物资空投下来的，写有你的名字，后勤处就送了上来。"

钦雪峰一看上面的字迹，就认出是王湖秀写的，心里一热，急忙解开布包，里面有一封信，还有个镔铁饭盒，他把信揣进口袋，打开饭盒，里面是油炸小干鱼，就递给江洪涛："这是我爱人寄来的，分给大家吃吧！"

江洪涛接过饭盒，他递给张广厚一条，自己也塞了一条，然后一边往外跑一边喊："好菜好菜！钦上尉爱人空投一盒干鱼，又香又脆，一人一条。"

钦雪峰见副官长也走了，就打开信封，熟悉的字体立刻传过一股汩汩的暖流，溢满全身，最后几句是："……我为你自豪，我们的孩子也会为他的父亲自豪，我为你保重，你也会为我、为孩子保重。你的爱人王湖秀。"这个晚上，钦雪峰差点梦遗。

这天，高东虎带着自己的分队为两架 C-47 运输机护航，飞到衡阳，他惦记钦雪峰，一来战场就呼叫："老弟，今天带来好东西，请查收。"

钦雪峰从江洪涛手里接过送话器："老兄，关键是要保证坚守衡阳的第 10 军的兄弟有饭吃有弹药，我的特供就免了吧。"

高东虎笑道："这不关我的事，老兄只管执行任务。"

钦雪峰知道是妻子和战友们的一片心意，只好说："那行，最好来双份，因为我在这里结识了一位好兄弟，他叫江洪涛。"

高东虎一听，忙说："好！你的兄弟就是我的兄弟，更是湖秀妹妹的兄弟，明天来双份特供。"

运输机太笨重，没有防护能力，考虑到日军地面防空火力，就在高空像母鸡下蛋似的，投下一个又一个伞包。谁知有风，加上我军坚守阵地面积不宽，空投的物资有一半落到日军的地面上。

钦雪峰见了，忙说："喂，怎么搞的？"

高东虎叹了口气，道："唉！真对不起陆军兄弟，我回去想想办法。那盒东坡肉千万别便宜了小鬼子。"

钦雪峰也在想办法，他爬到高处看了看，画了张图。两人回到住处，看到桌子上摆着一个镔铁饭盒，他庆幸没有落到鬼子手里。钦雪峰打开一看，里面果然装着东坡肉，还有几个鸡蛋，他取过盖子上的信，把饭盒递给江洪涛："你先吃吧。"

经过这么些日子的生死相处，这一对空军和陆军兄弟建立了信任和友谊，江洪涛闻了闻："好香啊，嫂子的厨艺真不错！"他放下饭盒，"还是等军座回来一起吃吧。"

烽火连三月，家书抵万金，只有经历战火的人才有这种心境，钦雪峰每天最快乐的时间就是看家书，他同王湖秀两颗被战火隔断的相亲相爱的心被这薄薄的信笺紧紧联系在了一起。现在的战争比过去的战争更残酷，但社会在前进，科技在发展，每天能收到空投的家书，他比古代的人幸运，也更珍惜。钦雪峰已经收到了 18 封家书，都放在图囊里，时刻带在身上，他坐在旁边的弹药箱，通过字里行间又看到了妻子的身影。

王湖秀知道军人从事的是最神圣最危险的职业，尤其战争年代的军人，她以前不在钦雪峰身边，为恋人担着心，自结了婚，为丈夫提着心。她每次看到丈夫的飞机掠过头顶，奔向战场，心就提了起来，直到丈夫回家。王湖秀读过许多写妻子倚门盼望征夫的古诗词，她有时也靠着篱笆张望，心境古今相同。有一次，她靠着篱笆胡乱遐想时竟睡着了，直到丈夫回来。晚上两人相拥的时候，钦雪峰说他的命长得很呢，不用担心。有天休息，两人就到湘西有名的古刹景星寺抽签问卦，果然连抽三签，皆是上上之签，顶多有惊无险。王湖秀知道神灵之说，信者有，不信者无，她宁可相信，于是没有以前那么提心吊胆了。那天任自强跑来，告诉钦雪峰飞机受伤，迫降在衡阳，但听到丈夫被自己人救回阵地。王湖秀又急又怕，但又不敢声张，生怕让威廉·罗爱斯知道，她一个晚上没睡，泪水打湿了半边枕头。

第二天，高东虎跑了来，大喊："老弟媳妇，好消息！我刚到衡阳，同雪峰联系上了，他现在当了方军长的空军联络员。不过要你不要告诉威廉，怕影响他养伤。"

王湖秀得到丈夫的确实消息，轻松下来，这也许就是签上所注的有惊无险。她点了点头，问："东虎哥，我能不能写封信，你帮我空投下去？"

高东虎一听，拍手道："这是个好主意，不过一封信投下去，不知飘到哪里去了。衡阳被围，一定会给守军空投物资，不但可以写信，而且可以弄些好吃的，包装在一起，写明收件人，连同物资一起空投下去。"

果然第三天，高东虎扛着一箱镔铁饭盒来到临溪小院，他见罗爱斯不在旁边，就说："明天要给衡阳守军空投弹药和粮食，我跟艾总管讲了，他很支持，说你小两口很浪漫。你准备好，我等一会儿来取。"

王湖秀好是高兴，可惜家里没有什么好菜，就把罗爱斯买的小干鱼油炸了，装进镔铁饭盒里。然后拿起笔，铺上信笺，写了起来。她知道丈夫现在最需要的是支持和鼓励，而不是思念和缠绵，那会让他心有旁骛。王湖秀写好信，装进信封，又写上"衡阳第10军司令部钦雪峰收，芷江临溪小院王湖秀书"。她把信用麻线绑在饭盒上，看看不牢固，就找了块布缝了个口袋，装了进去，在上面写上收件人。王湖秀拿着包裹走出房门，看到罗爱斯在外面，就说："哥，你先吃饭吧。"

罗爱斯却问："明天给妹夫买什么菜？"

王湖秀一听："哥，你都知道了？"

罗爱斯点点头："我知道你是怕我担心才瞒着，妹妹，你放心，我会安心好伤。我买菜，你炒菜，我们一家人虽然不在一起，但能吃上一锅菜，也不错。"

于是，王湖秀每次选丈夫爱吃的菜，精心炒制，有时还做桐叶粑、炒黄豆、煮花生等一些家乡小吃。

第二天，高东虎照例为运输机护航，来到衡阳上空，他低空俯冲了一次，然后掠上高空警戒。那架 C-47 调整方向，机尾一翘，一包又一包的东西投了下来，比昨天更怪，全部落在日军的阵地。

这可把近在咫尺、眼巴巴的第 10 军官兵气坏了，有人甚至骂道："浑蛋！资敌！空军里一定有鬼子的内奸。"

钦雪峰感到奇怪，明明是高东虎的 126 号机，可为什么不像往常那样一来就呼叫他呢？而自己呼叫也不回答，他看看旁边的方先觉，说："军座，这不是东北虎的性格，其中一定有什么名堂。"

日军由于中美空军的强力打击，不仅攻城进展缓慢，后勤补给也常常被切断被摧毁，作战的日军不时饿肚子。昨天尝到了便宜，牛肉罐头大大地好吃！今天看到运输机一到，都巴望着天上掉馅饼，连枪也忘记开了。真是天皇陛下保佑，敌人空投的物资全落在日军阵地。日军扑上前你争我夺，谁知伞包一扯开，立即冒起了烟，爆炸起来，这些饿着肚皮的日军就飞上了天空。

方先觉看到日军阵地陷入一片火海，笑道："这就是那位东北虎先生的名堂。"

这时，高东虎呼叫起来："雪峰老弟，为兄把鬼子昨天收去物资的利息收回来了吧？！"

钦雪峰笑道："老兄，你不要只管收利息，可我和兄弟们肚子还饿着呢。"

高东虎连说："放心，放心，今天是双份，把昨天的补回来。"

钦雪峰一听，明白他的意思，就说："你看到我们阵地上的布板箭头吗？我们坚守的阵地是长方形，要运输机飞行员从箭头前空投，飞过箭尾那两根电线杆就停止，转过弯重新再空投。”

高东虎应道：“明白！今天空投出问题，老爷子可要打我的屁股。”

不一会儿，两架 C-46 大型运输机飞了过来。高东虎和任自强从箭头两边呼啸而下，对日军阵地的防空火力实施打击。另两架战斗机对残存的敌军火力进行第二波清除。那两架大肚子 C-46 降低高度，从箭头前开始空投，到了那两根电线杆上空就停止，反复三次才把物资空投完毕。

空中飘着一线密密麻麻的降落伞，大包小箱的物资降落阵地，官兵们可高兴了。

这天，钦雪峰听说岳屏山打得很激烈，就同江洪涛赶了过去。这山不高，却是拱卫核心阵地的重要据点，争夺了多日。山下的尸体太多，臭气熏天，钦雪峰从小怕见尸体，这么多天来，尸体见得多了，有时一个活生生的人，突然枪声一响就变成了尸体，也就慢慢习惯了。他驾机空中作战，打下了 6 架日机，不知扫射、炸死了多少日军，但没有这么近距离接触死亡。钦雪峰被尸臭一熏，又呕了起来，江洪涛把剩下的一盒万金油掏出来，挑了一点，擦在他的人中处。坚守岳屏山的是张应强团的残部，他看到钦雪峰，忙招手：“小兄弟，你运气好，快过来看一出好戏。”

钦雪峰同这位为人豪爽、作战勇猛的团长打了多次交道，忙揉了揉人中穴，走了过去问：“什么好戏？”

张应强指指对面日军阵地上的一块巨石：“敌人每次进攻失败，都有人在那石后指手划脚。也许是欺负我们的炮弹打完了，奈何不得他们，有次竟探出身，还是鬼子一位少将。我们刚打退了他们进攻，估计那家伙又要出现。”

钦雪峰一听，忙说：“那我马上呼叫空军过来，收拾那鬼子少将。”

张应强摇摇头：“远水解不了近渴，再说飞机一来，他不会躲啊？”

钦雪峰想不出什么办法，只好问：“子弹又不会转弯，那怎么办？”

这位团长笑道："活该那鬼子少将倒霉！炮连那帮小子硬是从炸塌的工事里翻出八发迫击炮弹，足够他喝一壶的。"

他的话音刚落，那巨石后果然人头晃动，随即一顶钢盔从凹处探出来，举起望远镜朝这边观察。

张应强立刻命令："分两轮轰击。"他抬起手，"第一轮预备——放！"

四发迫击炮弹画出四道弧线，落在那巨石后，相继爆出四朵弹花。

张应强又举起手："第二轮弹着点稍有延伸——放！"

巨石后又升起四朵弹花。

原来第 68 师团 57 旅团的旅团长摩吉源少将对岳屏山久攻不下，无法突进第 10 军的核心阵地，对这位以前攻无不克的旅团长来说，已经是心力交瘁了。谁知新上任的师团长堤三树男立功心切，每日一催令，今天竟骂他是头蠢猪，优势的兵力，强大的炮火，还拿不下一个小小的翠屏山。摩吉源又急又气，决定破釜沉舟，先用炮火覆盖，然后步兵冲锋，两军绞杀一起，再用炮火覆盖，同归于尽。这位旅团长正在寻找突破路线，突然天降炮弹，呼啸而来。摩吉源运气太差，他本来躲过第一轮轰击，正向旁边的防空壕跳去。谁知第二轮的一颗迫击炮弹正穿过还在空中的这位旅团长的腹部，他还没有落地就魂飘东瀛了。

这天晚上，钦雪峰睡在行军床上，正在做梦，忽然被推醒，他爬起来一看是江洪涛，忙问："哪里需要支援？"

江洪涛摇摇手，低声说："情况有变，军座要我带你突围出去。"

钦雪峰一听，又问："什么情况？现在被鬼子围得像铁桶一样，如何突围？"

江洪涛拿出一张纸："这是军座给我的。据特务营侦察，这里有条下水道，穿过敌人的占领区，直通湘江边。那里只有日军的巡逻哨，我们利用夜幕掩护，顺江而下，运气好的话，就能突出敌人的包围圈。"

钦雪峰看了看他："那为什么军座不走？"

江洪涛叹了口气："上面给我们第 10 军的任务是在衡阳坚守十天到两个星期，而我们孤军已经守了 40 多天。照理说军座可以突围，但还有这么多兄弟，尤其伤病员就有几千，他怎么肯丢下这些生死兄弟？”

钦雪峰听了，坐回床上：“那我也不走，虽然本人是空军，但几十天来，我已经同第10军的兄弟同甘共苦，血肉相连，岂能独自逃生？”

江洪涛又叹一口气：“军座知道你不肯走，要我传达他的命令，你必须撤出这里，理由是你回到芷江比留在这里更有用。如果你不走，就以抗命处理。”

军人以服从命令为天职，何况这个命令饱含对自己的关心，钦雪峰还有什么可说的呢？

两人按照草图，找到下水道入口，钻了进去。江洪涛点亮蜡烛，在前带路，沿着水流而走，积年的臭气加上尸水的流入，熏得他们喘不过气来。钦雪峰把两边衣服袖子撕下来，一人一只蒙在脸上，才好容易走出下水道。两人避过日军的巡逻，摸到湘江边，扑入水中。

第十三章　冲击军统站

钦雪峰从小在舞水河边长大，有浪里白条之称。江洪涛出生在湖边的汉寿县，他的姓名三个字都带水，自然水性不差。两人借着微弱的星光，顺流而下，不时听到两岸传来的枪声，碰到敌人巡逻船，就潜入水中。他们不知游了多远，只见东边越来越亮，知道该上岸了，如果在水里被敌人发现，那只有当靶子的份，再说游了这么久，水性再好也累了。两人在一座山脚游到岸边，脚踏上陆地，终于松了口气。钦雪峰是飞行员，方向感灵敏，他四处看了看，估计到了衡阳西北的20里远近。现在当务之急是填饱肚子和换装，这才能在路上行走，碰上敌人也能对付。

两人交换了一下看法，就向山上摸去，找到一个小村子，却是残垣断壁，显然是日军所为。江洪涛看到村边有块瓜地，还长有稀疏的西瓜，就跑过去摘了一个。两人坐在一处隐蔽的地方，钦雪峰从包里掏出一把小刀切开。暑热的天，两人吃了又沙又甜的西瓜，精神也有了，就商量去向。钦雪峰看了看方位，决定直插宝庆，那里还是我军控制，到了自己的地方，就好办了。

两人不敢走大路，拣小道而行。谁知转过一个路口，正碰上一股日军，狭路相逢，只有开打。钦雪峰有一支0.45英寸的科尔特自动手枪，一次可射八发子弹；江洪涛是支左轮枪，可射六发子弹，但都是短枪，显然处于劣势，只有一边打一边向山上跑去。两人转过一道山嘴，正碰上紧追不舍的日军，钦雪峰急忙开枪，突然胸口一痛，跌倒在地。江洪涛吓了一跳，返身跑过来相救。不料钦雪峰翻身跃起，拉着江洪涛跳到路下溪坑，利用山石树木的遮掩，终于甩脱了敌人的追击。两人累坏了，躺在半山树荫下，江洪涛看他胸口衣服破了洞，忙问：“钦哥，受伤了？”

钦雪峰摸了摸胸前的口袋，掏出一个油纸包，看到上面嵌着一颗子弹，不由得哈哈大笑：“这包信救了我一命。”

江洪涛一听，明白了，叹道：“你把嫂子空投的信包在油纸里，放在心口上，这是爱情救了你。”

钦雪峰点点头：“我收到她22封信，怕身上的汗水打湿，就用油纸包了，昨晚下水又加了一层油纸，放在上衣口袋里。唉，这些信给我当了盾牌。”

两人休息了一阵，又往西北方向走，穿过一弯田垅，看到那边山脚下有户人家，就绕了过去，观察了一阵，没有发现异常情况，就走了进去。这是三口之家，正准备吃中饭，钦雪峰见他们害怕，忙说：“我是飞虎队的人，刚从衡阳逃出来，想买点东西吃。”

那中年汉子一听，忙说：“你们是飞虎队，专门打鬼子，那还买什么？”他转过身对中年妇人吩咐，“把那只报晓的公鸡杀了，省得鬼子找来，让那些扁毛畜生抢去吃了。”

钦雪峰好是感动，忙说：“鸡就别杀了，我们随便吃点什么，还要赶路。”

那中年汉子点点头：“这里也不安全，鬼子经常从对面路过。可家里只有荞粑，也没有什么菜，你们吃坛子里的暗菜吗？”

钦雪峰笑道：“我们都是湖南人，爱吃暗菜。”

那中年妇人就从坛子夹出酸萝卜、酸豆角，切碎，撒上油泼辣椒，又从锅子里铲出两大碗荞粑，端了上来。

两人风卷残云，很快吃完了。

那中年汉子见钦雪峰掏钱，忙摇手：“你们飞虎队出生入死打鬼子，吃餐小菜饭收钱，那我还是中国人吗？”

钦雪峰想了想，说：“大叔，我是想买两套衣服把军衣换下，走路才方便。”

那中年妇人见丈夫点头，跑进房里翻出两套衣服，走了出来。

两人走进柴屋换上便衣，钦雪峰知道这家不会收钱，走了过来道了别，然后丢下几块光洋，就跑了。

江洪涛见那汉子没有追了，就招招手，他看看钦雪峰身上的小包说：“钦哥，你那真是万用包，什么东西都有。”

钦雪峰点点头：“我们飞行员配有保险金口袋和万用小包，以备迫降生存之需。口袋装有银元和纸币，够一个月生活之用。小包里面的东西可就多了，有一把利刃、一顶小蚊帐、一包防水火柴、止痛药片、救急药水、指南针，还有巧克力糖、留兰香肠、香烟、压缩饼干，都有防水装置，甚至还有全套钓鱼小工具，可惜大多丢在衡阳了。”

江洪涛听了，好是羡慕：“我要是能当上飞行员，那该多好啊！”

钦雪峰拍拍他：“你身体不错，年纪也不大，有希望。”

两人转过一道山嘴，看到那边山梁上有几户人家，就摸了过去，来到靠边的一户人家，钻了进去。屋里一位50来岁的妇人正蹲在地上切菜，见突然闯进两个不速之客，吓得跌坐在地上。钦雪峰忙上前扶起：“婆婆别怕，我们是刚从衡阳城里逃出来的。”

老妇人看看他们：“你们是守衡阳第10军的人？”

江洪涛忙点头：“是的。我们在衡阳城守了40多天。”

这时，一位30多岁的汉子走进来，大声质问：“你们既然守了40多天，为什么今天又向鬼子投降了？”

钦雪峰一听大惊：“不！不会的！昨天还打得很厉害。”

那汉子指指外面：“这里离衡阳城只有十多里路，枪炮声日夜可闻，现在还听得到声音吗？”

钦雪峰走到外面，拿出方先觉所送的高倍望远镜一看，衡阳城残垣断壁中所冒出的硝烟历历在目，却没有听到枪炮声。他转过身问：“你是怎么知道的？”

那汉子冷哼一声：“这么大的事，谁包得住？”他把脚一顿，“当兵的逃跑，当官的投降，我们老百姓养你们这些军人干什么？滚！”

钦雪峰见江洪涛要分辩，就一把拉起他，往外走去。

两人一路无语，翻过山梁，爬上一座山峰，在一处滴泉喝了水，就靠坐在路边一棵大树下。江洪涛看了看钦雪峰：“钦哥，你对这事有什么看法？”

钦雪峰摇摇头：“方军长连突围都不肯，那我就更不相信他会投降了。”

江洪涛想了一下，又问：“如果军座为第10军残存的兄弟和几千伤病员考虑呢？”

钦雪峰一听，跳了起来：“小江，你知道些什么？”

江洪涛点点头，叹了口气，说：“前天，日军发出最后通牒，限方军座三天投降，不然攻下我们的阵地，将会屠城，不但杀光衡阳城未及撤出的老百姓，而且第10军活着的人，包括伤病员，一个不留。如果举白旗缴械，就保证优待，一个不杀。方军座开始不肯答应，有人就说他为了自己的名誉，而置数千跟随他拼杀了40多天的部下不顾。后来这种声音越来越大，有人甚至提出要单独同鬼子谈判。”他顿了一下，“方军座考虑再三，说了句‘这比死更难啊’，就派代表过去谈判，如何保证第10军兄弟的安全。他随后把我叫去，拿出那张图，命令我连夜护送你出城……”

钦雪峰听到这里，明白了，说：“方军长知道日军最恨飞虎队飞行员，他怕我受到伤害，就派你先把我送出来。”

江洪涛点了点，问：“千古一难唯一死，有什么比死更难呢？”

钦雪峰叹一口气，道：“我们中国的传统观念是忠臣死节，千古留名。如果投降敌人，那就是失节，会背上千载骂名。方军座矢志战死疆场，坚守衡阳40多天就是证明。面对他的是，投降可以救数千兄弟的性命，而自己就会背上不忠的骂名——这就是方军座说的那句话，这比死更难啊。”

两人翻过衡山余脉，从风波岭进入宝庆地界，经打听，这里还没有日军。谁知来到水东江，被当地驻军抓住。江洪涛忙表明身份：“我是第 10 军通信处报务员江洪涛中尉。”

带班的是 74 军 51 师 152 团第 2 连上尉连长曾凡良，他一听是第 10 军的人就火了，骂道：“败类！堂堂的中国军人，竟向小鬼子投降，辱没祖宗！”

江洪涛忙分辩：“可我们坚守衡阳城 40 多天……”

曾凡良一声冷哼：“龙头蛇尾，何必当初！”

江洪涛也火了:“你们在这里讲风凉话,为什么不赶去衡阳城增援！”

曾凡良大怒，伸手就是一拳：“你们投敌就是叛国，还理直气壮！”

围观的官兵吼道：“打死这叛国的败类！”

钦雪峰奋力扶起被众人拳打脚踢的江洪涛，他掏出军人证明书，大声说：“我是中美空军混合联队第一大队上尉飞行员钦雪峰。各位兄弟，这位江中尉是先天护送我突围的，即使有罪，也与他无干，请你们听我讲几句。”

曾凡良一看证明书，双腿一并，向钦雪峰敬了个礼，喊道：“弟兄们，他就是我们飞虎队的华南虎。请他讲话！”

喧闹的官兵一下安静下来，并向钦雪峰行注目礼。

钦雪峰把腰一挺，向官兵敬了转转礼：“兄弟们，我驾机支援衡阳作战，飞机受伤迫降，第 10 军的兄弟把我救了。于是，我有幸同他们一起战斗了 30 多个日日夜夜。我现在只提两个问题，请大家设身处地想一想。第一个问题，衡阳之战，双方共死了数万人，可谓尸山血海，现在正值热天，尸体半天就臭，在那尸臭熏天的地方坚守了 40 多天，需要多大的意志啊？第二个问题，第 10 军已经被压缩到一块很小的阵地，面临弹尽粮绝的境地，日军最后通牒，不放下武器就屠城，那么是一个带兵长官的名誉重要，还是数千伤兵的生命重要？”

这些官兵听了，一个个面面相觑。

江洪涛泪流满面，仰天大呼：“谁还我们第 10 军一个公道？”

陈纳德和艾尔索普正在办公室商量日军占领了衡阳,完成了所谓“一号作战”的第二步，下一步就是广西作战，打通湘桂线，以图占领柳州和桂林这两个重要的中美空军基地。敌变我变，必须防患于未然。

肖克邪匆匆走了进来：“将军，据传第10军军长方先觉放下武器，向鬼子投降了？”

陈纳德点点头：“他们孤军守卫衡阳城48天，那位方军长尽了力，也创造了中国战场的奇迹。”

肖克邪叹了口气：“他们是打得很顽强很艰苦，但方先觉应该有民族气节，就是战死，也不该向敌人投降啊。”

陈纳德摇摇头：“NO！上校，我问你一个问题，是方先觉个人的名誉重要，还是几千部下的生命重要？”

艾尔索普见肖克邪不知如何回答，就说：“人的生命重于一切，在那种处境，方将军的选择是正确的。美军在马来半岛的温赖特将军，英军在香港的莫德庇将军，如果两位带兵长官只顾自己留名，而不管数万、数千部下的死活，那也未免太自私太残忍了。”

肖克邪听了，几乎作声不得，这虽然是东西方价值观的不同，但也不无道理啊。他想起了自己最关心的事，忙问：“钦雪峰有消息吗？日军最恨我们飞行员，如果落在他们手里，那就麻烦了。”

艾尔索普看看他，说：“克莱尔将军相信他的徒弟，难道你这长官不相信你的部下——我们那位智勇双全的华南虎？”

陈纳德点了点头，道：“我现在担心的是他的妻子，如果一时没有雪峰那孩子的消息，恐怕会出问题。”

肖克邪听了，忙说：“那我去看看王湖秀。”

王湖秀是位坚强的女人，她把对丈夫的担心和思念都埋在心底，信里写的是安慰和鼓励；每道菜精心烹制，寄托着自己的感情。可一连几天来，高东虎都没有来取信和菜去空投，她不由得紧张起来。战局瞬息万变，衡阳被围40多天，钦雪钦失陷有33天，难道衡阳城被鬼子攻破了？王湖秀越想越害怕，原来还可以找义兄商量。威廉·罗爱斯腿伤未愈，就找到陈纳德，坚决要求投入支援衡阳守军的战斗，他接替了钦雪峰的职务，搬回了飞行员宿舍。王湖秀再坚强，但她毕竟是女人，对丈夫刻心铭骨的思念和心惊肉跳的担心，使她不由得倚在篱笆上，仰望苍天，泪流满面。

肖克邪走了过来，看到王湖秀思念征夫那憔悴的样子，虽然见得多，但也太揪心了。他上前拍拍她，安慰道：“孩子，别太担心，我相信雪峰不会有事。”

王湖秀见是肖大队长，忙擦了擦眼泪，问：“肖叔叔，衡阳是不是让日军攻占了？”

肖克邪点点头，他叹了口气：“第10军弹尽粮绝，无法坚持，同鬼子谈判，缴械了。”

王湖秀一听，大惊失色：“那、那不是向鬼子投降吗？”

肖克邪点了点头，却说：“至少可以挽救不少人的性命。”

王湖秀摇摇头，坚定地说：“雪峰绝不会投降。”

肖克邪了解钦雪峰，别看他不露锋芒，却是条宁折不弯的铁汉子，不由得心里一紧，口不应心地说：“凭他的智勇，一定会逃回来。”

王湖秀知道这位大队长是关心自己安慰自己，就说：“肖叔叔，你放心，我不会有事。”

肖克邪点点头：“这就好。我有雪峰的消息，马上告诉你。”

王湖秀送走肖克邪，得知衡阳目前的情况，更增加了几分愁怀和思绪，凭着丈夫的一腔爱国情怀，他绝不会投降日军，那就只有两种可能——战死和逃走。王湖秀一急，不由得又呕了起来，她才记起，自己怀孕了，怀上了钦雪峰的孩子，那即使丈夫战死，自己也要坚强地活下去，为钦家留一个后人。王湖秀想到这里，擦干了眼泪，听师母白素华讲，妊娠期间的情绪对孩子的发育影响很大，她要养一个健康的宝宝，才对得起深爱自己的丈夫。她为了驱赶愁情思绪，拿起许久不用的竹箫，坐在吊脚楼上吹了起来。

岛田美津子原以为冒充曲宏光的外甥女包玉兰，只要谨慎行事，就不会引起怀疑，谁知最近她发现，自己被军统的人盯上了。她反复检讨几次行动，并没有什么纰漏，如果让他们盯着，就无法去获取情报，怎么办呢？岛田美津子决定把军统的视线引开，于是她想起了王湖秀，上次杀帕克·西姆斯特夺取情报，就是嫁祸于她。这个“克部队”成员打定了主意，就假借送菜的名义，来到临溪小院。岛田美津子听王湖秀在吹箫，还以为她不知道衡阳被日军攻占的情况，把握更大了，老远就喊：“湖秀姐姐，你还有心思吹箫啊？”

王湖秀慢慢被自己的箫声所陶醉，忘记了一切，被她一喊，又拉回到残酷的现实，她站了起来，问：“玉兰妹妹，曲老师好了吗？”

岛田美津子摇摇头：“伤筋断骨一百天，不过可以下床了。”她把买的一块肉往桌上一放，“舅母要照看舅舅，就要我把菜送过来。”

王湖秀点点头：“谢谢师母的关心。”

岛田美津子看了看王湖秀说：“湖秀姐姐，你还不知道吧，衡阳被鬼子占了。”她故作神秘地凑上前，“第10军军长方先觉举白旗投降了。”

王湖秀叹了口气：“坚守衡阳48天，弹尽粮绝啊。”

岛田美津子一愣，她想了想说：“原来姐姐知道了，但有一件事你不知道，那就是军统的人要抓你。”

王湖秀一听，怒道：“他们凭什么抓我？”

岛田美津子暗自高兴，她假装叹一口气：“雪峰姐夫不是陷在衡阳吗，他也投降了。军统的人最恨叛国者，当然对家属也不放过。”

王湖秀听了又急又气，头一晕，差点摔倒，她扶着栏杆坐了下去。

岛田美津子见达到了效果，就站了起来：“湖秀姐姐，我不敢多留，你保重。”

日军占据了战略要地衡阳，打开了向广西进军的大门，立即实施“一号作战”的第三步，打通湘桂铁路，占领柳州和桂林两座重要的中美空军基地。陈纳德哪会让他们轻易得手，立刻指挥在芷江的中美空军混合联队，和美军第14航空队其他部队，对日军实施打击。高东虎和威廉·罗爱斯带着自己的分队，日夜出击。

今天，威廉·罗爱斯对进军桂林的日军进行空袭，高东虎带队对全州的日军进行打击，两人却在相同的时间返回芷江基地。他们今晚没有战斗值勤，就相约到临溪小院看望王湖秀，现在钦雪峰生死不明，作为兄弟却无能为力，只有祈祷，只有照顾好王湖秀。两人来到小院，推开篱笆，却见房门锁着，罗爱斯以为这位中国妹妹在菜园里，就放声大喊："湖秀妹妹，我饿了，快回来做饭！"

高东虎摇摇头说："她如果在家里，就一定不会锁门。"

罗爱斯到菜地看了一下没人，就跑了回来，自言自语道："可湖秀妹妹哪里去了呢？"

高东虎想了一下，说："她遵照艾总管的意思，为避免军统找麻烦，这么久来一直没有离开这里，连街上也没有去过。那只有两种可能，一是听到衡阳守军投降，找雪峰老弟去了。二是军统趁雪峰不在家，我们忙于战斗，把湖秀抓了去。"

罗爱斯一听，就说："第一种可能性小，第二种可能性大，一定是安子健那猪猡不死心，把湖秀妹妹抓了去。走，到军统站要人去！"

高东虎一把拉住他，劝道："别莽撞，我们还只是猜测，没有根据，他们会否认。"

罗爱斯叹一口气："我们又不是侦探，哪里去找证据？"

高东虎想了想说："如果真是军统的人抓的，那一定会有人看到，至少他们在这里出现过，我们去找人问一下。"

第二天一早，罗爱斯、乔治·雷克托和弗雷德·霍奇等美军飞行员坐第一辆吉普车，高东虎和任自强等中国飞行员坐第二辆吉普车，直奔芷江军统站。

芷江军统站在城边一座前后两进窨子屋，外面没有明岗，里面却布暗哨，门楼上开有瞭望孔，监视走过来的人。值班的是廖长生，上次出了车祸后，就调到内勤组，他见风驰电掣般驶来两辆美军吉普车，看到前面开车的是威廉·罗爱斯，知道没有好事，忙喊："关门！快关大门！"

行动队长丁思远听了，骂道："放屁！谁敢在老虎头上动土？"

罗爱斯一踩刹车，奔驰的吉普猛然停下，扬起的灰尘冲进军统站大门。美军飞行员一个个跳下车，冲了进去。霍奇一边走一边喊："谁是猪猡安子健，滚出来！”

丁思远见闯进来的是一帮美国飞行员大爷，也傻眼了，他急忙走上前打拱：“有话好说，有话好说。”

雷克托见罗爱斯摇摇头，把他一推：“你又不是安子健，走开！”

丁思远不知安子健什么事得罪了他们，只好说：“站长有事外出，没有在这里。”

罗爱斯一听，掏出枪就是几发子弹，打得瓦片飞溅，嚷道：“我们知道安子健在这里，如果他当乌龟王八蛋，大爷们今天就把你们军统站拆了。”

安子健因为帕克·西姆斯特中尉被杀一案至今未破，受到上司斥责，现在衡阳陷落，芷江更凸现了战略地位的重要，如果不把潜藏的日谍挖出来，再出点什么事，他可就吃不了兜着走，所以这些日子，亲自带人排查线索。安子健一大早就起来，连打拳也没有了兴趣，就坐在办公室梳理这些日子调查的情况。他听到前面一阵喧哗，随即又响起了枪声，吓了一跳，不知发生了什么事，就一把掏枪，打开门，向外走去。

廖长生跑了进来，忙说：“站座，是美军飞行员来找麻烦，躲一躲吧。”

安子健一听，斥道：“躲得了吗？能躲吗？”他把枪一插，走出中门，喊道，“诸位！有什么事？”

罗爱斯冲上前，一把揪住他，然后扯开自己的衣服，露出腰上挂的手雷：“你今天不把我妹妹王湖秀交出来，我们就一起去见你们的阎王。”

安子健不知道发生了什么事，现在听说是王湖秀失踪了，也吃了一惊，他摇摇头：“这与我们无关。”

雷克托见他否认，上前质问：“那你昨天上午到临溪小院那边干什么？”

安子健皱皱眉：“我昨天上午确实到过那边，也看到过王湖秀，但我没有进临溪小院。”

罗爱斯手一紧：“你没有进临溪小院，并不代表你没有抓王湖秀，你可以派手下去干。”

安子健摇摇头：“我可以负责任地告诉你们，芷江军统站没有抓王湖秀。”

雷克托想了想：“那你去临溪小院干什么？”

安子健一直忍气吞声，他再也忍不住了，反问道：“先生，这是我自己的国家，何0况我身负责任，我哪里不能去？”

罗爱斯急眼了，他拿起手雷：“伙计们，你们退出去，他今天不把我妹妹交出来，就同归于尽！”

这时，艾尔索普赶了进来，喝道：“威廉，别莽撞！放下手雷，我跟安站长谈谈。”

罗爱斯摇摇头：“他今天不把湖秀妹妹交出来，我决不放手。”

艾尔索普掏出一封电报，问：“我们那头华南虎先生要你去接，你也不去？”

罗爱斯一听，急忙松开安子健，他跑了过来，拿起电报一看，高兴得跳了起来：“哈哈！雪峰妹夫脱险了，我去接他了。”他随即叹了气，“唉！可他回来，湖秀妹妹不见了，我如何交代呢？”

艾尔索普拍拍他，说：“你去宝庆把雪峰小子接回来，也许你湖秀妹妹就有消息了。”

罗爱斯点点头，他把手一挥，喊道：“伙计们，走，我接回雪峰小子，请大家吃龙虎宴！”

飞行员们像潮水一般涌出军统站大门，跳上汽车，疾驰而去。

安子健指指远去的汽车，问：“中校先生，他们就这样走了？”

艾尔索普明白他的意思，反问道：“你难道要我把他们叫回来？”

安子健在这位美军中校面前总好像矮了一截，他愤愤地说：“他们无故冲击军统站，还威胁于我，难道就这么算了？”

艾尔索普看了看他，说：“站长先生，用你们中国话说，兔子急了也咬人，何况是头美洲虎，你真想同归于尽？”他顿了一下，“我早上检查战斗值班，发现这么多飞行员脱岗，才知道到你这里来了。现在战局你知道，如果真是芷江军统站影响了战斗值班，那追究起来，恐怕你承担不起。”

安子健一听，急忙分辩：“我们绝对没有抓王湖秀，这真冤枉了。”

艾尔索普看看他，问：“那你去临溪小院干什么？”

安子健拉他走进自己的办公室，只好实话实说：“经过反复筛查，帕克·西姆斯特中尉被害现场，有人看到包玉兰从那间破屋走出来，于是那女人就进入我们的调查视线。昨天上午，我跟踪她到临溪小院，也着实看到过王湖秀。包玉兰离开后，我也离开了那里。”

艾尔索普一听，忙问：“那包玉兰是哪里的？”

安子健叹了口气，道：“包玉兰是第一大队轰炸机第二中队的中队长曲宏光少校的外甥女，因为还没有证据，才没有动她。”

艾尔索普点点头说：“我相信你。不过，你也尝到被冤枉的味道，也不是坏事。”他顿了一下，安慰道，“他们冒犯了你安站长，我会送他们到‘假日堡垒’去。”

安子健哭笑不得，忙说：“现在正是用人之际，就免了吧。”

艾尔索普听了，抱抱拳：“那我替他们谢谢你安站长宽宏大量，但军纪不可废。”

钦雪峰和江洪涛被当地驻军一级一级护送，当晚送到佘田桥营部，第二天送到两市镇团部，第三天送到宝庆的 74 军 51 师师部，受到师长周志道将军的盛情款待。钦雪峰归心似箭，在师部向芷江基地发了份电报，请求派飞机前来接他回去，并注明有两个人。

原来艾尔索普得知飞行员们连战斗值勤也不顾，就开着车去了军统站，那一定发生了什么事，他知道这些部下的德行，打仗不要命，闹起事来也不要命，正不知如何平息，接到这封电报，解决了这位总管的难题，他立刻驱车赶到军统站。果然，威廉·罗爱斯一看到电报，也顾不得找安子健的麻烦了，就带着一帮生死兄弟跳上车，开回机场。值班室安排罗爱斯和高东虎去宝庆接钦雪峰一行，并把联络信号和降落地点告诉他们。

宝庆没有机场，钦雪峰见师部前面的公路平直，适合 P-51 起落，就请求周师长派人准备了两堆柴草，他见约定的时间将到，就把柴草点燃，两股烟柱冲上天空。

不一会儿，两架飞机飞临宝庆城上空，盘旋了一圈，降低了高度，对着公路落了下来，先是 296 号机，后是 126 号机，降落在公路上。威廉·罗爱斯和高东虎先后跳下飞机，向钦雪峰奔来。

钦雪峰迎上前，三个人紧紧拥抱在一起，久久地拥抱在一起。

陆军兄弟第一次这么近距离地看到画着鲨鱼头的飞虎队飞机，并能把公路当跑道降落，很是新奇。现在看到空军兄弟战友情深，更受感动，都鼓起掌来。

钦雪峰看到周志道走了过来，拍拍两位兄弟，介绍道："这是我们 74 军 51 师师长周志道将军，他们为了支援衡阳作战，伤亡不小。"

罗爱斯和高东虎向周志道敬礼："谢谢将军善待我们兄弟，以后只要您需要，我们随时效力。"

周志道握着他们的手，笑道："好！今后同鬼子打仗，有你们飞虎队三头老虎的支持，那我们胆子更壮了。"

钦雪峰向周志道敬了礼："周师长，谢谢你的款待，我们走了。"

周志道点点头："那我们以后在战场上相见。"

钦雪峰上了罗爱斯的飞机，江洪涛上了高东虎的飞机，两架飞机先后升空，围着欢送的陆军兄弟转了三个圈，摇摇翅膀，才掠上高空，飞过巍峨的雪峰山。从宝庆到芷江的空中航路不足两百里，话还没说完，已经降落机场。四个人跳下飞机，钦雪峰看到艾尔索普走了过来，忙迎上来，把腰一挺："报告总管，钦雪峰归队，请求调拨一架飞机，我要投入战斗。"

艾尔索普先拥抱了他，打量了一阵，点点头："我们的华南虎先生，气色不错，可以投入战斗。但你师傅去了昆明，我刚通了电话，要你好好休息，等他回来。"他转过身对罗爱斯和高东虎说，"我得到情报处证实，王湖秀失踪，同安子健没有关系，那你们冲击芷江军统站，就要承担责任。”

罗爱斯把腰一挺，说：“总管，我是这次事件的组织者，与其他兄弟无关，送我进‘假日堡垒’去吧。”

艾尔索普举起食指摇摇：“NO！按照军纪，无论组织者和参与者都要受到处罚，你们也别想偷懒，去值班室，那里有安排。”

两人一听，高兴得转身就跑。罗爱斯跑了几步又回来，他掏出一把钱塞到钦雪峰身上：“我给兄弟们许了诺，请兄弟们吃龙虎宴，你这发明者回来了，那就劳驾吧。”这头美洲虎向艾尔索普飞了个吻，追高东虎去了。

艾尔索普叹了口气，说：“唉，这些小子啊，尽给我惹祸。”他拍拍钦雪峰，“你爱人失踪了，你别急，我们正在寻找，应该不会有事，你好好休息吧。”

钦雪峰在飞机上已经听罗爱斯讲了，爱人失踪，哪能不急呢？但急有什么用，兄弟们已经冲击了军统站。他把腰一挺：“谢谢总管关心，吉人自有天相。”他拉过旁边的江洪涛，介绍道，“他叫江洪涛，是第10军司令部通信处中尉报务员，他一直是我在衡阳陆空联络的助手，又是他帮助我突围。江中尉想加入我们空军，请总管想想办法。”

艾尔索普点点头：“这好办，等你师傅回来，我跟他说，安排到电讯处。”

江洪涛一听，上前敬了一个礼：“报告长官，我体质好，想当飞行员，上天打鬼子。”

艾尔索普看看他：“这更好办，送你去昆明航校学两年，就能上天。”

江洪涛听了，忙摇头：“两年？鬼子打完了。那我还是到电讯处，为打鬼子服务。”

钦雪峰带着江洪涛回到临溪小院，他压抑着对王湖秀的思念，把家里家外打扫了一遍，他相信爱人一定会回到自己身边。江洪涛很是勤快，他会做饭会种菜会洗衣，样样抢着干，有空还到河边去钓鱼。

这天，两人到渔船上买了两条白鳝和两只团鱼，又上街买了牛排和松菇，准备做罗爱斯交代的龙虎宴。钦雪峰正在忙乎，看到白素华带着包玉兰来了，忙迎上前：“师母，你怎么来了？”

白素华指指包石玉兰手上的篮子：“老曲听说你们弄什么龙虎宴，他急于驾机上天打仗，正在搞体能恢复训练，就要我过来帮忙，烧你爱吃的东坡肉。”

钦雪峰笑道：“那就有劳师母和玉兰妹妹了。”

包玉兰四处看了看，故意问：“雪峰哥，我湖秀嫂嫂呢？”

钦雪峰一停下来，满脑子就是爱人的身影，只有做事才能暂时抛开，他也试图不去想，但难以做到。现在听她一问，就像被针刺到了一下似的，他吞了口唾沫，说：“可能是走亲戚去了吧。”

白素华瞪了外甥女一眼：“多嘴。”

下午，陈纳德从昆明飞回芷江，他处理了几件积压的文件，看到艾尔索普走了进来，就说：“我可要批评你，慈不掌兵。威廉那些小子胆大妄为，仅凭猜想就带人去冲击芷江军统站，有违军纪啊！”

艾尔索普一听，抗争起来：“我并没有因为他们是飞虎队的老班底，就放纵他们，而是给予了比去‘假日堡垒’更严厉更危险的处罚，让组织者和参与者额外增加了一次战斗出勤。”他叹了口气，“这说不定他们会丧命啊！我现在为自己这个决定而害怕而内疚，我是不是变得没有了人性？”

陈纳德对自己这位老友和忠心的助手有比别人多的了解和理解，见他自责起来，忙说：“我是提醒，不是责备。”

艾尔索普摇摇头：“我不打算从军，也没有慈不掌兵之说。战争一结束，我就脱下军装去干老本行，当记者。我之所以跟你来中国，是我为日本侵略中国而不平。”他略一顿，“那些最初跟你来中国的老飞虎队员，大多数是因为心怀正义，他们出生入死，现在剩下来的人不多了。他们冲击军统站，虽然有错，但不是为自己，而是为不平为伸张正义。可我还惩处他们，真后悔啊！”

陈纳德被他说得也动了感情，叹道：“那么多战友牺牲了，想起他们就难过。战争结束了，我们飞虎队要成立个协会，活着的人为死去的人做点什么。”

艾尔索普一听，眼睛亮了，忙点头：“你当主席，我还当总管。”

这时，威廉·罗爱斯闯了进来，他敬了礼：“两位长官，邀请你们参加我们的龙虎宴。”

艾尔索普转过身问：“你对增加一次惩罚性战斗出勤，有什么看法？”

罗爱斯把腰一挺：“报告总管，谢谢你给我们增加了一次打击鬼子的机会。”

陈纳德见艾尔索普还要说什么，就拍拍他：“走，赴宴去，那可是你喜欢吃的龙虎斗。”

那蜷缩在桌子下的乔也跳了起来，甩着尾巴往外走。

临溪小院可热闹了，两张小竹桌子拼起来也摆不下，就干脆把龙虎斗、东坡肉、煎牛排、煎鸡蛋、松菇汤和几样时令小菜放在楼板上，大家席地而坐。当然陈纳德和艾尔索普坐在正面，乔·雷克托、弗雷德·霍奇、威廉·罗爱斯、高东虎、任自强，加上主人钦雪峰，十多个人围坐在地板上，每人面前摆着一瓶开了的美国香槟酒。白素华是女士，就坐在小凳上。江洪涛和包玉兰是小辈，就充当服务员，一个开酒瓶，一个端菜。在这种场合，罗爱斯最活跃，他举起酒瓶：“第一瓶酒，庆贺我妹夫雪峰小子平安归来！”

大家举起酒瓶互相碰了碰，有的一个长虹吸水，把一瓶干了再吃菜，有的喝一口舀一匙菜，边吃边侃。

罗爱斯敲着酒瓶催了几次，有的才把酒喝完，他又拿起一瓶香槟酒：“这第二瓶嘛，当然是祝贺我们老爷子身体健康，万岁万岁万万岁！”

大家一听乐了，举起酒瓶齐喊：“老爷子，万岁万岁万万岁！”

陈纳德笑道：“孩子们，你们是要老爷子成老妖怪啊。”

包玉兰，不，岛田美津子，她站在一边，眼睛里掠出一抹凶光，我要让你们全体为老妖怪陪葬！她今天过来就做了准备。上司一再催促她在芷江采取有效行动，可除了杀掉一个黑人中尉外，她无所作为，她还因为那次假情报，使空军蒙受重大损失，受到严厉斥责。岛田美津子急于将功折罪，前几天挑唆中美飞行员冲击芷江军统站，但没有达到预期的效果。这位“克部队”成员得知钦雪峰死里逃生，要举办什么龙虎宴，请他的朋友相聚，那罗爱斯和高东虎必然参加，只要杀了飞虎队的三虎，就是为日军做出了重大贡献，于是她准备了毒药。岛田美津子更意外更高兴的是，“克部队”成立的目的就是刺杀陈纳德，想不到这个用尽一切办法也无法得手的目标也来了，还有他最重要的助手艾尔索普，真是天照大神相助！只要自己今天毒杀成功，就有可能改变目前的战局，为天皇陛下建立莫大功勋。

白素华见龙虎斗快吃完了，她抬起头，见外甥女痴痴地站在旁边，便喊道：“玉兰，发什么呆！把那钵龙虎斗端来！”

岛田美津子为自己的幸运而陶醉，她见舅母喊，口上应：“好！我就去厨房端来！”心里却说，这是你催我送他们，也包括你，早去见你们中国的阎王。她跑进厨房，揭开锅盖，朝外看了看，就把身上的毒药掏出来，撒进蒸钵里，并用匙在汤里搅了搅。岛田美津子立功心切，吹了吹热气，端起钵子往外走。谁知她刚出厨房门，乔看到一只老鼠，呼地扑了过来。岛田美津子猛然一惊，手里的蒸钵掉下，正落在灰堆里，她见了不由得大急，哭喊道：“完了！完了！全完了！”

钦雪峰站了起来，他哪知道她哭什么，走上前安慰：“玉兰妹妹，不要紧，就是一钵菜，下次再弄一份。”

这还有下次吗？岛田美津子为自己的黄粱美梦瞬间破灭，不由得又急又气，她看了看被灰土弄脏，不能再吃的白鳝和团鱼肉，就大哭着跑了出去。

陈纳德拍拍自己的爱犬，斥道：“乔，你真是狗追老鼠，多管闲事。看，把一位漂亮的姑娘气跑了吧！”

白素华站了起来，向大家点点头：“外甥女毛手毛脚，对不起，我先走了。”

第二天一早，江洪涛起来打扫卫生，看到灰堆上死了不少苍蝇，旁边还有几只老鼠，他越想越不对劲，就喊：“钦哥，你过来看看。”

钦雪峰在院子外打拳，他走进来看了看，又用棍子挑了挑被老鼠啃过的白鳝肉和团鱼肉，吃了一惊：“有问题，菜里有毒。”

江洪涛皱了皱眉头：“昨天没有外人啊！再说先熟的那钵龙虎斗大家都吃了，我也尝了块，没有毒，那毒从哪里来呢？”

钦雪峰想了想，从厨房里拿出三个酒杯，挑了三份样品，说：“洪涛，事关重大，这里先不动，也不要声张。我把这三个样品送给总管去，让他找人化验，看是什么毒再说。”

江洪涛拍拍胸口，道：“多亏陈纳德将军那只乔，救了大家一命，不然可就惨了。”

第十四章　救援遇亲人

日军“一号作战”用兵近60万，创侵华战争以来用兵之最，虽然先后占领了洛阳、长沙、衡阳、桂林和柳州，但远远没有达到战役目的。平汉铁路和湘桂铁路是占领了，却无法通车；这些地方的空军基地也被攻克，但飞机和航空物资都转移了。尤其是在日军发动“一号作战”的同时，中国远征军在缅甸和滇西也发动了强大攻势，先后占领了密支那、八莫，解放了缅甸。在云南的中国军队强渡怒江，先后解放了腾冲、松山、龙陵和芒市，这支西进的中国远征军在芒友同缅甸东攻的新一军胜利会师，并在边界重镇畹町城举行了中印公路通车典礼，这标志着中国建立了一条同外界的陆运通道。

陈纳德将军的果断，使日军虽然占领了衡阳、桂林和柳州，但人员和飞机都安全转移到昆明基地和芷江基地，敌人只得了几座无法使用的空机场。这位飞虎队司令的作战理念是主动出击，他指挥中美空军争夺制空权，支援地面作战的同时，加强对日军后方的打击。陈纳德知道日军的后勤保障全靠海上运输，就决定予以重点打击。

这一天，肖克邪亲自带队，对厦门日军进行打击，他们首先飞到机场，看到只有几架飞机。威廉·罗爱斯说了句：“长官，让我去收拾。”他把机头一压，呼啸而下，一边俯冲一边扫射，打得日机纷纷起火燃烧。其他飞行员也不甘落后，对机场设施一阵轰炸，燃起冲天大火。肖克邪见解除了后顾之忧，就率领编队飞向港口，只见码头上货物堆积如山，立刻下令：“第二战斗机分队警戒，第一战斗机分队掩护，摧毁日军港口、船舶。”

高东虎笑道：“威廉老兄，这你不抢了吧。”他带领分队对地面防空火力一阵扫射、轰炸，日军的高射炮、高射机枪立刻哑火了。

轰炸机盘旋降低高度，对码头上堆积的货物和仓库一阵狂轰乱炸，多处地方起火，连在一起，燃起了冲天大火。

高东虎看到停在码头上卸货的两艘运输舰离岸想溜，就当先冲了过去，他对右边一艘船俯冲扫射，低空飞到左边运输舰船尾，把剩下的一枚炸弹丢了下去。他拉起机头，转过弯飞回来，看到战友们轮番扫射投弹，只好掠到一边当观众，不久两艘运输舰开始燃烧、倾斜。

罗爱斯在高空警戒，心痒难熬，他取出钦雪峰所送的高倍望远镜四处看了看，发现海面上有几点黑点，就报告：“长官，好像那边海面上有日军的舰船。”

肖克邪因今天没有遇到日机的拦截，敌人的机场和港口也顺利解决，且时间还充裕，他正在寻找下一个袭击目标，听到罗爱斯的报告，便命令：“向海面搜索出击！”

罗爱斯得到命令，掉转机头向目标飞去，果然是一支大型运输船队，两边还有驱逐舰护航。这头美洲虎不管三七二十一，朝前面一艘最大的运输舰俯冲而下，旁边那艘驱逐舰前后左右的防空舰炮织成密集的火网进行拦截。罗爱斯只觉机身一震，知道受了伤，他只好拉起飞机，掠上高空。这头美洲虎突然一拍脑袋：“我怎么忘记了呢，真是该打！”他见飞机并没有受损，就调整方向，对准那艘驱逐舰俯冲而去，看看测距仪，立刻一按火箭发射按钮，随即一枚 M-9 火箭弹呼啸而去。

原来，这种新式的火箭在 3 月 4 日空袭海南岛日本空军基地，共发射 28 枚 M-9 火箭，摧毁琼山机场日军飞机 20 架、机棚两座、雷达站一个。这是第二次世界大战第一次从飞机上发射火箭攻击敌军。于是，飞虎队开始加装了这种武器。罗爱斯见火箭弹准确击中日军驱逐舰，趁敌人火力减弱之机，一边俯冲一边扫射，他低空掠到目标上空，把携带的那颗

500 磅的炸弹投下，拉起机头。他一听爆炸声，就知道击中了目标。其他飞行员也见样学样，先远距离用火箭弹打击，再近距离扫射轰炸。

战斗机解决了日军运输船队的护航驱逐舰，轰炸机就进行低空轰炸，不一会儿，这支庞大的运输船队就被炸得支离破碎。只见一只只舰船在燃烧在倾斜，有的是舰尾高高翘起，插入水中；有的是舰首仰起，缩入碧浪；有的是翻转，肚皮朝上，沉了下去。海面上到处是燃烧的货物，落水挣扎的日军。

日军海上运输线经过几次打击，损失惨重，只好变成黑暗动物，利用夜幕的掩护来运输，并被告知，为防止飞虎队夜间袭击，舰船最好熄灯航行。

陈纳德知道针对日军的海上运输线的出击，打到了敌人的痛处，但鬼子黑白颠倒，晚上出击看不清目标，这大大制约了飞虎队的行动。1944 年 6 月中旬，陈纳德收到来自美国的援助——用雷达装备的 B-24 轰炸机，能够在海上 100 英尺的低空袭击日本船只。

曲宏光经过康复训练，基本恢复，就找到陈纳德，要求上这种新式的轰炸机。美军当时对这种世界上最先进的雷达技术高度保密，不料出击的时候，一位副驾驶员突然生病，曲宏光就成了一名替补队员。当晚，这架由杰伊・列文驾驶的 B-24 轰炸机从芷江基地起飞，到达香港以东海面。

这晚没有星光，海面一片漆黑，坐在副驾驶位的曲宏光第一次看到雷达屏幕，很是新奇，他突然看到上面在闪动，忙问："杰伊少校，这是什么？"

列文也是第一次实战出击，他看了看，解释道："这叫雷达尖头脉冲，但这么大，也不知道发现的是什么东西。"

轰炸手约翰・希特尔也看了看，建议说："机长，管它是什么，炸吧。"

列文点点头，降低高度，他瞪着雷达屏幕，命令："准备——投弹！"

希特尔一按投弹按钮，两颗 1000 磅的炸弹呼啸而下，随即腾起两朵弹花，照亮了海面，他们看到是一艘大型舰船。

原来这是日军一艘重型的永野级巡洋舰，摸黑航行，船上的人听到飞机声，连发动机也关了，谁知还是噩运难逃。一颗炸弹落于海中，一颗炸弹命中舰首，掀掉了主炮。日军想不通，在这漆黑的海面，美国人用什么办法捕捉到目标，准确投弹？但他们也来不及多想，既然夜幕掩护不了，那就开亮了灯，一面拼命开火拦截，一边加大马力逃跑。

这一下明暗易手，敌舰暴露，B-24在夜空中便又两次低空飞过该舰，扔下更多炸弹，直到炸沉。飞虎队的轰炸机装备了先进的雷达，就如同生了夜视眼，有了全天候的作战能力，打得日军叫苦连天。

日本大本营开始还不知道到底是什么原因，直到“中国派遣军”转来芷江“克部队”的情报，才知道美国人把先进的雷达技术小型化，用到了飞机上。于是他们命令侵华日军总司令部特高课，严令限期把美国的雷达技术资料搞到手，并命令驻中国的航空军司令官山下琢磨中将予以配合。

命令层层下达，最后任务又落在“克部队”头上。日军第13飞行师团负责情报的副参谋长鬼冢一良大佐把松井太郎找去，研究夺取美国军机使用雷达技术的计划，但商量过去商量过来，唯一的办法只有弄到一架装有这种雷达的B-24重型轰炸机。经过几天的苦思冥想，他们还真想出了一个办法。

“克部队”的头子松井太郎化名莫达友，披有中国陆空救护协会西南分会的副会长身份为掩护，他在桂林见过陈纳德，上次也到过芷江召见第二组布置任务。美军B-24飞机装备雷达的情报就是化名包玉兰的岛田美津子获取的，看来这项任务也只有指靠她了。这次机缘凑巧，广西全州救护协会救了一名叫爱德华·琼斯的美军飞行员，松井太郎决定赶往全州，亲自把他送往芷江，以获取信任，便于行动。

中国陆空救护协会很有名气，军队和地方都给予积极协助，松井太郎有西南分会副会长的头衔，又亲自护送一名美军飞行员，沿途很是顺利，有水路坐船，有公路搭车。他们一行三人到了芷江，受到陈纳德的接见，这位莫副会长与随从也被安排进美军第三招待所。松井太郎行事很是谨慎，他不直接出面，而是派随从冈村清夫找到第二组组长化名梁上飞的渡边正之，了解情况，传达命令。

冈村清夫化名贾有道，他是一名很有经验的特工，他假装钓鱼租了一只小篷船，约渡边正之和岛田美津子趁夜上船。三人都是中野情报学校的校友，交换了情况，并根据上级的意图，详细制订了一个夺取B-24轰炸机的行动计划。

松井太郎听了冈村清夫的汇报，认为计划切实可行，但听到岛田美津子上次毒杀陈纳德和飞虎队“三虎”功败垂成，感到很是可惜。他是一个有经验而敏感的老牌特工，在可惜之余又感到一层阴影，那钵有毒的菜没有处理，就留下了隐患。松井太郎因这次任务是大本营所下，本打算要第一组配合第二组行动，也放弃了，他不能把本钱一下用光。这位莫副会长离开芷江时，还堂而皇之地向陈纳德辞行。

岛田美津子接到任务，对别人来说是难于上青天，可对自己来说是举手之劳，关键是看机会。她只要把“舅舅”曲宏光盯好了，就能有收获。

曲宏光伤好后，有幸上了B-24“解放者”重型轰炸机，它是世界上最先进的机种，有四个发动机共4000马力，八挺机关炮，火力强大，可装载2000公斤炸弹，能续航8小时，并首次装备了雷达，它比B-25重一倍。曲宏光也不管是当副驾驶员，就是领航员也愿意，他只感到知识不足，于是拼命学习。现在进修也来不及了，那只有在实践中学习，曲宏光每次执行任务前都要研究航线和战术，回来有记录。

这天晚上，岛田美津子假装送茶，突然推开“舅舅”的房门，看到他在小黑板上又写又画。曲宏光见她进来，便把“南京”二字擦掉，并说：“玉兰，在我工作的时候，别进来。”岛田美津子已经有了收获，忙点头。

第二天一早，曲宏光起床用了餐，听白素华讲外甥女一夜未归，便皱了皱眉头说：“玉兰老大不小了，你这当舅娘的可要管严一点，我回来找她谈谈。”

包玉兰回不来了。

艾尔索普上次接到钦雪峰送来的样品，经医院化验室检测，三份皆检出剧毒氰化物，把这位情报官吓了一大跳。他立刻召集情报处的人开会研究，经分析，投毒的嫌疑指向了曲宏光的外甥女包玉兰。根据是她出现在帕克·西姆斯特被杀现场，王湖秀失踪也是她先天到过临溪小院，这次在龙虎斗菜中投毒，她又最方便。彼得·瓦尔特上尉因负责西姆斯特案一直没有突破性的进展，很是焦急，就说："如果是一件事，那可以讲是偶然，现在三件案子都指向了她，应该立刻拘捕。"

林义安提出自己的看法："如果包玉兰是日军间谍，应该还有同伙，如果抓了她，会惊动其他人，再说还没有掌握证据，抓了没有用，也无法向曲队长解释。所以我认为严密监控，为了监控到位，有必要同军统站通气。"

艾尔索普支持林义安的做法，派他带人监视包玉兰，瓦尔特同军统站沟通，负责外围监控，查找线索。

林义安通过监视，发现石玉兰同一个叫梁上飞的无业游民晚上有接触，就通知瓦尔特调查其背景。今天早上，他跟踪目标上了街，看到包玉兰在街头贩鱼的梁上飞身边走过，两人随后一前一后，走进河边一间吊脚楼，知道有名堂。林义安正准备找人，看到丁思远带人走了过来，忙迎上前："丁队长，来得早不如来得巧，包玉兰和梁上飞都进了那栋吊脚楼。这是你的地盘，怎么办？"

丁思远早就想向包玉兰下手了，就一拍胸脯："该收网了，看我的。"他带人冲了进去，随即响起了枪声。

岛田美津子当时看到曲宏光把小黑板上那"南京"二字擦掉，知道他今天驾驶装有雷达的B-24轰炸机要去袭击南京，就急急去找渡边正之。这个化名叫梁上飞的间谍组长，见岛田美津子的眼色，知道有重要情报，就赶回住处发报。渡边正之知道时间紧迫，慢了就变成了马后炮，搬出电台就打开，快速地把这一情报发给武汉。他刚准备收起电台，突然听到楼板传来杂乱的脚步声，他知道被发现了。渡边正之掏出枪，刚说了句："美津子，快从窗子跳下河……"门就被踹开，他就开了枪。岛田美津子一拳击烂木格窗户，跃了出去，钻入正在暴涨的舞水河。

林义安冲进吊脚楼，见渡边正之已经中弹倒地，他跑到破窗边看了看，浊浪汹涌的河水中哪里还有人影，不由得叹道："线索又断了。"

丁思远却说："包玉兰跳进洪水中必死无疑，我们只损失一人，消灭日军一个两人间谍组，还是划得来。"

林义安看看收发报机，不无担心地说："不知他们窃取了我们什么情报？"

杰伊·列文少校带着4架B-24轰炸机在16架P-51的护航下，飞过雪峰山，从江西进入安徽到南京。他们的主要目标是两座机场、火车站和侵华日军司令部。谁知刚进入江苏境内，就遭到日军的拦截，16架护航机左冲右击，锐不可当，4架B-24轰炸机每架前后左右有8挺机关炮，火力强大，很快冲破了日军的拦截，进入南京上空。两座机场没有飞机，只好重点对火车站和侵华日军司令部进行"外科手术"，机场设施、火车头、仓库、军营纷纷被炸起火，浓烟100英里外也能看到。

曲宏光以他丰富的作战经验，判断出这次出击南京可能日军事先得到情报，不然怎么会未卜先知、中途拦截呢？于是向带队的杰伊·列文讲了自己的担心，并建议："少校，我们返航还是改走另一条航线吧。"

杰伊·列文同曲宏光虽然相处不久，但对这位中国少校的好学和谦虚很有好感，尤其他的经验可以补充自己的不足，于是他点点头："OK！就按你说的办。"

于是，编队改变航线，从安徽进入湖北，直飞芷江。谁知刚飞过洞庭湖，突然遭遇到大批日军的伏击。护航的P-51战斗机虽然性能优越，但在南京的空战中弹药所剩无几，火力弱了不少。日机突破拦截，向轰炸机扑去。B-24轰炸机有相当的自卫防护能力，但体形庞大不灵活，日机不顾死活，缠着列文的飞机不放，有一架零式机竟展开空中肉搏，撞了上来。B-24被撞掉尾舵，再也无法控制，列文只好下令弃机跳伞，但他在雷达上启动了自爆装置后，才跃出飞机。

原来，武汉的鬼冢一良收到渡边正之的电报，立刻报告田喜八郎中将，这位师团长一面通知南京的空军提防飞虎队的袭击，一面派飞机予以拦截，严令要打下一架B-24轰炸机，窃取上面的雷达技术。谁知列文和曲宏光返航时改变了航线，躲过层层拦截，但还是在洞庭湖上空截住了目标。田喜八郎得知如愿打下一架B-24飞机，欣喜若狂，命令当地驻军寻找飞机残骸，他为了万无一失，要鬼冢一良命令松井太郎亲自赶到当地，利用合法身份，捕捉机上人员。

陈纳德接到杰伊·列文的飞机出事报告后，很是着急，洞庭湖区是日占区，他不仅担心机组人员的安全，更担心B-24轰炸机上军事机密让日军窃去。陈纳德一边通知陆空协会全力搜救，一边组织人员，要抢在日本人之前找到列文他们。钦雪峰得知曲宏光失陷在敌后，就找到师傅，请求前去营救机组人员。陈纳德本不愿意让一个空中英雄去执行地面任务，但事关重大，需要抢时间，一时也无法找到比钦雪峰更合适的人选，只好答应。

林义安回到情报处，得知曲宏光出事，才明白包玉兰送去的就是今天B-24轰炸机出击南京的情报，但他想不明白，外甥女为什么要害舅舅呢？林义安现在也没有时间想这件事，他简单地把今天破获日军间谍的情况向艾尔索普报告后，就请求参加营救小组。

于是，艾尔索普亲自从情报处挑选了精悍人员，并配备了电台，组成以钦雪峰为主、林义安为辅的营救小组，并连夜派机把他们空降到出事地域。

杰伊·列文在跳伞时中了飞机爆炸的碎片受了伤，降落时挂在一棵大树上昏了过去。他苏醒过来，发现自己躺在一户农民的床上，伤口也处理好了。列文身上的夹克上印有“来华参战盟军（美国）军民一体救护”的字样，加上他会几句中文，他知道了自己被救的经过。

这里是湖区华容县黄家村，主人叫黄克田，到邻村亲戚家喝喜酒，回家时天快黑了。他跌跌撞撞走到一棵树下，头碰到列文的脚，他睁开醉眼一看，以为碰到吊颈鬼，吓得跑回家，酒也醒了。村里人听他一讲，就拿着锄头扁担，举着火把找去，才发现是美军飞行员。于是七手八脚救下列文，抬回家，又找乡村医生包扎了伤口。列文很挂念战友，他看到机组还活着的5个人都跳了伞，就请乡亲们帮忙寻找。

松井太郎连夜赶到华容，一边命令就近日军寻找飞机残骸，搜捕跳伞机组人员，一边以中国救护协会西南分会副会长的身份，通知当地救护人员全力寻找机上人员。

驻华容的日军接到命令，连夜派部队搜索B–24轰炸机坠毁现场，却只收集到一些碎片，最完整的算是两截机翼。他们只好加紧搜捕跳伞的机组人员，想不到没有费多大气力，藏匿在一个村庄的投弹手约翰·希特尔却自己跑了出来。

当时，希特尔跳下飞机，降落在湖边一个村庄，他正准备寻找报务员费兰克·唐纳，看到日军搜索过来，赶紧往芦苇里躲藏。谁知日军带着狼狗，眼看就要追踪过来。突然一个十多岁的男孩钻了过来，看了看他飞行夹克上缝的“来华参战盟军（美国）军民一体救护”的绸布，从竹篓抓出一只野兔，用刀划了个口子，然后丢了出去。野兔爬起来就往庄稼地里跑，狼狗嗅到血腥味就追了过去，大队日军也往庄稼地搜索。小男孩拉着希特尔朝相反的方向跑，折回到村里。这孩子的父亲知道他是飞虎队员，看到日军来搜查，就赶紧把希特尔藏在小楼上。日军包围了村子，在晒场上烧起大火，连夜把乡亲们赶出来，追问美军飞行员的下落，当被问村民答不出，立刻射杀。希特尔目睹日军如此残忍，怒火中烧，从楼上冲下来，一把抓住带队的日军小队长，用枪顶在他头上：“你们放了老百姓，我就放了他，不然我就开枪打死他！”

日军面面相觑，只好放了老百姓。

希特尔见日军放走了村民，就放下这个叫伊藤坂良的小队长。

谁知这小队长一脱身，反而一把打掉希特尔手里的枪，喝令捆起来，然后抽出指挥刀：“杀！烧！”

日军踹门砸窗，见人就杀。

希特尔又气又急，跳脚大骂：“日本狗，不讲信用！”

伊藤坂良指着地下的尸体，燃烧的村子，大肆嘲笑他："美国佬！这就是你讲信用的下场。哈哈！"

希特尔被日军带到他们的驻地，关在一间房里，他正在思谋如何逃出去，为救他的乡亲们报仇，突然听到一阵老鼠咬木头的声音，随即板壁被弄开，钻进一个人，用匕首割断他身上的绳子，低声用英语说："我是钦雪峰，奉老爷子命令，来营救你们，赶快跟我走！"希特尔一听，好是激动："你是我们的华南虎！谢谢！"

钦雪峰递给他一支枪："快走吧！天亮就有麻烦。"

原来，钦雪峰带着营救小组趁夜空降下来，很快同带有电台的报务员费兰克·唐纳联络上了，没有费多大工夫就汇合在一起，得知共有 6 人跳伞。林义安是华容人，对这里熟悉，就借着微弱的星光寻找其他机组人员。他们看到湖边一个村庄燃起大火，就赶了过去，看到日军屠村，尸横遍野，又急又气却又无可奈何，只好暗中跟着日军来到他们所驻村庄。钦雪峰安排其他人在外面，他同林义安趁夜幕掩护溜进村里，找到关人的地方。两人低声商量了几句，就一人在外警戒，一人进去救人。钦雪峰知道湖区老鼠多，就用手挠木头的声音掩盖撬板壁的声响，成功救出约翰·希特尔。

两人带着希特尔避过日军的岗哨，潜出村，会合其他的人，来到湖边。林义安见天快亮了，就找到一只船，招呼大家上去，他架桨划到芦苇荡里藏匿起来。

湖区一马平川，庄稼也已收获，白天无法行动，只好等到晚上。现在跳伞的 6 个人，已给找到了两位，还需要找到正驾驶杰伊·列文、副驾驶曲宏光、领航员卡尔·格林和机炮手米兰·佩里特。钦雪峰想到还有 4 个人下落不明，心急如焚，就同林义安商量，决定化装成当地老百姓，上岸寻找其他人员的下落。

松井太郎正为那架 B-24 轰炸机炸成碎片，连雷达毛也没找到一根，很是着急，当得知抓到了一名飞虎队队员，又高兴起来。他一早赶到那里准备提人，却被泼了一盆冷水，那关在房里的美国人夜里不翼而飞，真是又急又气又吃惊，他判断一定是对方派来了营救人员，才会有那种人不知鬼不觉的手段把人救走。这个“克部队”的头目持有尚方宝剑，严令当地日军全体出动追捕美军人员，但也知道对方有老百姓的掩护，光靠军队搜捕效果有限，就利用自己中国陆空救护协会西南分会副会长的身份，效果会更好。松井太郎带人赶到B-24坠机的地域，化装成当地老百姓，走乡串村，打探消息。

陆空救护协会是扎根在老百姓当中的一张救护网，负责当地救护的林云山老师先找到卡尔·格林的遗体，暂时安葬在一个隐蔽的地方。他通过当地学生家长了解，又找到受了伤的杰伊·列文。林老师正准备转移这位飞虎队员，发现来了5个搜查的日本鬼子，正在危急的时候，突然冲出几个当地人，打死了那5个日军，帮助把列文转移到另一个村子。林老师得知救急的人是西南分会副会长莫达友，好是高兴，立刻汇报了自己所了解到的情况。这位莫副会长假言自己情况不熟，要林老师负责寻找其他飞行员。

林义安和钦雪峰化装成老百姓，林义安是当地人，本乡腔，倒也方便，他熟悉路径，避过日军，带着钦雪峰走乡穿村打听消息。突然那边传来枪声，两人就找了过去，看到有几位村民抬着一个人，林义安凑近一看，认出其中一个人，不由得大喜，便对钦雪峰说：“前面那人是我父亲，本乡小学的校长，他又是当地陆空救护协会的负责人。”

钦雪峰一听大喜，忙从树丛后闪出，喊道：“林老伯，抬的是谁？”

林云山转过身一看，见是儿子同一位英俊的后生，知道是从芷江赶来的，点头道：“是你们的飞行员，他叫杰伊·列文，腿上受了伤。”

林义安上前介绍：“爹，他叫钦雪峰，带队来寻找失事的机组人员。”

钦雪峰握着林云山的手：“林老伯，谢谢您，谢谢乡亲们！”

林云山笑道：“你就是打得鬼子空军闻风丧胆的华南虎，哈哈！我又有向孩子们讲故事的内容了。”

林义安问道：“爹，你也知道华南虎？”

林云山点点头，不无骄傲地说：“这谁不知道啊！老百姓还编成了儿歌呢，飞虎队有三虎，美洲、东北、华南虎，是专吃鬼子的大老虎。”

松井太郎听了，心中骂道，我要让你们都成为死老虎，口上却说：“你就是大名鼎鼎的华南虎，久仰久仰。”

林云山一拍脑门：“我只顾高兴，忘记介绍了，这位是中国救护协会西南分会的副会长莫达友先生。”

钦雪峰这些飞行员对救护协会的人特别亲切，他握着这位冒牌副会长的手说：“谢谢莫副会长，你亲临险地救护失事的飞行员，实在让人佩服。”

松井太郎真是喜出望外，不但找到了B-24轰炸机的机长，现在从芷江来寻找失事机组的华南虎也露面了，他要竟全功，就说：“这是我们应该做的，现在要紧的是赶快寻找其他人员，不要让敌人抢了先。”

钦雪峰点点头：“莫副会长，我们也找到了两位机组人员，现在船上。”

林义安是搞情报的人，多了个心眼，他生怕钦雪峰说出藏船的地点，忙插话说：“爹，我们肚子饿了，先找个地方吃饭吧。”

林云山带着一行人来到一户树木掩映的农家，主人是他以前的学生，就先把伤员抬到床上，然后烧火做饭。

松井太郎要一网打尽，他怕再问藏船的地点会引起怀疑，于是他一边派人通知驻军封锁湖面，一边把列文移交给他们，以取得信任，并以要继续寻找其他两人为借口，盯住不放。

钦雪峰担心日军闯来搜查，就走到外面警戒，他坐在一棵大树下，正在寻思如何找到曲宏光和米兰·佩里特，忽然被人一把捂住眼睛。钦雪峰本能要挣扎，但一般熟悉的体味进入鼻腔，他情不自禁地喊道：“湖秀，你……”

王湖秀一下吻住他的嘴巴，两人相拥着滚进旁边的草丛里，轻声说：“别声张！你们可能上当了！”

钦雪峰见朝思暮想的爱人就在怀里，正要把嘴再贴上去，他一听，忙问：“上、上什么当？你怎么知道？”

王湖秀说出自己的怀疑："刚才莫副会长几个人在那边打死了 5 个鬼子，附近有搜寻飞虎队员的日军，明明听到枪声，他们为什么不赶过去察看呢？"

钦雪峰一听，他想了想，说："只有一种可能，那就是他们是一伙的，但为什么要杀自己的人呢？"

王湖秀点点头："那也只有一种可能，日军有更大的阴谋。"

钦雪峰叹了口气："可那带队的是西南救护协会的副会长，叫莫达友。"

王湖秀摇摇头："这年头，鱼龙混珠，敌我交集，不能看表面。"

钦雪峰看看她，问："几十天不见，你怎么这样老练起来？你为什么突然离家？"

王湖秀捂住他的嘴，说："这事有空再讲，现在当务之急是甩开那几个人，最好是安排起程回芷江。"

钦雪峰摇摇头："可曲老师和机炮手米兰·佩里特没有找到，如何能回去呢？"

王湖秀笑道："游击队一得到飞虎队飞机失事的消息，就连夜寻找。曲老师扶着受伤的佩里特正巧碰上我表哥带的人，就把他们安置在一个隐藏的地方。曲老师认为芷江一定会派人来营救，我却突发奇想，你一定会来，就同几个游击队员分头出来寻找。嘿！算我运气好，碰上你们，就跟到了这里。"

钦雪峰听了大喜，他有满肚子的话要说，但知道现在不是说的时候，就拿出一张纸画了个图，并在上面写了几句话，交给王湖秀："你根据图示，找到芦苇中那只船，转移到另一个地方，我会来找你们。"

王湖秀接过纸条，亲了他一口，转身就走。

钦雪峰看到爱人消失在树林里，也站起来，走回屋里。他示意林义安，两人走到一边，他讲了自己的怀疑："我们周围都是敌人，日军在湖面也加强了巡逻，恐怕有什么阴谋。"

林义安点点头："我们一路走来总在空隙当中，好像鬼子在躲着我们，情况异常。”

两人商量，决定启用第二套方案，调用轻型运输机快速接人，这虽然冒险，但却能出人意料，能收奇效。林义安是当地人，知道附近有座龙王庙，宽大的寺坪是用青石板所铺，能起降小型运输机。

吃过中饭，钦雪峰召集林家父子和莫副会长商议，他拿出地图，一边比画一边说：“下午，林义安带大家转移到龙王庙隐蔽，我去召集其他人寻找另外两位失踪的机组人员，不管有没有结果，都会在天黑前赶去会合。因为明天，我们必须离开这里，至于走水路还是陆路回芷江，看情况再定。”

松井太郎知道那座龙王庙就在湖边的山包上，附近又有日军据点，不管他们走水路还是陆路，都利于自己控制。现在关键的是把失踪的机组人员找到，把芷江来的营救小组集中到一起，才好一网打尽。于是这位莫副主席也假装派化名贾有道的冈村清夫出去寻找，实则是布署日军掐断水陆一切通道，好瓮中捉鳖，并要这位助手在小山包下埋伏一支人马以应付突发情况，他自己跟着来到龙王庙。

钦雪峰来到湖边，找到王湖秀和那只转移过来的船，他看看这里芦苇高，很隐蔽，离龙王庙也不远，就决定船上的人暂不上岸，到了晚上再说。他和王湖秀钻进芦苇丛中，谈了改走空路的计划，问：“是不是先把曲老师和佩里特接过来呢？”

王湖秀摇摇头：“那地方离龙王庙也不远，反正天黑后飞机才来，没问题，再说分开掩蔽也更安全。”

钦雪峰点点头：“那时间还早，我们就在这里休息一下吧。”

两人找了一处干净的地方，钦雪峰一把把王湖秀揽在怀里：“你有身孕，不宜坐地上，就坐在我腿上吧。”

谁知两人相拥一坐下，干柴烈火，身体立刻有了反应。王湖秀把嘴凑了过来，感到丈夫那宝贝也挺了起来，寻隙而钻，便倒向草地。钦雪峰一把拉起她，扯开黏在一起的嘴巴：“今天情况特殊，就坐着吧，别让宝宝受玉。”

小别胜新婚，何况是两位相亲相爱的人，这时不管战争，也不管在野地，天地间只有他们相抱的两人，他们尽情释放着思念和感情。远处的枪声，残忍地把这一对缠绵的小夫妻拉回到现实，钦雪峰用衣服擦干爱人身上的汗，然后抱在怀里，亲了亲，问："你为什么突然离开家里？发生了什么事？"

王湖秀往爱人温暖的怀里拱了拱，说："我说了，你不许生气。"

钦雪峰点点头："我刚才的表现，就证明我不会生气。"

王湖秀"扑哧"一声，道："那天中午，我坐在吊脚楼上，忽然一位男人走进临溪小院，我仔细一看，原来是表哥张元良，说外婆生病，想见我一面。外婆从小就疼我，除你以外外婆就是我最亲的人了。于是我决定回家乡华容一趟，但怕军统的人找麻烦，就约表哥天黑把船划到溪口。"她顿了一下，"外婆要表哥去芷江找了几次，我们那时在昆明。我趁夜上了船，第二天到洪江，搭了一艘运货到汉寿的船。我和表哥在常德上岸，辗转从蒿子港经南县到华容，一路有惊无险，可赶到家里，外婆、外婆……"说到这里，她泣不成声。

钦雪峰把她紧紧搂在怀里："外婆怎么样了？"

王湖秀流着眼泪说："日本鬼子说我舅舅和表哥都是游击队员，就把生病的外婆杀害了，连房子也烧了。"

钦雪峰拍拍她："这又是日本鬼子欠下我家一笔血债，我一定多打下几架敌机，为外婆报仇。"

王湖秀也仰起头："我跪在外婆的坟前发誓，为外婆报仇，于是参加了游击队。在一次伏击中，我亲手打死了一个日本鬼子。"

钦雪峰一听，吓了一大跳，拍拍她隆起的肚皮："你、你可怀着孩子，怎么能上前线舞刀弄枪呢？"

王湖秀骄傲地说："我带着肚子里的孩子打鬼子，让他也为太外婆报仇。"

钦雪峰亲了亲她："你真勇敢。"

王湖秀看了看他，问："你为什么不问问这支游击队是谁领导的呢？"

钦雪峰笑道：“这重要吗？只要打日本鬼子，管他谁领导的。”

王湖秀点点头，告诉他：“是共产党领导的湖区游击大队，我舅舅是大队长，我表哥是小队长。”

钦雪峰听了，笑道：“怪不得你胆子这么大，原来有遗传。”他看看手表，“天色不早了，你去把曲老师和佩里特接到龙王庙旁边的树林里等候，我去安排飞机的事。”

王湖秀站了起来，整理了一下衣裤，她看了看方向，就消失在芦苇深处。

钦雪峰走回船上，带着费兰克·唐纳、约翰·希特尔和营救小组的人上岸，穿过芦苇，潜行到龙王庙旁边的树林，安顿在一处隐蔽地方。他看了看龙王庙前面青石板铺的大坪，拟了份电报，要报务员立即发往芷江。钦雪峰又安排了诸如接机信号，帮助伤员快速上机等一些具体事情，才走进庙里。

林义安带着人进入龙王庙，安顿好受伤的杰伊·列文，就四处转了转，察看地形，以防万一。他以职业的敏感，越来越觉得身边这位莫副会长莫测高深。照说，日军应该大肆搜捕失事的机组人员，可这附近却很少有鬼子出现，如果说是其安排，但他并没有单独出去过；如果是敌人的疏忽，那也未免太凑巧了。林义安知道碰到了一个可怕的对手，他不敢对今晚的计划稍有流露，就和父亲聊起来，故意问一些去芷江方向的水路和陆路的情况。他看到钦雪峰走进来，忙站了起来：“钦组长，你们找到曲宏光和米兰·佩里特了吗？”

钦雪峰知道他的意思，就摇摇头：“没有找到，不过其他人还要继续寻找。如果今天晚上没有结果，我们明天一早就走。”他装着想了想，然后说，“我认为还是走水路好，这里水网密布，不易被鬼子发现，再说我们有受伤的人，走水路也轻松。”

林义安点点头：“那要找一个熟悉水道的人才行。”

钦雪峰指着林云山：“让林老伯去找吧，他熟悉。”

林义安明白钦雪峰的意思，就对父亲说：“爹，你去找一个熟悉水道的人，主要是要安全，走鬼子不易发现的水道。”

林云山一听，点点头，他一边起身往外走一边说：“你们先走也行，还没有找到的两个飞虎队员，我再带人去找。”

林义安跟在后面叮嘱：“爹，夜里走路可要小心。”他走到庙外，立刻拉着父亲走到一边，低声说出实情，“爹，失事的机组人员都找到了。那个莫副会长有问题，我们改走空路，等一下有飞机来接。钦组长把你支出来，就是要我告诉你，赶紧回家，把娘和弟弟转移出去，以后不要同他有来往。”

林云山一听，吓了一大跳，忙问：“这里没有机场，飞机如何降落？”

林义安拍拍父亲：“爹，我没有时间解释，你快走吧。钦组长是飞行员，他心里有数。”

钦雪峰见林家父子走了出去，就试探着问：“莫副会长，你明天同我们一起坐船离开这危险的地方吧？”

松井太郎摇摇头：“不行，我的岗位就在敌后，已经习惯危险了。”

钦雪峰心中冷笑，看你还伪装到多久，他见林义安进来了，就说：“这龙王庙虽然偏辟，但也不能大意，我到外面查看一下。”他惦记着王湖秀那路人，走到树林旁边，学着夜枭叫了三声，不一会儿就传来回音。钦雪峰循声走过去，借着微弱的星光，果然看到王湖秀、曲宏光，还有几个人围着受伤的枪炮手米兰·佩里特，他知道是游击队员，就把拳一抱：“谢谢各位兄弟仗义相助。”

王湖秀指着一个高个子：“这就是表哥张元良。”

钦雪峰上前敬了个礼：“表哥，谢谢你，谢谢各位游击队员。”

张元良拍拍他：“妹夫，我们是自己人，不用客气。”

曲宏光一把抱住钦雪峰，感慨道：“雪峰，又是你来救我。”

钦雪峰笑道：“老师，我们有缘。”他看了看夜光手表，“飞机快到了，你们做好准备，我去通知其他人。”

松井太郎见林义安不时看手表，心里起了怀疑，但想不出有什么不对，他抱定盯住不放，辛苦一个晚上，到了明天就可以一网打尽了。忽然，天上传来飞机声，松井太郎开始还不在意，以为是夜航飞过的飞机，但看到钦雪峰跑了进来，同林义安扶起杰伊·列文，就往外走。他跟了出去，当看到外面手电光闪烁，飞机声越来越大，这位“克部队”的头目终于明白过来，他们是要坐飞机走，不由得又急又气。他现在没有时间检查自己是何时露出破绽，要紧的是阻止他们，好在自己在山包下埋伏有人。松井太郎拔出手枪，向奔向飞机的钦雪峰几个人开枪，并用枪声示警。

林义安扶着列文奔跑，虽有提防，却无法趋避，腿上中了一弹，摔倒在地上，他一边开枪还击，一边喊：“雪峰，你们先走，我掩护。”

钦雪峰拉着列文伏在地上，朝松井太郎那边开了几枪，说：“我们一起来，就要一起回去，哪能丢下你？伤在哪里，快包扎，时间来得及。”

列文拿出一卷绷带，说：“华南虎，OK！救了我们丢下你，NO！”

林义安知道战友情深，忙接过绷带把腿包扎起来。

这架小运输机是乔治·雷克托中校驾驶，他是飞虎队资历最深的老驾驶员，运输机、战斗机和轰炸机都能开。这位中校在手电光的指引下，已经降落地面，他打开大灯一扫，发现那边山包下有大队日军赶来，忙熄了灯，掉转机头，摆正起飞位置。雷克托打开机舱门大喊：“雪峰小子！快上飞机，鬼子来了！”

曲宏光带着张元良几个游击队员首先跑到飞机边，他把王湖秀推上飞机，然后七手八脚地把米兰·佩里特抬了上去。费兰克·唐纳、约翰·希特尔和营救小组随后也跑了过来，爬上飞机。王湖秀一看钦雪峰没有来，可急了，要先下飞机，曲宏光一把拉住她：“你挺起个大肚子下去干什么，我去找雪峰。”

张元良和那几个游击队员站在下面，他一听，忙说：“你们上了飞机，就不要下来了，我们去找。”

钦雪峰一手扶着列文一手扶着林义安跑了过来：“不用找，我们来了。”

这时，大队日军爬上山包，一边跑一边开枪。

张元良一见，忙说："你们快上飞机，我们掩护。"

钦雪峰一把拉住他："表哥，鬼子太多，我们一起走吧。"

张元良摇摇头："没人掩护，飞机如何走？再说，我们游击队的战场在这里，去后方干什么？"他带人一边向敌人迎去一边说，"你照顾好我妹妹就可以了。"

钦雪峰见飞机已经发动，立刻跳了上去，他一看驾驶员是雷克托，忙问："乔治大哥，有武器吗？"

雷克托一边加速一边说："右边舷窗有挺机枪，你只管扣扳机就行了。就位，我开灯了！"

钦雪峰跑到舷窗边抱起机枪，他见大灯一开，看到蜂拥而来的日军，立刻扣动了板机。

雷克托从日军中间犁了过去，滑行到山包边缘，堪堪拉起机头，掠上夜空。他叹了口气，喊道："雪峰小子，我被鬼子的子弹咬了一口，你来替我开吧。"

曲宏光一听，忙走了过去："中校，我来开。雪峰！快扶乔治老弟去包扎。"

雷克托却笑道："雪、雪峰小子，我是你老师的老弟，那我就是你的长辈，你以后可要孝、孝敬我。"

钦雪峰一边给他包扎一边说："行，你想吃什么？"

雷克托刚说出："我想吃龙虎……"就一头倒在钦雪峰的怀里。

机舱里立刻传出一片惊叫，继而是哭声。

第十五章　三虎闹东京

钦雪峰一下飞机，就把乔治·雷克托的尸身背到临溪小院，决定先用中国的葬礼祭奠。他买了一副黑漆柏木大棺，用长袍马褂为这位战友兼老师盛殓，又请来了道士开路、打灯。他和王湖秀身穿孝服，以晚辈礼接待前来吊唁的人们。

飞虎队员们对乔治·雷克托之死很是伤心，尤其被救的5个人更是哀痛，杰伊·列文和米兰·佩里特连医院也不肯住，裹了伤，拄着拐杖来临溪小院参加仪式，附近的老百姓也纷纷前来献祭。钦雪峰记着雷克托的话，特地做了一钵龙虎斗做祭品。这天晚上，摆着柏木大棺的中堂里烛光闪闪、冥钱熊熊、香火点点，小院里白幡飘飘、炮仗隆隆、人影晃晃，各界人士都前来吊唁。

第二天一早，威廉·罗爱斯、高东虎、弗雷德·霍奇、派克·杜普伊等老飞虎队员，抬着柏木大棺来到墓地，举行美国安葬仪式。陈纳德将军亲自把一面星条旗铺在棺木上，随军牧师拿出福音书，为乔治·雷克托的灵魂安抚、祈祷。

陈纳德对雷克托的死很伤心，现在跟随自己的老飞虎队员越来越少了，当他得知日军“克部队”对他的第二次谋杀，如果不是爱犬乔狗追老鼠多管闲事打泼了那钵龙虎斗，可就带着那么多飞虎队员去见上帝了。陈纳德决定给予报复，而且要打痛那些仇视自己的日本鬼子，他考虑再三，决定再次轰炸东京。以前远征日本是勉为其难，现在他腰杆更硬了，打通了中印公路，后勤补给源源运来，不用再精打细算了。尤其诸如导弹、雷达等先进科技设备相继装备部队，更具备出击东京的条件了。陈纳德凡对大的行动，都是亲自制订作战计划，他正在修订出击计划，见约翰·希特尔流着泪走了进来，忙问："孩子，谁欺负你？"

约翰·希特尔本是个活泼的年轻人，他一闭眼就梦见日军屠村的惨景，很是痛苦，哭道："老爷子，我眼睁睁地看着救我的孩子死在日本鬼子的刺刀下，那么多无辜的老百姓因我而死，我有愧，我有罪啊！"

陈纳德很喜欢这些年轻的战士，把他们当成自己的孩子一样看待，就拉到他自己身边坐下，安慰道："孩子，你没有罪，有罪的是那些该死的日本鬼子。"

希特尔擦了擦眼泪，说："可我至少该去为他们报仇啊！不然我的灵魂不得安宁。"

陈纳德拍拍他，安慰道："孩子，你很快就能为救你而死去的那些善良的老百姓报仇了。"

上次轰炸东京是一次尝试，这次准备就更充分了，陈纳德决定加固一条跑道，专供 B-29 战略轰炸机起降。由于这种飞机机型庞大，上次把战斗机的跑道碾坏了，影响了后来出击。只有加固现有跑道，才能承受其重量，陈纳德立刻通知有关部门尽快施工，早日完成。

中国空军第 9 总站担负芷江机场的养护、施工任务，立刻派出工程师对跑道进行测绘、设计。由于时间紧，第七科科长林太璜亲自指挥施工，为了赶任务，他还请了一些民工。

这天，陈纳德从昆明回来，看到跑道加固好了，立刻通知巫家坝机场的 B-29 战略轰炸机转场来芷江。谁知这种"超级空中堡垒"太重，第二架飞机的轮子陷了进去，不但把跑道犁坏了，飞机也受了损。后面的几架 B-29 无法降落，只好返回昆明。

中美混合联队中方司令张廷孟知道了，立马赶往现场，他看了又气又急，立刻通知宪兵司令谷正伦，将林太璜逮捕。中国宪兵司令部驻在芷江，事关重大，连夜审判，以玩忽职守之罪判处林太璜死刑，予以枪毙。

陈纳德因影响了出击计划，很是恼火，但听说负责加固跑道的林太璜被判死刑，就立刻开车赶到刑场，大喊：“NO！枪下留人。”

张廷孟迎上前解释：“司令官，林太璜是工程的具体负责人，从军法来说，他没有完成任务就是死罪，何况造成如此大的损失。”

陈纳德摇摇头：“跑道修成这样，王的责任是没有达标，但你我也负有没有监督到位的责任，所以这个责任不能由他一个人来负。”

宪兵司令部迁到芷江，主要任务是维护湘西的社会环境，保护机场的安全，谷正伦为表示重视，亲自监督死刑。他迎上前：“将军，按照军事条例，林太璜已经判处了死刑。”

陈纳德叼着“骆驼牌”香烟，他又吸了一口，才说：“即使是犯了死罪，但也可以将功折罪。我需要他尽快把跑道修复，才能投入使用。”他笑了笑，“用你们中国话来讲，未出师先杀人，不吉利啊！”

张廷孟见陈纳德一心要救人，只好同谷正伦商量，收了林太璜的死刑令，改判戴罪立功，以观后效。

林太璜被陈纳德从鬼门关拉了回来，感激涕零，连夜带领施工队伍把跑道重新挖开加深垒石。他日夜在工地，检查每道工序，用最快的速度完成了跑道加固任务。

陈纳德将军知道轰炸东京不仅有战略上的意义，更有政治上的意义，他在战术上做了充分准备，尤其在出征人员上进行精心配备，决定由中美混合联队美方司令吉姆·本奈特上校率领，并把自己骄傲的“三虎”安排到护航编队。这位飞虎队司令把轰炸目标制成沙盘，组织飞行员进行多次模拟轰炸。原来，陈纳德是个具有战略眼光的人，他当年受邀来中国当空军顾问，于 1937 年 5 月下旬搭乘“加菲尔德总统号”邮轮中途停靠日本横滨港，就悄然上岸，与化装成杂技团经理专程前来迎接的老友麦克唐纳一起在东京、大坂等地游览了几天。两个老练的飞行员将照相机藏在大衣里，不动声色地把所到之处的工厂、机场、港口和交通要道等将来需要轰炸的目标尽可能地拍摄下来，然后悄然起程，于 5 月 30 日到达上海。这个战术沙盘就是根据那次当义务间谍拍下的资料所制，陈纳德又拿出当年所拍的照片让飞虎队员们对照、参考。

这天早上，陈纳德亲自送飞虎队员出征，他拥抱了每一个人，说了同一句话："上帝保佑我的孩子。"肖克邪上校首先带着护航机队从左边跑道掠上天空；本奈特上校带着 B-29 轰炸机一架接一架从右边的宽跑道升空，由于机身重，震得地皮一阵阵颤动。

威廉·罗爱斯驾驶着编号为 269 号的飞机在前当先锋，高东虎的 126 号飞机在左，钦雪峰驾驶着 022 号机在右，各带着 5 架 P-51D 战斗机，护卫着 10 架 B-29 远程战略轰炸机，飞向日本。P-51D 是最新式的战斗机型，除火力强大外，飞得高，航速快，每架飞机挂着两个副油箱。

日本意为"日出之国"，古称扶桑、东瀛，是位于亚洲大陆东海岸外的孤悬太平洋的弧形岛国，其东部和南部为浩渺的太平洋，西临日本海、东海，北接鄂霍次克海，隔海同朝鲜、韩国、中国、俄罗斯等国相望。日本由北海道、本州、四国、九州四大岛和数千个小岛组成，为多山之国。山地呈脊状分布在日本的中央，将其国土分割为太平洋一侧和日本海一侧，东京就位于太平洋一侧。

日本东京原叫江户城，1457 年为一位叫太田道灌的武将所筑，逐渐发展为关东地区的商业中心。1603 年，日本建立了中央集权的德川幕府，江户城便迅速发展为日本的政治中心。1867 年，德川庆喜辞去将军职位，将政权返还给政府，第二年日本建立明治新政府，江户改称东京。

肖克邪上次率队轰炸东京，是经东海、太平洋，从横滨进入日本岛。这次决定改变航路，从芷江直飞东京，B-29 轰炸机和 P-51D 战斗机飞得高，航速快，日军难以发现。肖克邪带队在前，机群从鹿儿岛进入日本，他见过了富士山，便下命丢下副油箱。飞虎队员们一到东京上空，就按照演示多次的目标发动攻击。肖克邪率领战斗机在外围警戒，吉姆·本奈特上校指挥轰炸机把高爆炸弹和凝固汽油弹倾泻下去，他看到一个个目标被摧毁、湮没在火海之中，叫道："日本鬼子们，你们的报应到了！"

日军战斗机在飞虎队过了富士山，降低高度时才发现，首先起飞的是岛田机场的犬养凤二郎带领的战斗机大队。日军为保卫东京，只好割肉补疮，从中国战场抽调了一批有经验的飞行员回国，一边担任警戒一边培养新的飞行员。犬养凤二郎在中国战场被飞虎队打得损兵折将，还先后差点死在威廉·罗爱斯和高东虎手里，但回到日本，这位日军的王牌飞行员又抖了起来，晋为驻岛田机场的大佐副联队长。他一接到警报，立刻率队起飞，由于距离近，首先赶到战场。

罗爱斯看到一群日机飞了过来，立刻带队迎了上去。他知道打蛇打七寸，擒贼先擒王，就咬上了对方的带队长机。他交手了两个回合，正想发射 M-9 导弹，但感到格斗套路眼熟，仔细一看，认出是手下败将犬养凤二郎，就打开对外话筒，喊道："雪峰小子，那鸡头来了，交你处理。"

钦雪峰正赶过来支援，他一听便糊涂了，忙问："喂！什么鸡头？"

高东虎听到了，笑道："这还不明白？就是鬼子凤凰战队的那个犬养的凤二郎，凤凰脱毛不如鸡嘛，叫他鸡头很恰当。我和罗老大商量了，那小子在我们手中逃过两次，现在交你这头华南虎当菜算了。"

钦雪峰知道这两位老兄是要把击落日军王牌飞行员的功劳让给自己，就抖擞精神迎了上去。他本来一导弹就可以解决问题，但他想凭实力来取胜，于是你来我往，上下翻飞，展开一场中日王牌飞行员空中决斗。

犬养凤二郎从对方公开对话中，知道飞虎队三虎都来了，知道今天讨不了好，但他们对自己如此藐视，让他不由得又急又气。他只好使用浑身解数，利用零式机灵活的优势，近距离缠斗起来，打算拼个同归于尽。

钦雪峰看出对方的企图，当然不会上当，他对撞过去，趁犬养凤二郎躲避之机，一个翻飞，掠到侧后方，套住目标，立即按住发射按钮，六挺机枪织成立体火力，罩了过去。

犬养凤二郎知道美机结实，撞不过对方，但人一躲就后悔了，失去了先机。这实际上是胆量和技术的较量，他首先虚了胆，才本能一躲。但世界上没有后悔药可买，犬养凤二郎只觉机身一阵剧烈抖动，就再也无法控制。他本能地打开机舱，跳了出去，降落伞打开了，可下面是一片火海……

威廉·罗爱斯心中的目标是日本皇宫，他带着战友们击溃了日机，就说："伙计们，坚守护航岗位！我尿急了，去小解一下。"他讲完，把机头一转，向那边搜索而去。

日本皇宫叫江户城，有300多年的历史，是幕府德川将军家所居的地方，天皇从京都搬来，就成了皇居。罗爱斯特地查阅了有关资料，天皇自称天照大神的后代，那应居东边，他专往树木葱茏的地方飞，当看到一处红墙黄瓦的地方，似乎像记载中的日本皇宫，便掉转机头。由于这次出击航程远，飞机挂炸弹的地方挂了两只副油箱，罗爱斯就把剩下的两枚M-9导弹射了下去，大喊："天皇陛下，我叫美洲虎，给你送礼来了！"他看看手表，"今天时间不早了，下次再来拜访。"

高东虎的打击目标是日军大本营，他也查了日本首相府的有关资料，但偌大一座东京，到哪里去找呢？加上轰炸机高爆炸弹和凝固汽油弹炸起的大火，腾起的烟雾，更是使他无法搜寻。他正在懊恼，看到又一批日机赶来，就迎了上去。高东虎同一架零式机交上手，他拔高一翻，见那家伙不顾生死竟直撞过来，明白日军飞行员是想同归于尽，骂道："你们快完了，老子才不想陪葬呢。"他打了个跟斗，绕到他后面，一个长射，打得那架日机凌空爆炸。高东虎掉转机头，看到任自强同一架敌机缠斗，另一架日机企图偷袭，他见距离远救援不及，就发射一枚M-9导弹，命中目标，于是大喊："兄弟们，鬼子疯了，他们是想用同归于尽的打法，别上当！拉开距离，用导弹。"

飞虎队员们习惯用传统的方式格斗，常常忘记使用先进的导弹，现在听高东虎一提醒，摆脱纠缠，远处用导弹，近处用枪弹，打得日机纷纷坠地。

这次驾驶B-29轰炸机，曲宏光坐在正驾驶位，杰伊·列文因腿伤尚未痊愈，再三要求参加这次行动，就充当副驾驶。轰炸手约翰·希特尔、报务员费兰克·唐纳，机炮手米兰·佩里特拄着拐杖也上了飞机。这帮生死战友一飞到东京上空，一齐高喊："报仇的时候到了！"希特尔每投下一枚炸弹就喊："这一颗为小弟弟报仇！这一颗为大叔报仇！这一颗为大婶报仇！这一颗为乡亲们报仇！"佩里特拐着腿一会儿跑到左边，操起机枪射击；一会儿跑到右边，操起机关炮就开火，打下了一架企图攻击的日机。

吉姆·本奈特上校见任务完成，凌空时间已到，他命令返航，并喊道："伙计们！让日本鬼子看看我们飞虎队的军容，注意编队位置。"

于是，轰炸机、护航机各就各位，飞成整齐的编队，掠上高空，扬长而去。

日军本土防卫司令部把重点放在南太平洋方向，根本没有想到会再次从中国方向飞来轰炸机编队，直到飞虎队飞临他们首都，才调集空军前来围堵，却只能是放马后炮了。B-29 轰炸机和 P-51D 航速快，飞在万米高空，他们也奈何不得。

这次轰炸东京，日本朝野震动，尤其皇宫被袭，造成了大和民族人心大地震，本土防卫司令剖腹自杀以谢天皇。

1944 年是日本走向灾难的一年，在太平洋的海、空军主力几乎损失殆尽，关岛、硫磺岛、马里亚纳群岛等战略支点都先后落于盟军之手。优势的美军占领了马来半岛大部，正在横扫苟延残喘的陆军，眼看战火就要烧到日本本土。在严酷的现实面前，日本军国主义分子再也狂妄不起来，内阁责成大本营制订了"决号作战计划"，准备将剩下的 235 万兵力编成 53 个师团和 25 个旅团，另外将数百万的官员和文职人员编成装备了步枪和尖竹根的民兵部队，以图把美军消灭在登陆的海滩上。根据这个本土决战的计划，中国是关键的一环，但他们想不到从芷江起飞的机群竟两次轰炸了东京。

日军大本营为了摧毁芷江航空基地，减除对其本土及各战略要地的威胁，命令"中国派遣军"制订计划，攻占芷江机场，以利本土决战得以实施。但他们知道，飞虎队是实施这个计划的重大障碍，于是日军大本营只好故技重演，严令情报机关一定要除掉陈纳德。"克部队"的头目松井太郎上次窃取美机雷达和搜捕失事机组人员失败后，气得差点自杀，只是主持这次行动的鬼冢一良大佐剖腹谢罪在先，他才决意留了下来，完成未竟之事。松井太郎决定亲自前往芷江，刺杀陈纳德，但他暴露了身份，只好毁容而行。

这天，肖克邪带领“三虎”掩护轰炸机编队前去袭击香港的日军补给基地。曲宏光驾驶着B-29，杰伊·列文还是充当副驾驶，米兰·佩里特因上次轰炸东京，伤势加重住进了医院，来了一位叫保罗·希尔顿的机炮手。飞虎队一入广东境内，就被汕头的日军地面雷达发现，香港的日军飞机前来拦截。在前面担任开路先锋的“美洲虎”威廉·罗爱斯，立刻迎了上去，他一按上边的火箭发射按钮，一枚M-9火箭弹飞了过去，那架日机来不及躲避，就变成了一团火球。

罗爱斯击毁了目标，却摇摇头：“唉！太容易了，不刺激。”他捕捉到一架准备闪避的零式机，把油门一加，追了上去，他按住下方的机枪射击按钮，一个点射，打掉目标半边机翼。罗爱斯见受伤的日机往下一栽，然后拉起机头，摇摇晃晃逃去，他冷笑一声：“小日本狗，你还装死啊！”罗爱斯一个漂亮的侧翻大回环，追了上去，一个长点射，打掉零式机另一边翅膀。他见日机一头栽进海中，大笑道：“这才过瘾。”

高东虎却不管刺激不刺激，远处用导弹，近处用枪弹，他见一架日机直撞过来，冷笑道：“老高我还没有找老婆，才不跟你小鬼子同归于尽呢。”他把机头一按，以图从下面掠过，不料两机相距过近，尾舵划破了对方的油箱。高东虎掉转机头，看到那架日机一边漏油一边向旁边的任自强扑去，忙喊：“自强，快躲，那鬼子飞机拉稀了，淋一身可不好玩。”

任自强开始不知道是什么意思，但近了才看明白，连忙向一边躲去。

那日机飞行员还以为是对方害怕，就紧追不放。可没有多久，发动机“噗”地打了个屁，就停摆了，飞机自由落体，向海面砸去。

任自强看看高东虎的飞机，提醒道：“东北虎，你的尾舵掉了，可要小心，返航吧！”

高东虎叹了口气说：“大意失荆州啊，不过自保还没有问题，出击就有挑战啦。”

肖克邪一听，忙命令：“东虎，过来，我当你的僚机。”

高东虎笑道：“你大队长当我的僚机，那我岂不成了大大队长？老师，你放心，飞机还能控制，我驾驶没有尾舵的飞机体验体验，为你以后教学当范例也好。”

肖克邪知道这些学生都成熟了，青出于蓝而胜于蓝，但他如何放心呢？便命令：“任自强，你负责保护高东虎的安全，有什么情况立刻报告。”

任自强忙应道：“是！”

飞虎队人人争先，士气加上先进武器，前来拦截的日机很快被扫荡一空。轰炸机飞临香港日军的码头、船只、仓库、军营，见目标就炸，地面立刻陷入一片火海。杰伊・列文却打开机窗，拿出事先印好的传单，一边飞一边撒。曲宏光见了问：“伙计，你那是什么武器？”

列文笑道：“听说雷克托老兄上次在香港撒的是应战书，我今天撒的是精神武器——日本鬼子完蛋了，快投降吧。”

编队返航时，飞机上还剩有弹药，就一路扫荡。钦雪峰发现海边山头上有一座日军雷达站，就飞了过去，把剩下的两枚 M-9 火箭弹发射过去，见那巨大的扇形天线倒下，才一拉机头，追上编队。

这天晚上，钦雪峰在值班室夜间战斗值勤，他见艾尔索普走了进来，忙站了起来：“总管，有什么事？”

艾尔索普把他叫到外面，问：“你愿不愿再当一次陆军？”

钦雪峰以为又是去营救失事的战友，忙说：“愿去。”

艾尔索普却告诉他：“这次可不是救自己人，而是去救日本人。”

钦雪峰一听，忙摇头：“那我不去。”

艾尔索普笑道：“雪峰小子，昨天你炸了日军汕头海边一座雷达站，使从日本飞来的一架运输机迷航，迫降在南丰县一座山上。据说机上有将军级人物，可能携有重要情报。所以救这些日本人很重要，我决定亲自走一趟。本来林义安是最合适的人选，但他执行任务没回来，时间紧迫，你师傅才让我来找你。”

原来，上次钦雪峰带队到华容救援B-24轰炸机失事机组人员回来，艾尔索普得知救护协会西南分会副会长莫达友是日本间谍，立刻采取措施。他通知相关人员转移，防止受害，又派林义安带人到西南各处重新建立陆空救护网。

钦雪峰一听是师傅之命，忙点头：“我去。”

第二天一早，曲宏光驾着小运输机送艾尔索普和钦雪峰到江西南丰县境内，他看到下面河边有一块平地，叮嘱道：“雪峰，我们总管是第一次跳伞，你可要多提醒一点，尤其是落地的瞬间。”

艾尔索普笑道：“你昨晚教了我一夜，我摔死了，是你这教官水平有问题。”

曲宏光安慰道：“你的伞是自动打开装置，只要记住跳的时候用扑的姿势，落地时候腿曲一点就可以了。”

钦雪峰见艾尔索普跳了下去，降落伞打开了，也一跃而下，他看到相同高度才打开伞，于是空中像爆出两条大蘑菇，飘飘扬扬降落下来。

艾尔索普毕竟是第一次跳伞，被风一吹，落到河面，他又不会游水，立刻陷于灭顶之灾。钦雪峰吓坏了，在空中解开伞扣，跳入河中。他游到艾尔索普身边，一把拉起他，解掉伞扣，向岸边游去。好在水缓，没有费多大力就上岸了，可正值冬天，冻得两人浑身直哆嗦。

这里是我军控制区，昨天才发生日机事件，今天又看到两朵降落伞飘下，以为又是鬼子，军队和老百姓都围了上来。钦雪峰从防水图囊里取出身份文件，说：“我们是芷江机场的，来这里有紧急公干。”

一位叫孟文才的营长接过文件一看，大喊：“弟兄们！乡亲们！他们真是飞虎队的人。”

这里离赣州机场不远，常看到鲨鱼头飞机同日机作战，也听过不少飞虎队打鬼子的传奇式故事，一听他们是飞虎队的人，人们可高兴了。附近一位叫许长河的老乡把两人拉进家里，换衣服，煮甜酒驱寒。艾尔索普坐在火坑边，连喝了两碗热气腾腾的甜酒，又吃了两个煮糍粑，身体热和起来，他伸出拇指："OK！真好吃。"

钦雪峰见孟文才一直陪着他们，就问："少校，我们要找驻军刘师长，不知你能帮助我们吗？"

孟文才点点头："师部就在县城，我带你们去吧。"

两人换上烤干的衣服，告别热情的主人，钦雪峰拿出两块银圆："许大叔，谢谢你。"

许长河摇摇头："你们飞虎队打鬼子，保护我们老百姓，如果吃了几个糍粑还收钱，那不丢了我们南丰县的丑？"

钦雪峰还能说什么呢？

驻军师部在县城边一座祠堂里。孟文才送两人刚走到门口，见一少将骑马驰来，忙迎上前敬礼："报告师座，这两位是从飞虎队基地芷江来的，找你有事。"

师长刘宏成刚视察回来，他跳下马，笑道："你们来得好快啊，不愧为飞虎队！"

钦雪峰把腰一挺，敬了个礼，介绍道："报告刘师长，这位是陈纳德将军的副官兼情报官艾尔索普中校，我是上尉飞行员钦雪峰。"

孟文才一拍脑袋："我记起来了，你就是飞虎队的华南虎！"

刘宏成一听，哈哈大笑，他一手拉着一人："你们都是稀客，我也接到命令，知道两位的来意。别在这里喝西北风，走，到里面边烤火边介绍情况！"

南丰县位于江西省东部，旴江中上游，属丘陵山区，因常产一茎多穗之稻，别号又称嘉禾。它东靠武夷山脉与福建省建宁县毗邻，南面是赣州，西依云山山脉，地理位置特殊。这里东、南、北都是敌占区，西面的湘桂铁路也为日军所占，是一座名副其实的孤岛，好在同蒋经国主政的赣南连在一起，一直为我军控制。昨天中午，一架日本运输机在这里像没头的苍蝇转了几圈，就迫降在洽湾一座山上。最先发现这件事的是当地空袭警报网的负责人焦永寿，他第一时间通报了当地驻军。刘宏成接到报告，马上命令就近部队赶往查看。谁知搜寻的人还在路上，日军两架飞机先找到那架运输机，立刻投弹轰炸，直到被炸毁燃烧才飞走。

南丰县县长郭兴民是位开明绅士，他向“赣南新政”学习，实行土地改革，深受农民欢迎。战时县长，兼任防护团团长，他亲民勤政，听说有日军飞机降落之事，亲自带人进山搜寻。民众也纷纷加入搜捕日军机上人员的行动，当地老百姓熟悉山林路径，带领防护队先抓到了 3 名日军机上人员。郭兴民骑着一匹马，得知抓住几个日军，就赶去查看，由于山路崎岖，马失前蹄，掉进溪坑。人们七手八脚把这位县长救上来，发现已没有了气息。老百姓本来就恨日本鬼子，现在这位好县长为这几个日本人又摔死了，更是群情激愤，涌上前拳打脚踢。当地驻军赶上前劝阻，并宣告抓了俘虏交出来有奖。老百姓大喊不要奖，要为县长报仇，于是 3 名日本人全被砍了头，抬到县城，祭奠了他们的县长。

刘宏成带人赶过来已经晚了，他得知山上还有几名日本机上人员，就命令部队围山搜捕，先后抓住了其他 5 名日军。这位师长见其中有位少将，知道事关重大，他怕再出意外，就不敢押来县城，在附近看押起来。刘宏成赶回师部，立刻向上司报告，他收到的回电是严加看守，飞虎队将派人前来接受俘虏。

艾尔索普虽然能听懂不少汉语，但这位刘师长是广东口音，对他来说又是一门外语，幸亏有钦雪峰在一边翻译，才听懂了所讲的意思。这位总管听说 3 个日本人被当地老百姓砍了头，不由得口瞪目呆，当听到还抓到 5 个人被秘密看押起来，才松了口气：“OK！刘师长，谢谢你。”

刘宏成陪他们吃了中饭，就亲自带两人到看押俘虏的地方。

洽湾是一座小镇，在盱江边上，驻有刘师一个团部，5 个日军关押在团部大院的侧房内。艾尔索普见天色已晚，决定第二天坐车押解俘虏到赣州机场，再飞芷江，于是就在团部住了下来。谁知睡到半夜，突然枪声大作。钦雪峰担心俘虏，刚要出门，刘师长来了，他摇头道：“是一股日军的特务队，杀了看押俘虏的士兵，被流动哨发现，就打了起来。他们悍不畏死，见无法带走同伙，杀了俘虏后又全自杀了。”

钦雪峰一听，顿脚道：“那、那我们白来了。”

刘师长拍了拍胸口，才说：“幸喜我多了个心眼儿，把那两个日军头子单独关押在另一个地方。”

艾尔索普听了翻译，伸出拇指：“谢谢你帮了大忙。”

钦雪峰想了想，却说：“这说明这几个俘虏对日军很重要，不然他们又炸飞机又把同伙灭口。他们一定还不会死心，那我们在押解这两个日军头目的路上，可就防不胜防了。”

艾尔索普想了想，道：“那我们只有偷懒了，坐飞机回去。”

刘师长听了钦雪峰的解释，点点头：“这是个好办法。”

第二天，刘宏成亲自到小镇上动员民众：“乡亲们！我们飞虎队的飞机要降落，希望大家帮助修一条简易跑道。”

老百姓一听飞虎队大名，拿锄头的拿锄头，挑泥土的挑泥土，把一条大路平整起来。他们听说路基还不稳，又都自发地把自家的门板拆下来，铺成一条一里多长的门板跑道。

这次又是曲宏光来接，他驾着小运输机根据无线电导航，飞到南丰洽湾上空，看到下面的门板跑道，不禁叹道：“民众真乃我们军队的父母也！”他平稳地降落在地面。

老百姓都围上来，拿糍粑的拿糍粑，提鸡蛋的提鸡蛋，慰劳飞虎队员。艾尔索普好是感动，他押着两个换了便装的日军俘虏爬上飞机，又跳下来，向老百姓作了个罗圈揖：“乡亲们！多谢了，我们一定多打胜仗来感谢你们！”

曲宏光向送行的陆军兄弟和乡亲们挥挥手，发动飞机，沿着门板跑道，掠上蓝天。他在空中转了两个圈，才摇摇翅膀向芷江飞去。

这次南丰之行，收获可大了。日军大本营把芷江看成眼中钉，是他们实行所谓本土决战的最大障碍，必欲拔除而后快，便命令“中国派遣军”制订了旨在夺取芷江空军基地的湘西攻略战实施计划。日军大本营研究后，对这个计划进行了修改，特派陆军部少将松井诚二郎携指导意见坐那架运输机飞武汉，向新上任的派遣军总司令冈村宁次通报。不料雷达站被毁，他们迷失了航向，像没头的苍蝇飞到南丰；屋漏又逢连夜雨，飞机出了故障，只好降落山中。因为松井少将携带的是绝密计划，有跟踪安排，当日军大本营得知这架飞机没有按时飞到武汉，知道出了变故，立即命令沿途驻军派飞机搜寻。福建南平机场所派飞机首先发现，立刻受命把这架运输机炸毁。日军大本营还不放心，又命令就近的日本间谍杀掉被中国俘虏的人员，才有晚上被袭事件的发生。松井诚二郎和他的助手如果不是刘师长多了个心眼，早被自己人杀了。这位少将本来把计划文本烧毁了，也做了为天皇陛下尽忠的准备，但自己人的残杀，令他痛定思痛，打消了尽忠的念头，供出了湘西攻略战实施计划和大本营指导意见的内容。

南京萨家湾一处高墙大院是侵华日军“中国派遣军”总司令部，冈村宁次大将从武汉的第六方面军司令部回来，坐在自己宽大的总司令室。他想了想，取出前任总司令畑俊六大将送达的天皇诏书：“在华中、华南方面作战之各军官兵，果敢机动艰苦作战已近半载，不顾瘴疫，历经艰辛，到处摧毁在华美军空军基地，充分达到作战的目的并为全局作战做出贡献。朕深为嘉赏。”日军为应对太平洋的失败，构筑所谓绝对防卫圈，为打通大陆运输线，执行“一号作战”计划，虽然占领了粤汉铁路和湘桂铁路，但还是无法通车。至于说摧毁美军基地，也仅仅是占领了几座无法使用的空机场，中美空军的有生力量却毫无损失，连制空权也失去了。冈村宁次不由得叹了口气，使用了侵华战争最大兵力的“一号作战”并没有达有预期目的，如何对得起天皇陛下的嘉奖呢？他更无法交代的是，从芷江机场起飞的美军 B-29 轰炸机竟第二次轰炸东京，连神圣的皇宫也未能幸免。冈村宁次尤其感到烦恼的是，他奉大本营之命，制订了旨在夺取芷江机场的湘西攻略战实施计划，而接任第六方面军司令官的冈部直三郎大将却反对这个计划，他这次到武汉找这位在陆军大学比自己低两届的同学，也没有说服他。将帅意见不统一，是作战之大忌。

冈村宁次 1884 年出生在日本东京四名坡町街区一个没落武士家，14 岁就进了东京陆军幼年学校，迈出军人生涯的第一步。他先后毕业于日本陆军士官学校第16期、日本陆军大学第25期。1915年2月，为编纂日德战争作战史，冈村宁次被参谋本部外国战史处派赴青岛搜集资料，他第一次踏上中国的土地。1923年9月，已晋为中佐的冈村宁次调任上海驻华武官，开始窥视和图谋肥沃的中国土地，他利用给孙传芳当顾问的机会，盗取了不少军用地图，后来在武汉作战所用华中地区五万分之一的地图，就是这次所窃。1928年，冈村宁次担任陆军第3师团第6联队大佐联队长，四年后晋升少将，不久调任关东军副参谋长。1936年，日本"皇道派"少壮派军人发动"二·二六"事变，冈村宁次反戈一击有功，被晋为中将，破格出任第二师团师团长。1938年7月在南京接过第11军的指挥权，三年后升任华北方面军司令官，晋为大将。1944年8月，日军发动"一号作战"攻陷衡阳，他调任第六方面军司令官，继续"一号作战"的第三阶段，发动桂柳战役。冈村宁次为日本帝国立下赫赫战功，同年11月，升任为"中国派遣军"总司令官。

这时，副总参谋长今井武夫少将匆匆走了进来，他腰一挺："报告总司令阁下，陆军部松井诚二郎少将乘坐的运输机因雷达站被飞虎队所炸，迷失航向，迫降在重庆军控制的江西南丰县。据核实，松井少将及助手为敌方所掳，解送芷江。"

冈村宁次一听，心头更是蒙上了一层阴影，松井诚二郎虽为帝国高级将领，但也难免湘西攻略战实施计划不泄露。他叹了口气，决心不顾冈部直三郎的反对，抽调兵力，把芷江机场攻下来，以解本土决战的后顾之忧。

第十六章　空中接情报

中国军事委员会委员长蒋介石在黄山官邸收到陈纳德将军的日军要发动旨在夺取芷江机场的湘西攻略战的情报，不由得吃了一惊。这位中国最高统帅苦苦支撑了八年抗战，飞虎队由弱到强，是他得以保持半壁河山的重要力量之一。现在太平洋战争已经取得胜利，战火烧到了日本本土，但在中国还盘踞着号称世界第一的100多万日本陆军，要想消灭他们，飞虎队起着举足轻重的作用。如果芷江这座远东第二大空军基地被日军占领，那后果将不堪设想，至少打败日军将推迟数年。蒋介石现在自信有能力保卫芷江这座空军基地，他也为自己的远见感到庆幸，还在日军发动“一号作战”中，亿就避实就虚，把最具实力的王耀武第四方面军部署在雪峰山一线，拱卫芷江机场。于是，这位中国统帅命令以王耀武第四方面军为主、汤恩伯的第三方面军为辅，并以陆军总司令何应钦亲自指挥这次针对日军进攻的湘西会战，保卫芷江空军基地。

陈纳德将军以前是位空军制胜论者，通过日军的“一号作战”，他意识到如果没有陆军的支持，机场也无法保全。于是这位飞虎队司令采取先发制人，命令中美空军对日军集结地和交通线实施重点打击。

这一天一早，钦雪峰来到飞行员执勤室，领受自己的任务，他正在查看值班表，艾尔索普急急走了进来，说：“雪峰，你另有任务。”

钦雪峰知道这位上司兼长辈，喜欢叫自己雪峰小子，只有慎重的时候才直呼其名，他把腰一挺：“是！什么任务？”

艾尔索普拿出一张图，指点道："这是资江支流邵水中游魏家桥的位置图，你去年8月份从衡阳脱险回来经过那里，所以林中尉指名要你去接他。"

钦雪峰一听是接林义安，忙说："总管，你放心，我一定完成任务。"

艾尔索普点点头，他又拿出一卷带钩的绳子，叮嘱道："林中尉带有电台，你到了那里，可以直接同他联系。"

钦雪峰接过绳子，问："带这东西干什么？"

艾尔索普摇摇头："我也不知道，是林中尉的要求。"

林义安上次从华容救援那架失事的B-24轰炸机机组人员回来，陈纳德将军得知救护协会西南分会副会长莫达友是日军间谍，他担心救护协会的人员安全，就采取了疏散措施，并命令这位经验丰富的情报员带人去西南各地重新部署救护网人员。林义安带着江洪涛就出发了，由于有现成的人员和网络，只要找到每地疏散的负责人，重新安置和编制一番就可以了。两人准备了多种身份，时而化装成日军，时而扮成商人，时而变身日伪特工队员，加上有当地救护网的掩护，他们从广西到广东，经江西转湖北，从通城回到了湖南境内。林义安这次敌后之行，可谓公私两便，他到华容老家转了一圈，找到了父亲，又得知湖区游击队小队长张元良在掩护飞机起飞后，也安全转移了。

这一天，两人化装成药材商人，林义安西装革履，架着墨镜，头戴吕宋帽走在前面；江洪涛穿着背带裤，头戴鸭舌帽，手里提着一个小箱子在后，走进两市镇一家挂着"宝成号"的药铺。林义安走到柜台前，问："我有一批三七和当归，不知你们要不要？"

一位40多岁的长袍汉子走出来，看了看他们，答道："这两种货刚进，不知你们有没有高丽参？"

林义安摘下墨镜，摇摇头："现在兵荒马乱，哪还有那些进口来的东西，不过长白山人参倒带了一支半。"

长袍汉子一听，对上了暗语，把柜台门打开："正宗长白山人参不比高丽参差，请进来，我要看看药品成色。"

两人走进里面的客厅。

长袍汉子是当地救护协会的负责人曾大全，他一边倒茶一边说："我接到总会疏散的通知，就把有关人员转移了，我自己也从宝庆来到两市镇，开了这家药铺，现在终于等到娘家人来了。"

林义安介绍了一些情况，而后说："空军将士们很感激也很关心救护协会的各位同人，陈纳德将军一得知西南分会的副会长莫达友是日本间谍，怕你们受到伤害，马上通知转移。我和小江这次来，一是代表总会看望大家，二是把救护网恢复起来。"

曾大全笑道："飞虎队出生入死打击日本空中强盗，我们作为中国人贡献自己一点力量，是应该的，也是光荣的。至于救护网的恢复，只要把各地转移的点线重新连接起来就可以了。"

林义安点点头，他从江洪涛手里接过一叠钱，说："谢谢你们。这是总会拨下来的工作经费，请你分发给大家。"

曾大全摇摇手："这是为我们自己干事，不要工作经费。"

林义安把钱放到桌子上，笑道："吃饱了肚子，才有力气干活，那就作为生活补贴吧。"

第二天，两人准备返回芷江，本来想从范家山到宝庆，只要过了资水，就是我军的控制区。但日军在抢修衡、宝公路，到处抓夫，他们就听从了曾大全的意见，改道来到魏家桥。这是资江支流邵水岸边的一座小镇，可以坐船而下。两人刚走到镇边一座突兀的石山下，忽然传来一阵枪声。林义安朝那边看了看，拉着江洪涛闪到路边树丛后，往外观察。

不一会儿，两个身穿便衣的人往这边跑，不时朝后面追来的日军开枪。不料在后面的高个子中弹倒在地上，前面那背着一个大包的矮个子返过身，要拉起同伴。那高个子从怀里拿出一叠纸塞给矮个子，然后挣扎着跪在地上，一边开枪一边喊："快走！一定要把情报送回去，不然弟兄们的血就白流了！"

林义安离他们近，一听"情报"二字，把手一挥，就冲了出去。他们使用的是飞行员佩装的科尔特自动手枪，每次可射八发子弹，两支枪一扫，日军纷纷倒地。林义安一把携起那高个子，江洪涛和那矮个子在后掩护，往后就跑，钻进一片树林。日军紧追不舍，四个人借助山石树木的掩护，爬上一座大山，加上天黑了，才暂时摆脱了日军追击。林义安发现一个山洞，就摸出手电照了照，看到里面有岔道，利于掩蔽，就返身走了出去。他携起受伤的高个子，要江洪涛找了一抱干柴，几个人走了进去，选择一处平整的地方停了下来。林义安拿出一个万用小包，摸出一盒防水火柴，烧起一堆火，黑暗的洞穹立刻照亮了。谁知那受伤的高个子看了看他们，一把掏出枪，喝问："你们是什么人？"

江洪涛皱了皱眉，反问道："我们救了你们，你说是什么人？"

高个子用枪指着他们："别废话！回答我的问题。"

林义安往火里加了一根柴，反问道："我们的话你会相信吗？"

高个子看了看他："你说说看。"

林义安往洞壁上一靠："我给你两个选项——飞虎队和日军间谍，你愿选哪一个？"

高个子听了一怔，他想了想说："我当然愿选飞虎队，但有什么证明？"

林义安拍拍腰上插的手枪，又把那个万用小包丢到他面前："这是我们飞虎队飞行员才有的佩枪和降落伞配备的万用小包，正宗的美国货，上面有 SU 字母，你可以检查。"

高个子看了万用小包里的几样东西，还是摇头："照说我应该相信你们，但事关重大，我要小心求证，万一有差，对不起我死去的兄弟们。"

林义安想了想，说："那么我即使拿出身份证明文件，你也不会相信，因为我们还带有日军特务队，甚至日军'克部队'的证件。"

高个子一听，忙问："你知道鬼子的'克部队'，还有他们的证件？"

江洪涛再也忍不住了，说："我们就是芷江空军基地情报处的，专门对付'克部队'，鬼子成立这支部队，主要是刺杀陈纳德将军。"他指指林义安，"这是林义安中尉，我这次跟他出来是执行另一项任务。"

高个子把枪放了下来，他拿过矮个子身边的大包，说："既然你们是空军的人，应该认识这个东西。”

林义安打开一看，道：“这是我军 P-51 战斗机上的电台。”

高个子听了，忙举手敬礼致歉：“你们真是飞虎队的人。对不起，你救了我们，我还怀疑你们。因为事关重大，请空军兄弟原谅。”

林义安见他一动，那草草包扎的伤口又渗出血来，就取出万用小包里的急救药敷上，一边包扎一边说：“自己人，客气话就别说了。小江，把止痛药片找出来，给他服下，会减轻点痛苦。”

原来，第四方面司令部为了摸清日军这次湘西攻略战排兵布阵的情况，参谋部情报处派行动队队长韩少龙中校带领一支小分队深入敌后。昨天，他们在牛马司附近的公路边发现一支运输车队，奇怪的是中间还有三辆小汽车，由于转了这么多天，没有什么收获，决定冒险一试。小分队朝前、后两辆货车开火，将其打翻在路上，拦住两头，韩少龙立刻带人向那小车扑去，几颗手榴弹解决了问题。分队长申立魁上尉从中间那燃烧的小车内拉出一个垂死的日军中佐，见他双手死死抱住身上的公文包，就夺了下来，交给韩少龙。他看到后面那辆歪倒在路边的小车上有个大包，拖出来一看是电台，就背在身上。韩少龙原以为是运输车队，兵力不大，谁知押车的日军不少，立刻从两头夹攻而来。小分队只好边打边退，好在这里有山，就向树林中钻去。日军紧追不舍，呈扇面搜索而进。韩少龙爬上高处一看，满山遍野都是日军，运输车队也停在路上，不由得感到纳闷：难道日军就为了那个死去的中佐而费这么大的气力？他打开那缴获的公文包，翻出一份绝密文件，撕开一看，只见“湘西攻略战作战计划指导大纲”跳入眼帘，不由得大喜，这正是自己着急上火要完成的任务，真是踏破铁鞋无觅处，得来全不费功夫。他也明白过来，日军为什么会穷追不舍。韩少龙更清楚，日军为夺回这份计划一定会不遗余力，不择手段，那现在自己的任务就是如何把这份计划尽快送回司令部。他看了看所处的环境，见日军包围了这座山，决定来个鱼目混珠。韩少龙把小分队召集起来，讲了行动计划，而后叮嘱道：“建春，你看到我们混到鬼子队伍，也立马换上日本军服，找机会混入其中。我们晚上到封家渡旁边的破庙会合。”

分队副游建春把腰一挺：“是！”

于是，小分队悄然转到山的另一边，游建春带人一边跑一边开枪，韩少龙和申立魁等穿了日军服装的队员在后面追。搜山的日军看到了，蜂拥而上。韩少龙带人趁机混到敌人队伍中间，随即悄然离开。他们趁天黑渡过邵水，来到封家渡那座破庙。可等了一个晚上，不见有队员前来会合，大家明白是凶多吉少了。韩少龙同申立魁商量了一下，决定从水路而行，就找了一只船，天一亮就开了。谁知没行多远，被日军临时设立的哨卡拦住，由于河面狭窄，水流又缓，不利冲卡。韩少龙会日语，就说：“我们抓住一个重庆军特工，需要马上送到师团部。”

哨卡带队的日军小队长叫安井树男，大喊：“我们受军团部紧急命令，正在搜捕重庆军一支小分队，你们必须接受检查。”

原来这份“湘西攻略战作战计划指导大纲”是驻长沙的日20军司令部给驻宝庆的116师团的，因制空权被飞虎队掌握，怕飞机传送有风险，就派通信中佐坐汽车专送。谁知三辆小车混在一支庞大的运输车队中间，还是出了意外。军团长坂西一良中将得知作战计划指导大纲被重庆军所窃，气得暴跳如雷，严令116师团不计任何代价夺回。师团长岩永旺中将连夜命令部队出动，以出事地点牛马司为圆心，向周围辐射，连布了三道封锁网，并以西部为重点。

韩少龙撞到了第一道封锁网上，他看看只有接受检查，就示意把一位叫曹焕章的班长绑了起来，才把船拢到岸边。他自己挂着上尉军衔，而对方只是少尉阶级，他跳上岸就是两耳光：“八嘎！担误了我的时间，你的长官也吃罪不起。”

安井树男把腰一挺，不软不硬地说：“我们大队长就在前面，这是他的命令，请跟我去，他会解释。”

韩少龙一听，知道到那里去就露馅了，他见这边地形不利，必须过河去，就一示意。申立魁立刻带着队员们扑到哨卡，一阵短兵相接，5个值勤的日军全解决了。曹焕章早甩掉了绳子，把这日军小队长一手锁住，拖到船上。队员们跳上船，往对岸划去。安井树男趁人不注意，跳入水中。韩少龙见曹焕章要开枪，就拔出匕首一甩，清清的水中洇出一团红色，那日军少尉就沉入河底。

队员们上了岸，那边的日军才发现，就一边开枪一边驾船追了过来。韩少龙知道必须甩脱敌人的追踪，就带着队员钻入山中，向下游奔跑，找到一只船，又返回到对岸，这样至少给敌人造成错觉，以争取时间。队员们奔跑了大半天，又累又饿，就在一户老乡家买了一锅熟红薯，一边走一边吃。他们走到魏家桥，遭遇上了大队日军，就打了起来。为了引开敌人，曹焕章带着两名队员向那边跑去。韩少龙带着申立魁和一个队员朝另一个方向走，但敌人太多，很快又发现他们，就追了过来。三个人边打边跑，那位队员中弹牺牲，后来韩少龙也受了伤，正在危急的时候遇到了林义安和江洪涛。

林义安听了他们的讲述，心情也沉重起来，日军决不甘心让这份作战计划落于我军之手，明天会采取更严密的围捕措施。现在自己的任务是完成了，这份作战计划虽不是自己分内的事，但关系重大，必须送回去。他想了想，说："韩队长，恕我直言，这个任务你恐怕是无法完成了。"

韩少龙叹了口气，说："这份作战计划不送回去，我是死不瞑目啊。"

申立魁忙问："林中尉，你能不能帮帮我们，把这份关系到战局胜负的重要情报送回去？"

韩少龙见他在闭目沉吟，就说："这不是他们的事，尤其关系到生死的问题，不要把危险转嫁给不相干的人。"

林义安是位有经验的情报人员，如何把这份情报在日军的团团围困下送出去，才是最重要的。他想了想，睁开眼睛说："这份作战计划送出去很难，我只有一半的把握。"

韩少龙一听，忙问："什么？你有一半的把握？可我连一成也没有。"

林义安点点头，他指着那电台问："能用吗？"

申立魁摇摇头："我从昨天到今天还没动过，再说，我也不太懂，我妻子是电讯处的，见过这宝贝，所以才背了来。”

林义安指指江洪涛：“你是专家，检查一下。”

江洪涛取出电台，一边调试，一边说：“林组长，这真是P-51战斗机上的电台，去年衡阳会战，我的师傅钦雪峰就是用这种电台进行陆空联系，指示精确打击。”

申立魁一听，便问：“你说的钦雪峰就是飞虎队的华南虎？”

江洪涛点点头：“他又是我们林组长的好兄弟。”

申立魁又问：“那飞虎队飞机上的电台怎么会落到鬼子手里呢？”

“那肯定是从飞虎队失事飞机上弄来的，日本鬼子最会偷学别人的东西，用于仿造。”韩少龙一边说，一边掏出那份作战计划，“你们是华南虎的朋友，那我就更放心了，现在把这情报交给你们，拜托了。”

林义安摇了摇手，道：“你把这东西交给我，那就要听我安排。”

韩少龙点点头：“任务交给了你，当然听你安排。”

林义安听了，才接过那份作战计划，说：“我的安排是小江送你到两市镇去养伤，我和申上尉负责把这份情报送回去。”

江洪涛首先反对：“我们是一起出来执行任务的，怎么能分开呢？再说，这部电台还能使用，没有我怎么行呢？”

林义安拍拍他：“老弟，我是基于这样考虑。第一，只有你送韩队长去两市镇才能找到需要找到的人；第二，我们这次出来的任务，需要一个人回去汇报。至于这种电台，我不会修，但会用。”

韩少龙叹了口气，说：“我现在成了累赘，那就更没有理由提出异议了，只是心里不安，把本来是我承担的任务交给了你，只能说声谢谢了。”

林义安笑道：“打击侵略者，保家卫国，是我辈军人的神圣责任，没有分内分外之分。如果换一个位置，你也会是这种选择。”他摆摆手，“其他的话就别说了，我还要想想把情报送回去的细节。”

三个人听他这么一说，都不好作声了。江洪涛看看没有了柴火，就拉着申立魁向外走去。他们去了好一会儿，抱了两大捆柴回来，把火加旺。

林义安靠在洞壁上闭目思考，不知道的人还以为他是睡着了。当他睁开眼睛，所考虑的事情也成熟了。洞中烧着火，暖洋洋的，加上几天的紧张战斗，韩少龙和申立魁都打起了呼噜，江洪涛坐在洞口方向，一边烧火一边警戒。也不知过了多少时间，林义安突然站了起来，他看看手表，就坐在火亮边写了起来，而后交给江洪涛："你把这封电报发给艾总管，请他按照上面的要求准备。"

江洪涛接过看了看，说："洞内信号不行，需要到外面去发报。"

申立魁早惊醒过来，他跳起身："我陪你去。"

林义安见他两人走了出去，就说："韩队长，小江还年轻，请你多关照。"

韩少龙忙说："现在是他关照我，不过你放心，有我就有他。"

林义安一边整理行装，一边交谈。他见江洪涛和申立魁走了进来，就说："天快亮了，我和申上尉要出发了。"他把一些东西交给江洪涛，而后叮嘱道，"外面敌人一定封锁很严，你和韩队长至少在洞中坚持三天，才能出去。记住！我们生是飞虎队的人，死是飞虎队的鬼，想办法完成任务，一切为了祖国。"

江洪涛忍着泪水，把腰一挺："是！我绝不会给祖国丢脸，也不会给飞虎队丢脸。"

林义安拿过电台背上，同韩少龙和江洪涛握了握手，就带着申立魁往外走去。

韩少龙挣扎着站起来，举手敬礼，向两位战友送行。

东方露出了曙色，但漫天阴云，北风呼啸，两人从暖和的山洞里走出来，不由得连打了几个寒战。林义安走在前面，申立魁跟在后面，一步步摸下山，好在有风声的掩护，既使有敌人也不易发现。两人摸到山脚的路上，转过弯，在溪水映照的微光中，看到桥头杵着一个黑影，是日军无疑。申立魁拉拉前面的林义安，俯耳道："我们从这里过去就会惊动敌人。"

林义安点点头："惊动了敌人，我们的行动更困难，但韩队长和小江就安全了，鬼子会以为我们都离开了这里。”

申立魁一听，便问：“从这里到资江最近还有五六十里远，只有过了资江,才可以到达我军防区。如果过早地惊动敌人,那还走得出去吗？”

林义安拍拍他：“敌人肯定把这里围得像铁桶一般，我们不惊动敌人，也走不出去。”

申立魁忙问：“那我们如何把情报送回去？”

林义安拉他伏在地上，指着天际微光中的黑影：“我们昨天被日军追赶的时候，看到河边耸立着那座突兀的石山。只要能够爬上去，我就有办法把鬼子这份作战计划送走。”

申立魁听得一头雾水，但这比走五六十里路，穿过敌人的层层封锁容易多了，现在没时间多问，就说：“我去解决那个鬼子。”他隐身到路边的树丛乱草中，向桥边摸去。申立魁来到桥头，往下一看，只见溪边背风处烧着一堆火，几个日军围坐在一起。他知道偷过这座桥是不可能，那只有硬闯了。他回来同林义安一说，两人立刻行动。申立魁摸出一颗手雷，朝溪坎下火堆丢去。林义安在爆炸声中一枪，把桥上那日军击倒，他跑上前，取下尸体上的枪弹，追上申立魁。两人见有日军追来，就往北一拐，折向河边，向那座石山跑去。

日军做梦也没有想到，他们以为重庆军斥候队要送回情报，只有往西而走，过资江，才能回到自己人的防区。于是在西边层层封锁，前堵后追，拉网搜捕。

林义安和申立魁钻空子跑到石山边，不由得目瞪口呆，这哪是山，简直是一根粗大的石柱，四面壁立，无处可上。林义安转到河边，看到半山石缝中长有不少的树，他就从包里取出一根绳子，一头拴上短木棒，往上一甩，缠住一棵树，就说：“我先上去看看。”

申立魁接过那支三八大盖，点点头：“老林，小心。”

林义安这些年的武术修炼，这时显出功夫来了，他抓住绳子呼呼往上爬，到了有树的地方就更容易了。他爬上山顶，一边有树木，一边光秃秃的，正适合自己的计划条件。他望望远处，到处有日军。林义安把电台放下，他担心申立魁被敌人发现，就下到石山脚，说："老申，这件事我一个人可以完成，你趁鬼子还没有发现，赶紧去找韩队长。"

申立魁一听急了，嚷道："不行！我一定要同你一起完成这个任务。"

林义安叹了一口气，他指着石山："老申，这可是个死地啊！用一个人的代价可以完成的任务，何必多死一个人呢！"

申立魁一惊，原来他是抱着必死之心来完成这个本不可能完成的任务，不由得热血沸腾，就抓住他的双手，恳求道："我给你打个下手吧，就是死，我们兄弟有个伴。"

林义安还能说什么呢？他帮助申立魁爬上山顶，两人沿着边缘转了一圈。这座石山像一座高耸的碉堡，一半在河中一半在陆地，不借助绳索攀爬不上来，安全暂时不用担心了。林义安讲了自己的计划，说："这个地方比我想象的要好，完成任务应该没有问题。"

申立魁听得张口结舌："这、这办法我想、想都不敢想。"

林义安笑道："我们飞虎队的飞行员一个个技术高超，尤其'三虎'更是王牌中的王牌，今天来的是华南虎钦雪峰，他智勇双全，一定会把情报接过去。"

申立魁点点头："我现在放心了，那做准备吧。"

林义安望了望远处的日军，说："老申，你原先心里没底，现在也放心了。这件事我一个人可以干，那你就……"

申立魁打断他的话："你赶我也不走。"

林义安叹了口气："好兄弟，那我们做伴吧。"他看看手表，说，"既然有两个人，那就做一个稳妥的方案，更有把握。"

于是，林义安看了看地形和高度，就用缴获的三八枪的刺刀，砍下几棵小树，削掉枝叶，用树藤捆绑成一根十来米的长杆，然后把装有日军作战计划的公文包用那根绳子拴牢，另一头准备缚一块石头，但总不牢靠，林义安就把自己那支手枪拴上。申立魁选了一棵树，爬了上去，把枪挂在树梢上。林义安把公文包挑在长杆上，竖起来看了看，点点头："这个宽度和高度，凭华南虎的技术，没有问题。"

申立魁听了，笑道：“陆空传情报，那我今天大开眼界了。”

林义安看看手表，就打开电台呼叫：“022，我是林义安，你到了哪里？”

钦雪峰听说是去接林义安老兄，哪敢怠慢，拿着带钩的绳子一边往停机坪走一边察看那张位置图。他跳上自己的022号飞机，拉上机舱罩，看到起飞的信号，就发动机器，把飞机滑行到跑道上，加大油门，掠上天空。北风怒号，乌云翻卷，战斗机像一只小船在风浪中颠簸。钦雪峰驾着战鹰掠上云层，风力小了，他翻过雪峰山，越过资江，降低高度，找到图上标示的邵水，地貌地物历历在目，还看到不少日军，但过了约定时间，还没听到联络，他不由得紧张起来。就在这时，一个熟悉的声音响起，忙回答：“我是022，看到邵水右岸边的镇子，是魏家桥吧。老兄，到处是日军，你可要选一处隐蔽的地方，我才好降落接你。”

林义安听到钦雪峰的声音，站起一看，见魏家桥上空飞来一架战斗机，便说：“我看到你了。在魏家桥上游1000米远近的地方有一座耸立在河边的石山，你看到了吗？”

钦雪峰的飞机一下掠了过去，忙说：“我看到了，你在上面吗？老兄，可那山比航空母舰还小，我这飞机无法降落下来接你。”

林义安压抑着心情的激荡，平静地说：“雪峰，现在不是接我的问题，而是有一份重要的情报交给你。”

钦雪峰把飞机转了回来，围着石山一边兜圈子一边说：“老兄，你找一处能降落飞机的地方，乡间大道都可以。把你接上飞机，那情报你就自己去交吧。”

林义安知道他一心要接自己，只好狠了狠心，厉声道：“钦雪峰，你给我听好了，这份情报关系着千千万万战友的生死，比我们的生命重要得多，而且为这份情报，已经死了不少人。所以，你现在必须把情报接过去，转交我军四方面军司令部。”

钦雪峰一听，明白四周这么多日军，原来是搜捕这位老兄的。他知道事关重大，就问：“我无法降落，如何从你手中接收这份情报？”

林义安感到内疚，但现在顾不得那么多，就指着横扯在树梢和那绑接在长杆中间的绳子说："你看到绳子上飘动的那件衣服吗？一头拴着装那份情报的公文包，一头拴着我那支手枪。你只要把那绳子挂到你机翼上，就能把情报取走。但你需要注意的是，飘衣服的地方是绳子的中间，挂偏了可能会功亏一篑。"

钦雪峰听了，降低高度看了看，围着石山又转了两圈，他调整方向和角度，把机头一压，对准衣服俯冲而去，在接近目标的瞬间，飞机一侧，几乎是划着石山而过，下方的机翼挂着绳子呼啸而去。

申立魁扶着那根挂着公文包的杆子，看得目瞪口呆，被飞机掠过的疾风一刮，摔倒在地上，他不顾头破血流，跳起来大叫："我看到华南虎了！我看到他空中接情报的杂技啦！我……"

就在这时，响起了枪声，申立魁又一头栽倒在地上。

原来附近的日军赶来了，申立魁站在山顶边上，中了两颗子弹。

林义安全神贯注在那根绳子上，看到公文包和那支手枪挂在机翼上的距离相等，知道不会脱落下来，才松了口气。他听到枪声，赶紧跑过来，一把扶起申立魁："兄弟！是我害了你，让你站在边上。"

申立魁喷出几口鲜血，脸上泛起笑容，微弱地说："兄弟……我、我不能陪……你了，完成了任、任务……我死也瞑、瞑目……"

钦雪峰看了看机翼上挂的那个公文包，他担心飞到芷江会出问题，再说他心里还惦着林义安呢。他现在明白了那位老兄要求带一根有钩绳子的用意了，但从机翼上把那公文包弄进来，可是个不小的挑战。钦雪峰默默计算了一下力矩和速度，在空中取下来没有可能，反而有很大的危险，那就只有找一个安全的地方降落，取下公文包。他正好看到下面有条公路，附近也没有日军，就选了一段平直的路面降了下去。钦雪峰从机翼上扯起那根绳子，见磨去了一半，不由得吓了一跳，庆幸自己措施得当。他拿过公文包打开一看，见那份"湘西攻略战作战计划指导大纲"在里面，放了心。他牵挂林义安，跳进机舱，开启发动机，由慢到快，掠上天空。钦雪峰赶到那座石山，见日军在架炮轰炸，就一按火箭按钮，一枚 M–9 火箭弹射去，炸得日军人仰马翻。他一边扫射一边喊：“林老兄，情况怎样？”

林义安见申立魁死在自己怀里，不由得怒火中烧，他拿起那三八枪，居高临下，一枪一个，打得日军不敢乱动，只好弄来掷弹筒、小钢炮对山上盲目轰炸。他现在完成了任务，也没有了退路，唯一要做的就是多杀几个鬼子。林义安把申立魁的那支德造快慢机拿来，检查了一下，两支枪还有 21 粒子弹，至少可以赚 10 多个鬼子，他知道其他地方敌人无法攀爬，就守在有树的悬崖边。山下吊来炮弹，就赶紧往石缝里躲。林义安听到头顶上飞机声，知道钦雪峰重感情，见自己被围困在这里，那他就不会离开，于是关上了电台。

钦雪峰连叫了多次，见没有回答，以为林义安遭遇了不测，他把一腔怒火发泄在日军身上，时而用炸弹，时而扫射，直到把弹药用完，才流着泪离开。

中国陆军第四方军辖 73 军、74 军和第 100 军，司令部驻在湘西古城辰阳镇，方面军司令王耀武少将接到陈纳德将军派专人送交的日第 20 军“湘西攻略战作战计划指导大纲”，不由得大吃一惊。他原以为日军故技重施，攻取湘北重镇常德，然后沿沅江水路并进，进攻芷江，想不到敌人竟要从宝安公路西进，越过雪峰山和鸡公界两座天险，来达到战役目的。王耀武计算了一下日军的兵力，也吃了一惊，投入战场光师团编制有六个，还有旅团、独立大队和伪军，不下 10 万人，而自己只有三个军，6 万余众，虽有汤恩伯的第三方面军协守湘西，但他们远在贵州。尤其日军采取的是两翼策应、中央突破的战术，兵锋直指自己的三个军，虽然有雪峰天险可守，但兵力显然不足。王耀武同参谋长邱维达商量以后，决定采取两项措施。一是把方面军司令部迁往日军主攻方向的安江，以示保卫芷江机场的决心。二是报告陆军总司令何应钦上将，请求增加有力部队。

何应钦接到第四方面军转来日军进行湘西的作战计划，也吃了一惊，他原以为敌人为对付美军而采取本土决战，抽不出多少兵力来，想不到他们孤注一掷，竟拼凑出 10 多万兵力。第四方面军只有区区 6 万余人，还是历年战斗在抗战第一线，得不到休整。第三方面军也差不多，再说还远在贵州。看来日军对芷江是志在必得，我们又没有退路，必须保卫这座远东第二大空军基地，才能威慑敌人，自己又受统帅之命直接指挥这场战役，那必须握有一支强有力的机动兵团。钦应钦首先想到的是新 6 军和第 18 军，于是向最高统帅请示，调用这两支王牌部队来湘西。

蒋介石作为政治家和军事家，知道抗战胜利为时不远了，他现在要考虑的是胜利后的事情，但保卫芷江是当务之急，有这个空军基地，他手头就多一份胜利的筹码，就在报告上大笔一横：照君所请，务必保住芷江机场。

于是，事情转了个圈，又转到陈纳德手上，新 6 军远在昆明，只有空运，才能赶得上参加湘西会战。这位飞虎将军对有知遇之恩的蒋委员长所请，二话不说，亲自飞往昆明组织再次空运，再说，他与新 6 军有缘。1944 年 11 月底，日军发动的“一号作战”推进到贵州的独山，贵阳告急。接任史迪威任中国战区参谋长的魏德迈将军，奉战区司令蒋介石之命，制定了“幼虫行动”，把远在缅甸的新 6 军军部及所属第 14 师和新 22 师空运回中国云南的沾益，保卫重庆及大西南。陈纳德将军指挥空运勤务部和暂时附属于第 14 航空队的作战运输队，在不到一个月的时间里共飞行 1328 次，装载了 25095 名中国官兵、369 名美国官兵、1596 匹驴马、42 辆吉普车、48 门 75 毫米枪弹炮、48 门 42 毫米迫击炮和 48 门反坦克炮。这是中国第一次大空运，现在一客不烦二主，陈纳德调集 C-46 和 C-47 运输机，经同新 6 军军长廖耀湘将军商量，决定按照新 6 军军部、第 14 师、新 22 师的顺序，空运到芷江。

廖耀湘，字建楚，1906 年生于湖南宝庆一耕读之家，他聪明好学，曾熟背《英华字典》，英文功底厚实。1926 年秋考入黄埔军校长沙第三分校第六期骑兵科，他其貌不扬，但成绩特别优秀，经蒋介石特批留学法国，在其陆军大学机械化骑兵专业毕业。1936 年回国后，廖耀湘先后参加上海抗战、南京保卫战、昆仑关大战、远征缅甸和反攻缅北等战役，他也从中央军校教导总队骑兵连少校连长、军官训练总队上校大队长、机械化师少将参谋长、新22师副师长和师长，直至现在的新6军军长。湘西会战对廖耀湘来讲，既是卫国又是保家，但自己还远在昆明，即使赶到战区，也只能充当后备兵团，他不甘心落于人后，决定组织一支“钦迪特支队”，深入敌后，展开奇袭。

这天深夜，廖耀湘驱车来到第14师的师部，把师长龙天武叫醒，谈了自己的想法，说：“我把钦迪特支队的编成、作用和任务向何总司令汇报了，他很支持。事不宜迟，我决定人员从你师抽调、编成，规模为850人左右。”

龙天武笑道：“军座，这是去你的家乡作战，我会抽调我师的精英组成钦迫特支队，绝不会让你在家乡丢面子。”

廖耀湘点点头：“那就多谢了，但我的要求是天亮前组成钦迪特支队，随同军部第一批空运芷江。”

第十七章　陆空立体战

第四方面军司令部设在安江的白虎脑一座高墙大院里，二楼右边的一个套间是王耀武的办公室，他正在给何应钦打电话："我们此次战役采用的战术是攻势防御。第一期作战，第一线兵团各军密切配合空军轰炸，充分利用既设阵地和地形，必要时使用第二梯队兵力，对敌人进行猛烈反击。要求各部队配合作战，节节消耗和杀伤敌人的有生力量。"他顿了顿，"第二期作战，趁当面之敌攻势受挫时，我第二线兵团及时投入有利地区，断然采取攻势，配合第一线作战，将窜入雪峰山之敌，包围就歼。"

何应钦为了就近指挥作战，把陆军总司令部迁到了芷江天王宫，他研究了日军的作战计划，有了自己的应对之策。这位总司令的指挥风格是能倾听部下的意见来完善自己的战役构想，于是他打电话给王耀武，在听了计划以后，点点头："佐民，你我所谓是英雄所见略同，这个仗就好打了。需要注意的是，第一期作战可能会打得很艰巨，应对的措施有两项，一是飞虎队夺取了控制权，我们就打一场陆空立体战，二是扰乱敌后，新 6 军组织了旨在远距离突击的钦迪特支队。"

王耀武抗战八年，在装备和训练远远落后日军的情势下，拼的是意志和血肉之躯，飞虎队由小壮大，夺取了制空权，他已庆幸改变了作战条件，现在这位总司令提出打陆空立体战，他更是高兴，便说："好啊！

总座，陆空立体战，那可是我军作战史上的第一次，需要陆空密切配合。”

何应钦笑道：“蒋委员长同中国战区参谋长魏德迈将军商量了，盟军在加快我军更换美式装备的同时，准备给每个作战师配备一个联络组和联络电台。我也同陈纳德将军当面谈了，他承诺空军随叫随到，全力配合地面作战。”

王耀武听了，心里更踏实，他想了一下，问：“总座，什么叫钦迪特支队？”

何应钦解释道：“钦迪特是缅甸传说的万能神兽，英国名将温格特在东非、北非和缅甸屡屡组建远程突击队，都获得成功，后来就叫成钦迪特突击队。廖耀湘在缅甸见识过这种战术的成功，于是就组建了一支钦迪特支队，准备投入到敌后。”

王耀武笑道：“廖军长这次是卫国又保家，他不甘当预备队，就出了这个奇招。好！扰乱敌后，会减轻正面的压力。”

这时，邱维达匆匆走了进来：“司令，日军窜入白马山、青山庙一线，意在偷袭古镇龙潭，我们上当了。”

王耀武一听，放下电话：“我一直在琢磨，敌人的作战计划为我军所获，他们还会按照计划行动吗？他们向新化、黄金井一线急进，造成打我桥江机场的假象，原来玩的是声东击西的把戏。”他走到挂在墙上的巨幅地图前看了看，说，“我军第51师周志道部调离龙潭一线，驰援桥江，可能没有过统溪河，回师龙潭还来得及。”

邱维达点点头：“我马上命令51师返回龙潭。司令，为了争取时间，需商请飞虎队去白马山、青山庙一线出击，以迟滞日军的行动。”

王耀武转过身，拿起另一部电话：“我立刻同芷江机场联系。”

钦雪峰上次到魏家桥虽然成功把日军的作战计划弄了回来，受到嘉奖，并提升为中队长，但没有接回林义安，江洪涛也下落不明，实在高兴不起来。这天，他带队到衡阳轰炸日军的补给基地回来，刚跳下飞机，看到大队长肖克邪走了过来，他忙迎上前敬礼，问：“老师，有什么事？”

肖克邪拿出一张地图铺在机翼上，比画着说：“刚才接到四方面军司令王耀武将军亲自打来的电话，日军偷袭龙潭，我军51师尚在回师途中，要求我们在白马山、青山庙一线打击日军，迟滞其行动。但地图上找不到这两个地方。日军既然是偷袭龙潭，那应该就在其附近。你是湘西人，熟悉当地的山林地势，所以这个任务交给你。”

钦雪峰看了看地图，找到龙潭的位置，他把腰一挺，答道：“是！日军能绕过我军雪峰山主阵地而偷袭龙潭，那一定是从溆浦到宝庆的古驿道过来的，我虽然没有到过，但知道那个方位。”

肖克邪见他小小年纪，还知道古驿道，真不简单，足见这位新提拔的中队长对这场既是卫国又是保家的战役的心理准备。他见地勤人员正在给飞机加油挂弹，就拍拍他：“还有些时间，你也到休息室喝点水。”

钦雪峰带着两架战斗机、两架轰炸机的五机编队，飞到莽莽林海的雪峰山腹地，他先找到溆水支流二都河边的古镇龙潭，就命令其他飞机保持高度，自己超低空飞行，朝宝庆方向搜索前进。钦雪峰没有飞多远，果然在一处树木掩映的山脚下发现一队日军，立刻扫射起来。两架轰炸机在弹着点的指示下，各自找到目标展开俯冲轰炸。两架战斗机现在不虞敌机来袭，也对东奔西逃的日军进行补充打击。

原来，日军以为进攻湘西只有华山一条道——沿宝安公路线西进。担任中路主攻的116师团的师团长岩永旺中将在作战计划被劫之后，急于调整进攻方向。日军在战场能屡屡取胜，同其无孔不入的谍报有密切关系。这位师团长得知有一条荒废已久的古驿道，可迂回到湘西古镇龙潭，不由得大喜。岩永旺表面按原计划是兵分三路，齐头并进，他暗地抽调109联队进行迂回攻击，并组成挺进队。在北路担任主攻的重广支队声东击西的策应下，由熟悉古驿道的汉奸带路，钻隙而进，企图绕过雪峰山防线，迂回到中国军队的侧后，攻占要冲龙潭，再经新路河渡过沅水，直取芷江。谁知被共产党领导的龙潭抗日武装雪峰支队发现，一边阻击一边报警。担任挺进队的是109联队第一大队，在大队长饭岛克己少佐的带领下，偷越数道防线，好容易来到白马山，不料被地方游击队发现。这里离目标不远了，饭岛克己决定孤注一掷，亲自带领前锋中队跑步前进，以图抢占龙潭。他们疾行到圭洞山下，却突然遇到飞虎队，挨了一顿枪雨和炸弹，一个中队伤亡大半，只好等待后续部队的到来。

74军51师连夜回师龙潭，先头部队152团在鹰形山下截住了日军挺进队。一方拥有兵力优势，一方有当地民众支持，便在屏障古镇龙潭的鹰形山展开激战。

第二天一早，钦雪峰又奉命带队到龙潭支援我军地面作战。他们飞到鹰形山，只见下面炮火此起彼伏，却分不出敌我阵地，无法行动，只好转圈子等待识别信号。忽然看到左边山上燃起烟火，不料右边山上也冒出烟尘；随之左边阵地挂起白布，那右边山上也挑起白被单。钦雪峰知道这种识别信号太原始，随手可仿，难分真假，他决定来个低空观察，便把机头一压，掠着树梢飞行。日军是黄军装，我军是蓝军服，一目了然。钦雪峰一个回环，便朝日军阵地俯冲扫射。轰炸机随即朝弹着点投弹，炸成一片火海。

鹰形山是龙潭的大门，先头团同日军从山下打到山上。第二连连长曾凡良带领弟兄们顽强抗击敌人的进攻，但鬼子多火力猛，丢失了一处小山头。他们正在危急的时候，来了飞虎队助战，便急忙挂上辨别信号，想不到对方以假乱真。曾凡良正不知怎么办，忽然见一架鲨鱼头飞机几乎是贴着山头飞过，机上的“022”三个数字看得清清楚楚，它打了个圈子以后就向日军阵地开火，随后轰炸机轮流投弹，把鬼子湮灭在一片火海中。曾凡良见飞机停止投弹，立刻带着弟兄们冲过去，不但收复了失去的小山头，还占领了日军的阵地。他知道敌人不会甘心，就组织抢修工事。

这时，152团团长谢恺棠带着一个连赶了过来，笑道：“曾连长，你真有福气，在危急关头，飞虎队赶到了。”

曾凡良敬了一个礼，叹道：“如果不是飞虎队开那022号飞机的人冒险低空观察，识破了鬼子以假乱真的把戏，我们还真不知怎么办呢。”

谢恺棠一听，说：“我听雪峰支队的人讲，昨天下午，也是022号飞机驾驶员贴着树梢飞行，在圭洞山下发现日军的先头部队，一顿炸弹下去，消灭了大半鬼子，为我军回师争取了宝贵时间。”

曾凡良想了想，问：“团座，同我们这样有缘，是不是去年 8 月见过的华南虎钦雪峰？”

谢恺棠点点头：“有可能，我听师座讲，钦雪峰离开的时候说，只要我师需要，他随时会来效力。”

曾凡良叹一口气：“要是有电话联系就好了，我真想他。”

谢恺棠拍拍他：“你的理想很快就会实现，方面军司令部为了打一场陆空立体战，决定淘汰目前包括布板信号这种落后的陆空联络方式，已经商请盟军给每一个师派一个联络组，配备联络电台。这样就可以直接进行陆空通话，哪个地方需要空军支援，随叫随到。”

曾凡良听了大喜，他指着阵地说：“像刚才那多带劲啊！天上飞机一炸，我们地面就发起冲锋，占领敌人的阵地。”

谢恺棠点点头：“这就是陆空立体战的尝试。”

这天，钦雪峰率队到北部战场的安化、新化一线打击日军，支援我 73 军的作战，返回机场，等待飞机加油上弹。他走进飞行员休息室，看到高东虎头上贴着块纱布，忙问：“老兄，怎么回事？”

高东虎去年提升为中队长，他摇摇头：“不要紧，让鬼子的机枪打碎机舱盖，被玻璃划了道口子而已。”

钦雪峰知道他是同自己一样，超低空飞行，识别敌我阵地，就说：“别飞得太低，别说机枪，步枪都能致命。”

高东虎叹了口气，道：“在那山沟里，不低飞，如何消灭敌人的火力点？唉，还是同鬼子的飞行员干过瘾，可那些王八蛋都总躲着我们。”

钦雪峰笑道：“老兄，这正是我们奋斗的结果，夺取了制空权。以前作战，陆军兄弟老挨鬼子的飞机轰炸，现在风水变了，轮到他们挨炸了，我们也随时可以支援地面作战了。”

高东虎看了看他，阴阳怪气地说：“不错，提了中队长，水平也见高了。不过钦大中队长，你提职了，可还没有请客呢。”

钦雪峰有办法对付这位老兄，他似笑非笑地说：“你要得罪老弟，以后碰到那位梅子小姐，可别怪我掀你的臭坛子。”

高东虎见了那位来芷江机场实习的报务员向秀梅两次，可谓魂牵梦绕，他叹了了一口气，说：“谁知道她分到哪个部队去了，你掀臭缸子都没有地方。”

钦雪峰笑道：“英雄气短吧。你只要答应请客，兄弟们都会帮忙寻找。”

这时，威廉·罗爱斯也走了进来，叫道：“对！东虎小子，你请客，弄那个好吃的龙虎斗，我也帮你寻找。”

高东虎又叹了一口气：“我们在天空，她在地面，如何寻找？”

罗爱斯指指天上：“只要诚心，那个月亮老人会给你们牵红线的。”

三个好兄弟都在一个机场，但战斗频繁，你出击他回来，难得碰到一起，于是你一句他一句，开起了玩笑。钦雪峰搂着两位兄长说：“哪天有空，我们聚一聚，给你们一人搞一钵龙虎斗。”

罗爱斯咽了口唾沫：“馋得我差点把舌头吞下去了。”

引得其他飞行员哈哈大笑。

任自强匆匆走了进来，向钦雪峰报告：“队长，武冈守军告急，艾总管命令我们马上赶去支援。”

武冈古称都梁，位于湘省西南部，雪峰山南麓，历史悠久，自汉高祖刘邦六年“令天下县、邑、城”以来，曾先后建县、封侯、立郡、设府、置州，历为军事重镇，1913年废州为县。驻守武冈的是74军58师，由于日军在北、中、南三个战场发起全线攻击，扼守正面的74军57师战线过长，有不支之势，方面军命令该师向中部收缩。武冈城只有172团副团长宋去病中校带杨文彬营，配属一个迫击炮连，并留下一部新配备的陆空联络电台，可以呼叫空军支援。这里兵力虽少，但有民众支持，核心阵地用糯米熬汁搅三合泥构筑，加上古城墙又高又厚，守军倒也有信心守城。

日军进攻武冈的是东部战场的主力关根久太郎少将的58旅团，又称关根支队，一路攻城略地，陷东安占新宁，直下武冈城。可在这里攻击了三天，连城墙也无法接近。关根久太郎听说守军只有小小的一个营，而自己拥有坦克和大炮的优势兵力，不由得又急又气，他亲自组建了一支数百人特攻队，这在日军是极为少见的。在坦克、炮火的掩护下，特攻队伤亡过半，才把城墙炸了几个口子。

宋去病是一位有经验的基层指挥官，他及时收缩兵力，退守核心阵地，利用城墙居高临下的优势，远处用炮轰，近处就开枪，对付敌人的坦克就用手雷和集束手榴弹。坚守了三天，阵地前敌尸累累。这天，日军像疯了似的，不顾死伤，冲到城墙下，炸了几个口子。协助守城的民众把早已准备的大沙包丢下去，很快堵住了口子。宋去病看到日军架云梯攻城，知道敌人不计代价也要拿下武冈城，他为了保住这座反攻的支点，就命令报务员向秀梅打开电台，向芷江空军发报，请求支援。

钦雪峰带着任自强分队赶到武冈，见日军在坦克和炮火的掩护下，架云梯攻城，有的爬了上去，正在城楼上展开争夺战。他命令任自强带人去消灭敌人的坦克和炮兵阵地，自己把机头一压，俯冲而下，贴着城墙一边扫射一边投弹，把日军的云梯全打垮了。钦雪峰掉转机头，对城墙下的日军又一轮俯冲扫射，打得鬼子非死即伤。

报务员向秀梅在城楼上看得目瞪口呆，当她看清飞机上的编号，跳起身大喊："那是钦雪峰的飞机，华南虎来了！飞虎队的华南虎来了。"

营长杨文彬带人赶来增援，把爬上城头的日军肃清，他一听，擦了把汗问："喂！你怎么知道是华南虎钦雪峰？"

向秀梅不无自豪地说："我在芷江基地实习的时候，看到钦雪峰驾的就是那架022号飞机，我还到过他家里做客呢。怪不得他号称华南虎，原来那么勇猛，技术又是那么高超，竟驾着飞机贴着城墙飞，鬼子纷纷倒地，却没有伤着一个自己人。"

宋去病走了过来，笑道："我们还真亏华南虎及时赶到，保住了城池。看来敌人不会死心，以后还要飞虎队多多支持。"

向秀梅打开通话装置，呼叫："钦大哥，我是向秀梅，湖秀嫂子好吗？"

钦雪峰赶过来，见任自强已摧毁日军的炮兵阵地，正在追炸鬼子的坦克，他看到一股日军在奔逃，就一边俯冲一边扫射。他刚拉起机头，听到呼叫，忙应道：“梅子，原来你在这里啊，你湖秀嫂子好想你呢。不知上次给你说的事，考虑好了吗？”

原来向秀梅在芒江实习的一个星期天上街，在回机场的路上邂逅王湖秀，两人是华容老乡，就经常来往，并向秀梅介绍了高东虎。向秀梅一听，红了脸，说：“钦大哥，现在打仗，不谈这事吧。”

钦雪峰笑道：“梅子，鬼子很快就会完蛋，安稳的日子就要来到。我那老兄高东虎到处找你，他是个重感情的人，要是你们在胜利的日子结合，那该多有意义啊！”

向秀梅对高东虎有好感，只是接触少，心里还没有底，她想了想说：“我会考虑，不过钦大哥，你也要答应我一个要求。”

钦雪峰一听向秀梅答应考虑，可高兴了，忙说：“你有什么要求？只要我能办得到，一定不会推辞。”

向秀梅叹了口气：“守这么大的武冈城，我们只有一个步兵营和一个迫击炮连，今天如果不是你们及时赶到，可就危险了。敌人以后会更加疯狂地攻城，我的要求就是请你在危急的时候，像今天一样，能及时赶来支援。”

钦雪峰一口答应：“没问题，守卫武冈城，也是我们的责任。梅子，有什么事，马上发电报到基地。我也会向艾总管建议，优先考虑这里的空中支援。”

向秀梅听了好是激动：“钦大哥，有你这句话，我们心里就踏实了。”

钦雪峰返回机场，他刚跳下飞机，看到高东虎带人从值班室出来，忙迎上去：“老兄，告诉你件大喜事。”

高东虎看了看他，一边走一边说：“我老高没有喜事，只有急事，钦迪特突击队在敌后的山门，把鬼子的补给基地给端了，还抓到不少俘虏。我带队为轻型运输机护航，把伤员和战利品运回来。”

钦雪峰怕这位老兄分心，就忍着没有把遇到向秀梅的事告诉他，只说："出击回来，到家里吃饭去。"

高东虎点点头，向自己的飞机跑去。

钦雪峰到作战室向艾尔索普汇报了武冈城的情况，并提出自己的建议，见这位总管写在记事牌上，就放了心。他告辞出来，走到值班室，见没有自己的出击安排，就向家里走去。他推开篱笆门，看到王湖秀挺着个大肚子在厨房，忙走进去："秀子，你现在身怀六甲，要注意休息，我来做饭吧。"

王湖秀自从华容返回芷江，根据湖区游击队救援失事机组人员和掩护运输机的事实，写了《生死救护血肉情》的长篇通信，《昆明日报》作为特稿刊登了。艾尔索普又把这篇通信寄给《华盛顿邮报》，一时世界各地报刊纷纷转载。王湖秀名声在外，中央日报社还寄来了聘书，但她没有心思，时刻挂念着战斗在敌后的游击队战友，尤其是表哥张元良，不知他掩护飞机起飞后情况怎样？自己要不是身怀有孕行动不便，早去华容了。王湖秀知道钦雪峰深爱着自己，怕他担心，更怕他作战分心，就把这些事藏在心里。她见丈夫回来了，笑道："我不会这么娇气吧，连饭也不能做？白师母讲了，现在多活动，宝宝才容易来到人间，见你这个心急的父亲。"

钦雪峰每天回家第一件事就是送给妻子一个吻，然后贴着大肚子听听孩子的声息，他站了起来，说："还是把舅娘接来吧。"

王湖秀点点头："也好，省得白师母每天要跑一趟。"

钦雪峰一边烧火一边说："秀子，告诉你个好消息，我今天碰到向秀梅，她答应考虑同东虎老兄的事。"

王湖秀一听，忙问："你在哪里碰到梅子？"

钦雪峰笑道："当然是天上地下啰。"

王湖秀以为他开玩笑，说："这个玩笑可不能当着东虎哥说，他外表大剌剌，可感情很细腻，对梅子是一见钟情。唉，不知这丫头分在哪个部队？你找总管问问吧。"

钦雪峰拍拍妻子："哪还用问，她就在武冈城，我们是在电台通话联系上的，这不是天上地下？”

王湖秀可高兴了，说：“告诉东虎哥，要他写信，表明心迹。”

钦雪峰摇摇头：“写信她也接不到，因为日军围困了武冈城，尤其让人担心的是，他们只有四个连的兵力，不足800人，而日军有上万人。我今天带队赶到那里，恰好给守城部队解了围。”

王湖秀一听急了：“那、那怎么办？”

钦雪峰又拍拍妻子，安慰道：“有我们飞虎队呢。我同梅子讲了，有什么情况马上来电报，我也向艾总管汇报了武冈的情况，他会优先考虑。再说从这里到武冈，十分钟的航程，有紧急情况，能及时赶得到。”他顿了一下，“我约东虎兄来家吃饭，告诉他不光是写信的事，还要驾驶飞机去支援。”

王湖秀松了口气：“那东虎哥日夜出击都会精神饱满。”

第二天，钦雪峰来到值班室，见任自强走过来，问：“看到高中队长了吗？”

任自强摇摇头：“没有。据说他一早又为给钦迪特支队运送物资的运输机护航去了。”他拿出执行任务通知单，“队长，我们还是去武冈，日军又在攻城了。”

钦雪峰带着3架飞机赶到武冈上空，俯瞰地面，日军正在攻城，炮火连天，他立刻命令：“自强，你带一架轰炸机去收拾鬼子的炮兵阵地及后续部队，我带一架轰炸机对付敌人的攻击部队和坦克。”

武冈是一座美丽的古城，资水、渠水蜿蜒曲折，横贯全城，十座桥梁凌架于二水之上，使城区内外连成一片，有“绝似青云一支笔，夜深横插水晶盘”的凌云塔及相邻的玉带桥。古城墙高大坚固，素有“东安狮子宝庆塔，武冈城墙甲天下”之誉，守军的核心阵地就构筑在古城墙和城东门的姊妹塔之间，称之为大皇城据点。

关根久太郎少将见正面久攻不下，昨天又在城墙前吃了大亏，就决定今天转向东门，企图拿下姊妹塔，居高临下，再进攻大皇城核心据点。于是坦克在前面开路，大队日军蜂拥而上，扑向姊妹塔。

宋去病见大队日军在坦克和火炮的掩护下，向姊妹双塔攻来，他担心守塔的两个班兵力太单薄，就命令向秀梅发报，请求空军支援，自己带着一个排冒着炮火前去增援。杨文彬见了，立刻命令大皇城据点的迫击炮连予以支援，于是敌我炮火交织在一起，炮火连天。

钦雪峰见日军接近了姊妹塔，就一按火箭发射按钮，一枚 M-9 火箭弹呼啸而出，击中前面一辆坦克，他操纵杆一推，一边俯冲一边扫射，把炸弹直接砸在另一辆坦克上。轰炸机也俯冲投弹，一枚枚炸弹倾泻而下，落到日军的队伍中。经过两个波次的打击，再也没有看到地面有活动的目标。

忽然，通话设置传来向秀梅焦急的呼叫声："钦大哥！宋副团长受了重伤，快不行了，你、你快想想办法吧！"

钦雪峰正准备寻找新的攻击目标，他一听，忙说："办法是有，就是赶快送后方医院。"

向秀梅带着哭腔："我们被围得水泄不通，如何送医院？"

钦雪峰想了想，说："那你们赶快找条 150 米长的街道，要求是平直无障碍，地面是实心的。我降落下去，接宋副团长去芷江医院。"

向秀梅一听，不无担心地问："街道又不是跑道，大哥，飞机如何降落？"

钦雪峰在树身跑道、在公路上都降落过，想来街道也能降落，就说："街道就算跑道吧，不过两边要宽敞一点，容得下飞机翅膀才行。"

向秀梅忙说："那有，大皇城前面有条街道，又直又宽，合乎你讲的条件。我马上报告杨营长，派人去清理一下。大哥，你在空中等一等，大概要半个小时。"

钦雪峰看了看油表，说："行。我去打一下猎，半个小时回来。"

向秀梅不知他说的是什么意思，便问："大哥，打什么猎？"

钦雪峰笑道："航空汽油金贵，要从外国运来，我不能在空中打圈子浪费，再说去多猎杀几个鬼子，也为你们减轻点压力。"

杨文彬就站在旁边，早听明白了意思，他亲自带人选了一段路面，清理起来。战士们听说飞虎队的华南虎冒险要在这条街道降落，接身负重伤的宋副团长去医院，不由得又感动又好奇，七手八脚把路面上被炮弹掀落的碎石、瓦片、木料等东西弄到两边。

钦雪峰带着3架飞机满城转悠，看到日军不是扫射就是轰炸，尤其是一队骑兵，被打得连马带人没有一个活动目标。他见时间快到了，就命令任自强先带队返回基地，然后找到那条街道，转了个圈，把机头一压，降低高度，落到地面。钦雪峰掀开舱盖，站到机翼，看到向秀梅同一少校跑过来，忙跳下地，迎上前，举手敬礼："你就是杨营长吧，辛苦了。"

杨文彬点了点头，回礼道："钦上尉，我代表全营对你和你的部下两次及时支援，表示诚挚的感谢。"

钦雪峰握着他的手说："我们都是军人，打击侵略者，保家卫国是神圣职责，请不要见外。再说，我也有事相求——"他指指旁边的向秀梅，"她是我未来的嫂子，请你多关照。"

杨文彬一听，笑道："好说，有我在就有你的嫂子在。"

向秀梅羞得红了脸，嗔道："大哥，你别乱说。"

杨文彬看看这个又瞧瞧那个，问："你叫她嫂子，她叫你大哥，这是怎么回事？"

钦雪峰笑道："东北虎高东虎是我结义兄长，她虽然比我小，当然该叫嫂子。"

官兵们都围了上来，一听都乐了，纷纷笑道："这叫江湖乱道，该叫嫂子。""现在有东北虎嫂子在这里，我们就更不怕小鬼子了。""对！我们有华南虎、东北虎保驾，武冈城坚如盘石。"

这时，几个战士抬着浑身包扎的宋去病来了。钦雪峰把他背上飞机，放在后座，然后用皮带固定好。他又跳下飞机，拉着杨文彬走到一边，问："伤员多吗？"

杨文彬叹了口气，说："打了这么些天仗，伤亡不小。伤轻的弟兄包扎了一下，又回到阵地，现在除宋副团长，还有21名重伤员。虽然目前医药不缺，但大多需要动手术。”

钦雪峰想了想，建议道：“杨营长，你可以发电报给芷江基地，请求派运输机过来，把伤员运回去送医院。”

杨文彬一听，忙问：“这、这行吗？我连想都不敢想。”

钦雪峰点点头：“以前是没有条件，现在具备了。新6军组建了钦迪特突击队，深入敌后袭扰敌人，把抓到的俘虏都出动运输机运回来，何况我们自己受伤的兄弟。”他顿了一下，“统帅部把这场战役定位为陆空立体战，要求我们空军对地面作战有求必应，接运伤员也应该是陆空立体战的一项内容。”

杨文彬听了，激动得连说：“这就好了！这就好了！打仗最怕伤员得不到救治，如果能及时送受伤的人进医院，既解除了指挥员的后顾之忧，又激励了官兵们的士气。”他突然想到了一个问题，“可、可这里没有机场，怎么办？”

钦雪峰用脚在路面上蹬了蹬，然后又拿起一块石头敲了敲，说：“听声音，这路面很厚实，可以起降轻型运输机，不过两边还要宽一点，它的起飞距离也比战斗机要长。所以，你要先把着陆场搞好，再发电报要求派飞机过来。”

杨文彬见这位空军英雄真心为陆军兄弟着想，把腰一挺，敬了个礼：“兄弟，谢谢你！为我这陆军基层指挥官上了一堂现代军事课，更为我们出了好主意。”

钦雪峰回了礼：“这都是应该的。我先送宋副团长，以后有什么情况再联系。”他走到向秀梅身边，笑道，“我想办法让你们在战火中相见，在战火中建立感情。”

向秀梅明白他的意思，轻声说：“只要他来，我、我就嫁给他。”

钦雪峰点点头：“你等着吧，他一定会来的。”

向秀梅笑了，说：“向湖秀姐姐问好。”

钦雪峰拍拍她，然后跃上飞机，他站在机翼上向送行的陆军战友敬了个礼，才跳进前座。他拉上机舱罩，发动飞机，沿着路面滑行，速度越来越快，他把操纵杆一拉，机头仰起，离开地面，掠上天空。钦雪峰围着大皇城转了一圈，摇摇翅膀，向芷江飞去。

艾尔索普中校是个大忙人，身兼陈纳德将军的副官、美军第 14 航空队情报官和新闻报道官、芷江基地伙食官，空军作战主要是根据情报，所以他也是指挥作战的重要成员。他知识渊博，待人真诚又风趣，官兵们都乐意同这位总管打交道。这一天，艾尔索普正在办公室梳理情报材料，他见高东虎无精打采走了进来，便问："东虎小子，什么事不高兴？"

高东虎上前敬了个礼，问："总管，我的任务是支援钦迪特突击队，怎么一下又改派为支援南部战场作战呢？"

艾尔索普看看他，反问道："那你是不愿意调整了？"

高东虎点点头："钦迪特支队在敌后作战，像孙悟空钻进铁扇公主的肚子，扰得鬼子不得安宁，支援他们作战，天天有新花样。昨天我为运输机护航，还打下一架敌机，多来劲！"

艾尔索普笑道："你小子是想找机会同鬼子的空军作战，那把任务再调过来就行了。不过呢，据说武冈城有颗梅子，又漂亮又甜蜜，到时可别说我老艾不照顾你。"

高东虎一听，忙说："梅子？又漂亮又甜蜜的梅子？你是说向秀梅在武冈城？总管，任务别调整了，我去南部战场支援作战！"他说完就往外跑。

这时，陈纳德走了进来，笑道："中校先生，东虎小子得了什么好差事，高兴得直往外跑，差点撞了我一头。"

"他的梦中情人在武冈城内，我把东虎和雪峰的任务对换了一下，让他带队去支援南部战场作战，并尽快把武冈城中的伤员运出来。"艾尔索普叹了口气，"慈不带兵啊！看来我该干本行去才行。"

陈纳德拍拍他："老朋友，你这是运用战争心理学，调动东虎小子的积极性。"

艾尔索普却摇摇头："我只是想促成战火中一桩好姻缘。"

陈纳德点点头："在不影响作战的情况下，何乐而不为呢？"他顿了一下，“雪峰也有件心事，他一直想寻找失去联系的林义安和江洪涛，让他带队支援战斗在敌后的钦迪特突击队，也许有机会呢。”

钦迪特支队是新6军抽调有实战经验的官兵组成，并配有骑兵、炮兵、工兵、侦察兵、通信兵及各种有特殊技能的人员，可谓是王牌中的王牌。这支部队深入敌后，有空中支援，不虞后勤，利于机动，像一群雄狮突入狼群，扰得日军后方不得安宁。他们首战打掉了日军前线的补给基地山门镇，随即穿插突入到敌人的心脏宝庆，炸毁了资江上的栈桥和拖轮，切断了日军的运输线。这群雄狮左冲右突，深入到衡阳，把火车站摧毁了，还顺手牵羊，打掉了日军一个辎重联队部。他们摆脱敌人的追击，翻过风波岭，在两市镇遇上一个骑兵大队，经过一番激战，几乎全歼敌人，缴获大批马匹。这一仗自己伤亡也不小，他们便发电报，要求把伤员和俘虏接回芷江。

钦雪峰先天为运输机护航，给钦迪特支队空投补给，今天的任务是到两市镇东南方的灵山寺接运伤员和俘虏。他带着任自强分队为两架C−64单引擎小型运输机护航，在地面无线电的导航下来到目的地。钦雪峰见寺前的着陆场修得不错，看到两架运输机先后降落下去。他带着战斗机在空中警戒，转了个圈回来，看到下面似乎有人在争吵，就要任自强带人巡逻警戒，自己降落地面。钦雪峰跳下飞机，跑到一架运输机前，见一个被钦迪特战士扭住的人挣扎不休，走近一看，竟是思念的江洪涛！他不由得大喜，忙说：“他是我们空军的人，请你们别误会。”

江洪涛一看到钦雪峰，大喜过望，嚷道：“师傅，他们太不像话了！我要把林组长和方面军情报处行动队韩队长运回去，他们就是不肯。他们宁愿装日本鬼子，也不肯运自己人。我上前理论，还把老子抓了起来。”

钦雪峰一听林义安还活着，惊喜莫名，忙问：“林大哥在哪里？”

江洪涛挣脱过来，说：“林组长受了伤，他和韩队长还在路上。”

这时，一个佩有少校军衔的钦迪特队员走过来，他看了看钦雪峰，问：“你们今天的任务是什么？”

钦雪峰最看不惯打官腔的人，冷冷道：“我今天的任务是为运输机护航，首先是运回自己的人。我要问你的是，你们宁肯运俘虏，也不愿运自己人，是你还是你上司的规定？”

少校叫梁成栋，是钦迪特支队二中队队长，他皱了皱眉：“这有区别吗？”

钦雪峰点点头：“当然有区别，如果是你擅做主张，我就控告你！如果是你上司的命令，我就告你的上司！理由是为了战果为了功劳，而置自己人于不顾。”

梁成栋冷笑道：“这个罪名好大呀！不过我要警告你，担误了我们的时间，你吃罪不起。”

钦雪峰指指空中盘旋的飞机：“今天不把自己人运回去，我们就不走了。”

梁成栋掏出枪对着他：“那我就执行战场纪律。”

钦雪峰眉峰一耸：“我今天就称量称量你这位钦迪特队员有多重。”他身子一旋，夺过手枪，又一手扼住其喉咙，道，“哼！不过如此！”

这时，支队长王楚英中校走过来，笑道：“好身手！梁队长，你平时目中无人，今天服气了吧？”

钦雪峰把枪插在梁成栋皮带上，随即松了手，他上前敬了一个礼：“中美空军联队第一大队第二中队中队长钦雪峰，向长官报告，请求把我们两个伤员也运送回去。”

梁成栋一听，忙说：“你、你就是飞虎队的华南虎！怪不得有这么好的身手，我输得不冤。”他抱抱拳，“对不起。我听运输机飞行员说，护航的是东北虎，我就想试试他的功夫。如果知道是华南虎，我可就不敢献丑了，因为听说你长年修习功夫。”

钦雪峰知道军中怪人多，也抱抱拳，笑道：“我是趁你不备，才侥幸得手。梁队长，下两个俘虏，把我那两人先运回去，下次再来接，行吗？”

梁成栋指着江洪涛说：“这位小兄弟说话太冲，我们也不知道他真实身份，再说那两个人又还没有到，所以我才没有同意。”

江洪涛也不好意思起来："我当时太急，没有把话说清楚。"他指指外面，"曾大叔带着乡亲们把林组长和韩队长扶来了。"

王楚英看了看运输机的机舱，说："挤一下吧，用不着再来一次。"

钦雪峰跑过去看了看林义安和韩少龙，把两人送上飞机。他走回来向王楚英和梁成栋告别，就带着江洪涛爬上自己的战斗机，当先掠上天空。

原来，林义安那天坚守在石山上，打得日军不敢攀登，只好用炮乱轰。他一直坚持到晚上，想利用天黑突围，不料在面河的山崖上找到一个石洞，就钻了进去。第二天，日军用楼梯爬上山顶，看到申立魁的尸体，还以为山上只有一个人，就撤走了。林义安找了根山藤垂吊下山，谁知山藤断了，摔到石头上，折了右腿骨。他咬牙找到那个山洞，幸好韩队长和江洪涛还在里面。现在两个人无法行走，只好派江洪涛去两市镇找曾大全。当天晚上，那位陆空协会的负责人把林义安和韩少龙接到两市镇，安排在药铺的楼上。曾大全学过中医，就内服外敷为两人治伤，江洪涛就充当伙计。昨天，钦迪特支队突然出现在两石镇，经过一番战斗，消灭了日军的骑兵大队，随即像旋风一样转移了。钦迪特突击队在敌后被传得像一群天兵天将，神出鬼没，专门收拾日本鬼子。曾大全是当地人，打听他们驻扎在灵山寺，工兵在修着陆场，就告诉林义安和韩少龙。两人判断钦迪特支队是要空运伤员回基地，不由得大喜，便决定搭乘飞机回去。第二天，曾大全同另一位伙计扶送还无法单独行路的林义安和韩少龙在后面走，江洪涛先赶去灵山寺联系，想不到言语不合起了冲突。

第十八章　消灭“克部队”

林义安是位坚强的汉子，他回到芷江不肯住院，小腿上绑着夹板，拄着拐杖来到情报处，汇报了这次完成任务的情况。艾尔索普很欣赏这位部下，决定授予他上尉军衔。林义安第二件事就是来到临溪小院，他看到王湖秀挺着个大肚子在菜园来掐菜薹，就笑道：“弟妹，你要是把孩子生在菜园，那就取名叫青（钦）菜园。”

王湖秀抬头一看是林义安，忙迎上前：“义安哥，你怎么不住医院呢？”

林义安四处看了看，说：“治疗骨折还是我们中草药管用。我急于过来，一是给你传达上级指示，二是告诉你一件喜事。”

王湖秀秀眉耸了耸，随即说：“你说什么，我听不懂？”

林义安点点头，他一边用左手扯自己的右耳朵，一边念：“床前明月光，疑是地上霜——”

王湖秀一听，忙把手里的菜薹一丢，用右手摸自己的左耳朵，接道：“举头望明月，低头思故乡。你、你也是中共党员？”

林义安笑道：“不像吗？”

王湖秀提起菜篮子，说：“像，就是没有想到。走，到屋里说。”

南方的农家，冬天在火塘做饭，既可取暖，又能做事。两人走进火塘屋，林义安坐在一张高凳上，一边烤火一边说：“我这次利用到周边几个省重建陆空救护网之便，找到省工委，上级指示，抗战胜利在即，没有暴露的同志转入地下，以利于下一步的斗争。我回了一趟华容，找到我爹，才知道你也入了党。他老人家既是陆空救护网的负责人，也是湖区游击大队的政委。”他顿了一下，“我根据上级的指示，也根据你的条件和表现，征得湖区游击队党组织的同意，把你的关系转到省工委特别支部，也就是军情支部。”

王湖秀点了点头，说：“我原打算生了孩子就回游击队去呢，现在就在这里也能为党工作了。那我们的任务是什么？”

林义安看了看外面，道：“军情支部主要是战略性的任务，直属中央情报部领导，目前是潜伏，是创造条件。我们不与地方组织发生联系，为保密起见，你在湖区游击队的组织关系也全部销毁了。”

王湖秀一边架锅煮甜酒，一边问：“那喜事是什么？”

林义安往火塘加了几块干柴，笑道：“你表哥张元良上次掩护我们上飞机，在那么多敌人面前能安全转移，这不是大喜事吗？”

王湖秀一直担心表哥的安全，现在放下了心中的一块大石头，忙点头：“这是大喜事。义安哥，我真不知该怎么感谢你。”

林义安接过一碗糤饭泡甜酒，喝了一口：“这是最好的感谢，又解馋又解饿又暖和。”

王湖秀笑道：“那你天天来吃吧，我舅娘又回家蒸甜酒去了，要我多吃甜酒，以后才有奶水奶孩子。”

林义安边吃边说：“那我吃了奶谁呢，岂不浪费了？”

两人说笑了一阵，王湖秀想起了一个问题：“那个冒充西南救护协会副会长莫达友的日军间谍，跑到哪里去了呢？”

林义安叹了口气：“我这次才了解到莫达友真名叫松井太郎，毕业于日本东京中野情报学校，他是‘克部队’的头目。日军的谍报人员多出自这所学校，‘克部队’的主要任务就是针对我们飞虎队，首要刺杀目标是陈纳德将军。”

王湖秀听了，心有余悸地说：“包玉兰怎么会成为日军间谍呢？她小小年纪，杀了帕克·西姆斯特中尉，却又嫁祸给我，尤其是那次来我家下毒，如果不是陈纳德将军那只聪明的乔，我们可都遭殃了。”

林义安摇摇头：“那不是曲宏光的外甥女包玉兰。据我们调查，她本名叫岛田美津子，同化名叫梁上飞的渡边正之，都是中野学校毕业，也是‘克部队’的成员。真正的包玉兰被岛田美津子杀害了，她是冒名顶替来接近我们飞虎队的，目的是窃取情报。”

王湖秀听了，不无担心地说：“他们虽然都死了，但‘克部队’绝不会甘心，现在不知那化名叫莫达友的松井太郎暴露后，跑到哪里去了？”

林义安想了想，道：“他们的目标既然是飞虎队和陈纳德将军，那一定会离我们不远，说不定就在芷江。这也是我不愿意住院的原因之一，我们需要尽快找到他们。”

松井太郎果然在芷江，他多次失败，尤其上次在华容搜捕 B-24 轰炸机跳伞机组人员，本可以一网打尽，却不知是如何让那华南虎钦雪峰识破了自己的身份，反被对方玩弄于股掌之中，坐飞机突出重围。主持这次行动的第 13 飞行师团的副参谋长鬼冢一良大佐剖腹自杀，松井太郎没有了退路，就用硫酸毁了容，来到芷江，利用先期打入到美军招待所的“克部队”核心成员山田秀子的帮助下，当了一名厨师。

芷江成了美军远东第二大军事基地，人员猛增六千余。为了让盟军能安心打仗，也便于管理，中国军委会战地服务团大兴土木，在竹铺坪修了一条美国街，入驻各种军事部门，还先后建了五座招待所。美国人的生活习惯不同，他们吃的是煎蛋、烤面包、美国柑橘果酱、淡奶、咖啡、红茶，还有煎甜饼和煎火腿等，最爱吃的是火鸡肉。招待所是美军用餐的地方，美国街就有两座招待所。

这一天，第二招待所负责采购的副所长吴湘仔走进办公室，一下围来了不少的人，这个倒茶那个点烟。原来招待所每天都要买不少鸡、鸭、鱼，尤其是牛肉，但很少买猪肉，由于美国人习惯于喝汤，活鸡活鸭送来，下水无偿送给他们，还把熬过汤的鸡鸭肉低价卖给送来者。美军喜欢吃牛排，招待所为了保证牛肉的质量，多是买来活牛，宰杀以后，只留下牛排，其他送给采买的人。当时农民很难吃上一顿肉食，现在得了整钱，还能拿回熟的鸡鸭和牛肉及下水，这当然是赚双份钱的好事。所以人人都想谋上这份当采买的好差事，当然这位负责采购的副所长就成了他们巴结的对象。吴湘仔年纪不大，脾气却不小，他拍拍桌子：“我跟你们讲过了，只有跟我们招待所签了合约的人，送来的东西才会收。”

一个叫杨旺财的牛贩子，指着窗外两头大黄牛说：“黄牛肉比水牛肉好吃，价钱也不会比前天那老刘送的水牛贵，我也愿意跟你们签合约。”

吴湘仔看看他又瞧瞧外面那两头黄牛，道：“跟我们招待所签订采买合约，一要讲诚信，二要有人作保。”

杨旺财点点头说：“行。这两头牛可以暂时不付款，到认为我有诚信的时候再给钱；至于保人，我把竹铺坪的保长请来，再签合约。”

吴湘仔又看了看他，点点头：“要得。”

松井太郎化名吴平贵，他左边脸颊被硫酸一烧，不但留了块大疤子，还把眼角扯斜了，完全改变了原来的形貌。他有一门煲汤的好手艺，被人称为“贵疤汤”。随着湘西会战的打响，松井太郎白天在招待所当厨师，晚上就召集“克部队”核心成员商讨行动计划。这天晚上，他们聚在一起假装打麻将，说：“根据情报，大日本皇军由于失去了制空权，进展缓慢，损失惨重。如果我们再不采取有效行动，那将贻误战机，遗憾终身。”

化名叫黄有泰的黑田乔夫说：“中佐阁下，你利用厨师的便利下毒，至少可以杀死上百美国人。”

松井太郎摇摇头：“我也曾想过这个办法，但实际上起不了多大效果，因为空军基地的人员不在这里用餐，伤及不了他们。所以，我们主要的目标还是飞虎队和陈纳德。”

岛田美津子抓起一颗“东风”一摔：“就是陈纳德那只该死的狗，不然早就大功告成了，也不用现在伤脑筋。”

一个叫焦大松的汉奸吃进，把牌一推：“胡了！甜心，没有后悔药可买。”

岛田美津子那天跳进舞水河并没有死，而是被洪水冲了好远才侥幸爬上岸，碰到在空军九站当汽车司机的黑田乔夫，易了容，化名唐满秀回到芷江，给焦大松家当用人。她瞪了这个主人一眼：“老鬼，这也是你的事。”

焦大松是日军训练的战略间谍，在抗战前就派到芷江，现在混到县警察局督察长的职位，在当地人脉广，“克部队”的成员多是他安排的，他笑了笑说：“据说陈纳德喜好打猎，可以想想办法，找机会解决他。”

黑田乔夫摇摇头：“我这一段时间装病休息，带着人盯了好些日子，别说是上山打猎，连陈纳德的鬼影子也没有见到。”

焦大松想了想，说：“机会有一个，就缺一个合适的人。”

松井太郎一听，忙问：“什么机会？”

焦大松一边抓牌一边说：“陈纳德在当地有个结拜义兄叫杨永德，50 多岁，还是个老单身。陈纳德给了他一笔钱，要他找一个婆娘。如果我们有合适的人介绍给他，结婚那天，陈纳德一定会去祝贺。我们就可以里应外合，必定能刺杀成功。”

岛田美津子站了起来：“我去。”

焦大松舍不得这朵到手的鲜花，忙说：“他年纪太大，你们不般配。”

岛田美津子瞪了他一眼：“你比他也小不了多少，再说我又不是真同他上床。”

焦大松还是摇头：“你毕竟接触过许多飞虎队的人，现在虽然易了容，但身材体态和声音是改变不了的。那天去祝贺的人肯定不少，万一让人认了出来，岂不功亏一篑？”

松井太郎点点头，他想了想，说：“这着实是个好机会，我来想办法。”

陆军总司令部设在天王庙，何应钦的办公室在宽大的戏台上，他坐在两张方桌拼的办公桌后，翻开近日的战报。湘西会战打了半个多月，以雪峰山为依托的北、中、南三个战场，在空军的配合下，遏制了日军猛烈的攻势，并取得重大战果。尤其作为反攻支点的武冈城，只有小小四个连的兵力，在飞虎队的有力支持下，使南部战场的日军无可奈何，只好绕城而过。现在战役按自己设想的进程发展，究其原因，是陆空立体战发挥了有效的作用，何应钦不由得很是高兴。这得感谢陈纳德将军哪，他要求飞虎队对作战部队有求必应，有时晚上还出动飞机对日军实施打击。这位总司令决定宴请一次这位美国将军。

这天，在机场旁边的空军招待所军官餐厅摆了一桌中西合璧的宴席，何应钦带着参谋长肖肃毅少将，陈纳德带着艾尔索普中校，四个人各据一方。共同的话题、共同的目标、共同的理念，主宾相谈甚欢。这两位中美主官都惦记自己的事，用完餐就告辞相别。何应钦走到车上，拿出一支猎枪送给陈纳德：“将军，听说你的业余爱好是狩猎，那我们兴趣相同，用这支猎枪试试，祝你好运。”

陈纳德见这支双管猎枪不仅装饰好看，设计也很特别，一管可以打霰弹，一管用来射子弹，不由得点头赞道：“好枪！何将军，哪天有空，我们打猎去，看谁的运气好。”

何应钦点点头：“行哪，等这场战役打胜了，我陪你到雪峰山腹地打华南虎去！”

陈纳德摇摇头：“NO！ NO！华南虎是我的徒弟，可不能打。”

何应钦一怔，随即明白过来，他跳上车，大笑道：“华南虎不能打，东北虎不能打，美洲虎也不能打，那我们就去打孟加拉虎。”

陈纳德挥挥手：“我开飞机送你去。”

艾尔索普看看渐行渐远的汽车：“克莱尔，他投你所好。”

陈纳德笑道：“何将军善解人意。”

这天，林义安拐着腿，带江洪涛到县警察局了解最近案件发生情况，以图找出点蛛丝马迹，但多是小偷小摸或拦路抢劫的刑事案，同“克部队”的目标没有多少关系。两人走出警察局，路过溪边的菜市场，林义安忽然发现一个熟悉的身影在买肉，他走过去一看，容貌却不是他想象的那个人。不知是有意还是无意，那年轻女人突然喊：“那是个小偷，扒了我的钱。”就追了过去。

林义安不仅有经验，而且有过目不忘之能，他一听声音，就明白过来，那年轻女人就是曾冒名顶替包玉兰的日谍岛田美津子，他刚要追，却不料菜市场因抓小偷一乱，哪还有什么人影。林义安回到情报处，向艾尔索普汇报今天的发现，他分析岛田美津子既然在那溪边菜市场买肉，可能就住在附近。于是，他每天带人到那里蹲守。

原来，岛田美津子住在警察局督察长家里，当然安全，但她不安分，背着焦大松外出，协助松井太郎安排为陈纳德的义兄杨永德物色亲事，以设下陷阱。她名为用人，当然要买菜，便在回来时到市场买肉，不料被林义安看到。岛田美津子在中野间谍学校受过专业特工训练，易容是必修课，随机应变是素质要求，她见对方注意自己，便以抓小偷制造混乱，轻巧避过风险。她哪知道聪明反被聪明误，就是那一喊，让林义安从声音确定她就是岛田美津子。

艾尔索普是陈纳德的副官，当然这位飞虎将军的私事他也要处理。这天，他从外面回来，看到办公室坐着一个 50 多岁的当地农民，抱拳笑道："杨老哥，看你一身新衣服，那是有大喜啰。"

来人是杨永德，忙站起来拱手回礼："托你和陈老弟的福，最近托人说合，找到一个婆娘，定于四月初八拜堂成亲。"他拿出一张大红请柬，"请你们过去喝杯喜酒。据说陈老弟不在家，看门的人就把我送到你这里来了。"

艾尔索普接过请柬，又抱抱拳："恭喜！恭喜！我们一定来喝你的喜酒。"

杨永德和陈纳德相交，还真是个缘分。他家里穷，年过五旬还孤身一人。有天他上山砍柴回来，看到路边倒着一个人，知道是被毒蛇咬了，忙丢下柴，上前扶起。杨永德一看是美国人，知道是飞虎队的，急忙查看，认出为竹叶青所咬。他长年生活在毒蛇出没的地方，懂得几种医治毒蛇咬伤的药，急忙用刀划开伤口，用口吸出毒血，然后在山上找了几种草药，嚼烂敷在伤口上。原来这天陈纳德进山狩猎，不仅打到几只野鸡和野兔，还采回不少香菇和野果，不料回来时被毒蛇咬了。他挣扎着走到这里，再也支持不住，就要乔回去报信，不久就昏倒了。陈纳德苏醒过来，看到面前蹲着一个老乡，知道是他救了自己，就交谈起来。杨永德扶陈纳德走到自己家里，又熬了草药内服，还招待他吃了一顿野味。两人很是投缘，就结为异国兄弟，陈纳德小两岁，就叫杨永德为老哥。半夜里，艾尔索普在乔的带领下，找到这里。老哥不放心义弟的蛇伤，护送陈纳德到空军司令部，用草药内服外敷了三天，直到义弟蛇伤痊愈才回家。杨永德有一次上山摔伤，陈纳德把老哥送进美军医院，亲自端药喂饭。老哥伤好后，陈纳德掏钱给他盖了新房，不久又送来彩礼钱，要杨永德找一门亲事成家。

这天，艾尔索普见陈纳德回来了，就拿着大红请柬走进去：“你那位义兄喜结良缘，请大家过去喝喜酒，我替你答应了。”

陈纳德接过请柬看了看，笑道：“老哥成了家，我这当老弟的也放心了，当然要去喝喜酒。按当地的习俗还要闹洞房呢。哈哈！看我那老哥哥如何应付。”

松井太郎为了刺杀陈纳德，竟然不惜血本，把自己的老婆南喜惠子化名陆满妹，冒充难民，找到给招待所当采买的杨旺财，说自己这位表妹孤身一人，无依无靠，托其找户可靠的单身汉嫁人。杨旺财同杨永德相熟，知道这个老单身是陈纳德将军的义兄，正想找个老婆，不由得满口答应。他好不容易才谋得当采买的肥差，随时担心被别人夺去，如果巴结上这位飞虎队司令，那这个采买谁还动得了？于是就把陆满妹认作自己的表妹，前去做媒。杨永德是个老单身，见了这么年轻、光生的女人愿意跟自己，那真是天下掉下来的馅饼，巴不得快点迎娶，便订下四月初八这个良辰吉日拜堂成亲。松井太郎得知陈纳德这天要来喝喜酒，就调动“克部队”，做了周密安排，务必要一举狙杀成功。

这天，杨永德刚建的新房子又挂上红灯笼，许久没上门的亲戚都跑来喝喜酒，邻里村人也来祝贺。吉时良辰已到，就鞭炮、火铳齐鸣，拜堂成亲。就在这时，几个军人骑马跑来，首先跳下马的是艾尔索普，他走进中堂，对老新郎抱拳道：“祝贺杨老兄喜结良缘，祝愿你们早生贵子，白头偕老，多财多福。”

杨永德盼的是义弟陈纳德，他看了看后面问：“我那老弟呢？”

艾尔索普又拱手一礼，说：“真不巧，克莱尔将军赶去重庆开会，要我向他的大哥大嫂致歉，并说一回芷江，就会来看你们。”

陆满妹一听，惊得红盖头掉了下来。

杨永德听了点点头：“他是干大事的人，也身不由己，回来我们兄弟再聚不迟。”

艾尔索普笑道：“现在正打仗，他三天就会回来。”

林义安和江洪涛捧着两个大红礼盒进来，放在中堂的方桌上。

拜堂以后就是喜宴，客人们坐在红漆方桌边大块朵颐。艾尔索普是代表陈纳德而来，就坐在中堂的首席，林义安和江洪涛在外面走了走，就混同其他客人坐外面晒坪的宴席。

这一变故，完全打乱了“克部队”的精心部署，南喜惠子本想杀了艾尔索普，但化装成厨师来为杨永德喜宴掌厨的松井太郎觉得不能因小失大，更不能功亏一篑，他咬了咬牙，决定放长线钓大鱼，等候三天，务必要把陈纳德刺杀成功。这天晚上，南喜惠子为了不暴露身份，只好同杨永德上了床，脱衣解裤，享受中国老男人的新婚雨露。

艾尔索普是位名记者，具有敏感的特质，他感到杨永德这桩婚事有哪里不对，当然老牛吃嫩草也不算稀奇，可日军间谍无孔不入，作为情报官，不能不防。幸喜陈纳德临时去重庆开会，为他解决了一个难题，如果真去参加这场招人注目的婚礼，还不知如何安排警卫呢！艾尔索普带着林义安和江洪涛到杨永德家，还真发现了一个问题，当新娘听说陈纳德不能前来参加婚礼，惊得红盖头掉在地上，她为什么那么看重还没有见过面的陈纳德呢？于是他决定从新娘入手展开调查，并告诉林义安，只有三天时间，必须在陈纳德回到芷江以前有个结论，才有个交代，也才好安排。

松井太郎也在抢时间，他为了这次刺杀陈纳德，动用了“克部队”潜伏在芷江的几乎所有人员，难免不留下蛛丝马迹。如何争取这三天时间，事关成败，他心里实在没有底，就去找吴湘仔，反正三天以后大事告成，再潜伏下去也没有多少意义，只好动用自己这张王牌。原来“克部队”分成三个层次，外围为枪手队，主要用以掩护。他们暗杀在华的美军官兵，尤其是飞行员，如果能刺杀一名上校，或更高军阶的人，即可获得奖金 70 万元。中层为专业间谍，多为有实践经验的中野情报学校的毕业生，主要是流动执行相关任务。选为核心人物的只有像“百变仙子”山田秀子、“东京玫瑰”的天野真子，“帝国之花”的南云造子，既要有经验，更要有成果。

山田秀子是日军中野情报学校毕业的战略间谍，在桂林化名伍君娜，以中央社昆明分社记者身份为掩护。她金蝉脱壳到赣州，化名姚碧琼，为《赣州日报》当记者，刺杀蒋经国败露后，女扮男装潜伏到芷江，化身吴湘仔，以战地服务团芷江美军第二招待所副所长为掩护。山田秀子是松井太郎手里最后的王牌，连老资格的焦大松也不知道。她明白了这位上司的意图，就说：“只有把杨旺财除去，既可掐断所有线索，又能把对方的注意力引开，以争取时间。”

松井太郎知道这个时候杀人有风险，但两害相较取其轻，只要争取三天时间，他也顾不得许多了，就派了黑田乔夫执行这项任务，要求不留痕迹。

林义安顺着娘家人这条线索，冒充税务稽查员，先找到杨旺财，说他为招待所贩了这么多牛，却没有完一次税，要课以重罚。杨旺财吓坏了，忙求情，当听到这位稽查员口气有所松动，就把他拉到一个小酒店，几杯酒下肚，两人就称兄道弟起来。林义安见他有了几分酒意，就说：“你是陈纳德将军的义兄杨永德老婆的表哥，这点罚款还拿不出来啊？”

杨旺财叫苦道：“陆满妹哪是我什么表妹啰，是、是招待所贵疤汤的表妹。我为了保住采买这个肥差，以为能巴结到飞虎队司令陈纳德，才认下这门亲戚。实际上，我连彩礼钱也没有得一分。”

林义安听了，大吃一惊，这果然是“克部队”设下的人肉陷阱，他暗自庆幸陈纳德将军又逃过一劫。他吃了口菜，问：“贵、贵疤汤是谁？”

杨旺财大着舌头说："就是美国街那、那个第二招待所的大厨吴平贵，他煲、煲得一手好汤，脸上又有一块大疤子，诨号就叫、叫贵疤汤。"

林义安那天在杨永德家里见过脸上有块疤子的掌厨，想必就是吴平贵，哪有新娘的表哥去当厨子伺候别人的？这更证实了自己的判断。他知道再问下去，这位假表哥也知道不了多少，就说："以前的就、就算了，以后贩的牛可要完税。兄弟，别、别把我们今天喝酒的事说出去，不然那以后就不好关、关照了。"

艾尔索普听了林义安的汇报，立刻把第二招待所作为重点展开调查，吴平贵牵出吴湘仔，线索往外延伸，只好通报芷江军统站。

安子健为帕克·西姆斯特被害一案，原来盯上王湖秀，直到化名包玉兰的岛田美津子和化名梁上飞的渡边正之间谍小组破获以后，才真正解除对王湖秀的怀疑。但王湖秀暗自跑到华容，回芷江后写了一篇《生死救护血肉情》，为共产党游击队张目，这位军统站长把她又从间谍嫌疑转为共党嫌疑，派专人暗中监视。这天，安子健见艾尔索普突然走进自己的办公室，他站起来迎接："中校先生，有什么事大驾光临？"

艾尔索普直奔主题："我是无事不登你军统站，我今天来是向你通报，日军间谍组织'克部队'将对克莱尔将军展开刺杀行动，希望你配合。而且时间紧迫，只剩下两天了。"

安子健一听，吓了一大跳，忙问："有线索吗？"

艾尔索普介绍了一些情况，道："我们还是沿习以前的做法，你们负责外围调查，我们主持内部侦查。"他顿了一下，"这事可能还牵涉到警察局里的人，不要惊动他们。"

军统站这次行动颇有进展，当天就找到杨旺财的尸体，很快就查出死者最后接触的人是黄有泰，因他是空军九站的汽车司机，就通知了基地情报处。

林义安得知杨旺财死了，感到有点内疚，自己能找到他，当然敌人也会想到把他灭口，如果采取些措施，本可救其一命。现在要做的就是想办法把"克部队"一网打尽，消除隐患。林义安立刻派人把那黄有泰暗中监视起来。

第三天，陈纳德将军从重庆开会回来了，还买了一皮箱礼物，他一走进办公室，就说：“艾尔索普，走，到我老哥家补喝喜酒去！”

艾尔索普刚安排好行动计划，他知道这位老友重情重义，一旦知道杨永德是敌人的钓饵，有危险，他能否按照自己设计的行动呢？就拉他坐了下来，郑重地说：“克莱尔，有件严峻的事，我不能不报告你。杨永德的婚事是‘克部队’设的圈套，要套的人就是你。”

陈纳德毕竟是久经战阵的老将，乍一听，惊得跳了起来，随即镇定下来，他问了两个问题：“你有了应对措施？我老哥有危险吗？”

艾尔索普点点头，然后又摇了摇头，说：“如果你能按照我设计的行动方案执行，杨老兄不会有什么危险。”

陈纳德听了，立刻授权：“行！你可以调动中美空军所有人员，包括我。”

艾尔索普给他倒了一杯茶：“人员都已经调动到位，你休息一下，跟我走就行了。”他转过身，喊，“江小伙，进来。”

江洪涛应声而入，他向两位长官敬了礼：“请指示任务。”

艾尔索普提起那只皮箱，说：“你把这一箱礼物送到杨永德家里去，就说克莱尔将军一回来就参加何总司令召开的军事会议，请他和夫人上街到望江酒楼，晚上为他们举办一场新式婚礼，邀请双方亲朋好友都去参加。”

江洪涛应了声“是”，他提起皮箱，转身走了出去。

松井太郎也已经准备妥当，只等猎物落入陷阱，他今天告了假，来到“表妹”家，要亲手狙杀陈纳德这个飞虎将军，为大日本帝国除害。可左等右等，不见猎物过来，他正在性急的时候，只见一骑飞驰而来，跑近了才看清是上次来的那江少尉，不由得紧张起来。

江洪涛跳下马，提着箱子走进门，向迎上前的杨永德敬了一个礼：“杨大伯，陈纳德将军一回来就准备来看你们，可陆军总部召开紧急军事会议，没有办法。他就打算散会后在望江酒楼为你们再办一个新式婚礼，邀请何总司令等中美军政要人参加，风光风光。”他打开皮箱，“这是将军在重庆给你们买的礼物，有金银首饰，也有西装、旗袍。”

杨永德咧开大嘴笑道：“我那老弟真是太好了。”他把皮箱递给陆满妹，“老……夫、夫人，还是我那老弟弥补了我对你的亏欠，买了这么多首饰，你打扮打扮，我们去办一场洋婚礼，也让你在乡亲们面前风光一下。”

南喜惠子站在真丈夫假老公面前，哭笑不得，她只好装着翻看箱子里的礼物，等着真丈夫的指示。

松井太郎这个节口也没有时间吃醋，他听后大吃一惊，这又打乱了自己的计划，但想来身负重任的陈纳德忙于开会也是情理之中的事，再说这几天也没有什么异常的情况发生，如果有什么事是瞒不过警察局督察长焦大松那双眼睛的。现在开弓没有回头箭，松井太郎决定去望江酒楼，要是能把中国陆军总司令何应钦一起干掉，那真是大日本帝国一件幸运事。于是他向老婆示意，他为了让手下有时间先去侦察和准备，拖后了相当一段时间，才由江洪涛带路，向芷江城走去。

望江酒楼是舞水边的吊脚楼酒楼，上中下三楼，同江西桥相望，是芷江最具人气的饮宴场所，从早茶到晚宴，络绎不绝，来晚了，可就没有了座位。门口挂着喜庆的红绸，没有卫兵，只在婚宴的二楼，有几个勤务兵在倒茶点烟，陈纳德和何应钦一些达官贵人都到了，正在喝茶聊天。

松井太郎一路走来，没有发现异常情况，他过江西桥时，得知酒楼也无戒备迹象，就更放心了。一行人走进望江酒楼，只见一楼熙熙攘攘，坐满了人，就向上爬去，他们来到挂了红绣球的二楼门口，几个勤务兵上前：“请问你们……”

江洪涛上前训道：“你们没长眼睛啊，这是宴会的主角新郎新娘！”

这几个勤务兵忙闪开，一边敬礼一边道歉：“对不起，对不起！请进请进！”

松井太郎走进来，一眼就看到了自己算计了多次的目标，他以前冒充西南救护协会副会长时，曾两度见过陈纳德，那旁边佩有上将军衔的中国将军无疑是何应钦。这位“克部队”的头目忍住拔枪狙杀的冲动，现在他们身边有不少人，如果不能一击致命，那就不会有第二次开枪的机会，他要寻找最佳时机。就在这时，外面响起了枪声，松井太郎刚要伸手掏枪，不料旁边的江洪涛抢先用枪顶住了他；两个勤务兵也扑上前，扭住了陆满妹。这位“克部队”的头目才猛然明白过来，自己反而掉进了对方的陷阱，他不甘心失败，拼命挣扎。谁知这几个勤务兵都是近身格斗的高手，没有几个回合，夫妻俩就成了同命鸳鸯，双双被绑。

这时，陈纳德站了起来，俏皮地打招呼：“哈啰！莫达友副会长，NO！应该叫你松井太郎中佐，别来无恙？”他走到南喜惠子面前，“你当我的嫂子多好啊，何必跟他去杀人呢？”

松井太郎又急又气，喘了几口粗气：“你、你不要侮辱天皇陛下的忠诚卫士。”

陈纳德看看他，又指指杨永德：“我讲得不对吗？我老哥虽然是农夫，但他知道疼老婆，保护老婆，可你为了杀人，却要自己的妻子去当别人的老婆，你还是人吗？”

松井太郎气得大叫一声，口吐鲜血，晕了过去。

杨永德开始被吓坏了，但见从表哥和老婆身上搜出了枪，又大吃一惊，他慢慢听明白了，但还是不相信，走上前问：“老弟，他们真、真是日、日本鬼子？为的是什么呀？”

陈纳德点点头：“他让他老婆跟你结婚，目的就是想杀我。”

杨永德一听，唾了一口：“真不要脸。”

原来那枪声是岛田美津子所放。她这次的任务是观察对方的动静，传达消息，这位用人利用上街买菜之名，到几个地方转了一转，刚回到家里，就看到焦大松匆匆跑了进来，忙问：“出了什么事？”

焦大松长叹一声：“我们全暴露了，那该死的松井太郎异想天开，要刺杀陈纳德，谁知反而落于对方的陷阱，害得我多年的心血毁于一旦。”

岛田美津子一听，吓了一大跳，忙问：“你、你怎么知道？”

焦大松一屁股坐到椅子上："我同军统站的安子健以前是同学，他来芷江我又刻意拉拢，关系不错。我刚才到他办公室，无意中看到一份材料，松井太郎、黑田乔夫，甚至山田秀子都在他们的监视之中，那么顺藤摸瓜，你、我能幸免于难吗？"

岛田美津子年纪虽小，却很顽固，急道："那我们也不能束手待毙，快想办法呀。"

焦大松沉思了一阵，说："你去到望江酒楼的路上截住松井太郎，马上转移，但愿来得及。我再去找安子健，探听些情况。"

岛田美津子忙问："松井太郎中佐不是带人在那杨永德家伏击陈纳德吗，他去望江楼酒楼干什么？"

焦大松顿脚道："谁让松井太郎那么蠢呢？陈纳德派人到杨永德家，说要在望江酒楼为他们办一场新式婚礼，那浑蛋信以为真，就去了。这明明是陷阱嘛！"

岛田美津子知道事情紧迫，急忙往外面跑。她赶到望江酒楼，还是晚了一步，松井太郎一行人刚刚进去。她想制造混乱，为同伙制造逃跑的机会，就朝人群开了枪。彼得·瓦尔特上尉带人埋伏在酒楼前的民房里，一阵乱枪，把岛田美津子送回了东瀛老家。

艾尔索普顺藤摸瓜，摸到了县警察局督察长焦大松身上，知道他同安子健关系不同一般，就没有告诉那位军统站长。他驾着一辆吉普，带人首先到第二招待所拘捕了女扮男装的山田秀子，又到空军九站拘捕了化名黄有泰的黑田乔夫及同伙。

林义安带着一个警卫连，把"克部队"的掩护人员围在一个山洼里，十多分钟就解决了战斗，活捉了近一半。

两路人马在镇边会合，艾尔索普叫林义安上车，又马不停蹄赶到县警察局，那焦大松已不知去向，他们就急忙寻找。他们开车赶到河边，碰到军统站行动队长丁思远，才得知焦大松拉着安子健上了一只小船，往下游划去。艾尔索普明白那位督察长绑架了自命不凡的军统站长，他虽然不喜欢安子健，但人命关天，就开着车向下游追去。果然在一处滩上发现了那只船，可河里与路上看得见，却够不着，尤其麻烦的是那只船下了滩，岸边就没有了公路。

正在这时，天上飞来几架飞机，显然是出击返航的机群。林义安一眼就认出带队的是钦雪峰，忙建议：“总管，要华南虎去拦截那只船。”

艾尔索普拿起车上的电台通话器，调了调频率，呼叫起来：“雪峰，雪峰！我是艾尔索普，就在你家下方的马路上，听到马上回答！”

钦雪峰刚带队到敌后为钦迪特支队空投补给，接运伤员，返回途中还袭击了日军一支装甲部队。他带着战友们到了机场上空，正准备降落，忽然听到呼叫，忙应道：“钦雪峰听到，总管有什么命令？”

艾尔索普挥了挥手，指着舞水河说：“河面那只船上有一名日军间谍，并绑架了一名重要人质，你想办法截住。”

钦雪峰一听，命令任自强带弟兄们降落，他掉转机头，飞到河面，降低高度，仔细看了看才应道：“我看到船上有两个人，好像是警察局的焦督察长和军统站的安站长，他们哪个是日军间谍？”

艾尔索普知道钦雪峰对安子健毫无好感，只好说：“安子健这次倒霉，当了人质。雪峰，救人一命胜造七级浮屠。”

钦雪峰又把飞机转了回来，回道：“总管，浮屠是什么我不知道，但人质总是要救的。”

艾尔索普知道他的为人，忙叮嘱：“注意自己的安全！你在空中，他在船上，救人谈何容易？你想想办法，截住那只船就可以了。我和林上尉找船，设法去救人。”

钦雪峰应了句“是”，他低空转了两圈，心里有了计较，就一个俯冲，对准焦大松划桨的地方打了个短射。

焦大松知道在城里藏身不住，他是老牌间谍，在芷江潜伏的时间又长，早规划有出逃的路径，只有想办法逃到外面，钻进深山，才有可能摆脱危险。他找到安子健，谎说发现日军间谍的藏身之处，但警力有限，需要军统站支援。安子健见这次行动以基地情报处为主，心里很不爽，听说有功可立，哪还考虑其他，就带着行动队跟着这位督察长来到河边。

焦大松拉着他上了这只船，就撑离了河岸，说：“我的人已经围住了敌人，只要你去指挥就行了。”

安子健明白过来，已经晚了，船已经离岸，自己又不会水，他刚要拔出枪，就被焦大松一篙把枪扫落到水中，这位军统站长刚站起来，被船一晃又坐回船舱：“你、你想干什么？”

焦大松见船到河心，他又知道安子健是个旱鸭子，就放心了，他一边划桨一边说：“我是想分一份功劳给你，别不识好歹。”

人在屋檐下，不能不低头，只要留得青山在，不怕没柴烧。安子健在船上处于绝对劣势，他只有等待，等待时机的到来。

突然一架飞机几乎贴着河面掠过，立刻一人惊喜一人惊恐，焦大松拔出枪：“老同学，你也别高兴，飞机上的人又不能跳到船上来，他开枪投弹，顶多我们同归于尽。”

安子健一听，心情又沉重起来，当他看清是 022 号机，知道是钦雪峰的飞机，那就更没有希望了。果然飞机开了枪，把船尾几乎打掉，焦大松中弹掉进水里。安子健见船里进满了水，只有仰天长叹：“我命休矣！”

钦雪峰原以为把焦大松打掉，安子健就安全了，谁知飞机转回来一看，木船进了水，很有倾覆的可能，而那位军统站长却蹲在水里不动。他明白过来，安子健不会水，这可怎么办呢？钦雪峰小时候经常跟着父亲在这里打鱼，熟悉水情，他看了看两岸，知道这里河床是平缓的卵石，水又不深，就有了主意。他计算了一下距离，就把飞机贴着河面飞，起落架先放下划水，然后机尾接触河面，速度加上水的浮力，滑行了一段，飞机平稳降落在岸边的河床上。钦雪峰掀开舱盖，跳到没在水面的机翼上，脱下衣服，钻入水中，向破船游去。

安子健蹲在船舱的水中，随时有倾覆的危险，但他也被钦雪峰河面降落飞机的神技看呆了，尤其是恰到好处，机舱在水面上。他见钦雪峰朝自己游来，不由得百感交集，谁知一阵波浪打来，破船立刻翻了。安子健被掀进水里，像秤砣一样沉入水底……他苏醒过来，发现坐在飞机座舱里，并换上了干衣服。他看了看坐在旁边的钦雪峰，问：“你、你为什么要救我？”

钦雪峰看了看他，反问道：“我为什么不救你？”

安子健又问：“你不记恨我吗？”

钦雪峰看了看远处，道：“你无端怀疑我妻子王湖秀，要说我一点不恨你，那是假话，但你被日军间谍挟持，既使我们是仇人，也应该救你。”

这时，林义安驾了一只木船划来了，艾尔索普站在船头，看了看他们，问：“喂！两位谈心谈得怎么样？”

安子健笑道：“我真心感谢钦上尉的救命之恩。”

钦雪峰站在机翼上把腰一挺，敬了一个礼，说：“总管，这飞机怎么运回去啊，我明天还有任务呢。”

艾尔索普也跳到机翼上看了看，道：“雪峰小子，把战斗机当水上飞机用，你华南虎算是第一人。”他朝安子健努努嘴，“至于把飞机运回去嘛，自然有人想办法。”

陈纳德将军宴请了围剿“克部队”的参战人员，他在祝酒词中用了三个意外：“……在意外的事件上进行了意外的战斗，并取得了意外的成绩。”消灭了针对飞虎队和陈纳德将军的“克部队”，消除了隐患，大家更加集中精力参加湘西会战，打击日本强盗。

第十九章　决战雪峰山

1945年4月底，中国军队在湘西会战中从第一期主动防御转入到相持阶段，遏制了日军的攻势，很快进入第三阶段的反攻。首先是南部战场，第三方面军的94军第5师从贵州的长吉赶赴战场，会同74军58师南北夹击，由于反攻支点武冈城掌握在我军手里，尤其加上飞虎队的有力支持，消灭了关根旅团的主力，取得了武阳大捷的胜利，用何应钦总司令的话说："开湘西会战胜利之先声。"北部战场，73军所部坚守安化和新化，在大成桥取得胜利，把日军主力重广支队钳制在腹背受敌的狭长地带。中部战场，18军长途跋涉，驰援湘西，三个师同时进入战场，11师会同坚守二十多个昼夜的74军51师和100军的63师，围歼窜入龙潭的日军主力116师团109联队。

这天，高东虎带队到全州、东安打击日军的后方基地，阻止对关根旅团的增援，在返航经过武冈的时候，呼叫守军电台，却没有回音，不由得大吃一惊。他低空环大皇城飞行了一圈，却看到阵地还在我军的控制之下，为什么电台不开呢？只有两个原因，一是报务员向秀梅出了状况，二是电台有了问题。高东虎决定下去看一下，他命令战友们返回基地，自己把机头一按，降落在大皇城前面的马路上。这是东北虎第二次造访被日军围困的孤岛武冈城，上次是来为守军补充给养，接运伤员，他自己也有人生的重大收获，见到了朝思暮想的向秀梅，并接上了两人的关系。高东虎虽然只是第二次来，却是熟路熟门，很快来到守军营部，他一见杨文彬就问："杨营长，为什么不打开电台？"

杨文彬不无内疚地说："高队长，很对不起，我没有保护好秀梅，她今天为了保护电台，受了重伤。"

原来，日军对武冈城久攻不破，只好绕城而过，企图经武阳过巫水，攻占湘西商贸古城洪江。他们为了后方的安全，派有相当部队围困武冈，每天不是派人骚扰就是炮击。今天上午，一股日军利用残垣断壁接近我军阵地，向秀梅为了给炮兵指示目标，就带着电台跑到城楼上观测，打退了日军。不料敌人一阵排炮打来，向秀梅扑向电台，身受重伤。

高东虎听了，忙说："秀梅在哪里？我去看看。"

杨文彬带高东虎走到城墙下的救护所，看到秀秀梅身上裹着绷带，闭着眼睛，躺在床上，旁边放着那部电台，说："你来得正好，把她接去芷江，送医院把身上的弹片取出来。"

向秀梅睁开眼睛："我、我不能走，我离开了，没有人会使用电台，就同大部队失去了联系。如果大批敌人来袭，可就危、危险啦。"

杨文彬叹了口气："你身有重伤，也无法使用电台啊。"

向秀梅挣扎着欠起身子："我能坚持。"

高东虎又心疼又感动，就说："秀梅，我先把你送去芷江，再请示调一个报务员来武冈接替，不就成了吗？"

向秀梅听了，她看看高东虎笑了，却又不无担心地说："如果正是这段空白，鬼子来袭怎么办？"

高东虎转过身对杨文彬说："用密码发报，你可能一下学不会。如果用直接通话装置，你只要打开这个开关就可以了。这虽然通话距离有限，但我军在附近经常有飞机来往，他们听到呼叫，也会赶来支援。我把秀梅送到医院，就向总管报告，请他派一位报务员，我马上送过来，不会误事的。"

杨文彬一听，忙拉着高东虎的手："谢谢你。"

高东虎摇摇头："你又见外了，打击侵略者，这是我们共同的事。"他说罢，背起向秀梅走了出去，爬上飞机，把她固定在后座上，然后取下自己的飞行帽给恋人戴上。高东虎向杨文彬等人招招手，拉上机舱盖，掠上蓝空，飞向芷江。

事情也真有凑巧，高东虎带着向秀梅刚离开，敌人又发动了进攻，兵力还不少，分三路进攻。日军知道武阳大败，战局越来越不利，决定孤注一掷，拔除武冈城这个眼中钉，巩固后方，以等待援兵的到来。一时枪声大震，炮火连天。

守军只有一个加强营，坚守在大皇城核心据点，经过这么多天的战斗，损失不小，面对日军的三路进攻，大有捉襟见肘之感。更要命的是，向秀梅受伤去了芷江，无法向基地发报求援。杨文彬只好抱着试试看的想法，打开电台通话装置呼叫："我是武冈守军杨文彬，日军分三路进攻，前有坦克开路，后有炮兵掩护。我军有不支之感，请求过路的空军兄弟，赶快过来支援。"

钦雪峰这天为深入敌后花园镇的钦迪特支队空投补给物资，返航时碰到几架多日不见踪影的日军飞机。飞虎队员们好些天没有展开空战，就争先恐后扑了上去，钦雪峰理解战友们的心情，只好在一旁掠战，不时给个提醒。经过一番搏斗，日机全被击落，我军无一伤亡，就排着整齐的编队向芷江飞去。突然，钦雪峰听到杨文彬的呼叫，他立刻命令："自强，你带运输机返航，其余跟我去支援武冈守军。"

杨文彬原认为没有这么凑巧的事，他呼叫了两遍，见没有人回答，看到日军攻势很猛，就到前面指挥作战去了。

钦雪峰一边飞一边呼叫，他原先听到是杨文彬的声音，就感到有点不妙，难道报务员向秀梅出了什么差错？现在呼叫，又没有听到杨文彬的应答，更是心燎火急，他一赶到武冈城，就命令全力向攻城日军展开打击。钦雪峰首先对冲到城墙边的敌人坦克射了一枚 M-9 火箭弹，随即一个俯冲，一边朝日军扫射，一边把一颗炸弹又砸在另一辆坦克上。经过几轮打击，炸毁了日军的炮兵阵地，消灭了敌人的坦克，日军也死伤狼藉，腿长的才逃得一命。

杨文彬一眼看出给自己解围的又是华南虎钦雪峰，又惊又喜，他拿起送话器：“钦老弟，又是你为老兄稳住了阵地。”

钦雪峰听到杨文彬的声音，忙说：“老兄，你别吓人，没有听到老兄的应答，还以为你这守城主官出事了呢。”

杨文彬笑道：“我呼叫两次没人回答，认为这时路过的飞机概率低，就指挥战斗去了，想不到真的救兵天降，来了你们这些飞将军。”

钦雪峰转了个圈飞回来，问：“我那位报务员准嫂子向秀梅哪里去了？”

杨文彬叹了一口气：“上午日军攻城，她为了给炮兵指示目标受伤了。高东虎碰巧路过，就接到芷江送医院去了。”

钦雪峰忙问：“伤势重不重？”

杨文彬想了一下说：“她身上中了两块弹片，及时取出来应该没有大问题。”

钦雪峰松了口气，又问：“你这里没有报务员怎么办？”

杨文彬笑道：“高东虎答应送一位报务员过来。鬼子被你们这么一顿猛揍，损失惨重，谅他们也无力进攻了，至少今天是安全的。”

钦雪峰听了，道：“那我们也走了。”

日军的三路进攻，南路吃了败仗，北路进退无据，只有中路主攻兵团沿宝安公路两侧攻占桃花坪，占领洞口，但进入雪峰山主阵前，两军就成了胶着状态。日军每推进一步，都是用尸体铺成。担任中路主攻兵团的 116 师团的师团长岩永旺中将，他为了鼓舞士气，把师团部推进到离前线不远的管竹溪，但收效甚微。日军高层对发动湘西攻略战本来就存在两种不同的意见，原来占领芷江机场是为了防止轰炸日本本土，但美军从关岛起飞的B−29战略轰炸机连续对日本首都进行了三次大轰炸。

1945 年 3 月 9 日，334 架 B−29 轰炸机从关岛起飞，直扑东京，投下 2000 余吨燃烧弹，市中心 41 平方公里被夷为平地，二十六七万幢房屋被毁，伤亡近二十万人，一百万人无家可归。两个月后的这一天，又是 300 多架 B−29 再次光顾东京，每机携六吨燃烧弹，轰炸两个小时，56 平方公里烧光，几万死难者因为大燃烧耗尽空气窒息而死。1945 年

5月26日，500架B-29轰炸机第三次轰炸东京，投下4000吨燃烧弹，大火自天而降，高楼飘浮在火海中，东京成了一座死城。

“中国派遣军”第六方面军司令官冈部直三郎大将鉴于目前的战局，又提出自己的反对意见，尽快结束湘西攻略战，以把兵力调用实施本土决战。日军大本营进退两难，就派参谋总长梅津美治郎大将来武汉实地考察，看这场战役能不能打下去。主战派总司令官冈村宁次大将急了，亲自给第20军司令官坂西一良中将打电话，严令他加强攻势，突破雪峰主阵地，迎接梅津总长的到来。层层命令，逼得一线指挥官岩永旺中将决定孤注一掷，用人海战术，使用毒气开路，攻占雪峰山主阵地——铁门山。

铁门山梯次有三道梁，一梁高一梁，横挡在进入湘西腹地的路上。宝安公路在每道梁上有三个“之”字，只有翻上了九个“之”字，才能进去。当地流传着“三道铁门，万夫莫进”。战场的瞬息变化，打乱了守军的阵地，现在守卫第一道山梁的是100军19师的55团，原来守卫桃花坪，步步抗击日军116师团的120联队，退到了这里。守卫第二道山梁的是74军57师171团，原来守卫洞口塘，同116师团133联队经过一番血战，奉命转移到这里。第三道山梁是57师直属部队，师部就在铁山庙。

这一天，120联队的联队长儿玉忠雄派出一个大队在坦克的掩护下，向第一道山梁发起猛攻。守军团长陶富业上校见是老对头，就抖擞起精神，命令远处用炮打，敌人进入有效射程才开枪，近了甩手榴弹。日军是仰攻，地形不利，坦克在“之”字形路上盘旋，易受打击，好在有山石掩护，渐冲渐近。

55团经过这么多天来的步步抗击，伤亡近半，但给敌人的杀伤更大，官兵们士气高昂，轻伤不下火线，包扎一下，坚守阵地。团长陶富业自开战以来，没有睡过一个安稳觉，他随身带着一架行军床，哪里吃紧往哪里跑，累了就抓住战斗间隙睡一觉。他见日军在坦克和山石的掩护下渐冲渐近，反坦克炮弹用完，迫击炮弹又奈何不了，只好用手雷和炸药包。

日军的第一辆坦克被炸毁后，挡住了后面几辆，挤在一起，凌空落下一阵手雷，坦克全被炸瘫痪了。步兵只好利用山石的掩护往上冲，每前进一步都有人倒下，但还是成散兵线，边冲边开枪。

守军居高临下，步炮结合，步枪瞄准露头的打，迫击炮拦截后面的日军，手榴弹专炸山石后的敌人，冲近了就用冲锋枪扫。

联队长儿玉忠雄大佐在山下观察，他见部下伤亡大半，也没冲近对方阵地，立刻命令炮兵发射毒瓦斯弹。于是，天空画出一道道彩色的痕迹，落到第一道山梁上，炸出一朵朵彩色的弹花。

陶富业是一名有经验的中层指挥官，他也经历过敌人惨无人道的毒气袭击，见弹痕有颜色，知道情况不对，立刻命令官兵用毛巾浸水浸尿捂在口上。他看了看风向和毒气弹的炸点，就命令一分部人向两边躲避，然后用手榴弹把毒气炸稀薄。陶富业亲自带一部分官兵发起逆袭，向山下冲去，既避开了毒气，又阻击了企图趁机偷袭阵地的日军。谁知没冲多远，山上一阵密集的炮火打来，他知道是第二道防线的 171 团拦阻敌人抢占阵地，只好命令部队停止前进。

5 月的南方，正是多风季节，毒气很快被刮走了。陶富业回到阵地，看到 171 团团长杜鼎带人下来了，便说："杜团长，你可帮了我的倒忙，如果不开炮，我一个逆袭，早把鬼子的前沿阵地占了。"

杜鼎笑道："陶团长，你可别不识好人心，敌人那阵毒气弹，真让我担心死了。想不到老兄胸有成竹，不但官兵受伤害程度不严重，你老兄还来了个逆袭。"

陶富业抱抱拳："对你的关心和支持，我老陶还是感谢的。等仗打完，我请你的客。"

杜鼎看看他："你如果答应老弟一件事，由我请客。"

陶富业笑道："看来这还不是一件简单的事，说说看。"

杜鼎指指两梁的两边："你我阵地的两边各有一道被山洪冲刷的深沟相通，便于上下机动。如果你我两团各守第一道山梁和第二道山梁一半，那么本团可以前后支援，进退有据，我们之间也可以有效配合。"

他见陶富业在沉吟，又说，“我可不是想争功劳据前沿，而是从大局考虑。现在看来，日军要孤注一掷，不择手段攻取我军雪峰山主阵地，也可以说是决战，我们就要用最好的战术配合来应对。”

陶富业知道他讲得有道理，也不无关心之情，便点点头。他看了看敌人的阵地，说：“鬼子很快会展开第二波攻击，阵地交接要快。”

杜鼎指指身边的人：“我带了一个营下来，你团也有不少人为避毒气到了第二道山梁，那我们以公路为线，各让出一边，你左我右，进入阵地就可以了。”

陶富业看了看，摇头道：“我不能太吃亏，你的阵地宽，以中间线为准。再说公路是突破口，不宜作为接合部，你守下面路口，我守上面路口，各负其责。”

杜鼎握着他的手说：“就按老兄讲的办。”

两个团刚调整好阵地，日军又发起了攻击，一时枪炮齐鸣，弹雨纷飞。

日军参谋总长梅津美治郎大将坐了一架运输机改装的专机，在大队零式机的护航下飞抵汉口机场。“中国派遣军”为了打赢这场湘西攻略战，在武汉设立了前线指挥所，会同第六方面军司令部共同指挥。冈村宁次大将和冈部直三郎大将亲自到机场迎接梅津总长，一起来到前线指挥所，直接走进作战室。冈村宁次走到地图前，一边指示一边说：“我军在南部战场虽有小失利，但34师团及时赶到，牵制住了重庆军第三方面军主力94军和26军。在北部战场，我47师团已把对方第四方面军的73军钳制在安化、新化一带，起到了牵制作用。我68师团正会同中路主攻兵团116师团沿宝安公路西进，直逼重庆军雪峰山主阵地，不日即将突破。那时，我两个主力师团便可直下安江，渡过沅水，占领芷江。”

梅津美治郎听了，频频点头。他想了想，扭过头，问：“冈部君，你是这场战役的直接指挥官，有什么不同看法？”

冈部直三郎知道这位参谋总长是支持冈村宁次发动这场战役的，但他不能报喜不报忧，何况根本无喜可报，就站了起来：“总长阁下，我的意见已经向总司令部和大本营陈述了，现在补充两点。第一，敌人的新 6 军和第 18 军进入湘西战场，正在发挥作用。第二，116 师团主力已经推进到守军的雪峰山主阵地近十个昼夜，只有前天晚上利用风向，施放大量毒瓦斯，才占领了对方第一道防线。天亮以后，毒瓦斯散去，重庆军居高临下，一个反击，又夺回了阵地。”他揉了揉发痛的太阳穴，“我今天早上同 116 师团长岩永旺中将通了电话，他说守军的雪峰山主阵地铁门山不亚于铜墙铁壁，120 联队和 133 联队均伤亡过半。他请求空军支援，才有可能攻下铁门山，打开进入湘西的大门。”

梅津美治郎沉思了一下，话锋一转问：“冈部君，你需要增加多少兵力，才能拿下芷江？”

冈部直三郎把腰一挺，回答道：“需要七个师团。”

梅津美治郎一听，跳了起来：“你、你上次不是讲增加两三个师团就可以了，为什么现在要七个师团？”

冈部直三郎又揉揉发痛的太阳穴，解释说：“现在重庆军的第三方面军主力进入了战场，加上美式装备的新 6 军和部分换了美械的第 18 军，尤其是对方掌握了制空权。所以按照敌我两军的装备、人员和地理条件，至少要增加七个师团，才有把握取胜。”

梅津美治郎听了，一屁股坐了下去，叹道：“我还巴望早日结束这见鬼的湘西攻略战，以便移师部署本土决战呢！哪能再增加七个师团给你？”

冈村宁次虽然不满意冈部大将，但知道他讲的也是实情，就说：“现在的关键是突破重庆军雪峰山主阵地铁门山，这场战役就活了。”

梅津美治郎又站了起来：“岩永旺师团长不是要求空军支援吗？那就多派飞机去吧。”

冈部直三郎叹了一口气：“在中国的第 5 飞行军团成了空架子，一部抽调到太平洋战场没有回来，留下的也同飞虎队较量，剩下不多了。”

梅津美治郎想了想，下决心说：“你们把所有的飞机集中起来，加上我这次带来的护航机队，都使用上，决战雪峰山。”

第四方面军司令王耀武少将得知日军为攻取我雪峰山主阵地铁门山，竟丧心病狂多次使用毒瓦斯弹，就专程从安江到芷江找陈纳德，商讨应对的办法。这位飞虎队司令听了很是气愤，连说："可恶！可恶！小鬼子太可恶，那也别怪我了。"他拍拍王耀武，"我刚要了批燃烧弹，以牙还牙。"

这时，艾尔索普匆匆走了进来："两位将军，我刚接到报告，日军在大批飞机的掩护下，伴随着使用毒气弹，向雪峰山主阵地突击，已经攻占了两道防线，正向最后一道防线进攻，我已经增派飞机前去支援了。"

陈纳德皱了皱眉，问："敌人怎么一下冒出这么多飞机？"

艾尔索普把手一摊，道："可能是日军孤注一掷，集中所有空中力量，试图突破铁门山。"

王耀武虽然担心，但他相信铁门山不会轻易被突破的，新 6 军正在后面跃跃欲试呢，何况我军还占有空中优势，他就站了起来说："日军是要决战雪峰山，我要赶回去奉陪，请空军大力支持。"

日航空第 5 军原来在中国有 600 多架飞机，后一部分移往太平洋用于保卫本土，一部分被飞虎队击落，据 1945 年 5 月 20 日盘点，在中国只剩下 42 架战斗机和 18 架侦察机，只好紧急抽调大半来武汉，加上梅津美治郎带来的护航机队，组成三个攻击编队，分批赶到雪峰山助战。日军地面部队看到久违的空中保护神来了，士气大振，在地面炮火的掩护下，猛攻而上，碰到火力点，就发射毒气弹。

陶富业突然看到来了这么多敌机狂轰滥炸，不由得大吃一惊，但他连喘口气的机会也没有，一边指挥部队利用掩体、山石躲避天上的炸弹，一边抗击地面日军的冲锋。最难以应付的是敌人的毒气弹，稍不留意就中了毒。好在有那条通道，把受伤的人转移到第二道防线，送到山顶上的战地医院。陶富业见敌人的毒气弹越来越密，需要及时转移，就见右边杜团打出转移到第二道防线的信号弹。

杜鼎这次吃亏不小，右边阵地较为开阔，是日机轰炸的重点，加上地面日军的冲锋和毒气弹，阵亡了一位营长和两位连长。他向左边陶团打出撤退的信号，就带人背着烈士的遗体从那条深沟爬上第二道防线。

日军120联队损失惨重，退后担任助攻，由133联队接过主攻任务。联队长加川胜永大佐也许运气好，接过任务的第二天，就有大批飞机来助战。他占领了第一道防线，在飞机、毒气弹的掩护下，立刻命令日军向第二道防线冲击。

陶富业见日军故技重演，思索对策，他命令带伤的转移到第三道防线，防止毒气从伤口侵入，没有受伤的用湿毛巾捂住口鼻，用带子固定。有战士一时找不到固定的东西，就急中生智，解下臭绑腿，淋上尿液，绑在口鼻上，坚守在阵地。陶富业一边指挥抗击日军的进攻，一边看手表，嘀咕道："我们的飞虎队也该来了，怎么这个关键时刻迟到了呢？"

就在这时，一队鲨鱼头飞机赶到了，扑向日机。

高东虎这天把自己的中队分成两个波次，对南部战场的日军援兵34师团展开攻击。他出击了两次，带着6架飞机赶回基地加油上弹，刚下地就接到命令，轰炸机装上燃烧弹，战斗机护航，支援雪峰山主阵地。高东虎一听要战斗机护航，就知道有戏了，自湘西会战开战来，他还只遇到三次敌机，而且见到我方飞机就开溜，好不容易才打下一架日机。他是空军，主要对手是敌人的飞行员，支援地面作战只是副业。高东虎知道有对手可较量了，就带着战斗编队飞到铁门山。他一见敌机眼睛就发光，向战友们简洁地交代了攻击目标优先次序及战术运用，就当先冲了过去，咬住对方长机。经过两个回合的搏击，套住目标，就是一个长射，把对方打得凌空爆炸。他刚要掉转机头，眼睛的余光看到一架敌机偷袭过来，就装着不知道，突然一个倒飞，掠到其侧后，一按导弹发射按钮，赏了他一枚M-9导弹，顿时把那架敌机打得四分五裂。高东虎唾了一口："你小日本不下流偷袭，老子还不愿依仗高科技获胜呢。"但他看到一架日机被追得走投无路，忽然掉转机头，撞上自己的僚机，两架飞机立刻在空中化成两个火团，他猛然省悟过来，大声提醒："弟兄们！这是鬼子黔驴技穷，所谓神风突击队的同归于尽的打法。我们胜利在即，绝不能给他们陪葬，用导弹打！"

经过一番搏击，日军这一编队的飞机被扫荡一空。高东虎扫视了一下战场，就把机头一压，一边俯冲一边扫射，给轰炸机指示打击目标。燃烧弹就是凝固汽油弹，落于日军阵地，立刻燃起大火，溅到人身上，扑也扑不灭，加上又是树林，烧起遍地火焰。日军无处躲藏，只好跳进溪水中，但漫天大火，氧火烧光，窒息而亡。

陶富业久经战阵，尸海血雨都经历过，但从来没有看到这么火烧活人的惨烈场景，不由得叹道："恶有恶报，善有善报。"

杜鼎走了过来，说："日本人就是这个德行，欺善怕恶，你把他打痛了，他不但不敢欺负你，还佩服你呢。"

陶富业叹道："那他们岂不是贱骨头？"

杜鼎点点头："民族性如此啊！"

这时，空中发生了变化，又来了一批日机。

高东虎本来喜欢同日军飞行员在空中搏击，但此时却高兴不起来，因为弹药剩下不多了，只有硬着头皮迎上去。兵对兵，将对将，他又咬上了对方的带队长机，可上下来回冲杀了三个照面，都没有找到对方的破绽，反而有种被制先机的感觉。高东虎打到第五个照面，从技巧和套路看似曾眼熟，才猛然想起个人，不由得吓了一跳，他如果还有导弹，那也会不顾面子打发了事，可现在连子弹也不剩几发了。高东虎这时也明白过来，对方之所以不急于攻击，是提防自己的导弹，于是只好继续周旋。现在僚机阵亡，那就更要小心应付了。也许对方看出了自己的虚实，突然一个翻飞，发起攻击。高东虎只好以硬碰硬，迎上去，一边射击一边撞去。对方一闪，擦翅而过，再一个回环，抢先开火。高东虎没有了子弹，只好东躲西窜，正在危急的时候，他看到钦雪峰带着一队飞机赶来，忙大叫："老弟快来！这鬼魂交给你打发了！"

钦雪峰今天率队给钦迪特支队运送了补给，又到北部战场对新化城的守军进行支援，他回到基地加油装弹，接到总管艾尔索普的命令，立即赶赴雪峰山主阵地，接替高东虎，迎击日机编队。钦雪峰也多日不见敌机踪影，他连水也顾不得喝，就带着任自强分队赶了过来。他见高东虎被追得直跑，知道这位老兄是没有了弹药，就迎上去，截住日机，一边交锋一边问：“什么鬼魂，说清楚？”

高东虎喘了口气，道：“我说的就是那个鸡头狗养的二郎，你不是讲上次在东京把他打下去葬身火海了吗？可明明是那鸡头，难道是鬼魂不成？反正我和威廉兄把他交给了你，不管是人是鬼，你这次都不要放过。”他想起一件事，又转回来叮嘱，“老弟，鬼子要拉垫背的，把那神风突击队的自杀攻击都用上了，你要提醒弟兄们注意。我剩下的油不多，走了。”

钦雪峰听了才明白过来，原来这对手就是日军王牌飞行员犬养凤二郎，可上次在东京明明把他击落，掉进大火之中，难道没有死？

犬养凤二郎那次真是命大，不但没有死，连伤也没有受，他跳伞掉在河边，躲过被大火吞噬之灾，又爬上一只船，辗转回到机场。他在同袭击本土的美军飞行员搏击中，先后击落两架战斗机，还超极限地爬升高空，击伤一架美军 B-29 战略轰炸机，重拾了信心，也恢复了名誉，并转正为大佐联队长。犬养凤二郎得知恋人山田秀子在中国芷江被抓，他在又恨又气又无奈的时候，被抽调为大本营参谋总长梅津美治郎大将中国之行护航。他来到武汉这个让其失去名誉的城市，痛定思痛，决意报复。犬养凤二郎得知中日两军相持在雪峰山主阵地，就直接向梅津总长建言，自己愿意率队为夺取芷江尽一分力量。于是促成了抽调在中国所剩无几的飞机，组成决战雪峰山的三个攻击编队。犬养凤二郎得知第一队全部折戟沉沙，立刻带第二队 12 架新式零式机赶到雪峰山，他正准备趁对方弹尽油绝之机，加以痛击，不料来了对头。他虽然没有听懂敌方的对话，但一眼认出梦魇中的飞机编号 022，自己曾先后两次败于其手。犬养凤二郎现在恢复了信心，恢复了状态，加上仇恨，他坚信一定能战胜对方。他立刻抖搂起精神，利用自己飞机灵活、转弯角度小的优势，近距离缠斗起来，以提防对方的远射程火箭弹。

钦雪峰经过几个来回的搏斗，看出确实是那凤凰战队的犬养凤二郎，难道真是个打不死的程咬金？但今天绝不能让你再逃出生天了。于是，中日两个顶尖王牌飞行员在雪峰山上空展开了一场生死决战。

犬养凤二郎使出自己翻转、倒飞、直角转弯等绝技，或近或远抢占射击角度，但对方却是不紧不慢，见招拆招，也没有发射火箭弹的战术动作，于是胆子大了起来。他突然几个连续翻滚，避开对方，拉起机头，套住目标，就是一个长射。

钦雪峰也不打算用先进的火箭弹取胜，他要检验自己的空战搏击技能，看到对方连续翻转，知道他要发起攻击，就一个侧飞，避开了正面，左翼却被击中。他急中生智，装着飞机受了重伤，难以控制，摇摇晃晃往上爬升。

犬养凤二郎一击得手，见对方受了重创，慌忙逃去，情不自禁地喊道："最终取胜的还是我大日本皇军的王牌飞行员！"他要报仇，就追了上去，企图一举击落。

钦雪峰见自己骗过了对手，他见犬养凤二郎追近，突然一个倒栽葱，拉起机头，掠到其侧后，套住目标，就是六炮齐发。那成立体的火力罩过去，削去了对方两边机翼，剩下个光机舱，像一枚巨型炸弹往地下插去。

犬养凤二郎即使身上没有中弹，也无法从自由落体的加速度中跳出机舱外。他一心要报复、报仇，却落得粉身碎骨的下场。

钦雪峰没有时间发感叹，他惦记着战友们，急忙赶到战场，看到任自强为救援僚机中弹起火，就冲了上去，一发火箭弹，打发了那架日机，然后呼喊："自强，你那飞机不行了，赶快跳伞！"钦雪峰加入了战斗，消灭了这队日机。他转回来寻找任自强，发现他挂在悬崖边一棵大树上，不由得大急，如果树枝断了，摔下去可就完了。钦雪峰绕着悬崖看了看，发现顶上是块平整的石山，像块不规则的矩形镜面一样，只是太短，达不到有效降落距离。但如果不下去，任自强随时有生命危险。他又超低空转了一圈，发现这镜面坡有几分斜度，如果在悬崖边落地，这段距离加上坡度，飞机应该停得下来。钦雪峰正准备降落救人，却不料日军的第三波队飞机赶来了，他只好迎上去。

这时，又一队飞机赶来，老远就大叫："妹夫，妹夫！让给老兄过过瘾！”

钦雪峰一听，知道是威廉·罗爱斯来了，不由得大喜，忙问：“老兄，你不是禁飞了吗？”

原来美国空军有规定，每一名飞行员如果在战区中参加的战斗飞行达100次，便可获得返美休假，并改调其他职务，并禁止飞行。罗爱斯早超过规定，就被美方继任司令本奈特上校禁飞了，他留在芷江，要等待王湖秀生了孩子，自己当了舅舅才回美国去。今天在值班室溜达，听高东虎讲了雪峰山决战的情况，心痒难熬，就缠着艾尔索普。这位总管被缠得没办法，就在他的飞行通知单上签了个“视察告别飞行”。罗爱斯心照不宣，带着一帮弟兄就赶来了，说：“NO！我是告别飞行。”

钦雪峰正着急呢，忙说：“那我就看在你老兄告别飞行的面子上，把那帮鬼子交给你去打发，我有事去了。”

罗爱斯叫了声“OK”，就带着战友们向敌机扑去。

钦雪峰掉转机头，见任自强还挂在那树上。他按照自己想好的方案，转了半圈，调成仰角，对准悬崖，降落下去。后轮先着地，两个前轮也随之接触山石，俯冲而上，坡度冲短了滑行的距离，堪堪在石坡边停住。钦雪峰松了一口气，他把飞机转了个方向，停在一块平整的地方。他跳下地，跑到悬崖边，见任自强挂在树上被山风吹得晃来晃去，忙喊道：“自强，自强，你怎么样？”

任自强见飞机起火，眼看就要爆炸，只好仓促跳伞，谁知山风太大，无法调整降落方向，就被挂在这棵大树上。他见自己正处悬崖边上，即使落下也是有死无生，但挂在这上不着天下不着地的地方，如果没有人帮助，是无法脱困的。任自强现在唯一的希望是钦雪峰，他看到了自己，一定会来相救，可一看地形面积，他又傻眼了，这坡面上虽然平整，能降飞机，但比航空母舰要小，滑行距离太短，无法起落。任自强身陷绝境，但心中又存在希望，心力交瘁，被山风晃得昏睡了过去。他似乎在梦中，听到了亲人的呼唤，睁开眼睛一看，原来是队长，不由得大喜：“队长，你真来了！”

钦雪峰见他挂在树上不挣不动，像死人似的，吓了一跳，见他说了话，才松了口气，笑道：“你小子倒舒服，挂在树上睡觉。”

任自强叹一口气：“队长，挂在这里不舒服，我是想你想到梦里去了。”

钦雪峰解下伞包，从万用小包里拿出小刀，一边割伞绳一边说：“坚持一下，我把绳子接起来，再丢到你身上拴起来就安全了。”他为了保险，接成双股绳子，然后一头绑了节树枝甩了上去。

任自强在上面挂久了，手脚有些麻木，活动了一下，才接住绳子，拴在自己身上。他取出刀子，说：“队长，你离远点，省得我摔下来砸到你。”

钦雪峰忙制止：“别急！这么高摔到石头上不是断腿就伤腰，等我准备好，你再割伞绳。”他先把这一头的绳子拴牢在旁边一棵树上，然后割了一大堆枝叶垫在下面，再用降落伞铺在上面，才喊，“割绳子吧。”

任自强割断绳子，摔在身下树枝上，他正在活动麻木的双脚，不料突然落下炮弹来。钦雪锋一把拉起他，躲在那棵大树后。

原来这个山坡正处在敌我阵地的视线之内，中日两军先在地面展开冲杀，继而空军进入战场，决战的胜负很快显现出来。日军第一波次飞机被消灭，地面阵地也被炸成一片火海，随之第二队飞机也尽被击落，第三波次飞机也所剩无几。空军在天上较量，陆军就在地面当起了评判。日军116师团120联队因是助攻，避过了正面大火吞噬之殃，但目睹日军的飞机全部折戟在雪峰山中，不由得又气又急又无奈。开始，中日双方的地面部队都把精力集中在空战，当接近尾声，四处寻找飞机，才发现这边山顶悬崖上救援战友的一幕。日军离这里近，正恨飞虎队呢，联队长儿玉忠雄立刻调集炮火向山顶轰击。

最早发现这生死救援的是陶富业，他数次都是飞虎队从天而降，助其反败为胜，因此对空军有种特殊的感情。他在阵地危急的时候，正盼着神兵天降，果然飞虎队及时赶到。陶富业松了口气，欣赏起神鬼莫测的空战来。他忽然发现一架鲨鱼头飞机冒烟起火，随之爆出一朵降落伞，知道是飞虎队员跳伞了，谁知却挂在树上。陶富业举起望远镜反复观察，悬崖峭壁无处可上，中间还隔着日军阵地。他找到杜鼎，正商量救援之事，忽见一架鲨鱼头飞机扑上悬崖，真吓了一大跳。幸好不久，悬崖边出现一名飞行员，见他成功地把战友救下地，正在庆幸，却见他们身边冒出炮火，知道是日军使坏，不由得又急又气，又爱莫能助。

吉人自有天相，高东虎把飞机加油上弹，又带队赶了过来。他进入战场空域，却不见一架飞机，正要呼叫，看到山坡上冒出炸点，才发现上面停着一架飞机。高东虎一看就知道，只有雪峰小子有那种能耐降落在那种地方。他立刻循着炮弹的痕迹找去，当先俯冲扫射，随即轰炸机把所载的燃烧弹倾泻而下。

日军 120 联队本来逃过一劫，但儿玉忠雄引火烧身，使无数官兵葬身火海，他自己跳进溪水中才侥幸逃得一命。

钦雪峰见高东虎围着这座山在环飞，知道是不放心自己，就伸手朝空中摆了摆，他现在关心的是如何离开这里。如果借助绳索，人可以下悬崖，但飞机怎么办？丢下自己身体的一部分是不可能的。钦雪峰四处看了看，眼睛一亮，这山坡呈不规则的矩形，最远的对角线要长几十米，尤其悬崖边缘往上翘起，有点像航空母舰的飞行甲板。他来回用脚步测了测，又走到悬崖边，上下垂直距离不少于 200 米，飞机冲下悬崖之际，应该达到了起飞速度，如果及时拉起机头，那就成功了。

任自强恢复过来了，他走上前问："队长，你看什么？"

钦雪峰看了看他："我想冒冒险，你敢不敢？"

任自强一拍胸口："敢！跟着你华南虎，我有什么不敢？"

钦雪峰笑道："那我们上飞机吧。"

两人爬上飞机，任自强坐在后座，他明白了钦雪峰的用意，不无担心地问："队长，那你岂不在航空母舰起飞啊！行吗？"

钦雪峰检查了一遍飞机仪表，笑道："我们虽然还没有航空母舰，但以后一定会有，现在用这地方试一试，好积累经验呗！"

任自强忙点头："对！我们有了经验，就能当第一批航空母舰舰载飞行员。”

钦雪峰拉上机舱盖，发动飞机，调整方向，对准那微微翘起的悬崖冲去，加速一跃，飞了出去。他及时拉起机头，贴着崖底树梢飞了起来。

高东虎从钦雪峰两人上飞机，就看出自己这位义弟要干什么，他知道这时最要紧的是不要打扰，当看到钦雪峰拉起了飞机，他才松了口气，叫道：“雪峰小子，你惊险表演成功，请客！”

威廉·罗爱斯打发掉日军那第三批飞机，也飞了回来，他喜欢热闹，忙呼应：“对！请客，吃那龙虎斗。”

钦雪峰抹了一把脸上的汗，笑道：“一人一钵龙虎斗，吃得你们嘴上流油。”

陶富业一直举着望远镜观察山崖上的情况，他看到飞机成功飞起，叹道：“那位空军兄弟真是神乎其技呀！”

钦雪峰回到机场，几个人先后跳下飞机，向值班室走去，他们见迎面来的吉普车上坐着艾尔索普，忙上前敬礼：“总管，有什么任务？”

艾尔索普跳下车，拿出一张纸，一副公事公办的样子，念道：“鉴于钦雪峰上尉违反规定，做危险飞行，特禁飞一周。”

威廉·罗爱斯一听，笑道：“OK！我禁飞，你也禁飞，难兄难弟，有时间吃龙虎斗啦。”

高东虎一听，忙说：“总管，也给我一个禁飞吧。”

艾尔索普看了看他：“理由？”

高东虎只好说：“我想吃龙虎斗。”

说得大家哈哈大笑。

这时，林义安跑了过来，伸手在钦雪峰额头上涂了几道锅底灰，然后抱抱拳，道：“恭喜！恭喜！”

艾尔索普不明白是什么意思，便问：“林上尉，这是干什么？化装舞会？”

林义安双腿一并：“报告长官，这是中国的风俗，钦上尉的妻子生了个儿子，我是向他祝贺。”

艾尔索普笑道："OK！目的一致。"

钦雪峰开始没明白过来，一听说王湖秀生了个儿子，高兴得转身就跑，他跑了几步又回来，喊道："总管，到我家去吃甜酒泡鸡蛋！"

孩子打三朝这一天，临溪小院可热闹了。姚本善夫妇一早就杀鸡煮甜酒，钦雪峰知道大家喜欢吃龙虎斗，先天就准备好了。

中午，客人们来了一大群，这次不用席地坐楼板，围坐拼在一起的两张大红方桌边。开席前，威廉·罗爱斯以舅舅的身份抱着孩子出来，他满脸幸福地推介道："我小外甥出生在抗日战争的烽火中，所以取名钦抗战，小名威廉娃。"他掀开孩子头上的纱巾，"我的宝贝小抗战闪亮登场，向诸位打招呼了！"

人们纷纷把准备的礼物塞到孩子的怀里。当陈纳德把一把金锁给小抗战挂上时，这孩子闭着的眼睛却睁开了，喜得这位飞虎将军连叫："OK！OK！我们爷孙有缘。"

第二十章　使命之完成

抗日战争最后一次战役湘西会战胜利了！从4月9日开始，至6月7日结束，历时近两个月，这是中国八年抗战唯一一次全胜，而且是一次扬眉吐气的胜利。在这场战役中，中国第一次有了制空权，我军的素质也超过了日军。据战后统计，日军伤亡28174人（其中战死15676人），中国军队伤亡20220人（其中阵亡12483人），是抗日战争中唯一一次在战役中伤亡人数低于日军。

钦雪峰有写日记的习惯，每有大事，他都会详细写进那本红色封面的笔记本。现在儿子抗战出生了，湘西会战又取得了胜利，真是双喜临门，他坐在吊脚楼上，一手抱着襁褓中的儿子，一边写日记。

这时，高东虎兴冲冲跑了进来，一把抱过小抗战，笑道：“宝贝侄子，看大伯给你买来什么好玩具？”他从口袋里掏出一个拨浪鼓，噼里啪啦旋了起来。

小抗战粉嘟嘟的脸上露出一个笑靥，却没有睁开眼睛。

高东虎亲了亲，说：“宝贝侄子，你怎么不给大伯面子呢，看也不看一下？”

钦雪峰放下笔，笑道：“他对你这当大伯的有意见，为什么不把伯娘带过来？”

高东虎听了，却叹一口气说：“秀梅的伤快好了，她急于要回部队。”

钦雪峰接过儿子，他看了看这位义兄，道：“你舍不得嫂子离开，那就盛情挽留呗。”

高东虎把手一摊：“我如何盛情挽留？”

王湖秀头上缩了根毛巾，走了出来，笑道：“结婚就是盛情挽留。上次雪峰在武冈城见到梅子时，为你做了铺垫，说等湘西会战打胜了，你们在胜利之日结婚，该多么有意义啊！现在正是时候，你还等什么？”

高东虎一听，大笑道：“哈哈！我怎么没想到呢！”

小抗战被惊醒，“嗯呀、嗯呀”地哭了起来。

王湖秀接过儿子一边哄一边说：“威廉娃别哭，你大伯要娶伯娘了，生个弟弟好跟你玩。”

高东虎从口袋里摸出一把钱，塞到钦雪峰手上：“老弟，麻烦你去买两头肥猪，一头牛，办宴席之用。”

钦雪峰把钱塞回他的口袋：“你的钱给嫂子买些首饰和衣物，至于宴席的费用你别管，舅舅给你喂了两头猪，其他的费用我和湖秀负责。”

艾尔索普从外面参加庆祝湘西会战胜利的活动回到办公室，他刚坐下来，见高东虎喜冲冲地走了进来，问：“东虎小子，有什么好事？”

高东虎上前敬了个礼，然后取出一份报告，双手送过去：“总管，这是我的结婚报告，请你批准。”

艾尔索普接过报告看了，笑道：“东虎小子，这可不是我的业务范围，该找你们大队长肖克邪上校，不过我愿意代你那位老师和上司效劳。”他拿笔签上“OK”和自己的大名，笑道，“战役胜利了，你们又结婚，这是双喜临门，要好好操办。”

高东虎接过报告，好是高兴，连说：“谢谢！谢谢！”

艾尔索普把拳一抱：“恭喜你，我们的新郎官。”

高东虎忙掏出烟，递上一支。

艾尔索普摇摇头：“NO！ NO！烟不行，本总管要吃龙虎宴。”

高东虎忙点头：“行！行！一定请总管和兄弟们吃龙虎宴，是雪峰小子操办。”

这一天，中美空军俱乐部张灯结彩，大厅里摆着喜宴，每张桌子上中西合璧，主菜是龙虎斗和煎牛排。第一大队的兄弟们都来了，围坐在酒席上，一边嗑着瓜子喝着茶，一边等着新郎新娘的到来。林义安带着任自强和江洪涛充当服务员，递烟斟茶添糖果。

不一会儿，外面响起了鞭炮声，新郎高东虎、新娘向秀梅在钦雪峰和抱着儿子的王湖秀伴随下，走进宴会厅，小抗战被鞭炮声吓得哇哇大哭。坐在主宾席上的陈纳德将军见了，忙走上前，抱过孩子，一边哄一边说："我的小天使，别怕，这是你的高伯伯和高伯母结婚呢。"

小抗战像听懂了话似的，立刻不哭了，在泪眼中还笑了起来。

陈纳德可高兴了，笑道："哈！我的宝贝孙子多乖啊！"

肖克邪充当主婚人，他走到两位新人身边，说："诸位！今天是高东虎上尉和向秀梅少尉喜结连理的大喜日子。他们是一对英雄的伴侣，又是一双新青年，所以举办这场新式婚礼。"他介绍了两人的情况，又讲了一些鼓励和祝贺的话，然后道，"现在请证婚人陈纳德将军发表证婚祝词。"

陈纳德抱着小抗战站了起来，他走到高东虎和向秀梅身边，握了握两人的手，笑道："今天，我为你们证婚，感到很荣幸。因为你们是一对优秀的中国青年，为保卫祖国战斗在空中和地面。由于有你们这些人的努力，打败了日本鬼子，取得了湘西会战的胜利。消灭战争的最终目的是为了幸福，你们在这胜利的日子里举行人生中最幸福的婚礼，是我们大家都高兴的事。我们用这种方式庆祝胜利，更是喜上加喜的事，也是难有机会碰到的事，所以，我感到很荣幸。我祝贺你们相亲相爱，白头偕老——"他拍拍怀里的小抗战，"也希望你们努力，早日生一个小宝贝出来。"

他的话立刻引起了一片掌声。

艾尔索普是飞虎队的总管，是当然的主持人，他站了起来，举起酒杯："我要讲的话，他们两位长官都说了，那就不啰唆了。来！为湘西会战的胜利，为东虎小子和秀梅小姐的幸福——干杯！"他喝干酒，又宣布，"喜宴后，请诸位把这里打扫干净，举行庆祝舞会。"

又是一片掌声。

这天，肖克邪亲自带队飞到南京，看到机场上没有飞机，就对机场设施展开轰炸。他们又先后对车站、码头进行一番外科手术。没有对手的战斗很乏味，飞虎队员们只要看到插有太阳旗的地方，就是一阵扫射、轰炸，直到把弹药耗尽才返航。

飞虎队以前的出击，都有具体的目标和详细的计划，每次返回基地，需要进行战果统计和汇报。可这次南京之行，目标和计划都很抽象，只能是对日军的一次威慑打击，自然战果的统计也无法具体了。肖克邪特地走进陈纳德将军的办公室，他敬了个礼："报告将军，现在的战争出现了一个转折点，是没有对手的战斗，那么我们的战果统计的规定是否也该变通一下？"

陈纳德听了，笑道："哈哈！没有对手的战斗？这正是我们所希望的，因为标志着飞虎队一统了这块属于中国的天空。至于规章嘛，当然该随着形势的变化而修改。"他拍拍肖克邪，"上校先生，至于怎么修改，是你这位昆明航校校长教学所需要研究的。"

肖克邪一听，忙问："司令，你要赶我走？"

陈纳德拉他坐下，摇头道："NO！ NO！我也舍不得你走。但中国要建设一支强大的空军，必须首先要培养一大批优秀的飞行员和地勤人员。你既有丰富的教学经验，又有扎实的空战技能，尤其你有建设强大空军的理想，所以，我向蒋委员长举荐了你。"他顿了一下，"现在日本鬼子快完蛋了，需要考虑长远的事了。"

肖克邪站了起来："谢谢将军对我的信任。"

陈纳德握着他的手说："于公，我们是生死相依的战友；于私，我们是多年的朋友。客气话就不要讲了，你需要人员需要飞机，我都鼎力相助。"

肖克邪是一位事业性很强的人，他接到调职的命令后，立刻带着任命为教育长的曲宏光飞到巫家坝昆明航校，他们虽然离开了几年，但变化不大。两人了解了一些基本情况，制订了一个扩大航校规模的计划后，肖克邪飞南京报批，曲宏光飞芷江向陈纳德将军要人要设备要训练飞机。

钦雪峰听说肖克邪和曲宏光调职昆明航校，就把当年航校的学员找来商议，决定为两位老师送行。

曲宏光由于战功，已晋升为中校，他向陈纳德将军要到了所需要的东西，就亲自驾着那架B-25运输机把人员和设备运往昆明。他返回芷江，准备把教职员家属运过去，可回到家里，却没有看到妻子和女儿。曲宏光正性急，见桌子上放着一张纸条，他拿起一看，上面写着"宏光：雪峰和东虎他们为你和肖大哥送行，我和女儿先去。你回来后，赶到临溪小院。妻素华留。"曲宏光一拍脑袋："我怎么把他们忘了呢！"他跑出门，跳上吉普车，赶到临溪小院，见钦雪峰、高东虎、任自强等当年的学员在门口迎候，不由得叹道："感情才是最宝贵的。"他跳下车，同每一个人拥抱。

高东虎感到奇怪，悄声对林义安说："曲教官也变洋气了，学会拥抱了。"

曲宏光回过头："东虎小子，你是嫌我老朽，跟不上时代了？"

高东虎忙摇手："不，不！您哪是老朽？三十如狼，四十如虎，教官还不到四十岁，正是如狼似虎的好年代。"

说得大家哄然大笑。

钦雪峰推了他一把："喂！有这么比喻的吗？"

高东虎明白过来，喊道："湖秀妹妹！我讲大实话，你老公却往歪处想，快来管教管教。"

王湖秀生孩子刚满月，正在厨房给白素华打下手，她立刻转移火力："梅子嫂子，你们还在蜜月期，对这句话最有发言权，歪不歪？评评理。"

向秀梅正抱着小抗战，没听明白，便问："评什么歪理？"

任自强指着高东虎："你亲爱的说我们曲教官三十如狼，四十如虎，你如何帮他解释？"

向秀梅心思敏捷，悠悠道："这有什么不好解释的，心正就正解，心歪就歪解呗。"

又引起一阵哄笑。

曲宏光喟然叹道："跟你们在一起，我感到年轻了许多，真舍不得离开你们，离开我们飞虎队。"

常言道枪弹不长眼，尤其空中打击地面目标，难免不伤及平民，陈纳德决定把出击的重点放在日军的海上运输。这一天，钦雪峰带队到厦门至香港的海面上寻找目标，只逮到一只日军的运输舰，还没轮到他出手，日舰就被炸沉了。机队返回基地，钦雪峰走到值班室，看到林义安匆匆走过，便问："林大哥，出了什么事？"

林义安见是钦雪峰，便招了招手，两人走到一处没人的地方，他才说："听说陈纳德将军要辞职了。"

钦雪峰听了，大吃一惊："师傅要辞、辞职？他干得好好的，为什么要辞职呢？他老人家离开了，那我们飞虎队岂不散了？"

林义安摇摇头："什么原因，我也不清楚。"

原来，美国军方对陈纳德一直不认可，甚至反感，认为他只是一名陆军航空队的退役上尉，却在中国取得了如此大的成功，被冠为飞虎将军。尤其是太平洋战争爆发之初，美国的海军和陆军被日军打得丢盔弃甲，损失惨重。而陈纳德带着不足 100 架飞机的中国空军美国志愿队在昆明初战，就取得世界瞩目的战绩，并相继在桂林、柳州和缅甸的首都仰光，大败日军，使庞大的美国正规部队相形见绌。美军的头面人物感到无地自容，参谋长联席会议主席马歇尔上将、陆军航空队司令阿诺德中将在妒嫉之下，产生了怨恨，在把中国空军美国志愿队转正收编为美军第 10 航空队第 23 战斗机大队时，就想把陈纳德赶走。由于中国统帅蒋介石的反对，尤其是美国总统罗斯福的干预，才没有得逞。现在机会到了，他们当然不会手软。

艾尔索普匆匆走进陈纳德的办公室，见他站在窗前，向空中张望，就说："他们认为日军快完蛋了，需要压缩编制，就把驻印度的第 10 航空队同我们第 14 航空队合并起来，以利战后裁减部队。"

陈纳德转过身，淡淡地说："主要是为了裁减我。"

艾尔索普叹了口气，点头道：“他们是准备让东南亚盟军的空军司令斯特拉迈耶将军担任这个职务。”

陈纳德坐了下去，拿起桌上的笔：“我现在的任务是把辞职报告写完。”

艾尔索普坐在对面，他想了想，说：“克莱尔，你的贡献是有目共睹的，也是美国军人的骄傲，我相信会有转机的。”

陈纳德抬起头，道：“用中国的一句俗语说，树大招风，功显召妒啊！我就是抢了天时、地利、人和，做出了贡献，才招来妒恨。如果罗斯福总统还在世，那可能有转机。”

艾尔索普又叹一口气，说：“那我也要辞职了。”

陈纳德一听，站了起来，问：“约瑟夫，还记得我们的约定吗？”

艾尔索普点点头：“当然记得，我们回美国去，成立飞虎协会，让活着的人为那些死去的战友做一些应该做的事。”

陈纳德拍了拍他：“我想现在最应该最急迫要做的事就是寻找那些失事而没有下落的战友，生要见人，死要见尸。所以，你还需要留下来，运用手中的便利，查找有关资料，这包括被俘和战死者的时间、地点，为我们以后的寻找提供线索。”

艾尔索普又点点头，他想了一下，说：“你是飞虎队的灵魂，如果辞了职，我估计有不少人也会离开。”

陈纳德叹一口气，道：“这是我不愿看到的。所以你留下来的另一个任务，就是稳定大家的情绪。因为不少飞虎队员很有发展潜力，不要因为我而丧失前途。当然，为祖国服务更是高于一切。”

这时，钦雪峰走了进来，他先向艾尔索普敬了个礼，然而转身向陈纳德敬礼，动情地问：“师傅，发生了什么事，你要离开我们？”

艾尔索普忙说：“雪峰，你师傅永远不会离开大家，离开我们飞虎队，他只是累了，想休息休息。”

陈纳德点点头：“你们总管说得对，我来中国八年了，可以说是白手起家，把飞虎队创立起来，从小到大，现在拥有了500多架世界上最先进的各种飞机。”他顿了一下，“孩子，这其中的过程和艰辛，你大多都经历过。为了打击日本强盗，我连父亲去世也没有回家。唉，我真的累了。”

钦雪峰见陈纳德晃了一下身体，忙上前扶他坐下，心疼地说：“师傅，我没有照顾好您，对不起。”

陈纳德拍拍他：“孩子，我虽然失去了很多，但有了你们，有了飞虎队，把日本空中强盗赶出了中国，我也知足了。”

艾尔索普站了起来，说：“雪峰小子，我交给你一个新任务，司令要去各地巡视，你给他开飞机吧。”

钦雪峰何尝不明白，这是总管给予他同师傅多相处的机会，他很是感激，把腰一挺：“是！我一定完成任务。”

昆明不仅是一座美丽的城市，而且战略位置十分重要，无论是滇缅公路，还是驼峰航线，就是新开辟的中印公路，这里都是终点站。所以，昆明是对外联系的枢纽，是抗战物资的集散基地。湘西会战胜利后，第14航空队司令部又迁回了昆明，芷江设有指挥所。这天，钦雪峰驾着飞机送陈纳德将军到桂林基地视察后回到昆明，刚降落巫家坝机场，就看到跑道边站着一个人，他眼尖，说：“师傅，是肖校长。”

陈纳德跳下飞机，对迎过来的肖克邪说：“校长先生，有何贵干？”

肖克邪上前敬了个礼，道：“我们昆明航校邀请飞虎队司令陈纳德将军做战术报告。”

陈纳德摇摇头：“我已经辞了职，不再是司令了。”

肖克邪把腰一挺：“你永远是我们飞虎队的司令。”

陈纳德很是感动，他紧紧拥抱肖克邪：“谢谢，谢谢你的信任，我的朋友。”

肖克邪拥抱后，一边走一边问：“将军，为什么要辞职？你可是我们飞虎队的灵魂。”

陈纳德望望天空，道：“我来中国是帮助你们打击日本空中强盗，现在还看到鬼子的飞机吗？日本帝国很快就要完蛋了，所以，我的目的达到了，飞虎队的使命也很快会终结了，那我还留下来干什么？”他又指指钦雪峰，“我以前去哪里都自己驾飞机，可近来感到身体不适，才要徒弟代劳。”

肖克邪是个实心人，他一听，叹道：“将军，您同我们并肩战斗了八年，辛苦了！中国人民会永远记住您。”

三个人走到机场门口，只见一队航校学员列队相迎，高呼：“战斗机初级班，欢迎陈纳德将军回校视察。”

肖克邪见陈纳德要开口，忙指着前面一辆扎着彩绸的吉普车：“将军，先上车吧。”

学员们见陈纳德爬上了车，立刻围上前，抬着吉普车就走。谁知没走多远，又有一队航校学员穿着崭新的制服列队相迎，高呼：“战斗机中级班，欢迎陈纳德将军回校做报告。”然后涌上前，接过吉普车，抬起又走。

陈纳德开始被弄得手足无措，当他明白过来，激动得大喊：“同学们，辛苦了！”

学员们齐声回应：“将军辛苦了！”

战斗机高级班的学员接过吉普车，抬了不远，交给轰炸机初级班，然后交替是轰炸机中级班、轰炸机高级班，随后接替的是运输机班、地勤甲班、地勤乙班，直至把陈纳德将军抬到航校操场八级台阶上的主席台。

曲宏光带着全校教员列队在主席台上，向陈纳德敬礼迎接。

陈纳德擦了擦激动的泪花，他跳下吉普车，同每一个教员握手拥抱，而后对肖克邪说：“校长先生，你们用这么庄重而又充满情义的礼节迎接我，不敢当啊！”

肖克邪握着他的手说：“这是我们全体师生的心愿，因为您不仅是飞虎队的司令，又是我们昆明航校的老校长。”

学员们按班级列着整齐的队伍，齐声高呼：“欢迎校长陈纳德！”“向英雄陈纳德致礼！”“我们热爱陈纳德！”

陈纳德眼里闪着泪花，向学员们敬礼。

肖克邪走上前，大声道：“陈纳德将军在我们抗战之初就来到中国，创建了飞虎队，用他的经验和智慧训练飞行员，面对当时猖狂的日本空军，英勇作战，以少胜多，越战越强，直至现在把日本空中强盗赶出了中国。至于每次战例，我相信你们都耳熟能详，我就不多讲了。”他顿了一下，“陈纳德将军的功勋，我认为主要有三点。一是他带领飞虎队消灭了日本的侵华空军，二是他为我们培养了大批优秀的飞行员。”他把在一边的钦雪峰拉到台前，“他就是代表，叫钦雪峰……”

台下的学员们立刻欢呼起来：“啊，他就是华南虎！”“钦雪峰是学长，我们的骄傲！”“向钦雪峰学习！”

钦雪峰手足无措，忙向学弟们敬礼。

肖克邪笑着摆了摆手，继续说：“陈纳德将军第三点重要贡献，是为我们创立了新的空战理论，并为打败日本空军的实战所检验。现在请老校长陈纳德将军讲话。”

台下立刻响起热烈的掌声。

陈纳德向前迈了一步，向学员们行了一个标准的美国军礼，而后大声说：“同学们！我亲爱的孩子，看到你们，就看到了中国空军的希望。当年，我们学校只设有战斗机速成班，后来才增加轰炸机训练班。现在专业齐全了，有战斗机、轰炸机、运输机和地勤专业班，而且设立了初级、中级和高级班，为空军的发展奠定了基础。”他从人员培养、科技发展，讲到了战术，“你们肖校长要我讲讲战术，我认为打赢敌人就是好战术，而不必受一些教条所束缚。至于目前空军的任务和战术，因为没有了鬼子的飞机可打，那就是密切配合地面部队，把日军打败，赶出中国！”

操场上又响起一片经久不息的掌声。

陈纳德所到之处，受到各界热烈欢迎，中国统帅蒋介石在家中设宴为他送行。国民政府为这位飞虎将军举行了隆重的授勋典礼，蒋委员长亲自把代表中国最高荣誉的青天白日大蓝绶带佩挂在陈纳德将军身上。

重庆民众为陈纳德将军制作了一把金光闪闪的荣誉伞，一百多个团体在新运广场举行了盛大的慰勉集会。有的老百姓为一睹飞虎将军的真容，跋涉了几天来到重庆，挤进广场。人们为了表达对陈纳德的感激之情，各尽心意，有的送宝石、古董，有的赠字画、锦衣，甚至有人送特产。

1945 年 8 月 1 日，陈纳德将军在第 14 航空队官兵的簇拥下，准备乘车到机场，但昆明市民早早等在两边的马路上，欢送这名飞虎将军。陈纳德在重庆坐蒋介石的专车，有被欢迎的民众推车而行的感人经历，他只好跳下吉普车，眼含泪花，一边步行，一边不时向两边送行的人群敬礼、打拱，还一边说："我会永远记住你们！记住中国人民！"

陈纳德将军登上一架崭新的 B-25 运输机，向送行的官兵和民众行了一个礼，才转身走进机舱。飞机掠上天空，绕着昆明转了三圈，陈纳德坐在舷窗边，喃喃道："中国，我的第二故乡，儿子陈纳德还会回来的。"

钦雪峰驾机为陈纳德座机护航，飞到印度的首都加尔各答，因为没有办理入境签证，师徒俩在机场洒泪而别。两人该说的话都说了，钦雪峰按中国的礼节，向师傅磕了三个头，才转身爬上自己的战鹰。他驾机一鹞冲天，掠上高空，飞向祖国。

陈纳德的辞职，引起民众一片反响，军中一片震动，飞虎队员们更是愤愤不平，好在有德高望重的总管艾尔索普的工作，军心才慢慢稳定下来。

这天，艾尔索普正在办公室写一份材料，看到派克·杜普伊瘸着腿走了进来，忙问："喂！怎么回事？"

派克·杜普伊往椅子上一坐，答道："我旧伤复发了，请求退役。"

艾尔索普一听就明白了，笑着问："派克，我记得好像你是右臂受过伤，怎么一下转移到左腿上去了呢？"

杜普伊跳了起来，强词夺理道："总管，我心情不舒畅，当然容易生病，至于转不转移，我可管不着。"

艾尔索普同这些老飞虎队员生死相依了八年，当然知道兄弟们的德行，大家有强烈的正义感和冒险精神，打起仗来不要命，闹起事来也不计较后果。他之所以愿意留下来，就是为了这些生死兄弟。艾尔索普是总管，当然有办法对付他们，点点头：“你的目的不就是为了退役吗？那行！报告我也代写，不过呢，你可别后悔。”

杜普伊一拍胸膛：“克莱尔将军辞职都不后悔，我退役有什么后悔的。”

艾尔索普拿出一张纸，装着给他写退役报告，自语道：“看来飞虎协会的章程还需要修改才行。”

杜普伊一听，忙问：“什、什么飞虎协会？”

艾尔索普一边写一边说：“克莱尔将军回美国后的第一件事，就是把散居各地的飞虎队员组织起来，成立飞虎协会，使兄弟们不但又能相处在一起，而且还要活着的人为死去的人做那些没有来得及做的事。他临走前，把章程都拟好了。”

杜普伊忙点头：“好！成立飞虎协会，真说到我心坎里去了。”他站了起来，问，“总管，你说章程还需要修改，是什么意思？”

艾尔索普见他上了钩，就指着退役报告说：“章程规定，以不当理由退役的人，要缓三年才能加入飞虎协会。可你是打下 6 架鬼子飞机的老飞虎队员，这规定对你不公，我想说服克莱尔将军修改一下。”

杜普伊听了，一把抓过退役报告：“我不退了。章程既然是将军规定的，就不必修改了。”

艾尔索普点点头，说：“派克，你不愧为老飞虎队员，我们要站好最后一班岗，为后来人做出表率。”

钦雪峰送陈纳德将军回来，到昆明巫家坝机场加油，天色不早了，就住在曲宏光家里，白素华特地做了狮子头招待。吃过晚饭，一家人坐在庭院桂树下纳凉，话题自然又扯到飞虎将军陈纳德身上。曲宏光叹道：“我还以为只有中国高层腐败，想不到美国军方也一样，排除异己。”

白素华忙说：“宏光，祸从口出，别议论这些政治上的事。”

曲宏光把手里的茶杯往桌上一顿：“不平则鸣！再说雪峰又不是外人。”

钦雪峰知道这位老师性格耿直，容易得罪人，也劝道：“师母的担心不无道理。我听艾总管讲，军统为那假包玉兰之事，本来要追究你，是师傅发了话。现在他老人家走了，你还是小心为好。”

曲宏光沉默了一会儿，突然问：“雪峰，你是陈纳德将军的亲传弟子，又有过硬的本事，如果到美国去，相信不是难事。你为什么不要求呢？”

钦雪峰摇摇头：“美国再好，但狗不嫌家贫，儿不嫌母丑，我要为自己的祖国服务。”他顿了一下，“老师，你的心愿不是建设一支强大的空军吗？让我们一起努力吧。”

曲宏光对这位学生有了新的认识，笑道：“据说陈纳德将军把他有关空战理论和心得的笔记都留给了你，那就来我们航校当教官吧，专门成立一个飞虎将军战术教研室，由你主持，总结出来。”

钦雪峰回到芷江，又成了总管艾尔索普的专机驾驶员，现在没有空战任务，他驾着双座 P-51 飞机四处奔走，查找那些失踪飞行员的有关资料。这天，两人从贵州秀山机场回来，钦雪峰见艾尔索普感冒了，就说：“总管，休息几天吧，等你身体好了，我们再走。”

艾尔索普笑道：“这是你师傅交代的任务，如果我完成不了，那就落在你身上。”

钦雪峰点点头：“寻找失踪战友，是我义不容辞的责任和义务，想到他们生不见人死不见尸，我就难过。”

艾尔索普拍拍他：“别难过了，回家去看看湖秀和小抗战，就高兴了。”

8 月暑天，晚上也很热，小抗战睡在床上哇哇直哭。钦雪峰就爬起来，在吊脚楼上铺了竹席，挂上蚊帐。一家三口齐头睡在里面，溪风习习，很是凉爽，王湖秀见儿子睡着了，就转过身，搂着丈夫问：“雪峰，你对目前的形势有什么看法？”

钦雪峰睡眼蒙眬，他打了个呵欠说：“日本鬼子很快就要完蛋了。”

“这明眼人都知道，我是指国内形势。”

“国内形势？那还不是苦尽甘来，准备享受抗战的胜利成果。”

“你是四肢发达，头脑简单，一厢情愿。”

“喂，老婆，有话就说，别训人吧，半夜三更，我可困死了。”

王湖秀俯在他耳边说：“国内形势是，国共两党两军剑拔弩张，内战一触即发。”

钦雪峰一听，惊得一下子坐了起来：“外敌都还没有赶走，内部就开始兄弟阋墙了？”

王湖秀一把把他压在席子上，低声训道：“军统的人无孔不入，找不自在啊？”

钦雪峰叹了口气：“我是想不通，小小的日本之所以敢欺负我们泱泱大国，就是自己不团结，搞内耗，弄得国弱民贫。抗战兴起，国共两党结成统一战线，一直对外，坚持了八年，现在终于露出了胜利的曙光。唉，为什么不吸取历史教训呢？团结起来，把祖国建设强大，该多好啊！为什么为一党之私利，而置国家利益于不顾呢？”

王湖秀还是忍住，没有把共产党的治国理念表白出来，她只是含糊地说：“这是政见不同。我是想问你，如果国共两党刀兵相见，你会驾飞机去轰击共军的阵地吗？”

钦雪峰摇摇头，坚决地说：“我绝不屠杀自己的同胞，做亲者痛仇者快的事。即使硬要我出击，我也只会把子弹射到无人处。”

王湖秀相信自己的丈夫，但真的做得到吗？她冷笑一声：“你的上司那么好糊弄？赫赫有名的华南虎，竟连枪也打不准了，谁相信啊？”

钦雪峰又叹了一口气：“那我该怎么办？”

王湖秀知道丈夫没有想过这些事，只好提示他：“你现在辞职、退役都不可能，那只有想办法调到不会上前线打仗的地方去。”

钦雪峰一听，又翻身坐起：“对！还真有这么个地方。我上次到昆明，曲老师就提出要我去航校当教官。那既可以避免上前线打内战，又可以研究和总结师傅的空战理论。”他突然想起了什么，就一把把妻子压到身下，问，“你是、是不是共产党？”

王湖秀当然不会告诉他，反而倒打一耙：“你也怀疑我？”

钦雪峰从她身上滚下来："那你为什么知道这么多事呢？"

王湖秀只好打马虎眼："我是记者，当然知道的事情多。"

钦雪峰又一把搂住她："你就是共产党，我也不反对，只要小心谨慎，不让军统那帮家伙找麻烦就行了。"

王湖秀紧紧贴在丈夫身上。

第二天早上，钦雪峰正在灶屋煮鸡蛋，外面突然响起一阵枪声，不由得吓了大跳，把锅铲一摔，就往外面跑。他站在门外一看，枪声来自营房，就赶紧返回房里取过手枪，对惊醒的王湖秀说："你抱儿子进房里去。"他说罢就往外面跑。钦雪峰爬上木柚坡，正碰到林义安，忙问："林大哥，出了什么事？"

林义安大笑道："哈哈！大喜事，天大的喜事，日本鬼子投降了！"

钦雪峰一听，蹦起老高，叫道："我们终于胜利了！"他把枪插回皮套，问，"那为什么响起枪声，我还以为是日军的'克部队'死灰复燃呢？"

林义安擦了擦激动的泪水，说："派克·杜普伊从收音机里听到日本天皇裕仁宣读投降诏书，这位老兄高兴得拔出佩枪，一边朝天开枪，一边大叫：鬼子投降了！日本鬼子投降了！美国老兄们乐疯了，把子弹当鞭炮放。"

钦雪峰又拔出手枪，一边开枪一边大喊："日本鬼子投降了！我们胜利了！"

日本投降的消息像春风一样传遍祖国大地，立刻掀起庆祝抗战胜利的浪潮。古城芷江沸腾了，街口扎了牌坊，家家悬了国旗。人们拿着彩旗，举着横幅，敲锣打鼓，游行队伍越走越长，从这条街游到那条街。

1945年8月15日，日本宣布无条件投降，全国沉浸在一片欢庆之中，更让芷江军民激动的是，中国最高当局决定把日军洽降的地点选择在芷江，这可是千载难逢的机会和荣誉啊。陆军总司令何应钦上将受命主持日军的投降，他立刻带着总参谋长肖毅肃少将及其他人员从昆明赶来芷江。

8 月 21 日，是芷江人民永远记住的日子，侵华日军总司令冈村宁次大将派他的副总参谋长今井武夫少将，飞到芷江，向中国军队乞降。何应钦将军派总参谋长肖毅肃少将出面，在七里桥木柚坡中美空军俱乐部接见了降使今井武夫。这位昔日不可一世的所谓大日本皇军的副总参谋长，在中国的正义正气面前低下了头，献交了日军集结地区军事地图，并无奈地接受了四件备忘录，尤其是中方提出于 8 月 30 日以前，将派出大员到各地沦陷区接受日军的投降，并要冈村宁次做好一切准备。为期三天的“芷江洽降”顺利结束，今井武夫急急赶回南京汇报，做投降准备。

9 月 9 日 9 时，是中国人民永远纪念的时刻。中国陆军总司令何应钦带着有关人员走进南京中央军官学校大礼堂，居中坐在受降席上，左首为海军总司令陈绍宽上将和空军司令张廷孟上校，右边为陆军二级上将顾祝同和陆军少将肖毅肃。9 时 04 分，日军侵华总司令冈村宁次大将等投降代表在中国陆军中将王俊的引导下，走进悬挂中、美、英、苏四国国旗的礼堂，先至规定地方立正，向受降官做四十五度的鞠躬。何应钦伸手作答，示意在投降代表席后坐下。冈村宁次居中，侵华日军总参谋长小林浅三郎中将、副总参谋今井武夫少将、日军参谋小笠原中佐坐左侧，侵华日军舰队司令福田良三海军中将、侵台日军参谋长谏山春树陆军中将、日 38 军参谋长三泽吕雄陆军大佐坐右侧。何应钦将军见日军投降代表就坐，便宣布：“摄影五分钟。”

中外记者立刻忙碌起来，只见人头攒动，荧光闪闪，他们争先恐后地把这伟大历史时刻摄进镜头。

何应钦看看摆在桌上的时钟，宣布：“时间已到，请日军投降代表交出证明文件。”

冈村宁次拿出身份证明，交给左边的小林浅三郎，这位侵华日军总参谋长站起来，接过文件，走到何应钦面前，双手交出。

中国陆军总司令接过文件，瞟了一眼，就递给右边的肖毅肃，他然后拿出事先拟好的两份日军降书中文本，递给自己的参谋长。

肖毅肃站了起来，他接过降书，送到冈村宁次面前。

这位侵华日军总司令起立，伸出微微颤抖的双手接过降书，匆匆看了看，他拿出笔，定了定神，才慢慢在两份降书上签了字，然后又取出图章，盖在下方。

小林总参谋长拿起两份签字盖章的降书，走到主降官面前，双手递给何应钦。

中国陆军总司令何应钦看后，脸露笑容，他拿起桌上的笔，在受降官位置上签上自己的名字，然后又盖上图章。

肖毅肃总参谋长起身，拿起其中一份降书，交给冈村宁次。

这位侵华日军总司令只好又站起来，双手接过降书。

何应钦看了看对方，他又拿出中国战区最高统帅蒋介石一级上将的第一号命令，连同命令受领证，交给肖毅肃。

这位中国陆军总参谋长把命令和受领证，又送到冈村宁次面前。

侵华日军总司令冈村宁次只得再次站起来，双手拿过。他在命令受领证上签字盖章后，又递给小林浅三郎中将。

这位侵华日军总参谋长拿着这份受领证走上前，双手呈交中国陆军总司令。

何应钦接过受领证，递给肖毅肃，然后命令：“请日军降使退席。”

冈村宁次首先站了起来，其他日军代表也起身向何应钦鞠了一躬，才转过身，在王俊中将的引导下，退出受降大厅。

举世瞩目的中国战区日军投降签字仪式在短短的20分钟就顺利完成了！历史会永远铭记这一年这一天这一时。

钦雪峰那天值班，看到一架返航的飞机拖着长长的黑烟，迫降在跑道上，就赶紧跑去救援。他爬上飞机，刚把那名叫托马斯的美军飞行员拉出机舱，跳下地，飞机起火爆炸。两人受了伤，被送进了医院。这位飞虎队华南虎既错过了押解日军副总参谋长今井武夫来芷江洽降所坐专机的机会，也失去了为陆军总司令何应钦去南京接受日军投降所乘专机护航的机会。这天，王湖秀带着小抗战来接钦雪峰出院，一家三口特地绕道来到机场，往日成排成行的战斗机、轰炸机不见了，跑道上只停着几架运输机。钦雪峰怅然若失，叹道："怎么住了一回院，就完全变了呢？"

王湖秀笑道："我们胜利了，日本鬼子投降了，暂时不用打仗了，当然就变了。"

钦雪峰慢慢点了点头，说："美国战友回国了，中国战友调防了，飞虎队没有了，这里就空了，可我干什么呢？"

王湖秀把儿子递给他，然后拿出一张纸，念道："兹因钦雪峰少校救护战友受伤失去一指，不宜再当飞行员，特调入昆明航校任教。此令，中国空军司令张廷孟。"她看看丈夫，"喂！发什么发呆？快敬礼，接过调令。"

钦雪峰拍拍怀里的小抗战："儿子，你娘想当官，要老子给她敬礼呢。"他突然想了起来，忙说，"喂！你念错了，我只是上尉。"

王湖秀接过儿子，把调令交给他："这可以说是总管艾尔索普在飞虎队履行的最后一个职责，他以你救护美国战友有功之名上报，晋为少校。"

钦雪峰接过调令看了看，伸出左手那半截食指，"不对啊！我只失去半截手指，并不影响开飞机。"

王湖秀戳了丈夫一指，低声道："现在没有日本鬼子的飞机可打了，难道你想参加内战，打共产党的军队？"

钦雪峰一愣，随即笑了起来："现在飞虎队没有了，我也不想上天打仗了。"他一把拖过小抗战，一边走一边说，"儿子，我们一家去昆明，你娘当记者，我当教官。"

日本投降了，飞虎队的使命也完成了，但中国人民会永远记住这个光辉的称呼——飞虎队，它为后人留下了正义，为历史留下了战果。据有关统计，飞虎队以损失 500 架飞机和 2500 名队员的代价，击毁日军飞机 2600 架，击沉和击伤日本运输船 223 万吨和海军舰艇 44 艘，炸毁敌机车 1079 台、卡车 4836 辆、桥梁 580 座，消灭日军 66700 余人。

后　记

2015年是中国人民抗日战争暨世界反法西斯战争胜利70周年，我受委托写一部有关历史上著名飞虎队的书，作为动漫基地改编漫画的脚本，来缅怀和纪念中美飞行员那可歌可泣的英雄壮举。1938年8月，日军一路南下，打到了湖南，我空军损失殆尽，担任中国空军顾问的陈纳德上校来到芷江，在飞机场旁边的木柚坡，建立了芷江航校。飞虎队就从这里起步，以少胜多，不断壮大，逐步夺取了中国战区的制空权，为打败日军建立了不朽的功勋。本人虽然长期致力研究湘西的历史，尤其对1916年的护国战争、1945年的湘西会战、1949年的剿匪三大事件有兴趣，也收集了不少资料，但有关飞虎队中的书已经出了不少，如何另辟蹊径出新意呢？好在我长期担任政协委员，后又在怀化市鹤城区政协工作，接触了不少文史资料，发现飞虎队中有不少中国飞行员，而且是王牌飞行员。据当时不成文的规定，只有打下5架日军飞机以上的才能称之为王牌飞行员，而竟有打下8架之多日机的中国飞行员。于是，我决定以一个中国飞行员成长为主线，在师傅陈纳德的悉心培养，战友们的无私帮助下，从一个青年学子逐步成长为让日军飞行员闻风丧胆的“华南虎”。但这是再现历史，所以力求在真实的基础上进行演绎。为了核对一件史事，我不但查看大量资料，而且实地采访，做到情节有根据，细节再创作。

本书得以顺利脱稿、出版，得到怀化市鹤城区委、政府、政协的大力支持，也得到匡小武、吴建宏、龙永文、金方超等同志的帮助，特表示衷心的感谢！

2016年4月26日